来耳

著

淘金

GOLD
PANNING

北京联合出版公司
Beijing United Publishing Co.,Ltd.

图书在版编目（CIP）数据

淘金 / 来耳著. -- 北京：北京联合出版公司，
2022.1

ISBN 978-7-5596-5675-9

Ⅰ.①淘… Ⅱ.①来… Ⅲ.①长篇小说—中国—当代
Ⅳ.①I247.5

中国版本图书馆CIP数据核字(2021)第220211号

淘金

作　　者：来　耳
出 品 人：赵红仕
责任编辑：王　巍
封面设计：吴黛君

北京联合出版公司出版
（北京市西城区德外大街83号楼9层 100088）
北京新华先锋出版科技有限公司发行
涿州汇美亿浓印刷有限公司印刷　新华书店经销
字数324千字　787毫米×1092毫米　1/16　21印张
2022年1月第1版　2022年1月第1次印刷
ISBN 978-7-5596-5675-9
定价：59.00元

目录

楔子 壹

1986 年是联合国宣布的世界和平年。但讽刺的是，从全世界的范围来讲，那年却恰恰是个不折不扣的大灾年。

一月，美国"挑战者号"航天飞机失事，四月，苏联切尔诺贝利核电厂爆炸，十一月，欧洲莱茵河水化学污染，诸如此类。后来又知道，1986年竟然还是哈雷彗星回归的年份，而彗星在我们中国民间另有一个名字——扫把星。

中国人喜欢讲"天人感应"，我不知道那些晦气事儿和天象之间究竟有没有关系，但假如想知道什么叫作流年不利的话，当年的我家，绝对是极好的例子：年头里一个月，父母几乎同时去世，连办两场丧事，一家四口转眼只剩一半。而在那之前，本在上大学四年级的我，又因为一时冲动闯下大祸，被学校开除了学籍。

我永远忘不了那年除夕，别人家都在噼里啪啦放爆竹，只有我们家静悄悄的，灵堂都没撤，我和大哥在爹妈遗像前含着泪干坐了一宿。第二天早上，大哥递给我支烟："爹妈都不在了，留在家也没意思，跟我去西部吧。"

　　我问："去西部干什么？"

　　大哥说："淘金。"

西方十九世纪的"淘金热"催生出两座以"金山"命名的城市，一个是美国的旧金山（圣弗朗西斯科），另一个是澳大利亚的新金山（墨尔本）。

其实，我们东方也有一座"金山"，那就是位于中俄蒙哈四国交界的按台山。"按台"意思就是金子。

按台山延绵两千多公里，中段就在西部地区的北边，自古盛产黄金，唐代以来，官采、民采千年不绝，清末民国达到鼎盛。而新中国成立之后，管制加强，淘金业一度萧条。但到了1980年，政府关于砂金私人开采的规定逐渐放开，随后的几年里，各地的淘金客怀揣一夜暴富的梦想，再次如狂潮一般涌入西部地区。

我大哥是当年的插队知青，后来混上工农兵大学生回城上学，毕业后又分配到西部地区的一个地质队工作。改革开放后，各个单位离职下海的人很多，他也辞了工作，干起了淘金。

只是大哥怕老人担心，一直瞒着家里。所以直到那时我才知道，原来他早就不干地质队了。吃惊过后，我问淘一年金子能挣多少钱，大哥伸出两根指头，说挣俩彩电没问题。我心里一动，只想了不到一分钟，就点了点头，说我去。

要知道一九八几年的时候，社会还比较封闭，像我这种被学校开除的，先不说找工作上班，光是转户口、转粮食关系之类都够人烦了，所以觉得去西部地区也不失为一个出路。而我父母去世前一个月工资加在一起还不到一百块，一台彩电就得两千多，淘一年金赚俩彩电，换谁都心动。

但现在回想起来，假如能预知后来发生的那些事，就算一年赚一百台彩电我都不会去。毕竟命才是第一位的，不然有命挣没命花，就算有再多的钱，还不全是白搭。

壹 喀喇尔古伦河谷

春节刚刚过完，我就跟着大哥坐上了西去的火车。那时铁路慢得出奇，从我家乡到乌鲁木齐要走将近一个星期。出了嘉峪关，越往西人烟越少，戈壁茫茫，沙漠无边，延绵不绝的山脉躺在天际，广袤苍凉的景色让我的心胸为之一宽，抑郁的情绪才随之慢慢舒展开了。

旅途苦闷，我带了本书看，是杰克·伦敦的小说集，讲的是一百多年前美国人在阿拉斯加淘金的故事。我问大哥在西部淘金是不是跟书里写的差不多，他却只是不置可否地笑笑，没说话。

小说没几天就看完了，在车上跟人瞎聊，时间一久也没了话题。闲得抓耳挠腮的时候，正好瞅见大哥包里有两个硬皮小册子，我拿出来翻开一瞧，竟然是日记，看日期都是他以前干地质时写下的。

虽说是大哥的东西，可毕竟是隐私，我一方面觉得不太好，可又忍不住好奇，就趁着他人正在厕所里，飞快地扫了几眼。然而一看之下，探险故事没找到，却发现了一个问题：日记的字里行间，到处是红笔做出的记号，打勾画圈，整句整句的波浪线，旁边还有密密麻麻的小字批注，好像被老师改过的作业。

我心里纳闷，可还没来得及继续研究，本子就被大哥一把夺了回去。他指着我一顿臭骂，说不经允许怎么能乱翻他的东西？！火气之大，引得旁人纷纷侧目。我没想到他会这么紧张，可自知理亏也不敢争辩，更不敢问他干嘛那样写日记，跟复习功课一样，学古人吾日三省吾身吗？

不到西部，不知中国之大。我们在乌鲁木齐下了火车，又辗转坐了好几天的长途汽车，才来到了按台县。那时公路远不如现在的好，我又有些水土不服，几天里被车颠得根本吃不下饭，一吃就吐，苦不堪言。

到了县城，当地大大小小的旅馆已经被四面八方涌来的淘金客住满了。下车前大哥就有交代，说到了这儿须说普通话，即便人家知道你是内地来的，也得装成一副老江湖的样子。内地带来的香烟也不能再拿出来，得改抽当地烟厂的红雪莲或者手卷的莫合烟，因为老金客们和当地人都吸这两种烟，如果你抽外地烟，一眼就能看出是新来的，铁定受欺负。

县城不大，可鱼龙混杂，县城中心有个玩气枪射击的小摊子，那地方就像老电影里的地下交通站，来往的淘金客们在那里碰头联络，交换信息。大哥留了个信儿，说是要找几个人搭伙进山，我们垫本钱，到时候不算工钱，边淘边分金子。

淘金这活儿一两个人也能干，但是效率比较低，所以淘金客大多是结合在一起。我们开出的条件不错，所以一天不到，就有人找上了门。

最先来的是个敦实汉子，个儿不高，可又黑又浑实。他和我大哥原先就认识，叫武建超，是个放出来的劳改犯，淘金有些年头了。后来我才知道他还当过兵，基建工程部队，二十世纪七十年代在内蒙古和宁夏搞水文地质钻探，只不过后来犯了错误，就被抓进去了几年。到底是什么事，他没细讲，听说和女人有关系。

第二个来的是个老头子，山羊胡儿老长，长的精瘦。说自己是甘肃人，叫王甜水。新中国成立前就在西部淘金子，二十世纪五十年代解放军进入西部之后剿匪平乱，他因为跟土匪有点儿瓜葛，也被抓了。关在宁夏的采石场劳改了二十多年，直到"文革"结束了，政府才想起把他放出来。

出来后发现世道全变了样，他又不会干别的，只能再来西部淘金，赚个养老钱。

我们起初嫌他年纪太大，不想要他。他说自己会看风水找金苗，大哥笑笑，说自己是干地质的，找金子用不着别人。他又说自己摇金斗子是把好手，不像现在的毛孩子能把金子全晃到水里去，这才让大哥点头收了人。

我看着那俩人心里直犯嘀咕，这都是什么人啊？一个劳改犯还不行，一口气来了俩。往后天天跟他们一起干活，怎么能放心？估计连觉都睡不好。

偷偷跟大哥讲了我的担心，却被他笑话没出息，说一般人谁会来这鬼地方淘金？西部自古就是充军发配的场所，现在愿意来的内地人，大多也是日子过不下去的盲流、刑满释放人员，或者压根就是逃犯。这号人光棍一条，无牵无挂，不过越是这样反而越能混，他认识几个本钱很大的金老板，都是劳改犯出身。至于我，只不过是个连肄业证都没有的大学生而已，要经验没经验，要力气没力气，所以也少不了被人看不起。

之后又来了几个河南人，农村的，大多是第一年来淘金，什么都不懂，就是年轻有把力气。找齐了十个人，大哥觉得够了，谈了具体的分成条件，立下字据合同。

接下来，我们十个人又坐着一星期才有一趟的长途车，来到了一个更偏远的叫"四牧场"的地方。名字是牧场，其实是个乡镇一级的行政区划。下了车，大哥指着极远处的群山对我说，那就是按台山。

四牧场也挤满了淘金客，我们住在当地农户腾空的牛棚里，味道颇不好闻，不过已经比那些露宿街头的强了不少。剩下的几天主要是采购工具和粮食。溜槽、毛毡、金斗子、橡皮水裤、钢钎，十几副铁锹和十字镐，上百公斤的米面，还有不少清油、食盐、砖茶，全堆在一辆架子车上。西部跟内地不一样，买粮食都是论公斤称的，这点让我印象深刻。

东西采办好后，大哥说今年淘金的人比去年还多，得先上山探路占地方，他领着甘肃老头儿和一个河南人先走，让我和武建超在牧场守着，等他们捎信儿下来，再带着人和东西进山。

我本来也想跟着去，却被大哥揪到一边骂了一顿，问我懂不懂什么叫"打虎亲兄弟，上阵父子兵"？让我留在后边是为了照看东西，那都是自己花钱买的，交给别人不放心。

在按台县淘金，一般初春冰雪刚开化，探路的人就要进山踩点，之后大部队跟进，扎下营盘干上小半年，秋天前就得撤出来。北边冬天雪太大，山里待不了人。除非有些大老板发现了富矿怕被别人占了，才会雇人留在山里过冬看场子，好等第二年回去继续淘。2010年北边闹雪灾，电视上报道过十几个淘金客困在深山里，最后被解放军的陆航直升机救了出来，我猜可能是在山里坚守的人，为了一个月几千块钱，险些送了命。

大哥走后，我们窝在牛棚里苦等了一个多星期，山上终于送下信儿来。因为牧场离真正淘金的地方还有一二百公里，我们当天下午就雇了辆手扶拖拉机，向大山进发。

西部地区的初春，仍然寒风刺骨，拖拉机沿着戈壁滩上的砂石路"突突突"地往前开，一路带风，刮在脸上像小刀一样。我们几个人穿着棉袄棉裤挤坐在晃晃悠悠的车斗子上，缩着脖子抄着袖，不停地流鼻涕。武建超爱喝酒，拿出随身带的装酒皮囊，给我们一人灌了几口驱驱寒气。

有个河南小伙子却兴奋得要死，说等淘金赚了钱，他也要买辆这样的拖拉机。西部的农业机械化程度一直很高，而那时的内地农村，几万人的公社才有一两台拖拉机，包产到户分了地，有钱人家也顶多买头小驴儿，怪不得他眼红。

戈壁滩看似空旷，其实交通线比较固定。我们走的砂石路是条牛羊踩出来的牧道，所以一路上遇到了不少拖家带口，赶着畜群转场的哈萨克牧民。我大学念的是畜牧兽医，虽说没能毕业，但看到这延续千百年周而复始的游牧生活，还是觉得很有意思。

拖拉机速度不快，天黑时才走完了一半的行程，晚上要继续赶路，第二天早上才能到达淘金的河谷。其实西部地邪，当地人相当忌讳赶夜路，不过那拖拉机师傅没办法，如果他当天下午不走，而是等到早上出发，用一白天把我们送到目的地后，晚上就得自己一人开车回去，还不如七八个人一起走夜路安全，好歹人多有个照应。

司机怕我们夜里睡着了从车上掉下来，说带了个收音机让我们听。可等他把收音机拿出来，全把我们吓着了，心说西部人用的东西就是剽悍，这哪里是收音机，这根本就是个军用收信机，只不过接着电瓶，又安了个外放喇叭。旋钮一拧，"啪"一声通了电，频道是原先找好的，稍微调了一下，里边就传出了《三套车》的音乐。

奔驰在荒凉的戈壁上，喝着冷风，吃着干粮，欣赏着悠长深沉的苏联民歌，倒也是别有风味。曲子一首接着一首，正听得入神的时候，却突然没声儿了。而静了一会儿之后，"突突突"的发动机噪音中，一个低低的女声缓缓地说道："这里是莫斯科广播电台，这里是莫斯科广播电台。"

冷不丁听见这句话，我"噗"的一下把嘴里的干粮喷出来，边咳嗽边骂道："妈的，莫斯科，苏联电台？"

按台山北边就是苏联，那军用收信机的功率又强，收到苏联电台倒是一点儿不稀奇。只是自从1960年中苏交恶，苏联电台就算是敌台了，尤其是这种针对中国的汉语电台。"文革"那些年谁要是偷听敌台，是要被当作特务抓起来的。

正胡思乱想的时候，拖拉机转了一个大弯拐进了一个小山坳，突然头一歪，一个急刹停了下来。我心不在焉，差点儿被巨大的惯性甩下车，其他人也差不多，骂骂咧咧地问怎么回事，结果大家抬头一看，顿时被眼前的场景惊呆了——

羊，全是羊，前方不远的小路上，挤挤攘攘的一大片站满了羊。拖拉机昏黄的车灯下，竟全是层层叠叠的羊头和羊背，几乎一眼望不到边。

没听说过大半夜赶羊堵路的，拖拉机师傅把火一熄，气急败坏地跳下了车，打着手电，扒开羊群上前边找人理论。而发动机的声音一停，羊叫声就传了过来，其中还夹杂着几声狗吠，因为羊实在太多，本该断断续续的"咩咩"声响成了一片。

紧随其后的是一股子浓重的羊臊味，大家几乎同时捂上了鼻子，皱着眉头互相望着，一时摸不着头脑。武建超喝了口酒，咂巴着嘴嘟嘟囔了一句："狗日的，这事儿不对劲。"

其实不光他，是人都会觉得这事不对劲。我学过这个所以我知道，羊在夜间视力差，很容易走丢，没人会在晚上放牧。而当时已经是夜里十点（西部地区与内地时差两个小时），转场的牧民早该找地方搭临时毡房休息了，牧道上绝不可能出现这么多的羊。况且这些羊全是挤在一起不走，这就更古怪了。

不一会儿，司机带着一身臊臭回来，身上沾满了羊毛。对我们说前边堵着三四家牧民的羊，一共好几千只。也不知道为什么，从太阳落山前就这样，不管谁家的羊群走到这儿，就跟当兵的被喊了"立定"似的，齐刷刷地站着不动，头朝东背对着太阳乱叫唤，怎么赶都不走。马和骆驼也一样，狗也不听话，总之全乱套了。

我们问那怎么办？司机说他也不知道怎么办，牧民们也从来没遇见过这种情况，都傻了，不过好在羊也全在那儿站着，没一个乱跑的，倒不用担心丢。

羊不但把路挡了个严严实实，还站满了两边的山坡，拖拉机开不过去，没有办法只能等。我顺着车灯看过去，发现一只只羊果然全是头朝东，嘴里吐着白气咩咩叫，也不知道发的什么神经。

来西部之前就听人说过这里地邪，我起初还不信，没想到这时自己也遇到了这种怪事。几个人还在车上议论纷纷，那拖拉机师傅却变戏法儿似的，不知从哪儿拿出了一叠黄纸，蹲在车边烧了起来。

后来我才知道，好像很多当地司机的车上都准备有香烛纸钱一类的东西，按他们的话说，别看戈壁滩上一马平川没什么东西，其实东西多着呢，只是我们人看不见。有时车在哪个地方无缘无故趴窝，怎么修都不行，可纸一烧，车就走了。

不过当时在我看来，这无疑是封建迷信的做法，因为那一堆纸都烧完了，情况依旧没有改变。倒是我们这些人都在拖拉机上坐了大半天，浑身又僵又冷，既然一时没法儿往前，就索性跳下了车，活动活动手脚。别人都抽烟聊天，而我是第一次来西部，看什么都新鲜，就把司机的手电要了过来，走远了几步想瞧瞧周围的情形。

可没想到只是这随便一看，还真看到了点儿不寻常的东西。

不远处的山坡上，矗立着一个很不自然的小山包。我本来只是拿着手电毫无目的地四下乱照，可光柱扫过那地方的时候，不由自主就停了下来。

那山好像是硬生生从地上长出来的一样，周围都是比较平整的山坡，只有它孤零零的高出一块，显得很突兀，而且是尖尖的三角形，跟这一带圆头的秃山很不搭调。

我正想再走近些看个究竟，武建超却从后边把我叫住了，说天黑不太平，别到处乱跑。我说那个小山包看着挺奇怪的，问他知不知道怎么回事。他顺着我的手电筒一看，哈哈笑着说那不是什么山包，是一堆石头，天亮了就能看清楚了。

我又问是不是蒙古人的敖包，《敖包相会》我倒是听过。他却摇头，说敖包虽然也是一堆石头，但没这么大，而且上头插着幡。说完把手电抓了过去，用手电指了几个更远的地方给我看。光线很弱，不过还可以分辨出那是几块立着的长条形块石，歪歪斜斜地站在山坡上。

我说不就几块石头吗，又怎么了？他却告诉我那些其实都是石人，上边有刻出来的人脸和衣裳，跟那个大石堆是一起的。类似的石人和石堆不光西部有，他以前在内蒙古也见过，据说外蒙古和苏联也有不少。应该是古代少数民族留下来的东西，有什么用处倒是不知道。

我还想靠近了再瞧瞧，武建超却一把将我拉了回去，说他凡是到了这种有石头人的地方，心里就会阴恻恻的不舒服，老感觉要出事，叫我别瞎跑。

我看人家也是好意，就乖乖没去。回到了拖拉机那儿，给他递了支烟，他推开了没要，说自己只喝酒不吸烟。我又问他羊群全堵在那儿不走，会不会也跟这些石头人有关？他有点儿犯疑，不过又摇摇头说不会，西部春天羊赶雪，牧民春秋两季转场都要走这条路，以前从没听说过有这种事。

我还想再说，却见他突然冲我打了个手势，意思是别出声。我跟着一愣，这才猛地意识到周围的气氛很不对头。

因为刚才，除了我们俩，身边竟没有一个人在说话。

很多人都有这样的经验，一群人本来正热热闹闹地聊天，却不知怎么的，会突然一下安静下来。

我当时的感觉也差不多，所有人好像同时闭上了嘴，只有那台收音机还在不知趣地唱着歌。冷场了将近半分钟，才听见一个伙伴儿轻轻说了句："你们听见没有？羊，好像不叫了。"

他只是把大家都发现的事实讲出来了而已。岂止是乱糟糟的羊叫声停了，狗也不出声了，再加上我们这些人，就像约好了一样，同时收了声。甚至连收音机里的音乐也没有了，只剩下了"咝咝"的电流声。

那人的一句话，只怕把他自己也吓着了，又小声问："咋，咋啦？恁为啥不说话？"可是除了"咝咝"作响的收音机，没人回答他。大家都屏气凝神站在原地，像是在等着什么事发生，可究竟会发生什么，谁也不知道。

时间仿佛也跟着慢了下来，周围静得可怕，我能很清楚地听到身旁的人因为紧张咽唾沫的声音。而突然间一阵阴风吹过，收音机里原本平静的静电声又变成了调台时的那种"喳喳啦啦"的刺耳噪音，调子拐着弯儿时高时低，仿佛有人在捏着旋钮来回乱拨。

那声音不算大，可吵得人心里发慌，头皮发麻，我脑门上不自觉渗出了汗。武建超的脸色很不好看，说快把那东西关了，身边却没有一个人敢动。

声音乱了差不多两分钟，又渐渐变得清晰。可当我真正听清楚之后，脖子根儿的汗毛立马全竖了起来。有个同伴说了句"妈呀"，腿一软直接坐到了地上。

周围似乎变得更静了，而喇叭里传出来的，全是"咩咩"的羊叫声音。

难道是收音机串台了？可随便哪个广播电台，也不会把羊叫声放进节目里。一时间所有人都傻了，面面相觑，想从别人那里找到答案，只是漆黑的夜里，根本看不清对方的脸。

听着收音机里那颤巍巍，又有些失真的羊叫，我身上的鸡皮疙瘩此起彼伏，脑子里却突然冒出了个让自己都脊背发凉的想法：说不定，实际上那些羊还是在拼命地叫着，只不过它们发出的声音，要通过收音机才能播放出来。

见仍然没一个人动，我咬咬牙，硬着头皮爬上了车，可刚伸出手要去关收音机，那声音却忽然停了。我的手悬在半空，一时不知道如何是好。

正在这时，羊群的方位又忽然"哄"的响了一下，武建超反应最快，手电筒立马照了过去，只看了一眼就急忙大喊："狗日的，快上车，羊跑过来了！"

乱糟糟的蹄声由远而近，站在地上的几个人手忙脚乱爬上车。只是这一会儿工夫，羊群就冲到了跟前，在拖拉机前一分为二，接着又像洪流一样奔涌而去。四周变成了羊的海洋，而我们站立的车斗子则是一片孤岛。

然而真正让人感到害怕的是，我们仍然一声羊叫都没听到。那些平时没事就喜欢叫两声的动物，现在全像哑巴一样，只知道闷不作声地向前跑。有些因为速度太快，还撞到了拖拉机的车斗子上，震得"嘭嘭嘭"乱响，让人的心也跟着狂跳。

几个人围着年纪最大的武建超，问这到底是怎么回事？武建超骂了一句："干嘛都问我？我他妈的也不知道！"

看着一只只羊默不作声狂奔而去，我心底升起一种异样的感受，觉得这群东西，或许已经连动物都算不上了。它们不但没有感情，没有思想，而且连本能和天性都没有了，只会毫无意识地站和跑。

刚想到这里时，一只羊被别的羊挤得险些跳上车，我满心厌恶，一脚把它蹬了下去。然而腿还没收回来，我就猛地愣住了，因为就在刚才，那只羊竟然轻轻转过头，淡淡地看了我一眼。

我不知道该如何形容当时的感受，只知道那是我活了二十多年来，第一次发现羊的眼睛很可怕。

那是一种似曾相识的感觉，就像在大城市上下班高峰时汹涌的人潮中，或者在拥挤的公共汽车上，如果你不小心碰了别人一下，他们转头来看你的时候，用的就是那样的眼神。

我当时只知道害怕，至于为什么会有这种感觉，也说不清楚。直到很多年之后，有一次我无意中翻开曾经的大学课本，这才猛然想明白。

不知道有谁注意过，对于有些动物而言，我们只能看到它们的眼珠，却看不到眼白。倒不是说这些动物没有眼白，而是因为它们的眼白有一部分是黑褐色的，与虹膜的颜色相近，所以看起来远不如人的眼白大。

但我清晰地记得，那只羊的眼睛是黑白分明的，甚至连眼角的小红肉都能看得清清楚楚。这对于羊来说是不可能的，那不是一个动物该有的眼睛，那样的眼睛只属于人。也就是说，那羊长了一只人眼。

足足过了五分钟，最后一只羊才从我们车旁跑了过去，几家牧民骑着马和骆驼，呼唤着牧羊狗，急急忙忙地追羊去了。被几千只羊蹄子激起的灰土荡起老高，混着臊味久久没有散开。

我们几个人咳嗽着，七嘴八舌讨论刚才发生的事，说什么的都有。可还没讲几句，天边突然传来一阵"轰隆隆"的巨响，把我们的说话声全盖住了。

"轰隆隆"的声音，就像磨子雷一样，震得人耳膜发疼。大家先同时一怔，接着不由自主都站了起来，循着声音分辨着滚雷的方向。然而一看之下，我们却更加惊异地发现，远处的天，竟然在这时亮了。

如果说发疯的羊群给人的感觉是诡异，那么半夜里忽然亮起来的夜空，就只会让人震惊了。

其实当时的情景，说是天亮了也不完全准确。因为那既不是白天时的万物普照，也不是电闪雷鸣时的天地一片通透，更不是星光月影，鬼火磷焰。如果非要打个比方，可能用所谓的"霞光万丈"来形容才比较贴切。

西北方的群山背后，漆黑的夜空里，正放射出极为刺眼的红光，但不是朝霞或晚霞的那种红，而是鸡血一样的鲜红色。而且随着那种滚滚的雷声越来越大，光线也越来越炽烈，似乎是早已落山的太阳不满意自己当天的离场，正蒙着红色的盖头，想再次从西边爬出来一样。

附近的山峦和半个天空都被染成了玫瑰一样的颜色，而先前所看到的石堆、石人，包括拖拉机和我们自己，也笼罩在那妖异的红光下，在地上拖拉出一条条长长的诡异影子。

大风"呼啦啦"刮了起来，我们却浑然不觉，只是被那神奇的天象所震慑。如果谁能在那时给我们照张相的话，一个个肯定都是直愣愣瞪着天，张大了嘴，面容呆滞，满脸难以置信的表情。

又过了一会儿，有个同伴像是慢慢回了魂儿，傻乎乎地问到底怎么回事，是不是苏联帮越南人报仇来了，从北边扔原子弹炸我们？结果话没说完，就被武建超骂了一句放屁。

我当时真希望自己是个摄影师或者画家，这样就能在惊叹之外，把眼前雄奇的景象拍下来或者画下来了。退一步，哪怕是个作家或者诗人也好，那些人瞅见个月亮都能写出《静夜思》或者《荷塘月色》，如果能让个大文豪把我眼前的景象用文字描绘下来，再抒发抒发感情，托物言志一番，肯定又是一篇传世之作。

然而浪漫的诗情画意没能继续多久，脚下拖拉机的一阵剧烈晃动，把我的思维瞬间拉回现实。我下意识地蹲了下来，隐隐感觉到不对。紧接着感觉又晃了一下，排除了自己头晕的可能之后，脑子里猛地蹦出两个字——地震。

我喊了一声，带头跳下了车。脚一落地，马上就感觉到地面的晃动，一会儿是左右的摇，一会儿又是上下的拱，让我更加肯定发生了地震。

天上的红光把地面映得很亮，也用不着手电筒，我一脚高一脚低地跑开了，同时心里琢磨，这是在野外，不用担心房倒屋塌，附近只是些低矮山岭，也很空旷，所以只要别震到地上裂口子的程度，就没什么大碍。于是我跑到了个开阔些的地方就停下了，扶着膝盖喘气，回头一看，其他人也跟了上来。

那时候之所以这么冷静，还要归功于唐山大地震。经历过的人都知道，1976年地震之后，可谓是全国各地紧张动员，家家户户要搭防震棚，各街道、单位和学校都开了学习班普及防震知识，搞得像政治运动一样。当时离唐山大地震还不到十年，给人的印象太深刻，所以脑子里一直有根弦儿绷着，事到临头才没有慌乱。

而且从意识到地震开始，我的思路也逐渐清晰起来，把事情从头到尾捋了一遍，发现这前前后后的一切，似乎都变得顺理成章了。又暗骂自己没出息，出了点儿事只知道害怕，不会用脑子想，亏自己还算上过大学。

几分钟之后，地震渐渐平息，首先是天边的红光消失，接着轰隆隆的声音也没有了，最后大地彻底恢复了平静，只留下呼啸的风吹过荒山。

我们又等了将近二十分钟，确认的确没事了，这才长长松了口气。这半宿又是惊又是吓的折腾，弄得大家身心疲惫，有个人最尿，吓得竟然腿软瘫在了地上，被我们一路拖回去架上了车。

司机拿出摇把儿一阵猛摇，拖拉机又"吭吭吭"地重新发动。正要开起来往前走，结果那尿货开始哭爹喊娘叫了起来，说山神老爷不高兴，地震了太凶险，他不去淘金了，吵着要回家。

他这边刚说完，又有俩人跟着起哄嚷嚷，说他们也不去了。司机有些不耐烦，回头问我们到底走不走，其余几个人也开始低头窃窃议论。

场面一时有点儿乱，我慌了神。先是看了武建超一眼，想问问他的主意，毕竟他年纪最大，经验也丰富。可发现他只是拿着皮囊喝酒，一副事不关己的样子。

我叹了口气，心想求人不如求己，这次淘金出钱牵头的是我们兄弟俩，现在军心浮动，我得拿出点儿当家人的架势，至少先把人稳住，有什么事等见着我大哥了再说。于是清了清嗓子，叫大家先别吵，接着，把自己的一番推测说了出来。

其实刚才发生的一切，都可以归结于地震的影响，以前防震课上讲过。首先是羊群不正常，动物的感觉比人灵敏，地震前通常会有反常的行为，比如鸡不进笼羊不入圈之类，这儿的羊不用羊圈，不过发发疯也在所难免。再者是收音机的怪声，这可以理解为地震影响了大气间电磁波的传输，干扰到了信号。

至于天空突然发亮的事，那是地震前的一种自然现象，学名叫作地光，虽然不清楚具体原理，但最终的表现形式就是天空放光发亮。我以前看过一份材料，很多唐山大地震幸存者都是因为震前看到了地光引起警觉，才躲过了一劫。最后那磨子雷的声音，应该就是所谓地声，是地下的岩体受到巨大力量产生的变形和摩擦发声，没什么吓人的，和地光一样都是震前的自然现象。

那几天住在牛棚里等消息，别人都凑在一块儿打牌，只有我天天躲在一边看书，他们觉得我喝过的墨水多，喜欢叫我"大学生"。这会儿听我这"大学生"有理有据地把刚才的怪事解释了一遍，同伴儿们都似懂非懂地点了点头。

我从骨子里还是个唯物主义者，所以不管遇到什么事，只要能把其中的道理想通，就不会再感到害怕。我越说越觉得自己有理，胆气也随之一壮，科普完了，看效果还行，赶紧趁热打铁做思想工作，说大家来西部，都是为了赚钱，冒多大风险，才能发多大的财，想求安稳就别淘金，回家躺床上最好。况且到底有没有危险还不一定，等明天见着我大哥，他以前是地质队的懂这个，肯定知道得更清楚，到时候再好好商量。

说来说去总之就一句话，现在必须往前走，掉头拐回去绝对不可能。见他们愣愣的没再聒噪，不知是挣钱的欲望战胜了地震带来的恐慌，还是被绕晕了。我看形势不错，马上给司机打了个手势，让他快开车。

武建超对这种说法显然不大相信，拉着我趴在耳边轻声问了句："那你说，为什么收音机会放出羊叫？"

我一时哑然，想了想，有些底气不足地说："凑巧吧。"

"凑巧？"他看看我，露出一副似笑非笑的表情，也没再追问。

拖拉机再次开动，武建超喝了口酒，可马上脸色又突然一变，说了句："不对，咱少了个人，赵胜利不见了。"

赵胜利，就是那个先前说要买拖拉机的年轻人。

武建超急得站了起来，冲司机连喊了三个"停"，拧开手电就开始数人。我们一行人加上司机本来有八个人，可这会儿他照来照去数了好几遍，也没再找出第八个人来。

我心也跟着一抖，忙问身边的人最后看见赵胜利是什么时候。他们几个却都摇头，说刚才又是羊群又是地震，跑来跑去，脑子乱哄哄，谁也没注意什么时候少了个人。

这时收音机不知怎么的，又"啪"的一声再次响了，重新放起了音乐。我马上把它关了，又触电似的把手收了回来，虽说知道了原因，可这玩意儿还是太瘆人了，说实话，我真怕喇叭里会突然传出赵胜利喊救命的声音。

武建超眉头紧锁，嘴里小声地骂着："狗日的，我就知道要出事……"他举着手电四下找人，其他几个人也都站起来，喊着赵胜利的名字。可四周黑漆漆的，大风呼呼响，把他们的声音全吹散了。

我仔细回忆着刚才的经过，觉得人最有可能是在羊群冲过来或者地震的时候不见的，那时候场面很乱，大家都只顾自己，少个人不容易察觉。

可转念一想又觉得不太对，如果非要讲可能性，那么假设人是在我们下车聊天时，或者地光显现的时候丢的，似乎也讲得通。哪怕说人在拐进这个山坳之前就从车上掉下去了，也不是没可能。

此外还有更重要一点，那就是赵胜利是怎么不见的？总要有个方式和途径，不可能前一秒钟还在身边，后一秒钟人就没了。

我摁着太阳穴正苦苦想不明白，却听他们几个兴奋地叫起来，说找到了找到了，在那儿在那儿。抬头看去，见远处出现了个黑黑的人影，手电光照过去，好像就是赵胜利。他一路小跑地奔过来，手里还拿着一团白乎乎的东西，只是隔得远瞧不真切。

离得近了之后，赵胜利被手电筒晃得睁不开眼，伸出一只手挡住脸，点头哈腰赔不是，念念地说："吓，吓死个人咧，俺还以为拖拉机要开走，不管俺咧……"他嘴上道歉，可听得出其实喜滋滋的似乎心情不错，大家也看出了他怀里抱的竟然是两只小羊，脑袋都软耷拉着，奄奄一息眼看就要死了。

我肚子里忍不住骂起来，我们在这儿紧张了半天，谁知人家是顺手牵羊去了。春天正好是母羊下羔子的季节，这两只羊娃子，八成是在羊群动起来的时候落下来的，赵胜利跑远了去捡，自然就和我们走散了。

武建超做得更绝，没等赵胜利爬上车，就一巴掌扇在了他脑袋上。赵胜利没防备，顿时蒙了，摸着头，好大一会儿才明白过来自己被打了，把羊往地上一扔，叫骂着就要冲上车拼命。可惜武建超手上有两下子，又是居高临下，轻轻松松一推一搡，弄得赵胜利连车都上不去，一不注意又挨了两下。

我觉得武建超反应似乎有点儿过度，眼看这都打上了，赶紧拉人劝架。赵胜利被他几个老乡抱着，打也打不过，挣也挣不脱，他本身有点儿结巴，这会儿气得声音都变了，一个劲儿地说："你你你凭啥打俺，俺俺俺俺捡两只羊给大伙吃肉，有啥啥啥啥错？你凭凭凭啥打俺？日你妈，俺俺俺又不是你雇来的！"

赵胜利这番话让我有点儿感动。大家身上的钱都不多，就算在西部这种遍地牛羊的地方，前些天也没吃过几顿肉。而且我们进山带的全是大米白面，以后几个月别说是肉了，就是想吃棵菜都没有。他摸黑去捡羊，倒真的很为大家着想。

"凭什么打你？是让你长记性，以后少瞎跑，西部邪性的地方多了，不明不白丢个把儿人跟玩儿一样。"武建超绷着脸，拿手电指指远处的石人，说他当兵时在内蒙古给牧民打井，半夜开车拉着器械赶路，有个战友只是下车解了个手，人就没了。第二天动员全连的人还有附近的牧民找了一天，却连个尸首都没看见。而人失踪的地方，就有许多这种石人。

我这才明白，怪不得武建超之前说见了石人心里不舒服，而且发现少了个人后又那么紧张，原来是之前发生过这种事。

赵胜利让他这么一训，估计被吓得不轻，气势短了一截。又被另外几个同伴劝了几句，说他好心是没错，可不能这么让大家担心。他看没人向着自己，也不再喊打喊杀，只是嘴里还不住地念叨，说就算那样也不能打人。

虚惊之后，大伙重新上车，赵胜利赌气似的坐得离武建超远远的。武建超也不搭理他，只是喝酒。拖拉机总算再次开动，走过刚才羊群堵住的路段时，地上堆了厚厚的一层羊屎蛋儿，臭气熏天。

下半夜平安无事，越往前走，周围山岭的地势就越高，天亮后不久，我们听到了湍急的水声，淘金的那条河谷到了。

从远处看，整条河在晨光下竟然闪烁着灿烂的金光，十分耀眼。我吃了一惊，心说就算按台山"七十二条沟，沟沟有黄金"，可金子也不能多到这种地步吧？直到走近了，才恍然大悟，原来河里漂满了从山上冲下来的云母片，这种东西反光。

眼前是额尔齐斯河的一条小支流，好像叫什么喀什么古什么河，源头就在按台山里，岸边是成片的杨树和柳树，两旁的山坡则长满了爬山松。

河水很脏，不光有云母片，还夹杂了大量的泥沙石子、枯枝败叶甚至牛羊马粪，浊浪翻滚，奔流而去。西部地区地处亚欧大陆腹地，河湖大多内流，只有额尔齐斯河是外流，河水西去再往北走，流经西伯利亚，成为我们国家唯一汇入北冰洋的河流。

拖拉机溯河而上，路边又出现了一群石人，迎着晨光，沿河而立。我好奇地打量着这些草原先民的遗作，心里忍不住赞叹。

这些说是石人，其实基本没有改变石头的原有形状，只是在表面简单地雕刻出人的五官和服饰，线条朴实粗犷，一看就是少数民族风格。天长日久的风雨侵蚀下，很多石像的纹路变得模糊，又增加了许多苍凉古意。

但当我把目光集中到石人的脸部时，心却猛然间一沉，意识到一个问题，马上转过头，有些紧张地问武建超："你看这些石人，怎么全都是脸朝东？"

武建超没多想，回答说游牧民族大多数都崇拜太阳，以东为大，比如蒙古包的门都朝东南开……可话没说完，就突然停住了，显然理解了我的真实意思，和我对视半晌，叹了口气，缓缓摇头说："我也不知道。"

又向上游开出一段距离，司机停下拖拉机，说只能把我们送到这里，后边的路得靠我们自己推车走，说完把架子车卸下，掉头转回去了。

我当时生出一股冲动，差点儿要跟着拖拉机回到昨晚的那个山坳，确认一下那里的石人是不是也全是面朝东。因为就在刚才，我忽然有些失望地发现，尽管有了那套关于地震的推测，但昨晚发生的许多事，我仍然无法解释。

只不过，这些想法我只能暂时留在脑子里，不能说出来，免得再度扰乱军心，毕竟眼前还有更要紧的事要干。大哥当初和我们约在进山的地方会合，往前还有十几华里要走。

可是前边没有路了，想继续往前走，首先要过河。虽然是刚开春，但水势还是很急的，没准备的话，过河是相当困难的。好在当地有专门做这种生意的"摆渡专业户"，他们把五六只充足了气的汽车内胎或者大油桶扎成筏子，两岸的人相互配合，用绳子控制着来回漂渡。

折腾了几个钟头，才把我们连人带东西全送了过去，过程十分惊险。其实干这行的不比淘金少赚钱，就靠着几个轮胎，一个夏天也能弄个几万块。

过了河后，才算进入了采金区。没了拖拉机才知道行进的艰难，脚下的路已经不能称之为路了，一边是山坡，一边是急流，架子车只能在河漫滩上走。我们轮流在前边拉车控制方向，剩下的几个就在后边推，地上全是鹅卵石和泥沙，车子吃力又重，推一步才走一步，弄不好轮子还会陷在坑里，必须把车上的东西卸掉一些才能拉出来。

很快到了中午，太阳升到了头顶。大家一晚上都没怎么睡，身子本来就乏，又"吭吭哧哧"推了一上午车，这会儿全都喊吃不消，不得不停下来。几个人抽烟打气，武建超是一口一口灌酒，而我靠着车，已经连胡思乱想的力气都没了，什么羊啊石人啊全都滚到了一边，脑子里只剩下一句话：真他妈的累。

大概喘匀了气，武建超从河里打了两捅水，说要烧点儿开水，再做饭吃。我盯着脏兮兮的河水问道："就用这个水？"

他白了我一眼，反问道："那你想用什么水？"

我指着那两桶黄泥浆说："你看这里头漂的全是马粪。"

武建超撇撇嘴，懒洋洋地说："这河里还漂过死人呢，你爱喝不喝。"说完低头看了眼水桶，可能连自己都有点儿看不过去，就把水倒了，换了个地方重新打了两桶，不过比刚才的水，也就是从地上强到席上。他把水桶放在车边，说安静的澄上一会儿，水还能再变清点儿。

我们从山坡上扯了些爬山松的枯枝，这种树含油脂，很耐烧。赵胜利把那小羊剥了，只在河边的石头上大概剁了剁，就下锅煮了。不能吃的杂碎下水全扔河里冲走了，不敢留着，主要是怕血腥味招来豺狗。

豺狗是种比狼小的犬科动物，成群结队地，一身红毛，也叫赤毛狼。武建超跟我说，以前采金区没这种东西，但这两年多了起来。开春淘金的人一来，它们也来，一般是零零星星地捡垃圾吃或者吃人屎。不过有时候也吃人，好像去年就有一个家伙半夜喝多，躺外边睡着了，结果被一群豺狗分了尸，肠子肚子都拖出来老远，屎尿流了一地。

边上赵胜利正拿着马勺搅锅，一听就吓麻了爪儿，结结巴巴地说该吃饭的时候，别提这种事。

大概一个小时之后，我们终于吃到了一天来第一顿热汤饭。说实话肉有点儿不熟，汤更是透着一股马粪味，还有沙子硌牙。我就着烤馕喝汤，边吃边感叹，心说人才是世界上耐受力最强的动物，这么脏的水，就算让牲口喝，牲口都得想想，可我们没办法，只能硬着头皮吃，然而大家竟然都还吃得挺香。

饱餐战饭之后，我们推着车继续一点儿一点儿地往前蹭，总算在天黑前赶到了采金区的山口。只是之前大哥跟我们约好在这儿会合，这时却没见人影。

那时也没有手机，不能及时联络，我们又烧了锅开水喝，等着人来。我有些担心，说人怎么还没到。武建超却不在意，说山里路不好走，约的时间哪能那么精确，差个一天半天很正常，人没来就等着，大不了先睡觉。

我问这漫天野地的怎么睡？他骂了我一句："怎么就你事儿多，还能怎么睡？躺着睡呗。"说完找了块石头当枕头，抽出被子往身上一卷，往边上一歪闭上了眼。其余几个人也如法炮制，不一会儿就鼾声大作。西部地区气候干燥，土里也没什么水分，所以用不着垫褥子，直接躺在地上也不觉得潮。

这才是真正的风餐露宿，我心想自己没道理比别人娇贵，也盖上被子睡了。可感觉没睡多久，不知怎么就被自己的一阵咳嗽震醒了。睁眼一看，发现天已经黑了，却淅淅沥沥飘起了小雨，刚刚咳嗽，就是水滴飞到了鼻子里被呛的。

雨倒是不大，除了我自己，别人都睡得死沉。想起车上还有几百公斤粮食，我不禁有些担心，把武建超摇醒，问他粮食被雨淋湿了怎么办，用不用拿塑料布盖一盖？

他迷迷糊糊地说面粉不怕雨淋，一把将我推开，翻个身又继续睡。我心里纳闷，说怎么会不怕雨淋，掺了水不就成面团了吗？不太放心之下，打开一袋面粉一瞧，嘿，还真不怕雨淋。

原来，最外层的面粉被雨打湿之后，会跟面袋子黏在一起，这层面糊不透水，雨又不大，后来还没等雨水洇到里边，就顺着袋子流走了。

我发现自己傻乎乎的全是瞎操心，抓抓头，就钻到了车底下避雨继续睡。但是刚才的瞌睡劲一过，一时半会儿不容易再睡着。闭着眼睛静躺了一会儿，还是没有一丝睡意。听着他们几个震天响的呼噜声，心里更是烦躁，来回烙起了烧饼。

然而我在翻身的时候无意睁了一下眼，却再不敢合上了，远处黑漆漆的河滩上，有两个晃动的小光点，正在慢慢靠近。

我趴在地上，浑身肌肉一紧，头一个反应就是狼，或者是武建超刚说的豺狗。不是都说这一号动物到了夜里眼睛会发光吗？可随着那俩光点越飘越近，又觉得它们之间距离有点儿太远了，不像是长在一个脑袋上的东西，倒像是……等真正看清那是什么东西的时候，我气得自己都笑出了声，他妈的，那是两个手电筒。

我从车底下爬出来，发现雨已经无声无息地停了。有人打着手电越来越近，我起初还以为是大哥他们，也把手电拧开冲着他们晃了晃。但紧接着就意识到自己认错人了，如果是大哥他们来了，应该是从河谷深处往外走，但眼前的人正好相反。

对面是一高一矮两个人，他们看见我这边的光，也加快步子走过来。我忽然间有点儿紧张，心想万一是坏人怎么办？虽然我们人多，可大家都在睡觉，没什么防备。于是没等他们走到跟前，我就粗着嗓子大喝一声，是谁，干嘛呢？

那俩人又走近了些，操着当地口音的普通话冲我打了个招呼，说是淘金进山探路的，走得太急带的水喝完了，想讨点儿开水喝。

我拿着手电来回照了照，见他们背着大包，还带着铁锹和淘沙盘，倒真是淘金客的打扮。稍稍放了心，端出锅来给他们舀开水，其中那个高个儿掏出个搪瓷茶缸凑了过来接，而这时我一抬头看到了他的脸，马上呆住了，手一抖差点儿把锅扔地上。

原先离得远没看清，这会儿挨得近了，在手电筒的光线下，才发现那人高鼻子深眼窝，头发卷卷的，眼珠子发蓝，竟然是个外国人。我的心猛地一紧，不动声色地又瞧了眼那矮个儿，却是个中国人的脸孔。

我佯作平静，手上继续给他们舀水，脑子却转得飞快："这深更半夜，荒山野岭的，他妈的哪来的外国人？中国话还说得这么好，难不成……"

那外国人看我神情不太对，张嘴想说话，而这时武建超正好被我们吵醒，在背后没好气地问我大半夜咋咋呼呼干嘛呢？

我如蒙大赦，把锅往地上一搁，说你们自己喝吧。赶紧跑开了去，把武建超拉到一边，偷偷指着正喝水的那俩人，小声对他说来了个外国人，会不会是越境的苏联特务。

我这么想不是没道理的。那时苏联和咱们国家的关系还没正常化，而之前常听说苏联会派特务从东北和西北一些地区偷偷越过边境刺探收集情报的事。

武建超听完一愣，将信将疑地走过去，探头朝那俩人一望，马上回身踹了我一脚，哭笑不得地骂道："狗日的，哪来的外国人，西部地区有俄罗斯族你不知道？"

他说完，就和那两个人亲亲热热聊了起来。他们都是老金客，互相认识，武建超一高兴，又拿出酒来给他们喝。我揉着被踹的屁股，心里有点儿冤，这边是有俄罗斯族，可我不是没见过嘛。

听他们聊天，才知道那外国人其实不是外国人，祖上是"十月革命"的时候逃到这边来的白俄，几十年好几辈儿下来，早就成了地地道道的中国人。他俄语的原名特别长，大伙记不住，就都叫他阿廖沙。他娶的是汉族老婆，跟他一起的那个是他妹夫。

我当时的想法，现在的年轻人可能会觉得很傻，或者很可笑。但思考什么事都不能脱离所处的历史环境。按台山正好在中苏边境上，而自打我记事起，我们国家就管苏联叫"苏修"，二十多年来关系一直很紧张，珍宝岛、铁列克，外蒙古陈兵百万什么的，报纸广播经常说，还专门编的有唱珍宝岛的歌。再结合我们这一代从小受的教育，还有民间各种抓特务的传说，一时联想到间谍也没什么奇怪的。

武建超留阿廖沙他们过夜，闲扯了几句，三句不离淘金的主题，之后就各自睡了。我讨了个没趣，也抱着被子到一边躺下，心里有点儿不痛快，觉得这两天怎么老神经兮兮的，全是自己吓唬自己。

第二天早上，突然感觉有人在踢我，我一个激灵坐起来，发现大哥不知什么时候已经到了。一个多星期没见，他现在灰头土脸的好像一个泥猴子，正懒洋洋靠在车上抽烟，而阿廖沙俩人早已经走了。

吃完早饭，大哥领着我们继续往深处走。额尔齐斯河的诸多支流、河汊河沟，就像人体大小毛细血管一样，延伸进按台山。眼前的那条河道弯弯曲曲，把陆地分割成了一个个犬牙交错的半岛，河滩上都是硕大的鹅卵砾石，时而还能看见去年被人丢弃的破旧工具和一些坍塌的地窝子。

来到中段的一个小半岛，又见到了甘肃老头儿和那个同来探路的河南人。他俩当时的姿势很奇怪，甘肃老头儿坐在石头上，另一个却蹲在地上抱着他的脚。我们纳闷这是在干嘛，一问才明白，原来老爷子的皮靴穿得太久又沾了水，夹在脚上脱不下来了，那人正帮着他往下拔鞋。

大哥伸手画了一圈，告诉我们这个小岛子就是选好的淘金点，我踢踢脚下的泥沙和鹅卵石，有些不相信地问："这沙土里能淘出金子？"

大哥不以为然地看了我一眼，把我们几个刚来的招呼到河边，拿着个做饭的勺子取了些砂土，放在水里贴着水面轻轻晃动，浮土顺水漂走，最后勺底只剩下一撮小石子，他拿手一扒拉，露出了一小粒黄澄澄的金砂。

那是我这辈子第一次见到天然金子，既新奇又兴奋，几个第一次来淘金的年轻人反应也跟我差不多，捧着勺子看了半晌不舍得放下，又小心翼翼把金砂捏出来放在手心。金子真的很重，只是麦麸皮大小的一颗金屑，就很明显能感觉到分量。

大哥从怀里掏出一个装青霉素的小玻璃瓶子，让我把金砂放进去。他塞上橡皮塞，挨个在我们耳朵边晃了晃，还能听到金子碰撞玻璃"叮叮叮"的声音，之后笑眯眯地拍了拍我的肩膀说："好好干吧同志们！"

虽说整条河谷都含有金砂，但这种随便挖一勺就能淘出金子的地段还真不多。我当时年轻不理解，后来再想想，才明白大哥当时的用意。那番做作不光是给我看的，更多是给其他人看的。毕竟我们这伙人是临时组织起来，互相都不太熟悉信任，干活儿之前他让大伙亲眼见识了真金白银，一是要显出自己确实有本事找到金苗，确立威信，二是要刺激劳动积极性，让大家踏踏实实干活，少惹事。

安营扎寨的第一件事就是挖地窝子。说起地窝子，很多人都会想到生产建设兵团，那是他们当年艰苦创业的标志之一。挖法很简单，先在地上刨出个大概两米深的坑，坑顶架上几根木料，盖上些芦苇、树枝，再铺上塑料布撒点儿土，最后从坑边挖出条斜坡延伸到地面作为进出的通道，就算大功告成。如果长期住，还要装门，抹泥浆，夯土墙，垒烟囱什么的，不过我们在山里待不到半年，所以弄得很粗糙，恐怕还没内地给死人挖的墓穴讲究。

在这流金淌银的河边，人的精神想不亢奋都不行，地窝子挖好后，根本没人提休息的事，马上开始了淘金的工作。甘肃老头子说开工之前，还要斩鸡头烧黄纸焚香祭拜，可我们不信那一套，直接就操家伙干上了。

金矿其实分为岩金和砂金两种。岩金深藏在山体岩石中，勘探开采难度都很大，那是国营大矿厂的工作。而砂金矿实际上是岩金被风化侵蚀后，经过搬运冲积，在河床上富集形成的，开采容易，我们淘金淘的就是砂金。

当时用的方法还很落后，都是成百上千年沿袭下来的老工艺，叫溜槽取金。所谓溜槽，大概就是一个宽半米、长三米的木头槽子。溜槽架在河边，一头高一头低，槽底铺上毡子，上面压着树枝做的木排，木排上每隔一段再钉上横格。将含有金粒的沙土倒在溜槽上，用水去冲，砂浆从溜槽上通过，泥沙随水流走，而金子因为比重大，会沉到木排的缝隙里。具体干起来，从挖到冲，基本上是四五人一组。分配给我的工作，就是穿着橡胶水裤站在河里，一桶一桶地往溜槽上提水。

每冲十几车砂土，就要起一次槽子，把留在毡子上的砂子小心清出来，再让甘肃老爷子拿一个小船形状的金斗子继续摇晃淘洗。大概就跟淘米似的，砂子越冲越少，最后只剩下很小很小的一撮精砂，就是混着金粒和石子的混合物。

摇金斗子是门学问，看着容易做着难，我试了一次，累得腰酸背疼不说，还把金子全冲到了河里，甘肃老爷子心疼得直骂作孽，说让我这么一摇，大半天全白干了。

临近晚上吃饭的时候，大哥把金子从精砂中小心地挑出来，再放到火上烘干，用磁铁吸去杂质，又吹掉浮在金子上的轻尘，上天平一称，八克多，算是收成不错。

大家都喜笑颜开，计算着照这个样子干上半年能挣多少钱。大哥又提醒我们这些新手别得意忘形，说往后不管谁问你一天能淘多少金子，都不准说实话，这个是原则问题。

我提了大半天的水，全是重复机械劳动，胳膊和腰都累得直打哆嗦，吃饭时坐也坐不下，一碗汤拿在手里能洒出去半碗。揉着肩膀，再看那小小的一撮劳动果实，不禁想起刘禹锡的一句诗，所谓"千淘万漉虽辛苦，吹尽狂沙始到金"，黄金虽贵，也要靠极其艰辛的劳动去换，古人诚不我欺啊！

我们带的物资有限，除了两个电筒，也没什么照明工具，所以天一擦黑就钻进地窝子准备睡觉，打算养足精神，等明天继续甩开膀子大干。我哈欠连天，抻开铺盖刚要钻被窝，大哥却过来拍拍我，把我叫了出去。

跟着大哥来到河边的树林，一人卷了支烟点上，他问我这几天有没有出什么事，我就把路上经历地震的那些事说了，还说有俩人闹着要回去，但被我压下来了，问他该怎么办。

大哥点点头，说地震时他在山里也感觉到了，按台山本来就在一条很重要的地震带上，时不时来一下很正常。有人闹意见不用怕，见了金子肯定什么意见都没了，现在你赶他走他都不会走。

我看他说得轻松，又有些不放心，说书本上不是写地震还会引发滑坡泥石流什么的吗，听着都挺怕人。

他却摆摆手，说从感觉上来讲，震源应该挺远了，说不定在境外，传到这边影响已经不会太大。而且这儿虽然是河谷，不过地势还是很开阔，周围植被也好，只要别像 1931 年富蕴大地震一样，弄出条几十公里长的断裂带，就没什么问题。

我接着又说起了关于羊群和石人的疑惑，这种事不能跟别人商量，只能找大哥讨论讨论。可他听完一直没吭声，只是低着头若有所思地抽烟，过了好大一会儿，才摇摇头说自己也想不通，还问我是不是昏头看错了。

我气得一跺脚："你琢磨半天，就得出这么个结论啊？这种事怎么会看错，不但羊群和石人一样全是头朝东，有只羊还转头看了我一眼，吓人得很。这到底是为什么，总得有个解释吧？"

大哥一声冷笑，不紧不慢说道："凭什么非得有个解释？解释都是人给的，世上的事又不是你写期末考试卷，每一题都要有个正确答案。我跑野外这些年，稀奇古怪的事也经历过不少，没几个能说清楚的。"说完烟也抽完了，踩灭了烟屁股，转身就走。

当时我有点儿来气，觉得大哥这个说法真挺没劲，简直就是唯心主义不可知论。我懒得再和他多讲，也没跟他一起回去，站在那儿续了支烟继续抽，脑子里想的还是那些事。

西部这里昼夜温差大，太阳一下山就冷了起来，我只是在外边多站了这么一小会儿，就忍不住打了个哆嗦，赶紧把烟抽完了，缩缩脖子就打算回去。可刚迈出一步，身后却传来了一阵"嗤嗤、嗤嗤"的怪声音，我的心一跳，脚步不由得停了下来。

那声音其实很小，但因为周围实在太安静了，所以就显得异常清晰。我转过身，侧耳细听了一会儿，却又什么都听不到了。

当时一丝风都没有，不可能是风吹树枝的声音，我又挪了挪脚，觉得也不是自己踩到了什么东西，心说难道是什么动物跑过去了，可声音听着不像啊？傻站了一会儿，又什么都听不见了。骂了自己一句神经病，抬脚要再走时，那声音却再一次响了。

"嗤嗤嗤"的声音断断续续，若有若无的显得很轻，听起来觉得很远，但我很肯定那声音就在身边。支棱着耳朵仔细寻找声音的来源，划着了一根火柴，往四周看了一圈，可眼前除了树就是一些小灌木，还是什么都没发现。

天黑之后树林里有点儿怕人，我在林子里瞎转，琢磨了一会儿没什么头绪，反而觉得更冷了，又怕天黑透了找不到地窝子，就跺跺脚跑了回去。可那"嗤嗤嗤"的声音却从此留在了心里。

回到地窝子，十个人全挤在一块儿，脚臭汗臭熏得人发蒙，我在人堆里扒出个地方，衣服都没脱就躺下，脑子里一时静不下来，一会儿是刚才树林里的"嗤嗤"声，一会儿是白天提水时的"哗哗"声，乱想了好久，疲倦渐渐淹没了全身，这才沉沉睡去。

之后的几天，又有许多淘金客陆续来到，河谷里大大小小的半岛上，地窝子、土帐篷连绵不绝，到处是三五成群拿着铁锹十字镐的人，溜槽林立，小车飞跑，远看简直就是一个大工地。

当时淘金，绝大多数还是依靠人力，不过有些金老板因为本钱大，可以用柴油发动的抽水机冲砂子，省时省力，让我这个负责提水的人十分羡慕。

淘金客大多都按地域和亲缘分成了不同帮派，各自占据一两个小岛。帮派之间经常有摩擦，有时为了争抢一个出金多的矿点儿，还会爆发火并。我曾经以为南方人要文弱一些，可后来才发现，浙江人和湖南人打架也凶得可以，即便头破血流，只是抓把沙土往脑袋上一抹止住血，接着拼杀上阵。

也正是因为如此，我还一度担心我们这种临时拉起来的小队伍，势单力薄的会受人欺负。按大哥的话，虽然整条河谷都属于黄金矿化带，但只有我们的半岛离上游的岩金矿源不近不远，正好跨在富集金线上，算是块宝地。如果有谁果真眼红耍横硬抢，我们连一战的力量都没有。

但后来证明我多虑了，我大哥因为有专业知识，经常给别人帮忙"看风水"、找金苗，而且一找一个准，在采金区很有些小名气，所以各个金老板都很买他的面子，基本没人来找麻烦。小平同志说得没错，知识改变命运，科学技术是第一生产力，不服不行。

不过有人想抢矿点儿的事情，也不是完全没发生过。记得那一次，有个陕西老板来请我大哥去"看事儿"，是个很生的面孔，武建超怕会出事，就叫上了我，我们俩跟着大哥一起去。

那老板的矿点儿是段"老河身"，要采金，首先要剥离覆盖的砂砾层，而且那地方的矿层埋得比较深，离地大概有三四米，干起来比我们那里费劲。

大哥说，他们其实干得颇为专业，因为矿深，那老板就在挖开的基坑中间修了两个台阶形的"飞台子"，用大挑杆和土绞车往上边接力运沙，还开了"暗水通"排掉了坑底的水。但问题是，他们做了这么大的工程，只出了三天金子，砂金就见底了。

这里所说的"底"，是指底板，就是含金层堆积的最下界。一般来说越靠近底板，金子越富，而挖到底板之后，一个矿也就算耗干净了。只是那帮人还没淘出多少金子，就挖到泥性的底板，先前许多准备工作都算白做了，这意味着折本，的确是个郁闷的事情。

然而气人的是，那老板表面上是叫我大哥过去"看事儿"，帮他们想想办法，但言语里透出的意思，是看上了我们的富矿，想逼着大哥把矿点儿让给他们。他刚开始说的还比较含蓄，后来就变成了赤裸裸的威胁，至于原因很简单，他们人多，我们打不过。

那老板让我大哥"好好想想"，我跟武建超都气得不行，大哥脸上却一点儿表现都没有，冲我俩挥挥手意思是少安勿躁。然后他就叼着烟跳下了基坑，在坑底走了两圈，下铁锹挖了几把后，又重新爬了上来，掸掉身上的土，对那老板说："你们往下挖吧，还没到地方呢。"

"都到底了，还挖个屁！"那老板很不耐烦。大哥却是一笑："你就接着挖吧，再挖两米，还不出金子，我就把矿点儿让给你。"

那陕西老板看我大哥胸有成竹的样子，也将信将疑，招呼工人剥开底板，又往下挖了一会儿，结果挑出土来一试，还真又看见了金子，而且品位不低。

那老板一见金子，脸色就变了，连连赔不是不说，还拉着我大哥要他留下来喝酒。大哥摆摆手谢绝了，武建超在边上一拍那陕西老板的肩膀，扬眉吐气地说："沙（第四声，作动词）金不到底，白搭二斗米。多学着点儿吧伙计，淘金可不光是人多就行的！"

一场小危机，就这样戏剧化地解决了。虽然我从小就挺崇拜大哥的，不过那一次更是刷新了认识。回去的路上，武建超也说他太神了，问到底怎么回事吗，一般淘金不都是见底收工吗？

大哥却摇摇头解释，说照平常的道理讲，那帮陕西人淘金见了底板停工，并不算是错。只不过实际操作中，其实还存在一种夹在砂层半腰的泥带假底，又叫"火燎"，见了这种"底"反而要继续朝下挖，因为下边才是真正的富金层。那帮陕西人就是挖到了这种假底，可他们不懂地质，明明守着个金窝子，还动歪脑筋想抢我们的矿。

这件事没两天就在采金区传开了，我大哥的名气也跟着大了一些。不过这种插曲并不是很多，刚开始的新鲜劲儿一过去，日常生活中的主题，还是枯燥乏味的重体力劳动。

干活累，吃的也很差，没有菜没有肉，只能吃白饭干馍，喝水就是用砖茶煮上一锅再撒把盐了事，因为严重缺乏维生素，嘴上长泡，指甲全部开裂。如果想吃肉改善伙食，除了找牧民买，晚上也能在河边逮鱼，拿着手电筒把鱼引过来，直接用铁锹砸，不过大家每天干活累得要死，没什么人有闲情干这个。

好在牧民赶着畜群经过后，留下的牛粪会长出蘑菇，可以摘来炖汤喝。另外还有种阿魏蘑，是雪壳子还未化净时从砾石中间钻出来的，白白肉肉的，特别好吃，据说是很珍贵的菌类。当时交通不发达，我在内地从未吃过这种东西，感觉很新奇，不过如今不稀罕了，那蘑菇已经人工养殖，城市里超市就有的卖，还改了个名字叫白灵菇。我前两天买了些炒着吃，却再也找不到二十多年前的味道了，就像年轻时远去的记忆。

山里除了物资的匮乏，还有精神上的寂寞和无聊。称得上娱乐方式的只有三种：打牌、喝酒、打架。淘金基本是男人的世界，一帮老爷们大山里憋久了，性格都会跟着变化，暴力倾向非常严重，随便两句戗起来就会动手。不过打这种架只是小摩擦，并不是针对某个人或某件事，纯粹发泄情绪，打完了就算，有时被打那个伤得比较重，打人那个还会包养受伤者直到痊愈。

总之，淘金的日子其实平淡无奇，跟小说中所写完全不同。生活里最期待的事，只剩下分金子。我们每隔两三天，攒够差不多十多克就分一次，大哥和我一人两克，他们一人一克，多出的留到下回再分。

我们分金子都是用天平，王老爷子还有一杆自制的小秤，罐头盖做的秤盘，桦树枝做的秤杆儿，秤砣则是一颗小铁螺帽。每次分过金子，他都要用那小秤再检查一遍，不光给自己称，还帮着赵胜利他们称。对此我很看不惯，觉得金子都是大哥主持分的，而他们天天这么搞，明显是信不过我们哥儿俩。不过大哥倒不怎么在乎，说金子只要分下去就是自己的了，他们想怎么称就怎么称，哪怕一天称一百次又怎么样？我们只要问心无愧就可以了。

而在当时，每人分得的金子不会放在地窝子里，都是各自藏在一个别人不知道的地方。比如我就是把金子放在青霉素的小玻璃瓶里，埋在平时解手的杨树边。

只是每次去林子里，我总能时不时地听见那种"嗤嗤"的声音，和第一天天黑时听到的一样，而且有越来越多的趋势。问别人有没有听到过，他们都是摇头。这事儿把我弄得很烦躁，觉得是不是自己太敏感了，总是疑神疑鬼的，甚至怀疑是自己脑子有问题，出现了幻听。

差不多一个月过去了，天气稍微暖和了一些，因为冰雪融化的关系，河水也越来越大，而我，则穿烂了带来的所有裤子。

淘金劳动强度大，水浸土磨的，裤子不耐穿，经常是屁股的部位最先烂出两个大洞。据说当年美国西部的淘金者也遇到过相似的问题，于是有人发明了一种用帆布面料制作的更结实的工作服，之后演变成了大名鼎鼎的牛仔裤。当时牛仔裤已经进入了中国，只不过大家都把它当时装，也挺贵，所以从来没想过穿牛仔裤来淘金，我们只是带了些碎布打补丁。

那天吃过饭休息，我正坐在地窝子边缝裤子。这时赵胜利慌慌张张地跑了过来，他本来就有点儿结巴，这会儿更是有点儿语无伦次，说了好久我才听明白。他在树林里也听到了我以前问过的那种声音，"吱吱嘎嘎""嗤嗤喇喇"的，像是锯木头，不过声音比真正锯木头小得多。

我点头说没错，放下手里的裤子，让他带我去找刚听见声音的地方。同时心里隐隐的还有一丝高兴，既然赵胜利也听见了，那就说明这声音的确存在，不是我脑子出了问题。

我们俩一前一后，可没想到刚要进树林时，赵胜利却犹犹豫豫停了下来，转过头，有些为难地看着我。我起初以为他是害怕，安慰几句，可他还是不往前走，表情有点儿复杂，皱着眉头欲言又止。

我正要问你发什么愣啊，可转念一想，马上恍然大悟，赵胜利不是害怕那声音，而是怕我这个人。要是我猜得不错，他应该也是把金子藏在了树林里某个地方，而恰好在放金子的时候听到了那个怪声音。很明显，他这是信不过我，怕我知道了藏金子的地点。

我刚才没想到这层，一时有点儿尴尬，打了个哈哈，说没关系没关系，去不去无所谓。转身就要回去，正好看到武建超跑过来。只见他满头大汗，说正找我呢，一把抓着我的胳膊要我跟他走。

我的心思还在树林里的怪声音上，被他拉得一个趔趄差点儿摔倒，甩开他的手，不明所以地问他干嘛。

他挺着急地回头对我说："你不是学医的嘛，跟我给人瞧病去，救人如救火知不知道。"说完又要来拉我。

我赶紧往后一躲，摇头说："我学的那是兽医，顶多给动物瞧病，怎么能给人瞧病？"说到这儿心里又不禁有点儿酸涩，没能大学毕业，实在是一生的遗憾。

他有点儿急了，说："让你瞧你就瞧，啰唆什么！人是高级动物，道理都差不多。"没管赵胜利，揪着我的衣服，生拉硬拽地就往前拖。

我无可奈何地跟着武建超往上游走，他走得很快，我恨不得一路小跑才撵得上。路上问他是谁得了什么病，他只说到地方我就知道了。

我们来到一个小岛，穿过正在干活的人群，竟然看到了一个熟人——阿廖沙，就是那个被我当作苏联间谍的俄罗斯族人，这会儿看起来忧心忡忡的，显然有心事。

武建超跟他打了个招呼，说："大夫我给你找来了，医科大学生。"

他这么一说，我脸顿时一热，心说武建超你这不是坑人吗，我是大学生不假，可惜是个被开除的，而且也不是什么医科，是兽医。

阿廖沙倒没看出我神情不对，脸上露出些许欣喜的神色，说："来了就好，来了就好。"赶紧领着我们走到一个地窝子入口，一指说病人就在里边。

地窝子里充满了刺鼻的恶臭，站在外边就能闻到，直冲脑门。那不是一般的脚臭汗臭，而是人的呕吐物的味道，透着一股浓重的酸味。

我感觉自己这会儿也没办法，不过来都来了，只能硬着头皮上。捏着鼻子钻了进去，眼睛渐渐适应了昏暗的光线，看到地穴最深处躺着一个人。

走近了蹲下一看，发现躺着的这位我也认识，就是阿廖沙的妹夫，那晚他俩找我讨过水喝。他躺在地上，人昏迷着，我摸摸他的脑门，烫得厉害。旁边有个小土坑，里边堆满了烂兮兮的秽物，估计都是吐出来的。

我问怎么变成这个样子的。阿廖沙从后边凑了上来，说人从三天前开始不舒服，刚开始是发烧头痛，浑身酸疼，吃不下饭，以为是感冒，可吃了几片药，睡了一天没见好，反而越来越严重。高烧不退，说胡话，脑子也不清楚了，而且脖颈子开始发硬，之后又……

他还要说，我连忙打断："停停，啥叫脖颈子发硬？有什么表现？"阿廖沙皱着眉头想了想，说："就是脖子硬呗，转不动脑袋，连抬头低头都困难，最多能轻轻点头。"

看着一个老外模样的人字正腔圆地讲中国话，我总觉得有点儿可笑，不过现在笑出来显然不合适。事情有点儿严重了，表面上看，这病人是发烧烧晕了，不过肯定没这么简单。因为阿廖沙刚才所说的脖颈子硬，医学上的术语叫"颈项强直"，这可不是什么好现象。

试着捏了捏病人的脖子，如果是颈项强直的话，肌肉应该会硬邦邦的，我却出乎意料地发现，那里的肌肉非但不硬，反而很柔软，甚至比正常人的肌肉还要软。我觉得有些不对劲，又赶紧问阿廖沙后来怎么样，这病人的脖子就一直硬着吗？

他摇摇头，说只硬了一天，后来脖子就变软了，而且软得过分，脑袋耷拉下来抬不起头，肩膀也塌着，胳膊都软得跟面条似的提溜在身上。

听他说完，我的心跟着一沉，又沿着病人的肩胛、胳膊一路捏过去，肌肉果然都是软绵绵的感觉，抬起他一条胳膊来回活动了几下，发觉关节的部分阻力很小。我有些吃不准，又让武建超躺下捏了一遍做对比，最终得出了个让人很难接受的结论：这是局部瘫痪。

我挠挠头，一时也想不出是什么毛病，感觉还得再仔细观察观察，抓着病人手腕测了下脉搏，又趴下去听了听心音，还试了试呼吸，仍然没什么思路。

我脑子犯浑，还有个原因是阿廖沙和武建超都在边上看着，把我弄得十分紧张。我学的是兽医，给母猪接个生，治个鸡瘟的倒还能胜任，可给人看病，那是专业不对口，纯粹是赶鸭子上架。

阿廖沙看我摆弄了半天也没啥结果，像是突然又想起了什么，补充道:"对了,他之前还说,耳朵里总是听见奇怪的声音。"

怪声音?我的心"咯噔"一下,抬起头,瞪着眼睛盯着他道:"你说什么?"

他没想到我这么大反应,愣了一愣说道:"就是耳朵里有声音呗,他说有时候会轰轰乱响,像是过火车,有时候好像是人吵架,还有时候像是鸟叫什么的。"

我听了心稍微一宽,又问道:"那有没有锯木头的声音?"他摇摇头,说好像没有。

我这才放了心,病人应该只是普通的耳鸣,跟我听到的怪声音不是一回事,我暗骂了自己一句神经过敏,又问道:"以前有没有人得过这种病?还有,最近他除了干活,做过其他什么事没有?仔细想。"

阿廖沙先是摇摇头:"淘金野吃野住的,伤风感冒,跑肚拉稀之类的常有,吃点儿药扛扛就过去了。他这个病法绝对是头次见,不然也不会找你来。"说完又想了一阵,接着道,"至于干别的事,平时也就喜欢下下象棋。对了,半个月前,他从树林里捡了只死狐狸,剥了皮留下,把肉扔了……"

我的心又是"咯噔"一下,野外工作,接触动物,高烧,呕吐,颈项强直,之后上肢肌肉瘫痪,这些概念在脑子里飞快地组合,让我有了一种不祥的预感。

不过慎重起见,我没敢随便下结论。只是让他们把人抬到了外边,毕竟地窝子里光线太暗,什么都看不清楚。又叫他们把那张狐狸皮拿来,铺在地上,我找了双劳动手套戴上,扒开浓密的狐狸毛,在阳光下细细检查了一遍,终于看到了要找的东西。

只差最后一步就能证实猜想了,不过我没什么高兴的感觉,站起身,指着那病人说:"把他衣服脱了。"

阿廖沙的妹夫被扒了个精光,我俯下身细细检查,看完了正面,又把人翻过来看背后,不但皮肤表面,连腋窝、腔沟、肚脐眼之类的都要扒开瞅瞅，可除了一层厚厚的陈年老灰，没发现什么异常。这让我的脑门不禁冒起了汗，心说难道是之前想错了？

四周干活的工人都好奇地围了过来，阿廖沙呵斥了他们几句，不过没什么用。武建超看我好像找到门儿了，问这是在干嘛。人一多我心更虚了，闷着头说别着急，待会儿一起说。

说着又拨开了病人的头发，我定睛一瞧，就在脖子后发际线位置的皮肤上，有一块小小的红斑，看起来像被蚊子叮过肿起来的小包，不过中间有个突出的黑点，一摸之下还有些扎手。

我心说就是这个了，长叹口气，站起身来说道："病根儿找到了，可能是森林脑炎，得马上把人送出去治病，不然有生命危险。"

阿廖沙一时没听清，问道："什，什么炎？"

我又大声急道："森林脑炎，也叫春夏脑炎，是一种急性传染病。你们谁去找辆拖拉机？必须赶紧把人送走，这事拖不得。"

可没想到，周围的人一听到"急性传染病"几个字，都"呼啦"一下退出去好远，包括武建超和阿廖沙，一个个满脸惊恐地望着我，好像在看瘟神。

我心里骂这都什么人啊，真是没义气，可嘴上还是解释道："别怕别怕，被虫子咬了才传染，现在没事。"

可还是没人敢靠近，我没办法，心知必须打消他们的恐惧才能救人，冲过去把武建超和阿廖沙硬抓了过来，指着病人脖子上的红斑说："就是这儿，被一种叫蜱的虫子咬了，这才得了病。蜱知道吗？"

说着又把那张狐狸皮拿来，扒开毛指着一只灰白色的死虫子，说就是这东西。那蜱虽然已经死了，可头还在狐狸皮里扎着，肚子鼓得很大，像是吸足了血，足有半粒黄豆大小。武建超插话说："这不是狗豆子吗？狗身上就长啊。我以前也被咬过，怎么没事？"

"狗豆子"是老百姓对蜱的一种俗称，东北的一些地方也叫草爬子。我冷笑一声说："被咬了，没事是没事，一有事就是大事。"

如果我猜得不错，阿廖沙的妹夫很可能在剥狐狸的时候，让蜱爬到了身上。而那红斑里的黑点，估计是病人发现被咬时，把虫子硬扯下来，结果虫子的头断在了肉里。

刚说到这儿，躺着的病人忽然大叫了一声，接着两手两脚猛地绷直，浑身像触电似的开始抽筋，一抖一抖地频率很快。人群再次哗然，"呼啦"一下退得更远了。

阿廖沙跟着紧张起来，问这又是怎么回事？

我扒开病人的眼皮，发现他两只眼珠正在快速颤动，又叹了口气说道："脑炎脑炎，这是脑刺激反应，神经系统已经出问题了，抽筋抽久了，弄不好会窒息。"

阿廖沙是真的急了，毕竟得病的是他妹夫，不是一般的工人，慌慌张张地叫人找车，又问我还有没有救。

我说我只是个学兽医的，也拿不太准。不过交代他到医院后跟大夫明说是被蜱咬了，让他们对症治，这一点应该错不了。按台县林区应该遇到过很多，附近医院肯定有这方面的经验。

不过话说回来，人病到这个地步，能不能救活都不一定，就算治好了，估计也会留下严重的后遗症，当然，这半句我没敢讲出来。

森林脑炎算是林业工人的一种职业病，病毒寄生在动物身上，通过蜱叮咬传播，大多是隐性感染，发病率并不高，顶多有万分之一。但只要发病，就厉害得要命，而且潜伏期长，初期症状很像感冒，容易被耽误。

而经历了这件事之后，我就总结出一个道理，概率这种纯数字统计的东西，对于个人的命运是没有意义的。就像阿廖沙的妹夫，万里挑一的低概率让他赶上了，对自己来说就等于百分之百，只能自认倒霉。

事情到这儿就基本算完了，阿廖沙陪着病人出山，我和武建超找了个地方挖了个坑把那狐狸皮烧了，火着起来的时候，那些死蜱还会"噼啪"爆响，听着像放小炮。

看着渐渐熄灭的火苗，我的心情有些沉重，觉得虽然看出了那是森林脑炎，但是山上条件有限，我还是什么都做不了。武建超却拍拍我肩膀说别在意："已经很神了！要是没你，那人现在还在地窝子里傻躺着呢。"

我笑笑，不过有点儿勉强，心里还有个没讲出来的疑虑：课本上说森林脑炎向来是在五六月份，多发于森林密集深处。我们这儿的几棵树根本算不上森林，而且如今这个时间也偏早，可以说既是错误的时间又是错误的地点，让人怎么都觉得有些不对。

我们俩边聊边往回走，为了让我开心点儿，武建超还讲了几个他当兵时的笑话。这些天的接触，已经基本颠覆了我最初对"劳改犯"的认知，觉得他这个人虽然有点儿粗，不过挺热心，经历丰富而且爱讲话，有点儿意思。

不知不觉就回到了我们自己的小岛，可远远的我就发现周围的气氛有些异样，大白天的，河边竟然没人在干活，而且地窝子的外边，正站着一个陌生人。

我心里纳闷，不由得脚步一停。那个陌生人似乎也发觉了有人靠近，警觉地看了过来，目光冷冷的。我也飞快地打量着那人，发现他腰间鼓鼓囊囊，似乎藏有什么东西，紧接着心底一寒，认出了形状，好像是枪。

我不敢往前走了，心说自己就出去了一小会儿，家里这是发生了什么事？武建超在旁边捅了捅我，我紧张地转过头，却见他一脸笑意地说："收东西的来了。"

我不解，皱眉问："什么收东西的？大伙人呢？"

他撇撇嘴，一副懒得理我的样子，自己走了。正好这时大哥从地窝子里出来，跟他一起的还有个陌生人。大哥看见我，说回来得正好，赶紧把藏的金子拿来，价钱已经谈好了。

按台县的淘金客们出于习惯，都约定俗成的把金子称作"东西"。金子虽然是硬通货，但不可能拿到街上直接当钱花，要换成人民币才算数。采金区隔三岔五地会有收金子的人来，淘金的把黄金卖给他们，他们再通过各种渠道走私到内地，从南方流入香港、澳门等一些地方。

我这才明白过来怎么回事，兴冲冲地跑到树林里，把玻璃瓶挖了出来，又兴冲冲地跑了回去，金子沉甸甸的很压手，我心里却是喜滋滋的，辛辛苦苦干了这么久，终于能见着现钱了。

其他人也都拿了自己藏的金子，陆续回来，聚在地窝子边。俩金贩子说要找个避人的地方称金子，大家刚要走，我却发现赵胜利还没来，忙叫大家别急，武建超往地上啐了口唾沫骂道："这个赵胜利，怎么又是他！"

正说着，就看见赵胜利从远处跑了过来，人却失魂落魄，脸都是白的，冲着我们几个结结巴巴"俺俺，俺……"了半天，也没说出话来。

大哥叫他别着急慢慢讲。他好不容易喘匀了气，才带着哭腔说道："俺，俺咧金子找不着了。"

看着赵胜利一副将哭未哭的样子，我心里第一个念头，却是暗自庆幸。幸亏之前没跟他去树林里找那个奇怪的声音，不然这事肯定赖在我头上。

到了这个份上，赵胜利也没了什么忌讳，领着我们来到他藏金子的地方。那是几棵树之间的小空隙，地上有几个乱七八糟的小坑，估计都是他刚找金子时挖的。我们大伙散开了，在树边上，石头底下，灌木丛里帮着他又是一通好找，还在地上多刨了几个坑，仍旧什么都没有。

金子又不是人参，总不会自己在地下乱跑，找不到了只能说明是被人偷。大哥说这事情不好办，且不说现在不知道是谁偷的，就算知道，金子上又没写名字，你也不能拿人家怎么样，只能认倒霉，下次注意藏好了。

赵胜利一听，心知这一个月算是白干了，眼泪都要掉下来了。而我的心里却犯起了嘀咕，怀疑这会不会跟树林里的怪声音有关系。赵胜利今天刚听见那声音，金子就不见了，可想想又觉得不对，我也听见了，但我的金子还在。

金贩子还在那儿等着，有几个人不耐烦了，不想再浪费时间，就嚷嚷着让赵胜利继续找，他们要先过去卖金子。说实话，金子都是每人自个儿藏的，你丢了别人还真没义务帮你，不过这话如果讲明了，肯定伤感情。

场面一时有点儿僵，看得出大哥为难，我想说两句却不知道说啥。而武建超蹲在赵胜利最先挖出来的那几个坑边，用手扒拉了几下，接着气急败坏地喝了一声："赵胜利，狗日的你给我过来！"

接下来的事，就让人啼笑皆非了。

赵胜利的金子既没被偷，也没自己跑掉，而是好端端地躺在那里。只是他藏金子的时候，生怕被人找到，唯恐坑刨得不够深。但收金子的人一来，匆匆忙忙地来挖，还没等挖到先前放金子的深度，人已经先一步慌了，以为金子丢了。关心则乱，他只知道在附近乱刨，以为记错了位置，却没想到自己根本还没挖到地方。

　　又是虚惊一场，大家都埋怨赵胜利大惊小怪，咋咋呼呼的瞎耽误工夫。那时候天天过得累，脾气都躁得很，嘴上也不干净，尤其是武建超骂得最难听，光说都觉得不解气，还照着他脑门上狠敲了个大栗暴。

　　赵胜利起初还有几分金子失而复得的喜悦，不过被别人连说带骂时间久了，脸色就阴了下来。这会儿他捂着被敲过的脑袋，闷闷的不说话，盯着武建超，眼神里有些愤恨。

　　其实我看得出，从上一次捡羊的事之后，赵胜利就一直对武建超有些记恨，他老是觉得武建超是仗着先前和我大哥认识，狐假虎威的欺负自己。

　　但说实话，武建超这个人没那么坏，只是大大咧咧的比较粗，在有些事上得理不饶人。这次也是多亏他才找回金子，赵胜利该谢他才对，不过我这么想，人家却不一定这么想，人对人的成见不是那么好消除的。

　　当时丢金子的小风波就这么过去了。后来在采金区混得更久了一些我才知道，其实类似的事情还有很多。武建超就对我说，他之所以能那么快的把金子找到，就是因为之前听过另一个藏金子的故事，受到了启发。

　　这个故事在淘金客当中流传很广，说是有一年，两个人碰巧把金子藏在了一个地方，不同的是甲金子多，藏的时间早，而乙金子少，藏得比较晚。后来甲该下山了，悄悄地去取金子，结果挖出来之后就感觉重量不对，但看看包着金子的红雪莲烟盒完好无损，又不像是有人动过。当时他虽然觉得蹊跷，但也不好明说，只好一肚子疑问地就走了。

　　而没几天后乙也去取金子，挖开表土，掏了半米深才找到金子。乙大惑不解，自己明明没有埋藏这么深，这金子怎么还会往下沉？掂掂重量，更是大吃一惊，包装还是红雪莲烟盒的，但埋在地下的金子却足足增加了一倍。那人高兴得心里都要炸开了，老天有眼，金子还能生金子。

事情过去之后，几个人聊天，甲和乙两人谈到各自遇见的怪事，相互一对证，才弄明白机缘巧合，无意间两个人的金子调了包。其实也难怪发生这样的事情，淘金客很多抽的都是奎屯烟厂的红雪莲烟，烟盒装金子既方便又省事，谁知就闹出了这么一场误会。

赵胜利的金子找到后，我们就跟着金贩子来到一处僻静的地方，他们拿出天平，开始为我们一个个地称金子。金子放在天平一头，另一头放的却不是砝码，而是一张张的钞票。说来也巧，那时人民币十元纸币的重量，基本上就是一克，而一克金子就值六十块钱，换算关系很清晰。

金钱金钱，金子和钱向来是联系在一起的。我怀疑金贩子是有意这么做的，直接用钞票来称黄金，那种诱惑的感觉，视觉上真的很有冲击力，让人看了血脉偾张。

每人的金子量好，数出另一头有多少张十元钞票，再把那个数字乘以六，就是金子的价钱。不过之后并不是想象中的一手交钱一手交货，而是金贩子把算好的数字用笔写在每人手背上，让我们走远一点儿，换个地方拿钱，因为这样不容易人赃并获。

之所以像做贼一样，说起来惭愧，其实按照当时的规定，私人采金前要跟有关部门签合同拿执照，而且淘出来的金子不能私下交易，必须卖给国有银行。但国家收购价一克只有三十来块，相比之下，走私贩子出价向来是六十块上下，还都是上门服务，大家会把金子卖给谁不言而喻。

我们一没办执照（一张采金证很贵），二没把金子卖给银行，从某种意义上来说，就是在做贼，那是盗采国家矿产资源。至于金贩子，玩的就更大了，他们身上的枪是干什么用的，想必不用解释。

这种事当然也有人管，比如黄金局会经常派人来执法清查，叫清山队。一个个穿着制服骑着马，把我们淘金的人从河谷这头撵到那头，像赶羊一样，漫山遍野地乱跑，临走还会烧掉不少地窝子和淘金工具，假如你不幸被抓的话，私采所得的金子就会被当作赃物没收。

但也正是如此，金贩子们这种上门收购服务，对淘金客们来说就显得很有必要。因为金子会被没收，但如果你把金子脱手换成了钱，没有确凿证据的情况下，他们就不好收了。

而当时我们称完了金子后，来到约定的地方，派出一个人跟着金贩子去背钱。那时还没有一百块的大钞，都是十块十块的，所有钱加起来要用麻袋装上一大包，发到每人手里，也都是厚厚的一沓。

事实上即便是在山里，需要花钱的地方也很多。因为淘金的不可能把半年的给养一次性全部带够，尤其是粮食这类大宗消耗品，只能边吃边买。而当地有专门做这种生意的人，所以我和大哥拿到钱后，立马就用出去了一部分，主要是补充了一些粮食和日用品。分金子我们兄弟俩拿大头，本钱和日常开销归我们出，这都是之前说好了的。

尽管花掉了一些，但当天晚上，我摸着怀里厚厚的一沓票子，心里还是美得不行。虽说一个多月吃苦受罪，让人恨不得脱三层皮，可那毕竟是我平生第一次挣钱，七百多块钱，这已经比内地有些工人一年的工资都多了，还有什么不满足的。

但不久之后发生的一件事，却让我认识到了自己的幼稚。在这种地方淘金，可不仅仅是吃苦受累那么简单。虽说赚钱多，可有时甚至还会有"意外收获"。

那是半个月之后的一个傍晚，我干了一天活儿，坐在河边休息。卷好了莫合烟正要点上，一抬头，就看见一团黑乎乎的东西从河上游漂了下来，随着水流起起伏伏的，时隐时现。

天色有些暗，等那东西又近了些，我才看出来是条橡皮水裤。水裤是淘金必备的工具，大多是橡胶做的，裤腰很高，还有背带，防水隔热，只有穿着这东西才能长时间站在水里干活。那时一条水裤值不少钱，而且坏了不好修补，在采金区也没地方买，属于稀缺资源。

也不知道谁这么粗心大意，连水裤都让冲走了。我一阵窃喜，看左右没人注意，抄起把十字镐，两步跳到一块靠近河心的大石头上，打算把那水裤钩上来自己用。

河水还是挺急的，我蹲在石头上，浪花飞溅，不一会儿就把衣服打湿了，风一吹还微微有些冷。不过我已经顾不上这些，只是热切地看着那水裤一点点靠近。等漂到了跟前时，赶紧把十字镐伸出去，然而一试之下，竟然发现距离有些远，没能够着。

到嘴的鸭子不能让飞了，我急忙换了个手，抓着十字镐把儿的最末端，大半个身子探到石头外边，胳膊伸长到极限，用力一甩，这才用镐尖儿堪堪挂上就要漂走的水裤。

钩到之后，先是感觉手上一沉，紧接着发现那力道大得出乎意料，而当时我人几乎凌空，重心不稳，差点儿被拖进水里。我一个趔趄，勉强稳住身子，咬着牙往回拉，可这一拉不当紧，水裤只是原地打了个滚，小小的浪花一翻，一个人的头，竟突然从水里冒了出来。

大家都喜欢用"出水芙蓉"来形容美女，可有几个人见过"出水人头"？那情景不过是一两秒时间，可在我眼里，简直就是恐怖的慢镜头回放。水波中先是浮出团犹如水草一样的黑头发，而湿漉漉的头发底下，是一张变了形的模糊人脸。

说它变形，因为那张脸几乎是平的，五官像是被压扁了一样烂在了一起，深陷进肉里，只有一双带血的眼睛凸了出来，显得又大又圆，直直的正对着我。

我"啊"的一声惊叫，条件反射地就想往后躲，原本就重心不稳，乱动之下彻底失去了平衡，脚下一滑，一头栽进了水里。

事情太快，根本来不及反应。我只感觉浑身一凉，马上就被汹涌的急流裹走了。河水冰冷刺骨，而且比表面看起来急得多。

危急之下，我脑子还算清楚，想到河里明的暗的大大小小全是石头，而自己是脸朝下游掉进去的，弄不好会一头磕死在上面。也管不上什么水裤了，丢了十字镐，两手拼命地乱抓，努力地想把身子转过来。

但水的冲力实在太大，人根本控制不住方向，一时间天旋地转的，我在石头上又是磕又是撞，就是抓不住一处。现在的年轻人喜欢穿个救生衣坐着皮筏子玩漂流，我当年可是除了一身衣服什么装备都没有，货真价实又是漂又是流。也不知究竟打了几个圈儿，喝了几口水，就在觉得快要被呛死的时候，右手感觉一硬，终于用三根指头抠住了一点儿凸起的石棱。

激流仍无情地把人往下拖，我立马把全身的力量聚于一点，死命地扒着那石头，这才稳住了身，拼命抬头露出嘴和鼻子，忍着咳嗽，强迫自己使劲地呼吸，把我给呛得啊……

但这个姿势很不妥当，三根指头的力气能有多大？我一条胳臂像是要被撕开一样，又疼又麻。而且刚被冲下来乱抓的时候，有两个指甲盖儿掀了起来，指甲这东西平时看着可有可无，但现在没了它，手抠着石头，感觉指头尖上的肉都跟着翻起来了，疼得要命，根本使不出力。

我稍稍侧过身，想把另外一只手也用上，却失望地发现，除了右手正扒的那一点，整块石头全是光滑的平面，也不知我这算是幸运还是不幸。身子下正好是条狭沟，用脚试了几下，也根本够不着河底。而且因为脚上的动作，三根孱弱的手指终究不堪重负，一点点滑脱，一个浪头打过来，又把我卷了进去。

这次我是真的急了，因为刚才停住时，我抬头正好瞅见下游不远有个大漩涡，白浪翻腾的，只要被拖进水底，那就万劫不复了。可自己又偏偏什么都做不了，那种随波逐流的濒死感觉，没有经历过的人恐怕很难体会。

在我就差几米就要被冲进漩涡的时候，眼前突然出现一根树棍，我想都没想，张开胳膊就搂了过去，可水太急，一下扑得偏了，树棍先是打着我的脸，又从怀里滑了出去。我眼见不对，胳膊使劲一收，用胳肢窝死死夹上了棍子末端，险而又险，晚上半秒就得错过去。

我拉着树棍，哆哆嗦嗦地爬到一块石头上，浑身瘫软。救我的是武建超，当时他离得最近，直接撅了棵小树扔给了我。大哥他们也急急忙忙跑了过来，七手八脚把我抬到了干地儿上。我先是咳嗽，咳得太狠，就开始吐，肚子里灌的水吐完了不说，把胆汁胃水儿也都吐了出来，最后只剩下干呕。

我趴在地上，好不容易才顺匀了气儿，感觉自己就像个落水死狗，狼狈至极。这时有一群人大喊大叫地从我们身边跑了过去，我喘着粗气抹开滴水的头发，抬头看着那几个人慌慌张张地经过，心想难道他们是在追水里漂着的那人？可那人的脸是怎么回事？

我颤巍巍站起来，回头看了看，河水依旧是湍急汹涌，白沫翻滚，我两眼发晕，一阵后怕，刚才只是十几秒钟，自己就被冲出去几十米，而水里冒出的那位，也早就没了影儿。

缓过了劲，这才发觉浑身都疼。咝咝抽着冷气，自己检查了下，身上瘀伤最多，都是被撞的，右手三根指头全掉了一层皮，指甲盖都翘了起来，烂乎乎的正往外冒血，脸上也火辣辣的，是刚被那树棍打的。

甘肃老爷子在边上絮絮叨叨，说往后要是再掉进河里，心里不要慌，要看下水，别看上水什么的。

我一咬牙，把翻起来的指甲拧掉了，嘴上没力气答话，心里却说，有这一次就够了，谁他妈还想有下次？为了条破水裤，差点儿把命搁进去，贪小便宜吃大亏，说的就是我。

而武建超看着河水，却和大哥在一边嘀咕，说什么今年天气热得早，水也比往常大之类的，会不会跟地震有关系？

我耳朵立马支棱了起来，好像想起了什么重要的东西，但要再往深里思考，却发现脑子已经转不动了。河水太凉，当时我浑身湿透，冻得牙关打战，当务之急是赶快换衣服取暖。

天沉沉的黑了下来，我脱了衣服擦干身体，裹上被子，抱着水壶烤火。身上暖和，脑袋也活络了，回想起武建超刚说的话，一拍大腿终于明白了一件事。

半个月前，阿廖沙妹夫得上森林脑炎，我当时想不通为什么季节不对，本来该五六月森林深处高发的传染病，会提前了一个多月出现，而且是在这种算不上森林的地方。

当时觉得万事都有例外，不能太拘泥于教条，没去深究。如今再回头考虑，很可能就是因为今年比往年热得早，气温反常。这种事自然界很多，比如头一年的干旱往往会造成次年的蝗灾，而大涝之年往往会引发急性血吸虫病之类的。只不过我先前不知道按台山正常年份的天气该是什么样，才没想到这方面。

武建超问我又是拍大腿又是傻笑的，发什么神经？我挺兴奋地跟他说了一遍，不过他显然没我这么激动，只是平平淡淡"哦"了一声。赵胜利也在一边，说你们文化人，就是想得多。

没人接我的茬儿，我也有些无趣，这种事即便想清楚了也没什么实际用处，顶多满足一下好奇心和求知欲。对现在的我们来说，多淘金子卖出好价钱才是最有意义的。没办法，知识在金钱面前，他妈的就是这么苍白无力。

我心里正鞭挞物欲横流的社会的时候，有几个人从下游走了回来，一个个垂头丧气的，就是先前从我们身边跑过去的那一伙。大哥把他们拦住一问，这才搞明白到底怎么回事。

原来，上游的两帮人为了抢一个富矿，械斗火并，结果一个人被铁锹直接拍在脸上，晕死过去，摔进河里就被冲走了。他人半截沉在水里，水裤里有空气浮在水面上，正好就让我瞅见了。

他的同伴追下去救人，虽然中间又被我拦了一下，可终究没把人捞上来，连尸首都没找到。我记起武建超曾说河里还漂过死人，现在想来，并不是故意吓唬我。

到底出了人命，看着那几个人走远，我有些忐忑，问大哥他们："这事儿没人管吗？"

赵胜利几个人面无表情，武建超只是轻轻一笑，甘肃老爷子"阿弥陀佛"的念念有词，大哥却反问了我两个字："谁管？"

"谁管？"我一时语塞，不知道如何作答。沉默了一会儿，却又隐隐感到了一种无形的恐惧。倒不是因为大哥他们对于人命的麻木与冷漠，而是我突然意识到，死个人其实不可怕，可怕的是有人死了，却没人管。

这是个没有秩序的地方，也就是说，只要你想，你就可以为所欲为。而且后来的事，也的确印证了我的想法。（二十世纪九十年代以后，采金区忽然冒出了许多妓院、赌场、旅社之类的地方，坑蒙拐骗，强拿硬抢的事越来越多，乌烟瘴气，乱得不行。当然这都是后话了，我只是感叹，人怎么都是越活越堕落呢？）

那天晚上，尽管已经很累了，我却迟迟无法入睡。半梦半醒之间，脑子里都是之前的情景。

那人的眼睛是睁着的，我看得清楚。如果他当时还有神志，那么我就是他一生里看到的最后一个人。他会怎么看我？会怎么想我？是不是觉得要死了很痛苦？是不是特别希望我能拉他一把？

设想如果当时我能站稳了，如果我能把他钩上岸，如果我不是贪图那条水裤，而是叫来更多的人帮帮忙，或许真的可以。只可惜，我没有……

忍不住一阵自责，又不得不安慰自己，死人的事，见多了就觉得无所谓了，我得看得开些，这事儿不能怪我。

想到这儿，突然感到一阵心悸，脑子里冒出了一个冷冰冰的念头：那要是今天我也死了呢？别人又会怎么想？是不是也觉得无所谓？

身上忍不住打了个寒战，猛地睁开了眼，舒了口气刚要坐起来，却忽然又一身冷汗地发现，黑暗里，我的脚边，竟无声无息地蹲着一个人。

虽然淡淡的月光从入口处透了一点儿进来，但地窝子里仍然十分暗，眼前的那人只是一个黑乎乎的影子，根本看不到脸。

我开始以为是哪个同伴儿起来解手，问了句："谁啊？"对方没答话。我再转念一看，地窝子挤得满满当当的，并没有谁的位置空出来，立即心说不对——他妈的，有外人钻进来了。

那家伙蹲在那儿看着我，这是要干嘛？我顿时毛了，大叫了一声，转身就去摸手电筒。他见我动了，一句话没说就扑了上来，不等我起身，就一屁股狠坐在了我肚子上。

一个人的分量本来就不轻，而且猝不及防之下力道又猛，我"吭哧"一声呻吟，感觉内脏都要被挤出来了。随之而来的有几滴水落在了脸上，不过一时顾不上这些，我咬着牙想把那人推开，可脖子上又突然一疼，竟被他卡住，呻吟也闷回了肚里，想喊也喊不出声了。

我的头刚扬起来一点儿，就又被他压了下去，后脑勺直接砸到底下当枕头的石块上，眼前迸出几个金星，差点儿背过气去。而喉间的那双手又冰又凉，正快速地收紧，我的嘴不自觉地张开，舌头吐了出来，渐渐伸长。

这明显是要把我往死里弄。我急忙回过手，想把脖子上的那双爪子掰开，同时腰往上挺，希望能把对方翻下去。可身上的那人重得超乎想象，我试了几次，他动都没动一下，而且隔着被子变本加厉地往下坐，我又徒劳地挣了几下，感觉身上根本不是一个人，而是一座山。

脖子还被死死掐着，肺里的废气出不去，外边的新气进不来，浑身骨头被压得"咯咯"作响，感觉腔子好像都要被挤炸了一样。我拼命想把那人的指头扳开，可他的手上好像沾了水，又湿又滑，再加上我右手的指甲盖掉了，不好用力，最后连吃奶的劲都使出来了，但那铁钳一样的手反而越收越紧，一丝都没有松开。

我的神志已经开始不清楚了，不过还没放弃希望，伸出手向两边乱抓，想把睡在身旁的人叫醒。可奇怪的是，任凭我怎么推，大哥他们仍然睡得死猪一样，连平时最警醒的武建超都没一点儿反应，熟睡中甚至还咂巴了几下嘴。

鼓膜开始"嗡嗡"作响，那是缺氧造成的耳鸣，生命的意识一丝丝抽离身体，我斜看了眼身边睡得死沉的大哥，他人近在眼前，却感觉远隔万里，那种无助与绝望简直无法形容。迷迷糊糊地想，这到底怎么了？难不成要不明不白地死在这儿？

就在意识渐渐涣散的时候，一股又冷又湿的呼吸喷在了脸上。我惊得急转过头，发现那人不知什么时候已经全身趴了下来，和我额头顶额头，鼻尖对鼻尖，正儿八经打了个照面。

距离太近了，而且漆黑的地窝子里根本看不清对方的面孔，只能感觉到那人似乎是在和我对视。我努力让已经模糊的视线再次聚焦，却发现他的脸已紧紧贴了上来，一双眼睛越压越近，越睁越圆，两颗血红的眼球急速震颤，冲着我一抖一抖的，像是要用无限变大的眼睛把我吞下去一般。

我似乎想到眼前这人是谁了，一股从心底升起的恐惧让我想惊叫出来，可声音刚到嗓子眼，就被那双手捏灭了，变成了鼻子里可怜的哼哼。

几滴淡红色的血水从那颤抖的眼睛里淌了出来，沿着他的脸往下流，正好滴进了我大张的嘴里，又顺着我的舌头滑进了喉咙。而我已经连恶心的力气都没有了，要我命的根本不是人，我能怎么办？

长时间的窒息，意志的崩溃，让我彻底放弃了抵抗，身上的力量也极速消散。而正当我等死的时候，突然发觉身边一阵响动，接着"吧嗒"一声，一束手电筒的光线亮起，谢天谢地，大哥竟然在这时醒了。

我身上那人见了光，像是受到了什么巨大的惊吓，立刻跳了起来，"嗖"的一下就蹿出了地窝子。大哥骂了一句，没管我，也抓着手电跑了出去。

我只觉身上猛地一轻，"喀喀——"的长咳一声，急速地喘息，新鲜空气终于又涌进肺里，一片清凉。在此之前，我从来没觉得无色无味的空气是这么好闻，也从来没觉得活着的感觉是这么真实。

然而此时，心里却没有多少死里逃生的喜悦，我空白的脑子里，只能说除了震惊，还是震惊。就在刚才手电光扫过的刹那，我看到了那人的脸，那脸是如此的熟悉，却又如此陌生，以至于让人如此的恐惧。

只因为，那个一直拼命想置我于死地的人，竟然长着一张和我一模一样的脸。

想杀我的人，和我长得几乎一模一样！这该如何解释？这又该如何去理解？

一种深入骨髓的寒意，让我忍不住浑身战栗起来，头疼欲裂，混混沌沌的根本没法儿思考，不过即便能思考了，恐怕也不知道该怎么面对这种事。

暗暗安慰自己："可能是看错了，可能是看错了。"闭眼深吸几口气，才稍稍回过点神，可紧接着就发现同伴儿们不知为什么，都连叫带嚷地慌慌张张跑了出去，一眨眼的工夫，地窝子里就只剩我一个人了。

我脑袋还没转起来，也搞不清是个什么状况。摸摸脖子，刚被掐的部位破了层皮，火辣辣的疼，之后又发觉喉头腥腥咸咸的，想起了那些流进嘴里的血水，立马犯起了恶心，翻身干呕。可一低头这才猛地注意到，地窝子里怎么到处都是水？

不光是地面上有水，两边的土壁，头上的顶棚，甚至是入口的斜坡，水都像小溪一样正"哗哗"地往里灌，锅碗瓢盆全漂了起来，我半个身子都已经泡在水里了。

难道是下雨漏水了？我正在那儿发愣，这时大哥又跑回了地窝子，打着手电像是在水里找什么东西，一扭头见我竟然还在地上坐着，大惊失色，急骂道："你傻啦？还不快走！"

我思维还没从刚才的事里出来，没管他为什么骂我，而是先问道："那个人呢？"

"什么人？"大哥催我快走，自己却弯着腰，焦急地趴在水里到处乱摸。

我被他的紧张感染，站了起来说："就是你去追的那个人啊？刚跑出去那个，他想掐死我……"说完又想起那个人熟悉的脸，觉得自己的措辞似乎有点儿不那么恰当。

"谁掐死你了？说什么梦话，外边涨水了，快走！"大哥摸摸索索的，终于从水里捞出了一个帆布包，把包往脖子上一挂，揪着我衣襟儿就往外跑。

我被他拉得一个趔趄，脑子里更乱了，大哥刚才跑出去不是追那人，那到底是怎么回事？是我做梦吗？可脖子上的伤不是假的啊？迷迷糊糊钻出地窝子，一抬头看到眼前的情景，不禁倒抽一口冷气，顿时清醒了。

夜空万里无云，一轮惨白的月亮还挂在头顶，并没有下雨，只是平日里熟悉的喀喇古伦河，却比往常足足宽了三四倍。我这才反应过来大哥话里的意思：涨水了！

漫上来的河水直没脚踝，"咕噜噜"地涌进地窝子，就跟灌老鼠洞差不多。我们所处的小半岛眼看就要被全部淹没，谁知道水位会涨到什么程度？我这会儿什么乱七八糟的念头都没了，也不用大哥拉，撒开腿就往山坡的方向跑。

大哥就在身后，我们一路飞奔，带起脚下水花乱溅，我边跑心里边骂，来之前真该找个算命的看看，昨天差点儿被淹死，现在又遇上涨水，怎么晦气事儿全他妈的跟水有关？

只是稍微一走神，没发现对面突然跑过来个人，我眼前一黑，"哐啷"就跟他撞翻在一起。震得我七荤八素，却不敢耽搁，一骨碌爬起来，发现迎面撞我的竟然是赵胜利，气得大骂："你他妈的添什么乱？"

没想到他理都不理我，一身泥水站起来，慌慌张张继续往前跑，又差点儿把后边的大哥带倒。大哥晃了两步才站稳，扭头喝道："你干嘛？回来！"说完又掉头去追赵胜利了。

同时，河上游突然传来一阵"轰隆隆"的巨响，好像是水声，我感觉不妙，正要过去把大哥叫回来，胳膊却被人拽住了。回头一看竟然是武建超，只见他脸色煞白，嘴唇哆嗦着，连说话声音都变了："山洪……"

"山洪？我操，他们……"我拔腿就要追过去，脖子却一紧，被武建超揪住领子。他说了句"先顾着你自己吧"，然后几乎是一路把我倒拖着，跑出了十几米。

我力气没他大，被拽着身不由己地往前，只能不甘心地回头瞅，直到又看见大哥乱摇的手电光，这才不再挣扎，和武建超一起闷头狂奔。

上游的"隆隆"声越来越响，犹如万马奔腾。那种无比巨大的声音给人带来的压迫感，一时不好形容，我只记得一九九几年参观一座机场时，有架飞机从我身旁很近的地方起飞，那种喷气发动机轰鸣声的感觉，倒和当年的山洪有几分相似，不过山洪带来的震撼更甚。

脚底下的水越涨越高，也越跑越费劲。我因为先前的事，体力受了影响，这会儿已经有点儿上气不接下气。眼前景物乱晃，以前怎么就没觉得河谷这么宽，山坡那么远？

突然有点儿希望武建超能像刚才那样拉着我跑，可抬眼一看前边，那家伙不知怎么的，突然飞身往前一趴，"哗"的一下扑进水里就不见人了。

我刹脚不及，还没反应过来怎么回事，跟着脚底下一空，只听"呼啦"一声，整个人也陷了下去。冰冷的河水从四面压过来，直没头顶，落水前的一瞬间我才明白过来：狗日的，老子掉坑里了。

淘金客们每年来了又去，沿河留下不少地窝子，大多数当年冬天就被大雪压毁了，有的虽然还能保持个形状，但天长日久，表面就剩下顶棚的脆壳子，如今又涨了水，从外边根本瞧不出来。我们俩慌不择路，正好跑到上面，自然是一踩全塌了下去。那种感觉，恐怕只有下雨天路上积水时，失足掉进没盖儿窨井的人才能理解。

地窝子一般都要挖上两米多深，如今那土坑已经注满了水，差不多都能游泳了。我冷不防呛了两口，本还想骂武建超，说看你带的好路。可话没出口，就听见那"轰隆隆"声已经近在耳边了，回头一瞧，惊见上游河谷里出现了一道好几米高的浪头，月光下，长长的像堵墙一样急速往下推过来。

我手忙脚乱地扑腾到坑边儿，翻身上去，一转身见武建超还在水里，嫌他动作慢，我就直接把他湿淋淋拎了上来。

我们俩都急了眼，发了疯一样狂奔，整个河谷就是个槽形，两边地势最高，不想让大浪冲走，只能跑到山上。可我们跑得快，水涨得更快，之前还刚到小腿，等跑到树林边缘的时候，已经淹过腰部直逼胸口，而那浪头离我们不远了。

水急得不像话，再加上浮力，人都要跟着漂起来，站都站不住，就更别说跑了。我认为在浪推过来之前上山已经不可能了，扯着嗓子叫住还在奋力往前游的武建超，大喊："不行了，快上树！"他显然也意识到了这点，转身抱住棵树，"噌噌"两下蹿了上去。

看他这么轻松，我却傻眼了，周围树倒是不少，可大都是杨树，下边几米都是光溜溜的树干，连个抓头儿都没有。而我爬树的技术又实在不敢恭维，笨手笨脚地试了两次，都是上一步退两步，眼见是不成。当时简直欲哭无泪，心说狗急了还能跳墙呢，我是个人怎么连棵树都爬不上去？

大浪说到就到，难不成因为不会上树活活淹死？生死攸关的时刻，我发了狠劲儿，借着水的浮力，拼了老命往上一跳，劈开大腿夹住了树干，两手也紧紧抱住，总算比前两次强了那么一点儿。可这高度根本不够，不上不下的，浪打过来迟早还要被冲走。

武建超看我作难，骂了一句，又从旁边树上跳下帮忙，跑过来托着我的屁股，让我踩着他肩膀，咬着牙又勉强往上蹭了几米，终于抓住了最下边的大树杈，有了使力的地方，开始手脚并用地往高处攀，被树枝扎破了手也顾不得了。

只是这一会儿工夫，水就淹到了武建超嘴边，浪头已经近在眼前，他来不及再找别的树，看我腾出了地方，也纵身爬了上来。

那树有成年人一搂粗，上俩人应该没问题。可我越爬却越觉得不对，这树怎么颤悠悠的直晃啊？而且从上到下的树皮酥烂，随便用手一抓就能扯下一大块，显得很不靠谱。

我心说坏事，赶紧冲着下边的武建超摆手，叫他别上来。可他就跟没听见一样，大马猴似的"嗖嗖"爬到了旁边一根树杈上，满面凶光，张嘴就骂："狗日的，凭啥不让我上来？老子能抬你上来，也能踢你下去！"说着当真伸腿要踢。

我看他会错了意，忙解释说："不是，你看这树恐怕要倒……"结果话音未落，滚滚巨浪就轰鸣着席卷到脚下，只听"咔嚓"一声，好死不死的，树竟然被大水冲折了。

只能说人倒霉起来，喝凉水都塞牙。

树干从中间竖着裂开，一半断了，另一半还勉强连在根上，向着水流的方向一歪，我们也跟着摔回水里。武建超因为刚才想踢我，没坐稳一个跟头掉下去，直接被浪头捂在了当中，不见了。

好在我一直死死抱着树干，身子虽然在水里，人还能挂在树上。吃力地露出脑袋，耳边全是洪水"哗哗"的拍击声。我不敢乱动，来回转头去找武建超，叫了几声，可身周一片汪洋，哪里有他的影子？

而且不知为什么，河边的树林竟几乎被冲毁了一大半。抬眼往上游一看，急流裹挟着几截断树冲奔下来，方向正好直对着我。避无可避，我只能眯眼，心里叫苦，树啊树，看你长这么粗，怎么一点儿用都不顶？一冲就折，可坑死我们啦！

怀里的树一阵剧震，终于不堪撞击的力量，彻底断了，跟着横漂起来。苍白的月色下，天地间仿佛变成了一台无比巨大的洗衣机，河谷里的东西全被卷在一起，搅拌翻腾，一棵棵断树像是盒不小心撒进水里的火柴，而我，则是一只趴在火柴上的可怜蚂蚁，一会儿被埋进水里，一会儿又被推上浪尖。

一切发生得太快了，从发现涨水到现在，恐怕还不到五分钟时间。我不知道自己能做什么，事实上也是什么都做不了。这已经不是一两个人遇到危险的问题了，这是一场自然灾难。

虽然暂时死不了，可我泡在冰凉刺骨的水里，身体逐渐僵冷，牙关打战。混浊的水流还不断灌进嘴里鼻里，我呛一口，吐一口，拼命坚持。朦胧夜色中，身边的景色都变得不真切起来，周围不见一个人，这洪水要把我带到什么地方？难不成直接冲出国境，跑到苏联去？

胡思乱想着，突然听到附近有人的声音，四下一找，下游不远处竟屹立着一棵大树，几个人正站在上边，冲我摇着手电筒呼喊。

起头的水墙过后，水势已经不如刚才那么猛了，我抱着树奋力划水想靠过去，可终究差了一点儿距离。眼看又要越漂越远，过了这村可就没这店了，我心一横，深吸口气放开了浮木，朝着手电光游了过去。

树上的人一阵惊呼，怕是被我大胆的举动吓到了。而我也明显高估了自己的游泳水平，洪水里暗流很乱，又穿着衣服，根本不是只在泳池里玩过的我可以应付的，虽然是顺水，可仍旧游得很费劲，没几下就觉得力不从心。

不过现在后悔没用，只能硬着头皮往前，然而刚游出几米，我感觉左脚脚踝突然一沉，像是被什么东西抓住了，接着"唰"的一下，整个人被拽进了水底。

我瞬间就炸了毛，脚下乱蹬，却被越拉越紧，我拼命扒水上浮，可还是一个劲儿地往下沉。水里黑漆漆的，也瞧不见到底什么状况，我觉得下边应该是有什么东西，试着用右脚去踢，可腿一伸出去就收不回来，妈的，两只脚竟全给困住了。

我就像条被咬住尾巴的鱼一样，全身拼命乱弹腾，却无论如何也挣不脱。一口气早已到了极限，又是那种窒息的感觉，虽然不想承认，但我觉得恐怕自己真要死在这儿了。

之后我就失去了意识，再醒过来时，人已经在树上了，正被抱着腰，头朝下吐水。我剧烈地咳嗽，抹了把挤出来的眼泪，简直哭笑不得，都快算不清这是今晚第几次死里逃生了。心说狗日的老天爷，死都不让痛痛快快死，不带这么折腾人的。

坐直了才意外地发现，把救我上来的人竟然是我大哥，赵胜利也在，头顶的树杈上还坐着两个不认识的人。他们运气比较好，找了棵长得还算结实的树。

见我清醒了，大哥先问武建超呢？我灰着脸没说话，他叹了口气，接着像是又想起了什么，劈头盖脸教训了我一顿："你胆儿大得可以啊？这水又急又冷，还想游过来，没抽筋淹死算你命大。要不是最后我认出来是你，看谁愿意下去救你。"

看看浑身湿淋淋的大哥，再看看树下湍急的流水，我心说不错，如果不是亲兄弟，这时的确不会有人敢冒险下水，可转念一想，又摇头大叫不对，说我刚才不是抽筋，是水里有东西拉我。

我说的郑重，他们听了都跟着一愣，大哥问我是不是太紧张造成的错觉，其实还是脚抽筋的问题。他刚下去捞我时，什么都没看见。

我指着水面很认真地解释说，就是游到那儿的时候被抓住了脚，一个劲儿把人往下拖，而且被拽的不是一条腿，是两条。这种事没什么好骗人的，再说抽筋和被拽下去的差别，我还是分得清楚。

大哥的意思还是不大相信，我不想再多解释，拉起裤管露出双腿，用手电一照，脚踝上赫然可见两个黑色的印子，明显是被用力抓握之后留下的瘀青，左边的颜色较深，右边的颜色浅些。

大哥看着我的腿，一时哑然。而与此同时，像是为了证明我的话一般，水面上突然"咕咚"冒出一个水泡，紧接着一个东西从水下浮了出来。

幽幽的月光让我们看清了，那是一个人，准确地说是一个人的尸体，而他出现的位置，就是我刚才差点儿淹死的地方。

浮尸顺着水往我们的方向漂了过来，他的身后，同一个地方，"咕咚、咕咚"两下，眨眼间又冒出了两具尸体。

气氛一时变得诡异起来，我们呆立在树上，静静注视着那三具浮尸从阴沉的水面上由远漂到近，再由近漂到远，直到消失在月亮照不到的地方。那感觉很奇怪，仿佛他们并没有死，只是三个恰巧经过的沉默路人。

我没能看清他们的长相，只记得那些人的手都蜷成了鸡爪形，而脸全白得吓人，这是典型被淹死的状态。

在水里把我往下拉的，是他们吗？那当时他们是死了还是活着？为什么刚才在水底沉着，这会儿又突然冒了出来？我一时失魂，心底的寒意让自己打了个哆嗦。

其他人也被吓得说不出话来，过了好久，大哥咽了口唾沫，勉强憋出一个解释："可能是地窝子塌了，人困在里边被淹死了。后来挡在上边的东西被冲走，人就浮了上来。"

这个猜测不能说错，但只把事情解释了一半，相当于没说。我捏捏太阳穴，这一晚上已经遇到太多超越常识的事了，如今我倒宁愿自己刚才是脚抽筋了，而压根没见过那三具死尸。

几个人依旧保持着沉默，我浑身无力地靠在树上，手上机械地拧着湿透的衣服，尽量不去胡思乱想。然而就是这时候，寂静的背景里，传来了一阵"嗞嗞"的轻响，时断时续，从我脑后钻进了耳朵。

又来了！我惊得转过身，还因为动作太急差点儿掉进水里，但眼前除了树，什么都没有！我飞快地望了赵胜利一眼，他绷着嘴冲我点点头，意思是自己也听见了。

左右看看，也没什么发现，"嗞嗞"声却显得如此之近，这么一来，解释只剩下一个，声音的来源不在别处，就是身边的这棵树。

我把耳朵贴着树干上下寻找，发现有个地方的声音尤其清晰，手一敲还有"空空"的声音，而且树皮发酥，竟然被敲出了个小坑。我顺着酥烂的树皮一路抠下去，却没想到，从树皮底下抠出了一只白乎乎的大肉虫。

我心中讶然，问这是什么玩意儿？大哥拿着手电凑近一看，说好像是天牛。我摇头说怎么可能，天牛是长着长须子的甲虫，谁又不是没见过？

大哥却说这是天牛的幼虫，躲在树皮下吃木头，长大了才变成甲虫钻出来，杨树上生得最多。古代人管这个叫"蝤蛴"，用来比喻美女的脖子。

赵胜利也爬过来看，却撇撇嘴结巴着说，白乎乎跟个大肥蛆似的，恶心都不够，有啥可美的？

那虫子被捏着，显然是不大好受，拼命地扭动身体，头顶一对又黑又硬的大嘴夹子一张一合，我不小心被咬了一下，很疼。

我看看它，又看看那片被啃空的树皮，说难道这一个多月来我听见的怪声音，就是这东西发出来的？又想起了之前的那棵烂树，还有被大水冲毁的整片树林，难道都是因为它干的好事？这也太扯了吧？

大哥却说有可能，今年春天天气不正常，说不定让天牛大量繁殖成了灾，这东西啃起木头声音很大，数量又多，河边的树被它们吃空了，结果大水一冲全倒了。其实天牛成灾还没什么，至少从外边看不出来，他还见过有一次天山的落叶松毛虫闹灾，松针被毛虫吃光了，漫山遍野的枯树，看上去就像被野火烧过一样。

大哥的野外经验远比我们丰富，这个推测应该没什么问题。而且很奇妙的，经他这么一讲，似乎让我又找回了一些安全感。当然不是说天牛让人觉得安全，而是我发觉自己终于回到了理性与唯物的世界，终于又可以用常识来解释遇到的问题了，而不是像先前那样，到处是不可思议。

但不管怎么说，这都是个啼笑皆非的结果。谁会想到小小一个虫子能有这么大的本事，如果仔细追究，可以说武建超现在生死不明，很大一部分也是被它们害的。

想到武建超，我心里又是一声叹息，顿时没了兴致，甩手把那跟美女脖子一样的"蝤蛴"丢进了水里。

大哥却突然急道："你别扔啊，还不知道水什么时候退呢，那虫子能吃。"

我一时没明白过来。大哥叹了口气，说蚊子腿再瘦也是肉啊，要是这水一直不退，我们就得靠吃那虫子坚持。他说完打开挎包，露出里边一个被塑料纸包着的铝饭盒，从里边拿出一个药瓶，倒出几块方糖分给我们吃，说是补充点热量。

我认出了那挎包，就是之前大哥跑回地窝子死活要找到的东西，拿过来掀开饭盒盖子一看，里边都是些多功能工具刀、针线包、火柴、磷皮、蜡烛、指北针之类的小东西，还有几个药瓶子，里边装的糖、盐，各种药片儿，最下边还压着一个工作笔记本，一个小铅笔头。大哥说这个叫"野外急救盒"，他在地质队每次出野外都要备一个，关键时候能起大用。

事实上也真让大哥说对了，大水完全退去，已经是两天以后了。卖金子的钱倒是一直在身上没丢，而且包在塑料纸里，人都湿透了钱也没湿，可四周洪水茫茫，空有几百块钱又能到哪里买吃的东西。最后饿得狠了，还真吃了那种虫子，不过味道没尝出来，都是跟猪八戒吃人参果似的直接咽下去。当时我们就跟啄木鸟一样，这儿摸那儿敲，竟从一棵树上找出了快二十只肉虫，这棵树还是没被蛀倒，可以想象那些被冲毁的树上肯定更多。

两天里，我不止一次跟大哥提起，说那晚有人跑进地窝子想掐死我，后来被吓跑了，而且那个人长得很像我自己。

可大哥却坚持说他当时根本没看到什么人，他打开手电是因为发现地窝子里进水了，着急跑出去也不是追人，而是为了看外边的情况。

最后被缠得不耐烦了，大哥反而问我是不是做噩梦鬼压床，把幻觉当了真。我心说放屁，指着脖子上被掐出的伤给他看，说鬼压床能压出这个来吗？

总之争论来争论去也没结论，大哥又旧调重弹，让我不要再想了，因为很多事根本没法儿解释，与其想那些不着边际的东西，不如多考虑考虑眼前实际的问题。

而眼前最大的困难，除了洪水还有什么？

按照大哥的说法，今年按台地区的天气很不正常，比往年热得早，很可能雨季也提前到来，如果上游集水区内的几个地方同时暴雨，再和海拔更高区域的冰雪融水赶在了一起，很容易瞬时形成洪峰下泄，凶猛成灾。

老金客们虽然都发觉了天气有异，可没做什么防范准备。结果一夜噩梦，人被逼到了高处，采金区全淹在了水底。

两天后大水退去，整条河谷被洗刷得面目全非，到处是碎石断木，杂草垃圾，还不时能看到被水泡发了的人畜尸体。

我只记得大哥从树上下来后，第一句话就是："完了，全完了。"

损失不可不谓之惨重，且不说粮食、工具、地窝子什么的全被冲没了影，就连我们以前扎营的小岛都快找不到了，只因为周围的地形参照物全变了样，那种陌生的感觉，简直跟头一次来一样。

除了树上的我们三个，其他人也从山坡上走了下来，渐渐聚拢在一起。唯一让人激动的是，被大浪卷走的武建超，竟然也奇迹一样的回来了。

不得不说他命真大得可以。据他后来讲，他当时掉进水里被直接冲出好几里，人也昏了过去，按说是死定了，可后来也不知哪路神仙帮忙，他再醒过来时，发现自己竟被卡在下游的一个崖缝里，除了受了点儿擦伤，丢了一只鞋之外，基本没什么大碍。他在那儿缩了两天，饿了个半死，水一退就光着只脚走了回来。

说起来，武建超前前后后救过我好几次，如果他死了，我心里绝对最不安宁。如今看他活蹦乱跳的没事，我真是如释重负，说不出的高兴。

如此一算，十个人全须全尾的一个没少，大家多少都有一份劫后余生的庆幸喜悦。不过唯独有个人情绪不高，那就是赵胜利。只见他蹲在地上，手抱着头好像在低声地哭。我心想他和武建超之间就算再有矛盾，可看人家没死，也不至于哭吧？

大哥却偷偷地告诉我，赵胜利是因为钱丢了伤心。涨水那天晚上，他跑出来时把钱掉在了地窝子里，后来不顾一切地想折回去拿，又被大哥拦住了。这两天本来还抱有一丝希望，打算等水退了回来找，看样子只怕是没找到。

我觉得他有点儿想不开，毕竟跟钱比，还是命重要一些。就走过去拍拍他肩膀，说了几句"留得青山在，不愁没柴烧"之类的话安慰，不过好像没起多大作用。

其实要说损失，大伙儿每个人都有。行李什么的就不说了，关键是前些天攒下的金子还没来得及卖出去，让大水一冲全没了，算下来一个人也得几百块。而且那些补给、工具都是大哥和我花了血本买的，现在毛儿都没剩下一个，可以说惨得不能再惨，我们又找谁哭去？

金子一时是淘不下去了，留在河谷里不是办法，几百号淘金客像逃难一样，扶死携伤地往四牧场撤。这一路走得异常艰难，其中的凶险，并不亚于山洪当天。

路被冲毁就不说了，那几百里地没有交通工具，全靠用脚走。没什么吃的，也没有开水喝，都说大灾之后有大疫，发烧感冒的很多，有些人因为喝了没处理的脏水得了痢疾，几天之内就拉得不成人形，身体差的就死在了路上。

回去的途中，我又见到了那些面朝东的石人，试着摸了摸它们久经风化的刻纹，又看看身边的遍野哀鸿，心头说不出什么滋味。只觉得世事难料，不管草原先民把石人立在这里是什么用意，但它们年复一年守在这里，从古至今只怕是见多了进山出山的淘金客，那些人有几个是暴富而去，又有多少人是和我们一样狼狈而归？

回到四牧场，我们在牛棚里躺了快半个月才大概调整了过来。身体虽然恢复了，心里却留下了障碍，从那之后，我就有些怕照镜子，因为镜中的脸总是让我想起那晚的事。苦思冥想许久，仍然找不出任何头绪，似乎只存在一个有还不如没有的解释——我撞邪了，还不止一次。

突如其来的山洪完全打乱了我们的计划，眼前最现实的问题，就是下边的事该怎么办？

周围不少金客子（淘金客）被山洪吓到，纷纷打道回府了。但我们显然不能这么一走了之，原因很简单，一是本钱小折腾不起，二是觉得不甘心。

大哥淘金的头几年都是跟着别的金老板干，蹚熟了路子，这才自己拉队伍。来西部前，我们把家里值钱的东西都卖了，再加上大哥的一点儿积蓄，这才凑足了本钱。本来想大干一番，没想到老天爷不高兴，大水一过，让我们辛辛苦苦二十年，一夜回到解放前。

我跟大哥在底下商量，假如就此回去，虽说我们身上还有千把块，足够之后一年生活，但如果明年想再来淘金，那就彻底没了本钱，只能给人家当长工了。那些金老板雇来的工人，我们都见过，他们只算工钱不分金子，工钱低不说，弄不好还会挨工头儿老板的打，日子过得跟旧社会差不多。

但想要重回之前的河谷，基本上也不用考虑了。大伙儿心里有阴影是一个方面，另一方面，发山洪不是闹着玩儿的，那地方没个一两年恐怕恢复不起来了。

而且尤其重要的是，我和大哥剩下的那点儿钱，已经不足以支撑十个人几个月的装备和后勤了，这个最难解决，必须另外想办法。

无奈之下，只能发扬民主精神，把十个人聚在一起商量对策。我们透出的意思，是大家把钱拿出来放在一起，买些工具粮食，转移阵地从头再来，到时淘出金子按人头平分。

可就这么一个我自认为很合理的建议，却没有得到一致响应。每人的想法不一样，我们讨论了一晚上，除了一地烟头，什么结果都没有。主要是有几个人不愿意拿钱出来，怕到时再出什么意外，落个血本无归。

倒是最后甘肃老爷子说了个提议，让人眼前一亮。他有点儿甘肃口音，我们费了点儿劲才听懂，意思是现在淘金的大多是集中在前山一带，其实在更偏远的后山，也有很多大金场。新中国成立前，统治当地的一个大军阀曾大办金矿，不少"官采"都在按台山后山。那儿的矿更富，传说沙土出金比人出汗都多，一年能淘出来几千几万两，我们哪怕弄点儿人家采剩下的尾砂搞一搞，都能赚到钱。

有人问既然有这么好的地方，怎么没听说过有人去？

王老爷子咳嗽一声，说那儿都是深山老林，凶险得紧，敢去的人不多。而且道儿太远，吃饭很成问题，粮食什么的必须一次带够，干上一两个月就得赶紧撤出来。不过因为金子多，在后山干一个月，就能顶前山干半年了。

我问他自己去过没有？他却摇摇头，说他来西部淘金时，当地那个军阀已经倒台了，不少"官采"停办，后山的老金场只是听说，去倒是没怎么去过。

我肚子里嘀咕，什么叫"去倒是没怎么去过"，这不是明显话里有话吗？

还是大哥听出了门道，知道他是不想当着太多人面把事情讲透。于是站起身递上支烟，拉着老爷子的胳膊说："来来，咱爷儿俩到外边好好商量。"

俩人足足说了半个钟头才回屋。我问大哥怎么样，他使劲揉了揉自己的脸，说："我得想想。"

大哥这一想，就想了整整一天，话也不讲，只是坐在窗户边看他的日记本。我心里奇怪，可想起火车上因为日记挨骂的事，也不敢凑太近。

晚上临睡的时候，大哥躺在旁边，像是下定了决心对我说道："咱去吧，赌这一把。"我说："你问清楚没有，这事儿靠谱吗，会不会太冒险？"

大哥倒是挺笃定地说，那老爷子确实知道后山一个叫姊妹海的地方，藏着一个老金场，只不过他自己没去过，去过的是他的叔叔，一九三几年的时候在矿上当过账房。那儿本来是"民采"，但没开几年就被军阀派兵强占，变成了"官采"，兴旺了一阵后就废弃了。

我惊问："这种一面之词你都相信？"

大哥笑着说当然不能全信，不过他以前正好看过一份材料，记载1931年富蕴地震，使阿山一处红金台（极富的金矿）露头，金脉旁正好有座高山湖，引水方便，采淘条件得天独厚，出金"大者如豆，小者如粟"。被那个军阀"收归官办"后，他岳父邱宗浚苦心经营，甚至还从苏联引进了几台淘金机，每年收金几万两，"获利甚丰"。

两种说法，时间上比较吻合，也都提到了山里的湖泊，说的很可能是一个地方，应该是确有其事。大哥说如果我们去了，虽然按老爷子的回忆只能摸出个大概的方位，但有他自己这个搞地质的在，找到金苗机会还是很大的。

我点头，觉得好像是那么回事儿，但马上又冒出个疑问：好好的金矿，为什么会废弃？军阀不要了，老百姓也不去采？老百姓不去采，建国之后咱人民政府也不去吗？万一金子早被淘干净了，我们就算找到了矿场，还不是瞎子点灯——白费蜡，照样什么都捞不着？

大哥却解释道，砂金一般是淘不干净的，除非是作为矿源的岩金断绝了。所以哪怕是被翻过很多遍的熟窝子，只要成矿的条件没变，过上一段时间就会恢复。就像我们之前淘金的河谷，前前后后已经不知被挖了多少年了，但还可以一直出金子。

当年那个金场被废弃，有几种可能：一是军阀倒台，人亡政息；二是1940年时按台县曾有过一次矿工暴动，不少矿区被烧毁，那地方可能也受了波及；三是战乱影响，金场地处深山，物资给养全要靠外边运，所以稍有风吹草动，就很容易经营不下去。

至于解放后为什么没开发，这跟当时的历史条件有关系。那时候全是政治牵头，地矿部门都是先找战略国防最急需的资源。造原子弹之前全国找铀，大炼钢铁时一心找铁找煤，备战备荒那会儿，水晶、云母又成了重点。黄金开采一直是零敲碎打，从来没真正提上过日程。

直到如今改革开放了，大家都想办法挣钱，这才想起来西部还有黄金。对这边的金矿拉网调查已经开始了，相信过不了多久，那老金场就会被人翻出来。

既然大哥这么有信心，我也没道理不同意，事情就这么定下了。不过在深山老林里待一两个月，这种事并不是人人都敢的，跟大家商量之后，最后愿意去的只有五个人，除了大哥和我，还有武建超、王老头儿和赵胜利。大家合伙出本钱，淘出金子平分。

本来我们考虑赵胜利做事不大稳妥，而且也没钱了，就不想让他去。可他说自己愿意多干活少拿金子，软磨硬泡地让我们带上他。大哥被缠得实在烦了，就点头答应了，说好赖还能多个背东西的人。

我笑着问赵胜利为啥那么想去？他脸一红，结巴着说："俺想买拖拉机，娶媳妇。"

接下来的几天是采办装备和粮食，都是老一套的东西，不过把木溜槽换成了皮溜槽，把金斗子换成了塑料淘沙盘，这样比较轻便。考虑到深山里可能遇到危险，每人都买了把当地产的折刀带在身上，大哥还按着地质队的习惯给我们一人发了个哨子，说带在身上，出事了就吹。

另外还买了两支 12 号双管猎枪，枪倒是不错，就是原装子弹太贵，武建超弄了些铅砂、火药和弹壳之类的材料自己做。试子弹时我也开了几枪，感觉后坐力比军训时玩过的 56 半自动还大，打起来很是带劲儿。

最后我们找了一匹老马驮给养，每人身上也带了几十斤的东西，趁着清晨没人注意的时候，悄悄上了路。

当时的心情，还是颇有几分激动与忐忑的，毕竟前方的目的地，是遥远神秘，但同时又遍地生金的按台山腹地，这又让我多少找回了些杰克·伦敦小说中那种冒险者的浪漫豪情。

但我一时忘记了，冒险者其实还另外有个说法，叫"亡命之徒"。我们谁也没料到，去后山淘金之路，竟然是一段实实在在的亡命之旅。之前经历的那些不过是小小的序曲，真正的噩梦，其实才刚刚开始。

贰 姊妹海老金场

甘肃老头儿领路，我们几天里翻山过水，进入了阿山腹地。随着地势抬升，森林的构成逐渐变化，落叶松、云杉之类俊秀挺拔的树越来越多，莽林如海，不时可以看到野生鸟兽穿梭其间，生机勃勃，全然一幅原始自然的景色。

内地有名的景区大多是青山秀水或者奇石怪柏，看起来宛如水墨国画。但按台山不同，这里山林色彩浓烈，层次分明，再加上蓝天绿水，倒有几分西洋油画的味道，简直已经分不清到底是风景如画，还是画如风景了。直到那时我才意识到，这才是按台山的真正面容，而之前淘金时的所见，不过是她可怜的脚指头罢了。

只是风景虽美，我们赶路的过程却并没有因此变得轻松。身上的东西依旧是那么沉，脚下的路依旧是那么难走。我从来没走过那么远的路，感觉腿都快断了，要不是有之前一个月的重体力劳动做铺垫，恐怕早就要支持不住。

人都还能硬撑，牲口却不行了。那匹老马因为负重太大，已经累得吐起了白沫。我有些不忍，问要不停下来让牲口歇歇力？

牵着马的武建超心肠却硬，拽着缰绳说："歇什么歇？这老家伙不中用了，就是个一次性的东西，到了地方咱们就杀了吃肉，还能顶几天粮食。"

他这话不假，淘金客每年秋天都是净身出山，什么都不要，只带走金子和钞票。不过看那马的腿都开始打战了，我真有点儿怀疑它还能不能坚持下去，说万一死在半路怎么办？

武建超咧咧嘴："哪有那么容易死，你心疼牲口，你替它背东西啊。"

走在前边的甘肃老爷子听见了我俩对话，回头冲武建超翻了个白眼。我知道武建超又得罪人了，那老爷子因为早年在采石场干活，天长日久得了矽肺[1]，如今走远路吃不消，一个劲儿咳嗽大喘气，该他背的东西也全落到了我们身上。武建超说什么"老东西不中用了""替牲口背东西"，在他听来不是明摆着指桑骂槐吗？

我们继续艰难地前进，顺一条峡谷而上，随着越走越荒僻，大哥也变得小心起来。除了告诫我们走路要集中精神，别开小差儿之类的话，还折了根树棍儿，对着沿途的树木和灌丛不时地敲敲打打。我本以为他是在赶蛇，问了后才知道不对，这是在跟哈熊打招呼。

哈熊其实就是棕熊，只不过西部这边的人都这么称呼，觉得叫哈熊才过瘾够劲儿。西部没有野生的狮子老虎（以前有老虎，灭绝了），哈熊就是山里最大最凶猛的动物，称王称霸，对深入山区的人们来说，也是种极其巨大的威胁。

大哥给我指了指林间一棵倒掉的大树，说哈熊有时只是为了吃树根底下成窝的蚂蚁，连啃带刨就能挖断树根，有时甚至会发狠直接把树推倒，其恐怖程度可想而知。

不过好在哈熊天生不喜欢多事，很少主动挑衅。人在林子里走动的时候，最好有意识地弄出点儿动静，哈熊一般会自觉退让。怕就怕你冷不丁

---

[1] 矽肺。

突然冒出来，两边对上脸又惊着了它，这种情况除非你随身带着机关枪，不然完蛋的大多是人。

而除了哈熊这种猛兽，我们还要提防一种不知名的红蜘蛛。大哥说人要是被这种蜘蛛咬了，几乎不可能活命。夏天正是它们繁殖的季节，小蜘蛛全部附着在母蜘蛛圆咕隆咚的肚子上，只要受到惊吓，就会"哄"的一声，像一阵红雾似的四处逃散，危险过去之后，再重新爬回老蜘蛛肚子上。我不幸见过一次，那场面看得人浑身发痒，毛骨悚然。幸好红蜘蛛怕油烟，只要生了火，就不会来我们睡觉的地方。

就这样，在峡谷里走了好几天，我们冲上一个高高的山口，再翻过一个小山包后，视野陡然开阔，眼前出现了一大片地势相对低平的山间牧场。

周围山峦上的林海把草场虚抱在怀中，壁垒分明，却又浑然一体。小河随着起起伏伏的地势，在草坡间蜿蜒环绕，把一汪汪海子勾连起来。大大小小的海子波光粼粼，配上周围的翠绿山色，恍若散落在碧玉盘上的珍珠。

除此之外，牧场上还有几顶牧民的毡包好像蘑菇一样点缀其中，一团团云朵似的羊群在河湖周围平缓宽阔的草原上慢慢移动，炊烟缥缈，流水潺潺，更是平添几分浪漫诗意。

几天里跋山涉水，把王老爷子折腾得不轻。他胸口"呼哧呼哧"拉着风箱，瘫坐在地上端详了一下周围的地形，又掐着指头算了算，竟然说我们到了，这儿应该就是姊妹海，老金场就在附近。

西部地区的人难得见着海，所以喜欢把湖叫"海子"。眼前几个湖泊交相辉映，连成一片，的确像一群勾肩搭背的兄弟姐妹，叫"姊妹海"倒也形象。大哥让他们几个原地休息，却带着我，拿上他的地质老三样儿和铁锹、淘沙盘，开始找金苗。

虽说淘了个把月金子，直到这时我才见识到金子是怎么找的。大哥先用罗盘仪看了看方位，又往河里扔了个小木片，掐着表测了下流速。接着我们沿湖而行，每隔一段距离就停下来，在河道拐弯或者湖边浅滩之类的地方，挖坑铲点儿土，用淘沙盘淘洗一番。时不时地，还会从水里捞出几块石头，用地质锤和放大镜敲敲看看。

大哥研究着盘里的砂子，又拿铅笔头儿在本子上写写画画，像是在计算什么。一边干还一边跟我讲解，说一个地方有没有含金层，和周围的地形地貌、水文气候都有关系，必须综合考虑。

我们这样沿河验沙，用专业点的术语叫"取土样"，既可以计算砂金含量，还能寻找常与金矿伴生的讯砂（就是乌砂，对金矿有指示作用），确定金脉范围。敲石头的原理也差不多，一般来说，越是掂着重，敲起来有"钢"声的石头附近，越可能有金子。

手上干活，大哥又说了好多找金的口诀，什么"顶水背水""三山四不露""青牛、铁马、毒砂""小沟出嘴，大沟有腿，不大不小在肚里"之类的，一套一套全让我记着，搞得人一阵头大。

扯了一大圈，他最后却总结了一句，说其实除了这些，找金子还得看运气。运气好的，穿草鞋随便在河边走一圈儿，回家就能在鞋底儿见着金子；运气差的，哪怕你装备齐全经验丰富，就算明知那儿有黄金，依旧挖地三尺一根金毛都找不到。

他刚说时，我还想哪有这么倒霉的人，可不久之后就不得不信了。因为我们从头到尾忙了几个钟头，直到太阳都要下山了，竟然也是"一根金毛都没找到"。

我的心当时就凉了一截，问怎么办，会不会是老爷子记错了地方？

大哥倒不是特别着急，说找金苗又不是在马路上弯腰捡钱，哪有那么轻松的？今天没找着，明天接着找就是了，这地方这么大，还有很多地方没走过。

当天晚上，我们找了家哈萨克毡包借宿。牧民们经年累月遇不着个生人，看到我们都高兴得很，款待十分热情。

我们盘腿坐在毡房里，当中是烧干牛粪的炉火，几碗咸咸醇醇的奶茶下肚，热气腾腾羊肉上桌。黑红脸膛的哈萨克男主人拿着刀为我们分肉，山里羊肉嫩而不膻，肥而不腻，撒撮细盐就进嘴，吃法简单，却鲜美无比。

可惜我们几个人里，只有大哥会说简单的哈萨克话，和那一家人聊了会儿，却都是磕磕巴巴词不达意，只能相对傻笑。

饱睡一觉后，第二天一大早，我们就兵分几路继续寻找金苗，然而一天下来，依旧是一无所获。表面上还没人说什么，可我明白，大家的心肯定都已经悬了起来。

第三天如此。

第四天仍然如此。

所有人开始焦虑。那是一种失去了目标的恐惧，路上虽然辛苦，但我们知道要去哪儿，干什么。可如今到了地方，却没能发现所谓的老金场，感觉一下扑了空，突然不知道下边该怎么办了。

我心里开始后悔，只怪先前把事情想得太简单了，现在要真找不到金苗怎么办？想象着种种恶劣后果，更是觉得冒冒失失地进山实在是欠考虑，以至于落到现在进退两难地步。

遇到这种事，五个人的心情都不会好，气氛不知不觉就绷了起来，直到吃晚饭的时候，终于有人最先憋不住爆发了。

先是武建超恶声恶气地发了句牢骚，王老爷子觉得他在骂自己，当时就回了一句，结果两人就你一句我一句呛上了。武建超嗓门大，王老爷子也不弱，官话夹着甘肃土话，直把武建超骂得插不上嘴。

"老东西，还不是你把我们诳到这儿来的？"武建超嘴上说不过，蛮劲儿上来，起身就要揍人。老头儿的身子骨可扛不住他几下，我赶紧把人摁住，又让赵胜利拉着老爷子别凑过来。

大哥也不劝架，而是另开了个话题，说我们这几天一直在河边湖边转悠，什么都没找到。他在想，这个思路会不会压根就错了，砂金矿其实不光是由河流冲积形成的，还有冰积、坡积、洪积很多种类，明天可以试试水边以外的地方，说不定会有发现。

我却说那也不对啊，从当年那军阀买了几台淘金机来看，那金场规模应该很大，虽然几十年过去，可我们怎么连一点儿痕迹都没看到？

正说着，却看到大哥瞪了我一眼，我登时明白，眼下这个情形多说就是添乱，就把嘴里的话咽了回去。

倒是那家牧民的男主人看我们吵得热闹，反而凑了过来，对着大哥憨憨一笑，问道："阿里太？阿里太！"

我虽然不懂哈语，却也知道"阿里太"好像就是"金子"的意思。武建超和王老爷子也不吵了，几个人一齐转头看向他。

大哥当时狠狠一拍脑门，说自己简直是昏头了，怎么能因为语言不通，就只知道挤着眼瞎找，反而忘了问问最了解情况的牧民。

他操着半生不熟的哈语又和男主人聊了半天，之后面露喜色转头对我们说，这附近确实出金子，牧民有时会淘一些到山下换子弹、电池之类的日用品，只是我们没找到罢了。这牧民大哥答应明天领我们去看地方。

而接下来的一天，我算是领教了山区牧民对时间和距离的概念。出发前他跟我们说也就十几公里远，一会儿就到。我当时还纳闷，心想离得这么近，前两天我们怎么会看不到？直到真正走起来，我才发现自己完全想错了，这十几公里，实际上几十公里都不止。

也不知走了多久，我们已经离开了高山牧场的范围，钻进了一个不起眼的小山沟，两边山崖陡峭，沟底全是风化落下的岩石，乱草丛生。一条清澈的小河从高处的山间"哗哗"奔腾直下，偶尔在个别平缓地段安静下来，映照出山峰间纯净的蓝天、悠悠的白云。

又往深处走了一截，我们看到了牧民所谓淘金的地方，都忍不住笑了。

我第一次知道，淘金还能这么省事。

那牧民把他自制的溜槽直接安在河道一处比较窄的地方，两边用土石堵上，让水流从槽子上通过。装好就不管了，隔上十天半个月才会来看一眼，取走沉积的砂金。

我们看着那牧民从溜槽里清出积累的金子，数量似乎不算很多。大哥眉头微蹙，在河道前前后后取了些土试淘了一下，微微叹气，得出了个让人万分失望的结论：

这里的确有金子，但是品位太差了，除非谁能直接运艘淘金船过来，实施大规模机械作业，才能用数量优势抵消金砂含量太低的问题。牧民不靠这个吃饭，搂草打兔子，不在乎出金多少，但如果我们靠土方法淘金，一个月也淘不出几克，根本是赔本的买卖。

希望再度破灭，这些天的劳累仿佛都一起涌了上来，让我不由得颓然坐倒。武建超靠着山壁只是喝酒，王老爷子捂着嘴，咳嗽得更厉害了，赵胜利也蔫了吧唧垂着头，总之一个个都是脸色发灰。

大哥也是难掩失意的神色，可还是在鼓励我们，说既然河里有金子，就还有希望，不如再往前边走走看看，说不定能找到金苗。

王老爷子却哑着喉咙发话："不会有啦，一看就是个长不出大花儿的山沟沟。这回是老汉我害了你们，咱没那发财的命啊，真是不该来啊，老了老了，又不安分了……"

老辈儿淘金客喜欢把金子叫"花儿"，既然连老爷子都这么说，可见这里的金子淘了不如不淘。那接下来该怎么办，打道回府？

正在这个时候，武建超突然"噌"地跳了起来，我一看心说不好，难不成他昨天没打成老爷子，今天要补回来？也跟着站了起来，叫他别乱来。

却没想到他根本没理我，而是指了指自己身边的山壁，把耳朵贴在上边，一脸紧张地对我们说："快听，有声音。"

大伙纳闷，学着他的样子趴上去听，一听之下，发现果然有若隐若现"隆隆"的轰鸣声，正从石壁里传出来。

那轰鸣声很轻，可此时在我们耳中却无异于一个惊雷。只因为这声音太熟悉了，我们前些天才刚刚听过，是山洪。

我喉咙发紧，立马意识到事情的严重。虽说声音在固体中传播速度比在空气里快，可既然已经能听见水声了，距离就不会太远。山沟不算宽，两边都是很陡峭的岩石，周遭细树三两棵，躲无处躲，爬不好爬，大水冲过来人铁定要完。

"跑哇！"平时最蔫的赵胜利带头大叫一声，拔腿就往山沟外跑，王老爷子尽管咳得厉害，也是转身就逃。我看着有俩人跑了，虽然明知十有八九跑不出去，也跟着想跑。可刚没迈开两步，就被大哥硬拉住了，只听他说："瞎激动什么？你再仔细听听。"

我被拽了回去，这才发现问题。那"隆隆"声虽然听起来像山洪，但却持续且均匀，显然是停在一处，并没有那种大浪逼过来时由远而近的压迫感。

即便如此，还是不能放心，于是我又问："那到底是怎么回事？"

大哥望了眼牧民，转头很无奈地对我说："人家刚说了，前头有道瀑布。你们可真给我长脸啊！"

瀑布？我抓抓头，讪讪地说怪不得。赵胜利和老爷子跑出了一段，可能发现没出什么事，又被牧民骑着马追了回来。他俩自觉丢人了，脸上有点儿挂不住，指着武建超直骂，怪他谎报军情。

武建超却是一脸冤枉相，一摊手说："这能怨我吗？我自己都没跑。"

大哥说砂金有可能堆积在落水的部位，就打算去看看瀑布。我们再转过一个弯，听到了越来越大的水声，向前走了不远，眼前出现了一道落差几十米高的瀑布。两侧的高山夹着流水，犹如一条白龙从断崖上倒挂下来，跌落进下边的水潭，银花飞溅，四周空气都湿漉漉的，水雾弥漫。

山沟在这儿就算到了头，闭合的环境里十分聚音，瀑布声如雷鸣，震耳欲聋。大哥在跌水潭周边取土试淘，最后又摇了摇头，扯着嗓子跟我们说，这里的金砂含量是要大一些，但也就是跟之前那个河谷的品位差不多，只干一个月，恐怕还是不够本儿。

连续的失望打击，都让人有点儿麻木了。我有气无力地问大哥，那现在怎么办？

大哥叉着腰，皱眉看着滚滚下落的瀑布，像是在想什么事情，没答我的话。倒是武建超先说道，现在看来想找老金场恐怕不行了，要说这里出金也不算少，干脆留这儿干个把月算了，至少不会空手回去。

王老爷子却摇头，说这儿跟前山比出金不算少，可放在后山，那就是贫得不能再贫的矿，要淘金还是要找到老金场才成。他年纪大了，想拼了老命赚这最后一票，往后就回家养老了。

赵胜利平时跟武建超不对付，而且还老惦记着买拖拉机，这时也结结巴巴地给老爷子帮腔，说要找老金场赚大钱才行。

几个人意见不合，争了几句就吵了起来。眼看又要干上了，我赶紧站到中间打圆场，说到底是走是留，不是靠吵架吵出来的，大家都消停点儿，好好想办法。

其实武建超考虑得很现实，如果一直找不到老金场，把时间全耽误在路上，东西吃完之后我们只能空手出山，到时说不定身上连回家路费都不够了。但老爷子也有道理，如果留在这儿淘金，山里夏天太短，干不了几天就得走人，实在是没什么赚头，淘了不如不淘。

事情左右为难，还真是不好抉择。这时最有发言权的大哥终于开了口："你们就没想过到瀑布上边看看？水里的金子可都是瀑布带下来的。"

大伙儿一齐看向瀑布，那两边都是好几层楼高的陡峭山崖，石缝里零零星星横长着几棵小树，我说除非是猴子，不然不可能上得去。

大哥却说，正面上不去，我们可以从侧面找路绕上去。

我问有路吗？要万一上边什么都没有怎么办？

"没有就没有，大不了白跑一趟。"大哥回答得干脆，可说完又补上了一句，"不过，我觉得上边肯定有。"

我不知道大哥何以这么确定，也许他是从地质地貌上看出了什么端倪。再看武建超他们三个，一时都没说话，显然是在心里权衡着大哥的话，计较利弊。

而就是这时，赵胜利突然惊叫了一声，手指着瀑布，口吃地说："上上上，上头有个人！"

他这一喊，我们立即齐刷刷仰头去看，可瀑布上方除了白白的水雾，就是一道小小的彩虹，其余什么都没有。武建超不耐烦地骂道，狗日的整天咋咋呼呼，哪有人？

赵胜利见我们不信，极力地解释："真咧，真咧有，有个人脑袋从上边探出来，俺一喊，他又缩回去咧。"

王老爷子在边上附和说的确有，他刚也看到了，就在瀑布的边上。

我心说怪事，难道有什么人在瀑布上边偷窥我们？可左望右望，脖子都仰酸了，也没再见着一个人影。正要放弃的时候，忽然眼角一瞥，一团灰色的物体从瀑布上顺水掉了下来。

自从上一次的事情后，我对水里冒出来的东西总有种特别的敏感。那物体体积不大，落下的速度很快，被巨大的水流带进潭底后，又浮了上来，随着波浪漂到了水边。我两步走近一看，发现那是一只死掉的水鸟。

怎么说我也学了快四年的兽医，好奇之下，找了根树枝把那死鸟夹了上来。来回翻检一番，发现死鸟儿个头不小，样子有点儿像鸭子，浑身灰褐色掺有白点，翅膀上还有红色的斑块，具体名字叫不上来，不过应该是只野鸭之类。

大哥他们已经准备回去了，叫我跟上。我起身正要走，却又马上意识到了蹊跷，这野鸭子浑身一点儿伤没有，难道是病死的？我不禁犯起了疑惑，想到大哥还打算绕到瀑布上边去看看，要是那里正流行什么人畜共患的传染病，到时我们就麻烦了。

一半是担心，一半是好奇，我叫他们稍等，拿小棍儿挑着，又把那野鸭子来回瞧了瞧，依旧没看出什么端倪，于是掏出随身带的沙木萨克折刀，破开了那野鸭的肚子。

学过医的都知道，医学中有个很直接但是很有效的思想，那就是——如果外表看不出毛病，就解剖了检查。

那野鸭子估计死的时间不长，切开之后还没什么怪味道。我用刀尖把内脏扒拉出来，发现腹腔内似乎有很严重的粘连症状，把脏器一个个挑到眼前观察，又觉得鸭胃（其实就是鸭胗）后边的砂囊似乎沉得过分，疑惑之下切开来一看，一团黄灿灿的小颗粒当时就洒了出来，竟然是金砂。

我有些不敢相信地眨了眨眼，确认自己的确没看错，这才回过了味儿，兴奋地把大哥他们招呼过来，指着那一团还带着鸭屎的金砂，激动得都快说不出话了。

武建超捏了一撮金砂，又抬头望了望瀑布，乐着说道："好家伙，敢情上头还真有金子。"

踏破铁鞋无觅处，得来全不费工夫。大哥高兴地抱着我一阵猛摇，把金砂抓起来，放在手里细细观察，分析金子的颗粒大小和圆磨程度，判断瀑布上砂金矿的情形。

最激动的是王老爷子，只见他山羊胡子一翘一翘的："老汉儿我说得没错吧？这儿真的有大金场啊，姊妹海金场，我叔怎么会骗我？"说着捏了一粒大个儿金砂，在水里涮了涮，放进嘴里就咬，一边咬还一边说，"十足真金啊，十足真金。"

看着我们四个的兴奋劲，只有赵胜利不明所以，小声地问道："你们高兴啥？为啥大黑鹅肚里有金子？"

我说你小子怎么还不明白，家里养过鸡鸭没有？鸟常会吃些沙土石子帮助消化，瀑布那边的土壤里含金子，这野鸭子吃沙土时连带金砂一起吞进了肚子。你看它脏器粘连，估计是因为金子太沉排不出来，天长日久在砂囊里越积越多，压迫内脏，造成胃下垂慢性内出血，或者直接坏死穿孔，这野鸭子说不定就是被金子活活坠死的。

武建超凑上来说："狗日的，听说古代人有吞金自杀的，没想到鸭子也会。这死法儿真他妈的富贵，想想都胃疼。"

大哥这时也是心情大好，挺少有的同我们闲聊说："吞金自杀倒不一定是吞黄金，古代人把很多金属都叫'金'，很可能是吞水银之类的重金属，汞有剧毒，吃了就会死人。"

我说不会吧，《红楼梦》里不是还写尤二姐吞金自杀吗，那是实实在在吃了块生金啊。

大哥却是一笑，说"尽信书不如无书"，小说里写的看看也就算了，怎么能全当真？其实还另外有种说法，认为吞金是吞金箔，金子延展性很好，一片金箔就足以挡住气管，让人窒息而死。

玩笑开罢，大哥又问那牧民有没有什么路能通到瀑布上边，操着半生不熟的哈语，和他连说带比划"哇哇啦啦"说了好大一会儿，才勉强搞懂了对方的意思。

按照那牧民的话，瀑布上其实是一座湖，湖边有大草甸，算是块水草丰美的高山夏牧场。新中国成立前有条小路后来毁了，"大跃进"的时候，县里为了开发牧业资源，又动用大量人力物力重新打通了一条牧道上去，但因为地势艰险，进山线路太漫长，转一次场得不偿失，所以没过几年大家就不愿再过去了。

大哥又问那条牧道该怎么走，牧民却只是摇头，说他没去过，只知道个大概方向。大哥叹了口气，揉了揉脸，对我们说没办法，只有带着辎重自己摸过去了，要征求大家的意见。

赵胜利有些不放心地提了一句，说刚才瀑布上边的人是咋回事？我们就这么过去，会不会有啥问题？

武建超挖金心切，马上满不在乎地说道："要找老金场的是你，现在说有问题的还是你，怎么转向转得这么快？不上去挖金子，怎么买你的拖拉机？有人怕个屁，到底是个什么情况，上去了不就全清楚了。"

赵胜利的谨慎也有限，被武建超两句话就揭了过去。黄金当前，谁也没再有什么异议，都说这一趟算是来对了，光看着鸭肚子里的金砂大小就知道，那瀑布上头就算不是传说的姊妹海老金场，也肯定有一条极富的金脉。

山重水复疑无路，柳暗花明又一村。谁也没想到就在要绝望的时候，最后靠我一时多心，竟然从野鸭肚子里找到了金苗。这种事其实也经常发生在家禽身上，此时回忆起来，古今中外似乎有很多鸡鸭生金蛋的故事，不知道其灵感是不是来源于此。

我们一路闲扯，心情轻松地往外走，目标一定，大家的心也都安稳了下来，之前的什么矛盾争论也都不再提了，只想着怎么能找路绕道上去，大干一场。

回到牧民家的毡房时天都黑了。时间宝贵，我们打算天一亮就动身，考虑到带的粮食已经消耗了不少，就用鸭肚子里剥出来的金砂向牧民买了些熏马肠、风干牛羊肉之类的作为补充，又给了食宿费，休整了一晚后，满怀激情地再度出发。

我们按着牧民指出的方向，一路向西，颇费了一番周折才找到了那条废弃已久的牧道。主要是因为进入一道达坂的沟口看起来像条流水沟，而我们犯了经验主义错误，觉得按常理牧道不可能从那地方插进去，以致很长时间都走岔了，耽误了整整两天的时间。

虽然早有心理准备，但山路的艰险和距离，还是超出了我们的预计。按台山是断块山，地势成阶梯形发展，我们一路走过去，海拔急速提升，人工开凿的狭窄牧道在山崖上盘旋上下，时而通向山梁，时而深入谷底。一个接一个的达坂，不仅是考验你的力气，更多的还是在锤炼你的勇气。那条路因为长年没人维护，沿线多有塌方落石，很不好走，翻山越岭让人体力消耗很大，心情紧张。

最可怕的是，有几处牧道竟然只是在垂直的峭壁上挖出了条半米多宽、一人来高的石沟，异常的狭窄陡峻，有的地方甚至还有尚未融化的残雪，冰凉湿滑，走一步都让人心惊肉跳。

有一次我忘了自己还背着东西，通过一道拐弯时，一转身不小心把背上的包撞在岩壁上又弹开，顿时失去了重心，被沉重的大包带着直往山涧的方向歪。

前后的人怕我一着急把他们也拉下去，竟没一个敢上来扶我，还各自躲开了些。而我当时根本控制不住身体，几个趔趄，半只脚都踩在悬崖边上时才找回平衡，勉强再次站稳。

惊魂未定地瞧着身侧的万丈深渊，我浑身顿时冷汗浸湿，心口"咚咚"跳，只觉得两眼发花，双腿发软，蹲在原地缓了好几分钟，才爬起来继续往前走。

想到自己差点儿交待在这儿，肚子里又忍不住要骂，他妈的"大跃进"干事就是不靠谱，要不是为了挖金子，这种路平时谁敢走？牧民转次场恐怕得摔死一半的羊，怪不得都不愿意来。

跨过一条塌了半边的黑松木牧桥后不久，就再也看不到人工修筑道路的痕迹了。我们沿着野兽踩出的小径，一头扎进了茂密的原始森林。

身边除了本地落叶松，还有大片大片的白桦和云杉，树木遮天，阳光在树叶斑驳的缝隙中游离，林下蚁丘（蚂蚁营造的巢穴）散布，大者一人高，小者齐腰高，有一种灰色的歪脖鸟儿会跳到蚁丘上，用长舌头舔食蚂蚁。大哥地质干久了，见多识广，告诉我那种鸟叫蚁䴕，和啄木鸟是亲戚。

在林海中行进，并不比走在陡峭岩壁山路上轻松，脚底下是一层厚厚的黑褐色枯枝落叶腐殖质，冰雪融化之后吸足了水，又稀又烂，脚一踩"嗤嗤"冒黑汁儿。

不过森林里也有好东西，有次休息的时候，大哥找了棵很粗的白桦树，在离地半米高的树干上钻了个小眼儿，插进去一支草管子，里边十分神奇地流出了淡黄色的透明液体。桦树汁是天然饮料，我们每人喝了一些，甜甜的还有股清香，十分解渴。

大哥见我们喝完了，就把那小眼儿重新塞住，还说这东西现在只是尝个新鲜，不过关键的时候能救命。苏联卫国战争的时候，很多红军战士没粮食吃，就是靠喝桦树汁坚持打仗。

只是走了这么多天，我们的那匹老马早就累到了极限，掉膘掉得不成样子，走一步陷一步，只是苦苦支撑。武建超拽着缰绳，不要命地往前拉，嘴里还骂不绝口，说本以为多走两天就能转到瀑布上边了，谁知道会绕了这么一个大圈儿，也不知王老爷子先前领的什么歪路？

老爷子这会儿没什么心思跟他吵，只是抓着马尾巴亦步亦趋地往前走，胸口拉风箱，都快把肺子咳出来了。我揽了他一把说："老爷子，您扶会儿我得了，别揪马尾巴了，这马屁股都快让您薅秃了。"

正说着，不远的灌木丛里忽然一阵嘈杂响动，枝叶乱摆，一团灰白的影子蹿了出来，正从我们眼前跃过。赵胜利指着大叫了一声："兔，兔子！"大哥和武建超急忙抽枪瞄准。

林子里野兽不少，我们沿途时常会打一些野味加菜，12号猎枪用霰弹的话，三十米之内，着弹面有一个脸盆大小，打山鸡野兔之类命中率很高。可这次大哥却"砰"的一枪打空了，那兔子灵活异常，避过了猎枪还不算，在灌丛中几个起落之后，竟然"嗖"的一下跳到了树上，转眼没了影。

兔子会上树？我顿时张大了嘴有些发傻。武建超回头骂了赵胜利一句："狗日的，你们家兔子有那么长的尾巴？"

那动物不但会上树，还有一条长尾巴，显然不是兔子。只不过速度太快，我们都没怎么看清。赵胜利也有点儿犯迷，揉了揉眼说："咋，咋会看错咧？"

王老爷子眯着眼睛，看着那动物跑远的方向，咳嗽说好像是只羊狲猁。大哥收起了枪，也说应该是羊狲猁，看样子森林要到头了，可能前边就是牧民所说的大草甸。

我不解，问羊狲猁是什么东西？武建超告诉我，其实是一种长毛大野猫，乍一看的确像兔子，学名叫兔狲。只不过他以前在内蒙古见的羊狲猁都是黄色的，没想到这里的泛白，第一眼真没认出来。

赵胜利嘟囔了一句，说这名儿起得不好，怎么叫"兔狲"？听着跟河南话里骂人的一样。老爷子咽了口唾沫，说你懂啥？"兔狲"这名字，是古代祭祀用的肥兔子，那是吉祥的东西。

兔狲大多生活在草原、戈壁上，森林里生活的不多，所以大哥猜快要到大草甸了。而事实也正是如此，我们又走了不到一天，穿过草地和森林的相间交错地带，草甸终于呈现在了眼前。

我们横穿草甸，草甸后更远的地方，则是一个阴沉沉的大湖。受它水汽滋润，草甸中各种植物生长得非常茂盛，碧草如毡，闻起来有股清甜味道。

我看着丰美的草场，暗道可惜，这种地方其实很适合养牛一类的大牲畜，但路太远也太难走了，恐怕很难为人所利用。

大哥一直记录着我们来时的路线，这时拿出罗盘仪比划了两下，在本子的草图上添了几笔，嘴里嘟囔了一句，说怎么是这地方？

除了茂盛的植物，草甸里还有许多块隆起的大小石头。这些东西勾起了大哥的兴趣。他招呼我们走近去看，说那都是冰碛石，是古冰川退缩的痕迹。附近有砂金矿也可能是冰积型，金子颗粒的差异会比较大。说完就找了一处草皮铲开，取了些下边的黑色底土，试着淘洗。

大哥在那儿忙着，边上的武建超却另有发现，他指指脚边的一片比羊屎蛋儿大一圈的黑色小粪团，又指指石堆间的几个比水桶小点的地洞口，笑着说洞里头藏着旱獭，晚上他请大伙儿吃旱獭肉。

大哥没能从草甸底下找到金花儿，不过一时也不急。当天我们在草甸子上扎了营，武建超支起了土帐篷，准备埋锅造饭，而我们剩下四个人则兵分两边，沿湖探路。

找金苗是个技术活儿，我们不得不一个有经验的搭配一个没经验的。我这回跟王老爷子一起。老爷子眯着昏花老眼，端详着周围的地形，嘴里念叨的全是些"三山四不露"之类的口诀。

这些东西大哥也教过，不过当时说得仓促，只是填鸭似的让我先背熟，没什么具体讲解。我抓着机会问老爷子，这些口诀都是什么意思？

老爷子已经打算干完这一趟就回家养老了，不担心教会徒弟饿死师父，指点着周围的山势，一条条的跟我解释。

"三山"就是指"座山""关门山""迎门山"三种山形，而"四不露"则是说"沟前不露口""沟后不露堵""沟中不露风"和"全沟不露骨"四种出金的条件，要和"三山"配合在一起看。

"座山"指的是上游的产金山（存在岩金矿）。一般来说"座山"山体高大，而且多有"马牙石（石英）"脉。有座山的河谷，形成砂金矿的可能性就很大。

"关山门"又叫"关门嘴子"，是指钳形山，而"迎门山"则指的是河谷转弯处河流的迎面山，又叫"不露嘴"或者"不露口"。在"关门山"的上方，或"迎门山"前方，都是砂金出露的好地段。

"不露风"则是说产砂金的地段，两侧的山比较高，"风"好似刮不出去一样。"不露骨"指河床底板部分的岩石不出露，表明河谷处于堆积阶段，是砂金成矿的有利标志……

这些都是淘金客们几百年来总结出来的土经验，前些日子老爷子和我大哥一起探路时，发现我大哥也知道，想必是地矿部门把这些民间规律整理总结后，写到了勘探员的课程里。

当然，口诀成立是有前提的，并不是在你家门口随便找座山，看着觉得像就行的。你得肯定当地确实产黄金，拿这里来说，按台山周边地区的腹地和山前一带都是产金区，此外河北的虎山、东北的黑河一带也有很多砂金，这些口诀就大概管用。

经老爷子点拨，我对周围的地形也留起了意。湖面被两边的高山夹在中间，弯弯曲曲的像条长带子，初看上去感觉不像湖，倒像条十分宽广的大河。同时，湖的面积很大，我只知道走了很久，依旧看不到湖水泻下形成瀑布的地方。

我俩沿着湖岸边说边走，不时地停下取土淘沙，却一直没什么收获。现实和口诀似乎有些出入，我又忍不住问，说自己怎么既没看见"三山"，也没看出"四不露"？

没想到老爷子咳嗽几声，竟然摇摇头说自己也拿不准。因为按台山的砂金大多出在山沟里，湖边有金子的倒真不怎么常见，至少他没见过。

我张大嘴"啊"了一声，说这算啥事？那咱们不是抓瞎了吗？

老爷子倒没表现出担心，笑笑说没啥好怕的，野鸭子肚里的金花儿总不是假的吧？肯定会有金子。而且他很服气我大哥的本事，勘探员到底有系统专业的地质知识，眼光比土方法高明，比如前边提到的什么"冰川砂金矿"，他就从来没听过。

因为没掌握好时间，走着走着，天色就不知不觉暗了下来，湖面上也起了雾，因为海拔比较高，气温下降很快，我们都不由得裹紧了衣服。广阔的草甸在脚下延伸，身边是高山大水，茫茫天地分外地空旷孤寂，更让人添了一份寒意。

老爷子本就在强撑，这时再也吃不消了，提议回去。我正要答应，却突然望见前方的一片高地上，竟孤零零伫立着一个巨大的黑色长形石块，虽然隔着雾，影影绰绰的有些瞧不清楚，但那种诡秘的感觉，还是让我一眼就认出了是什么东西。

石人已经不稀奇了，但如此深的山里也有石人，还是让人颇有几分意外。我让老爷子先在原地歇着，自己快步走过去想瞧个究竟。可闷着头往前小跑了一截，再抬眼一瞅，却又吃惊地停下了脚步。

眼前的情景，让人呼吸不由得急促起来，因为直到这时我才真正看清——这个石人，它竟然没有头。

日头已经坠到了山后，天越来越黑。我在原地愣了两秒钟，又飞快地跑了过去，喘息未定地拧开手电筒，上下扫动，细细打量石人。

那石人比我在山下见过的高大许多。而且石块形状规则，应该是经过了比较精心的修整。相对平滑的石面上是古朴粗犷的刻纹，从下到上的手脚四肢、兵器衣饰各部分都很清晰完整，唯独双肩以上的位置空空如也，硬生生缺了一个头，显得十分诡异。

事情有些蹊跷，我又在周围找了一圈，地上除了茂密的牧草，什么都没有，看来这石人的头不是风化掉落的。

冷雾逼近，我被冻得打了个哆嗦，身上涌起了一层鸡皮疙瘩。石人太高大，我看不到它肩膀上面的状况，只能用手电照着，踮着脚一步步后退了去瞧。可退着退着，一个声音突然从我背后响起："你干什么呢？"

周围本来静得可以，我的注意力全集中在前边，冷不丁听见这么一声，脖根儿上的肉一个哆嗦，转身去看，原来是甘肃老爷子不知什么时候站在了身后。他说我一去好久不回，担心出了什么事，就跟了过来。

我拿袖子擦擦被他吓出来的冷汗，说来了正好，问他知不知道这没脑袋的石人是怎么回事？老爷子一心想早点儿回去，草草扫了一眼就说自己也不清楚。

我拉着他不让走，说只看一眼，接着趴在地上，让他站上来仔细看看那上头到底是什么状况。

老爷子有些不情愿，颤巍巍地踩在我肩膀上，嘴里嘟囔说没事瞎操什么闲心，金客子吃饭睡觉挖金子才是要紧。

我没理他，扶着石人站起身，把他架了上去。他趴在石人上研究了一会儿就秃噜了下来，喘着粗气对我说道："这石头人的脑袋，是让凿下来的。"

"凿下来的？"我听了一愣，问他是不是看清楚了，怎么就能肯定是凿下来的？

　　老爷子自信满满，说自己在采石场干了二十年，这点儿眼力当然有，那石头人脖子地方的断茬，一看就是被人用强力凿开的痕迹，绝对错不了。

　　这个结论让我愈发想不通了，为什么那些山脚下牧道旁的石人，周遭人来人往的尚能保存得十分完好，而眼前这石人藏在人迹罕至的深山里，反倒会被如此野蛮地凿下脑袋？

　　王老爷子一个劲儿催我离开，我应了一声，下意识迈动脚步，脑子里却全是疑问：是谁，在什么时候凿下了这个石人的脑袋？又带到了哪里？他们这么做的目的是什么？

　　这些问题的答案，我自然无从知晓，现在唯一比较肯定的就是，这里的石人肯定有什么特别的地方，否则当年那些人也不会只敲走它的脑袋，而不敲别的人的。

　　湖边天黑雾大，王老爷子看我心不在焉的，叫我拿着手电认真照路，否则看不清方向一脚踩到水里就恶心了。

　　我的心突然一动。那个石人虽然没了头，但从身上的图案仍能分辨出正面背面，很自然地联想到了石人朝向的问题。我急忙转身折了回去。

　　太阳早已落山，天空云遮雾罩的也看不见星星，在山里转了这么多天，人早没了方向感。好在我一直带着大哥给的 62 式四用指北针，从怀里摸出来打开，转动方位玻璃框归零之后，对照石人的正面一看，眼睛不由得睁大了，它竟是面朝南方的。

　　我更加迷茫地抓了抓头发，心想如果要找出这个石人的特别之处，这应该算是一点。可接下来又有了新的疑问：山下的石人都是面朝东，我知道那是因为游牧民族崇拜太阳，以东为大，而眼前这石人脸向南，这是什么意思？

　　继续留在石人这边也没什么意义，我满脑子疑惑，一路上思来想去，依旧什么头绪也没有。跟着王老爷子糊糊涂涂走回扎营的地方，离了好远就闻到了肉香。武建超在内蒙古当兵时就学会了抓旱獭，这次果然说到做到，逮了一大两小三只，炖了满满一大盆儿，还烧了一锅茶等我们。

大哥和赵胜利他们跟我俩几乎是踩着前后脚回来，四个人都是又饿又累，闻见肉味儿眼都绿了，一见面什么交流都没顾上，都先是蹲下来闷头一通狂吃。

那是我生平第一次吃旱獭肉，感觉味道跟兔子肉差不多，但因为旱獭脂肪厚，武建超又炖得时间长，汤水耗干了只剩下油，肉吃着像被炸过一样，很有嚼头儿，也香得很。

不过单吃肉肯定不够，每人又拿了面饼掰开，蘸着盆底的油水往嘴里塞，饭盆儿都差点儿被抢翻。武建超做饭时就吃过了，这时笑吟吟地站在一边，惬意地瞧着我们争来抢去，笑着骂说简直是"群猪拱食"。

海吃一阵，感觉不那么饿了，速度才渐渐慢下来。我心里装了事情，刚吃个差不多，就急着跟大哥汇报了发现无头石人的事，还有石人朝向的问题。可我还没讲完，却被大哥一摆手打断了，让我先别着急说这个，他有更重要的事要宣布。

"哥儿几个，咱们发财了！"大哥清了清嗓子，从兜里掏出了装金砂的小玻璃瓶冲我们晃晃，抑制不住激动地说道，"我们找到老金场了，这是试淘出来的金子。"

我们三个抓过瓶子传看一圈，只见里边是大大小小的金粒子，一层盖满了瓶底。金砂在篝火下灿灿闪光，映在我们脸上，让大家的两眼也跟着放起了光。

这账谁都会算，光是"试淘"就淘出这么多金子，那要当真干起来，一个月还不知能搞出多少黄金？一克六十块，可不就是发财了嘛！

王老爷子满脸的皱纹都笑得挤在了一起，却又有点儿不放心地问："你们看清楚了，真的是姊妹海老金场？"

赵胜利赶紧把嘴里的饼子咽下去，拍着胸脯，口喷馍花儿，眉飞色舞地说那还能有错？往前十几里地，就能看见几十年前留下来的老房子还有锈得不成样的旧机器，山坡上全是鸡窝一样的金硐子，以前绝对是个矿场没错。他说着，大哥在旁边点头确认。

听他形容的样子，那地方应该就是当年的老金场无疑了，而眼前的湖才应该是真正的"姊妹海"。没想到我们绕了如此大的一圈，才找到正主儿，这地方说起来只和山下隔了道瀑布，其实走起来还差着十万八千里呢，可见老爷子起初带的路根本就是错的。

武建超龇着大黄牙，指着王老爷子说："你那不靠谱的叔叔指的什么破路？弄不好压根就没给你说实话！"说着又转头问我，"古代人那句话怎么说，'尽信叔叔不如无叔叔'，对吧？"

我当时正端着碗喝茶，没忍住"噗"的一下就喷了出来，抹着嘴笑骂他乱扯什么狗屁，那是"尽信书不如无书"。

找到老金场，的确是实打实的好消息。相比之下，湖边无头石人的问题就显得很无足轻重了，或者说压根没人关心。

只有武建超轻飘飘问了几句石人的事，我把自己知道的说了。而接下来的话题，就全集中到了老金场上。大家为金子而来，心里想的是金子，眼睛里自然也只看得到金子，就像王老爷子说的，吃饭睡觉挖金子才是要紧。

赵胜利有点儿激动，抢着表功一样，说起他们找到金场的经过。可惜他是个结巴，磕磕巴巴半天，啥也没说清楚，我们就让他闭嘴，换大哥说。

大哥卷了支莫合烟衔在嘴里，划火柴点上。他和赵胜利探路的方向跟我们相反，一路往前很快就走进了矿区，金场范围很大，先是看见了早年留下的建筑，接着又在周围发现了石碾子和淘金机之类的生产工具，最后在旁边的山坡上，找到了被植物遮掩的大片采金硐。

他们当时只是粗粗一看，就数出了大概十座金硐，半边山都快被挖空了。不过即便如此，金子仍远没有取尽，大哥说湖边堆有不少当年刚挖出来，还没来得及淘洗的矿砂，随便拔棵上边长出的草，根儿上都带着金屑子，肉眼就能看见。他们试着淘了十几盘沙土，就收获不小。

大哥叼着烟，把瓶子里的金子小心倒在手里，用指头扒拉着给我们看，说这些金砂颗粒的分选度不好，大小差异很大，应该不是冲积或者风积，而正是像他先前猜的那样，很有可能是岩金矿床或者矿化带经过物理风化和化学风化后，又被冰川运动搬运到这里的。

我一看果然，记得先前在河谷里淘出的金砂，大部分都是麦麸皮大小，十分均匀。而大哥手里的这些却不同，大的像绿豆，小的如小米，有些甚至比头发楂子还细碎，总之形状很不规则，表面也不是很干净，倒是很符合大哥早先提到资料里"出金大者如豆，小者如粟"的记录。

大哥又提到，他还在附近山上发现了不少黑色的假玄武玻璃。那是一种地层快速摩擦熔融形成的自然玻璃，地质上把它作为断裂带的标志，一般形成于陨石撞击坑或地震断层上。

按台山是我国重要的地震区，而材料中记载，姊妹海金场是在1931年富蕴大地震之后露头的，所以可以推测出，也许就是地震造成的断层活动，引发地表开裂，这才使本来深埋在山中的黄金矿囊重见天日，为人所发现。

至于我们身边的这座大湖，则很可能就是地震时山体滑坡崩落，阻塞了峡谷，河水回流上漫而形成的堰塞湖，说起来也就是几十年历史。

我有些吃惊地张开嘴，说时间怎么可能这么短？在我这种外行人的认识里，一提起地质运动之类的事，至少要几十万、几百万年往上说，几千万几亿年似乎都不稀罕，所以对这"几十年历史"一时有点儿不好接受。还问他是不是讲岔了，把几十万年说成了几十年。

大哥摁灭烟屁股，说你年纪轻轻的，哪来那么多僵化思想？1931年离现在有几十万年？其实地震堰塞湖很常见，川西、青藏那边就有不少新中国成立后才形成的湖，年代十分新。

只不过堰塞湖大多结构不稳定，十有八九会在一年内溃决，只有极少数会存留下来。眼前的姊妹海，估计是因为堵塞物没完全封住河道，上游河水还可以通过瀑布下泄，这才坚持了半个多世纪没有垮坝。

大哥还带着点儿勘探员的职业病，不自觉地就给人上起了地质课。可惜说了一会儿，除了我还在认真听外，武建超他们都懒得去想这种不打粮食的事情，仁人凑在一边嘀咕，自己开起了小会。说的什么我没大听清，只隐约听到赵胜利好像说句什么，意思是那地方有点儿奇怪，似乎有些不寻常的东西之类的……

大哥是个知趣的人，看大伙儿的注意力开始不集中了，就没再继续。我本想问问赵胜利刚到底在讲什么，可一转身，却发现我们拴在土帐篷边的马，好像有些不对劲。

马一直是武建超照看的，草甸子上没树，他就搬了块石头，把缰绳在上边系了几圈压在地上。那老马身上驮的东西早被卸下，刚才一直安安静静地吃草，可这会儿不知怎么的，突然变得不安分起来，四只蹄子乱刨，但因为有绳子牵制着，只能不停地在原地打转儿。而且上下两片嘴唇快速抖动，发出"突突突"的颤音儿，声儿不大，但频率很高很急促，两只耳朵也支棱着，打着圈地甩动。

我没伺候过牲口，不过照常识推断，这应该是动物情绪焦躁的表现。动物的感觉通常比人敏锐，我警觉起来，心说难道是它意识到了什么危险？也跟着有点儿不安起来，就问："这马怎么回事？"

其他人这时也注意到了异样，武建超瞧苗头有些不对，站起身想走过去。却没想到那马看他靠近，像是又受到什么惊吓，忽然倒退了几步，扬头一跳，竟然一下扯开了压缰绳的石头，甩开蹄子，转身跑了。

马跑得十分惊慌，武建超紧撵两步却没赶上，骂了句"狗日的"，回身抓起手电就要去追。我却一把将他拉住，说先别忙，事情不对头，接着把刚才的担心飞快地讲了一遍。

事情太突兀，其他几个人也急得蹦了起来。只是他们一时没想那么远，让我这么一说，脸色都变了。我们警惕地四顾，可天早就黑了，再加上周围大雾浓得化不开，火光顶多照到两三米外的地方，就算真有什么危险靠近，也肯定看不见。

几个人不约而同地屏气凝神，想用耳朵去听。只有大哥麻利地从篝火里抽出根烧着的柴火，背起猎枪冷冷地说："傻愣着干嘛？要真有危险，跟着马走才安全。"说完举着火当先一步，朝着马跑的方向追了过去。

被大哥一语点醒，我们几个赶紧拿东西跟上。本来打算让老爷子留下看家，可他死也不肯自己一个人留在原地，非要跟着一起走，无奈只能随他。

我们冲进浓雾，只可惜刚才那么一耽搁，虽说顶多半分钟，却已经几乎听不到马的声音了，只能照着那个大概的方位找过去。大哥一马当先地走在前边，又不忘回头提醒我们，说别跑得太开，雾这么大，万一摸丢了，一个人怕找不到回去的路。我下意识地回头望了望，帐篷边的火光隔着浓雾，已经只剩下一个十分微弱模糊的橘黄色光点了。

虽说已经接近夏天，但山里晚上的气温还是十分低，离开了温暖的火堆，雾气很快就把我的衣服染潮了，更添一分湿冷。也不知道是因为走得急，还是紧张怎么的，我心跳也跟着加速。主要是想到这深山荒岭，方圆几百里连个人烟都没有，要真出个什么事，肯定是叫天天不应叫地地不灵，感觉实在不怎么好。

可突然间，我脑子里灵光一闪，意识到一个问题。紧走两步赶上大哥，脱口问道："会不会是又要地震了？"

要知道，他几分钟前刚说过，身边的湖就是地震形成的，而我们也曾在地震前见过羊群发疯的情形，对于眼前马的反常，实在是很难不产生这种联想。

大哥听后只是扭头看了我一眼，脚步却是不停，边走边说："小震不用跑，大震跑不了，别想没用的，先找着马再说。"

我们拉开距离，十来米一个人，互相呼应着开始往前搜索。心急火燎的，几乎是一路小跑地往前赶，不一会儿我脑门上就起了层薄汗。只是天黑雾大，茫茫草甸，跑丢一匹马并不是那么好找的，感觉走出挺远了，却连个影子都没见着。

武建超先停了下来，把我们叫到一起，说这样恐怕不行，我们是直着追来的，可万一那马在半道儿上拐了个弯咋办？要不大伙散开了分头找找？

他刚一说完，大哥就给否定了。原因很简单，我们拿的柴火棍儿不算正经的火把，如今烧了一段时间，早就要不行了，五个人只有俩手电筒，这种天气，这种照明，再分散开瞎溜达显然不明智，丢匹马不要紧，丢个人就麻烦了，现在最好是回去。

王老爷子早就跟不上了，拖在后边，气喘吁吁地说大哥的话在理儿。武建超倒也没坚持，就是有些丧气，嘟囔说怎么不要紧？那可不光是马，还是百十斤肉呢，够吃不少天。

"那能怪谁咧？还还还不是因为你没绑结实？"赵胜利好不容易逮到个打击武建超的机会，在边上不咸不淡地说了句。

武建超这会儿正烦着，回头狠狠瞪了他一眼，拳头捏得嘎巴响，那小子就没再吭气。

留在原地的确不是办法，我们又草草转悠了一圈，没什么发现，只好掉头回去了。说实话，那老马一直病歪歪的，能坚持走这么远没死在半路上，已经算很给面子了。这时虽说跑丢了，但好在已经找到了老金场，剩下那点儿距离，我们多走几个来回把东西背过去就行了，倒也不是不能接受。

回去用不着赶那么急，我们几个人凑在一块儿慢慢走，东一句西一句地聊着，议论马跑掉的原因。

王老爷子说马越老越通人性，那匹马恐怕是知道我们快到地方了，要杀它吃肉，这才逃跑了。不过这种说法，除了他自己没人信。我想到的最合理解释，说会不会是附近有凶猛野兽出没，比如哈熊，那倒霉牲口闻见了味道，就没命瞎跑，没准儿这会儿已经被咬死拖走了。

赵胜利一听有哈熊，立即紧张起来，急问咋办咋办？大哥拍拍他，说别听风就是雨，自己吓自己，我们带枪不是摆设，而且哈熊不怎么招惹人，隔着几里地听见动静或者闻着气味儿大都会回避。就算真有，一匹马也够人家吃几天了，估计不会找我们麻烦。

安慰完赵胜利，大哥又转头看了我一眼，目光颇有意味。虽然什么都没说，不过二十来年的亲兄弟，我还是理解了大哥的意思，他这是在告诉我：别乱讲话。

可能是先天的性格原因，再加上读过点儿书，我遇事总喜欢瞎琢磨，想到了还老忍不住说出来，按现在的话叫思维活跃发散。这放在平时没什么，甚至还值得鼓励，但是在一些比较特殊的境遇下，有时候说多了讲错了，就会引起不必要的恐慌情绪，反而是不说为好，比如当时我们的情况。

当然，这都是我年纪渐长后才领悟到的，那时候不理解，只知道大哥不许我说话，觉得很是无趣，就闭了嘴闷头走路。本来还一直担心地震的问题，不过看这么久了，依旧风平浪静没什么事，也就渐渐放下心。同时觉得自己是不是太敏感了，神神道道的，跟惊弓之鸟一样。

之前因为脑子里有弦绷着，加上一直在讲话，没感到累。这会儿相对松弛下来，走了会儿才想起自己已经奔波整整一天了，两腿不由得发沉，再看身边，依旧是迷蒙大雾和黑压压的草甸，仿佛永远没有尽头一般，更是觉得疲倦。

其他人可能跟我感受差不多，话都不想多说，拖着沉重的步子一点点往回挪。考虑到马没了，明天还要把东西搬到老金场那边，又是个费力的事情，更是只想着赶快回去，好烧壶水泡泡脚，早点儿钻被窝休息。

然而我走着走着，又隐隐意识到一丝不对。当时我虽然没戴表，但也能很明显地感觉到，这一路回去，用的时间似乎有些过分长了。即便考虑到放慢了速度的因素，但走了这么久，绝对已经远远超出了先前追出来的距离，扎营的地方怎么还没到？

想到这儿，我忽然一阵莫名紧张，本想叫大哥一声，可一想起他刚才那眼神，又不禁有些犹豫。沉住气继续走，十几分钟后，仍然没见着帐篷的影子，那种不安的感觉也越来越强烈。

正考虑要不要说的时候，边上的武建超好像也发觉了同样的问题，嘟囔了一声："不对吧？我怎么觉得……"

他话未说完，走在前头的大哥忽然停了下来，转过身，脸色不怎么好的看着我们："咱们好像走岔了！"

准确地说，是我们在大雾里找不到营地的位置了。

大哥这话一出，大家立马停了下来。最担心的事还是发生了，只不过谁也没想到，走丢的不是一个人，而是五个一起。我们面面相觑，又下意识地环顾四周，那根本没有方向的漆黑夜色，让人的心不由得揪了起来。

这不是什么值得高兴的事情，我多少有些气恼，本想责问大哥怎么领的路，可转念又觉得，其实每个人都有责任。

回想这么多天下来，我们似乎已经习惯了一切听大哥的安排，很少有人自觉主动地注意过路线之类的问题。因为大家都觉得，找路记路这种事情，理所应当该归我大哥这以前的勘探员负责，剩下的人只要跟着走就行了。

但当时天黑雾大的，环境又陌生，大草甸上没什么特别的识别标志，所以即便是大哥，在没有很精确地图的情况下，就算刻意想记路，也不见得能看清楚。恐怕大部分也只能凭着直觉，我们走错路，其实在所难免。

我这时已经后悔了，早知道就不听大哥的话出来找马了，现在马没找到，又遇到这种烂事。不过郁闷归郁闷，也知道这时互相埋怨没用。当时我们站在一段缓坡上，就稍稍分散开看看周围，想先弄明白现在处在什么地方，再决定下边怎么办。

大哥自己的罗盘仪忘在了营地的包里，这时把我的要了过去，拿手电照着看了看，又瞧瞧腕上的手表，眉头皱了起来。他说大方向其实没错，搞不好我们早就路过了扎营的地方，但因为能见度太差，没看见导致错过去了。

这个推测很有可能，营地的火堆十有八九已经灭了，没法儿给人提示，而我们的视野又不清楚，即便打着手电筒，也和钻进了澡堂子一样，根本瞧不见几米外的东西。所以就算我们跟帐篷只隔着几步远，但只要看不到，很容易忽略。

无奈之下，大哥重新确定方向，要我们再拐回去。这次我学乖了，不再一味地依靠别人，开始很仔细地观察周围的情形，生怕错过什么东西。不过说实话，视野依旧很差，瞧不出个所以然来，也就是图个心理安慰。

然后就这样刚走出没几步，我无意看了眼脚下，心里一动——奶奶的，怎么感觉这地方有点儿熟悉？

还没等我开口叫住大家，走在前边的大哥又猛地停了下来。手电筒昏黄的光圈里，重重的雾霭中，一个巨大的朦胧黑影，像是从地下冒出来的一样，突然出现在离我们不到两米的地方，挡住了前方的去路。

那绝对是万分意外的场景，大伙儿同时定住，一齐僵直在原地。草地湿滑，赵胜利脚底没站稳一屁股坐倒，慌慌张张爬起来，转身就往后跑。我反手用力一抄，一把又将他抓了回来。

我拽着赵胜利，往前走了两步，说你看清楚了再跑。

这就是所谓的杯弓蛇影。那毫无征兆出现在眼前的黑影，不是我们担心的哈熊，而是我早先探路时发现的那个无头石人，而脚下的缓坡，则恰好是那片高地的一侧。

我们停下时石人就已经在附近了，但因为雾气和夜色的阻挡，所以一直没注意到。直到稍一走动，离得已经非常之近了，这才猛然遭遇。当时的感觉，并不像是你走近了它，反倒像是它突然出现在你面前一样，我们差点儿一头撞上去，讶然中多少有些出乎意料。

"这就是你之前说的东西？"大哥绕着那无头石人看了一圈，还踢了一脚，转头问我。

我点点头说没错，也走上前去，再一次打量起这石人，嘴里忍不住喃喃骂了出来："狗日的，怎么跑到这儿来了。"说实话，突然又见到这个大家伙，我除了吃惊，更是满肚子的疑问。因为，事情变得有点儿蹊跷了：

我记得很清楚，白天探路时，我们是以营地为起点，顺湖岸兵分两路，朝着相背的方向走的。最终大哥他们发现了金场，我和老爷子找到了无头石人，也就是说我们扎营的位置，大致应该在这两点中间。

当时马是朝着老金场方向跑掉的，我们追过去什么都没找到，又掉头往回走。虽然可能因为视线不好错过了营地，向前多走了一截，但不管怎么着，也绝不该如此快的就碰上石人。要知道我和老爷子第一次找到这里时，足足用了大半个白天的工夫，距离已经相当远了……

我努力考虑着其中的因果，但思路很快被打断了。大哥从身后叫了我一声，回头一看，发现大家都已经转身离开了，只剩我慢了半拍还站在原地。

独自面对着没了头的石人，阴森森的越看越不对劲，我打了个冷战，慌慌张张追上大伙儿，径直走到大哥身边，压低了声音对他说，这里头有问题……

然而我还没来得及往下讲，就感觉胳膊一疼，是被大哥捏了一下。我愕然收声，转头看向他，却见他什么表示也没有，还是一脸正常冲着前边，瞅都没瞅我。

我心说没事捏我干嘛？疑惑地放慢脚步，伸手揪住大哥的袖子，让他侧过身子。大哥却明显不想慢下来，反过来推了推我，示意快走。我自然没那么好糊弄，干脆停了下来，瞪着眼睛盯着他。

大哥见我这副表情，眉头皱了起来，左右看了眼，用很小的声音飞快说了句：“不用说，我知道。不想出事就快走！”

他语气有点儿急，措辞也严厉，说完用力挣脱了胳膊，又拍拍我的肩膀，匆匆走到了前边。

“什么意思？”他那话让我疑惑更甚，又抓着他追问。他却不再理我，甩开我的手，步子更加快。

当时一起的还有武建超他们，而大哥不动声色地捏我，明显是不想让其他人看到。所以我也不敢动作太大引起别人注意，只能眼睁睁看着大哥走到了前头。

这时身后传来一阵剧烈的咳嗽，是王老爷子。他身体不行了，打一开始就落在最后，而且越走越慢，一直喊让我们等等。我叹了口气，回过头停下，抓起他的一只胳膊开始架着他走。

老爷子哑着嗓子道了声谢，倚着我走了会儿，大概喘匀气儿后，又偷偷地问我：“你们哥儿俩……刚说什么呢？”

我和大哥的那点儿小动作，到底还是被人注意到了。不过我当时没回答他，不是不想说，而是不知道怎么说。因为连我自己都不明白，大哥那话到底是个什么意思。

他说他知道，知道什么了？还说什么不想出事，又能出什么事？一句话十几个字，说得含含糊糊，只能是让人一头雾水。

老爷子看我不搭他的腔，也就没再问。而我因为搀着个人，落在了最后，大哥回头不住地叫我们快走。

其实我们走得已经不算慢了，可大哥从刚才开始，就一个劲儿地催促，起初还不怎么明显，后来神情渐渐紧张，语气也越来越急躁。赵胜利还傻乎乎地问他这么着急干啥？大哥却根本不理他。

当时给我的感觉，大哥这不像是在正常走路，倒像是在带着我们逃命一样，不管不顾的，只想着跑得越远越好。

再联想到他刚才的话，我心头突然一震——"不想出事就快走"——难道是他发现了什么不好说的危险，这才要带着我们逃也似的离开？那到底为什么，因为石人？

到最后，我们似乎是被他焦灼的情绪感染，又或者是心照不宣地察觉到了什么。就这样被大哥催命一样赶着，踩开绊腿的牧草，几乎是以竞走的速度，开始在漫天大雾中疾行。

但是很显然，这种状态不可能坚持太久，大概一个钟头之后，所有人差不多到了极限，速度不得不慢了下来。

然而最让人恐惧的是，我们依旧没找到营地的帐篷。不过这也情有可原，可以想象，即便是在自己家里，假如我们把眼睛蒙上，想要很快找到卧室厨房都不是那么容易的事，更何况是在伸手不见五指的黑夜，身处大雾弥漫能见度不足五米的深山大草甸上。

老爷子最先坚持不住了，鬓角上全是汗，腿上使不出力道，抓着我直往下软。我看老爷子情况不太妙，又生怕这回再迷失方向，也不敢继续走了。喊住了大家，喘着粗气说不是有指北针吗，快点儿再拿出来看看。

武建超从见着石人起，就一直没吭声，这时大概想说什么，可他转头来看我的时候，又突然脸色一滞，咽了口唾沫说："用不着了，你看你后边。"说着抬起手电筒，越过我的肩头向后照去。

我听他语气不对，脖颈子跟着一紧，急忙转身，又立马惊怵地讲不出话来。

我的身后，正矗立着一座缺了头的石人。它毫无声息地站在如墨的冷夜中，身周雾气如烟，仿佛就在那儿静静地等着我们一样。

此情此景，把所有人都打蒙了。我们看着那石人，心生敬畏，不约而同地后退了几步。这是个很难接受的事实，现在看来，我们似乎又回到了原地。

一时谁也说不上话来。武建超为了节约电池，先关上了自己的手电，深吸了一口气缓缓说道，我们恐怕是遇上鬼打墙了。他以前在内蒙古时就碰过一次，在毛乌素沙漠边缘，几个人在风沙里困了一天两夜，也是不论怎么走就是找不到回去的路，永远都会转回原点，邪得很。

他讲述的语调很平静，但声音微微发颤，显然那是一段相当不愉快的回忆。身边巨大石人带来的压迫感，又让人感受到了一种无形的紧张，武建超说完后，大家又是相对无言。

我偷瞅了眼大哥，他从兜里摸出支烟点上，一口一口抽得极快，拿烟的手似乎还在轻轻地抖，而手电散射出来的光，映出他脸色铁青。我心说他刚才担心的，就是这个吗？

除了赵胜利在那里神经质地念叨"这咋办，这咋办"，几分钟过去了，没人吭声。

我觉得有必要打破这种局面，开口说鬼打墙其实也没那么玄乎，有科学家做过研究，那是因为人的左右腿长度有微小差异，在没法儿分辨方向时，感觉是在沿直线走，而事实上会不自觉地往一边偏，只要距离足够长，就会绕一个大圈回到原地。

我话音未落，武建超马上骂了一句"放屁"，叫我不清楚就别瞎掰，装什么大头知识分子？要知道他们当时可是开着汽车的，当过司机的都知道，开车时要不停地打方向盘来回调整方向，不可能像我说的那样，始终往一边偏。

武建超言之凿凿，我顿时无话可说了。其实从内心讲，我也不大相信那套解释，毕竟五个人不可能同时都左腿长或者右腿长，还一齐走歪。

但之所以要那么说，是因为刚才武建超一提他在内蒙古当兵的经历，我就想起了他那个在石人边走失的战友，脑海里很快地浮现出一些让人毛骨悚然的联想。

于是几乎是本能的，我就搬出了那些"科学"理论，只为了自我开解，只是没想到话一出口，就被武建超用事实推翻了。

气氛变得更尴尬了。大哥揉揉脸一声苦笑，说："现在不是讨论这些的时候，还是想想怎么办吧！"

我稍一考虑，试探着轻声问："要不，我们再走一次试试？"武建超却马上接口，说用不着试，肯定会转回来的，语气又冷又冲。

我正想说那总不能干站着吧？赵胜利却在边上拉了拉我的衣服，皱着眉头咧咧嘴，说他想拉屎。我有些不耐烦，说你想拉就拉呗，跟我讲干什么？他微微一迟疑，竟然转过身，"窸窸窣窣"就开始解裤子往下蹲。

我赶紧把他拦住，说虽然想拉就拉，可你至少挑挑地方啊，怎么跟牲口似的，站着说开始就开始？要是尿尿也就算了，可你这是拉屎。武建超也往他屁股上踹了一脚，骂道远点儿拉去。

赵胜利面露难色，转头看了眼武建超，嗫嚅了一下说："俺，俺怕……"

看着他目光闪烁，我一怔，马上懂了。看样子，不止我一人想到了武建超那个战友半夜下车解手儿，结果人失踪的事。赵胜利这是害怕自己一泡屎拉完，就再也回不来了。

武建超以前就说，自己一见到石人就浑身不自在，这时看得出他是强压着焦躁的情绪，整个人都在绷着。他这时也明白了过来，顿了一下，却依旧强作镇定地骂，说怕个鸡巴毛？

赵胜利明显要憋不住了，大腿夹着，苦着脸看着我们，既想去又不敢去，表情很纠结。大哥叹了口气说："你去吧，别走远，我用手电照着你。"

赵胜利一听如蒙大赦，跑开了几米，蹲下来开始。我们晚饭时喝了不少茶，如今已经出来好几个钟头了，的确到了释放的时候。我一听他"淅沥沥"的声音，很没出息的自己也有了小便的感觉，就打了个招呼，走了过去。

我站在赵胜利旁边，解开裤带刚要开始的时候，夜里的天又忽然变了，竟然不知不觉地起了风，风哨子由远而近地号，好像女人在凄厉地哭。我被冷风一吹，脖子后凉飕飕的，打了个激灵。鬼使神差地回头瞧了一眼，可这一瞧不要紧，我们的身后，居然是黑漆漆的一片。

大哥的手电光，就在我走过来的几秒钟里，竟无声无息地消失了。

我头皮猛地一麻，心脏跟着收紧，呼之欲出的尿意全缩了回去。颤声叫了声大哥，没听见人应，吓得转身就往回跑。

我提着裤子刚在黑暗里跑出了几步，慌乱中又马上被人抱住了。接着脸前一道光亮起，刚好打在我眼睛上。我视线一花，就听见大哥的声音："没事没事，电池没电了……"

电池没电了？我简直哭笑不得，他娘的人吓人吓死人，想起自己刚才的表现，心说这回丢人丢大发了。推开大哥抓我的手，正想骂他们几句时，边上的武建超又突然惊声道："坏了！"

他拿着手电筒，向我们刚解手儿的地方几下横扫，光斑所及之处却是一片空旷——赵胜利不见了。

真是怕什么来什么。就刚才那么一乱，恐怕半分钟都不到，赵胜利就没了！其中的诡异之情，简直无法言语。

那一次我是真怵了，强风中头发乱飞，只觉得呼吸急促，遍体生寒，几秒钟里脑袋嗡嗡作响，基本处于短路状态。

武建超估计是想到了什么不好的事情，也明显慌了，抓着手电毫无目的地四下乱扫，嘴里大叫着赵胜利，可声音发抖，有些底气不足。王老爷子一直没说话，刚想讲什么，一开口又是阵剧烈的深咳。

只有大哥还算冷静，拍拍我们，说别乱别乱，再认真找找。我们稍稍这么一定神，就从风声中听到了赵胜利的声音，手电马上追了过去。

只见赵胜利提溜着裤子，从石人身后颤巍巍地爬了出来，哆哆嗦嗦地向我们这边走。可他还没靠近，就顺风飘来了一股臭烘烘的味道，接着我们发现他竟然满脸是血，惊讶之下一齐后退半步，问到底怎么回事？

这小子比我还窝囊，刚起风的时候，他正拉到半截，接着听见我的怪叫，回头发现手电光没了，顿时吓掉了魂儿，裤带都没系站起来就跑。只不过他惊慌中跑错了方向，踩在自己的屎上滑了一下不说，又被掉下来的裤子绊倒了，正好一头磕在石人脚边，头晕眼花地趴了半晌，听到我们的喊声才又站起来。也怪不得武建超匆忙之下，手电筒没照到他。

好在没什么事，我们松了一口气。不过逮着赵胜利一通猛熊是少不了的，这都数不清是第几回了，每次都是他这么折腾大伙儿。想到刚才一惊一乍的全是自己吓唬自己，又觉得啼笑皆非。说到底，还是精神太过紧张的缘故。

一会儿的工夫，风越刮越大，当时我浑身是汗，有剧烈活动后的热汗，也有刚惊出的冷汗，里外全湿的衣服很快让烈风吹了个通透，贴在身上一片冰凉。

不过起风了是个好事情，因为大风刮起来后，雾气正在以很快的速度消散，手电筒照出的范围马上变大了。大哥对我们打了个手势，说："走！"

我和武建超立刻会意，抓住这难得的机会，拖起半死不活的王老头儿，迎着风，再次离开了那让人心悸的石人。而赵胜利把背心儿撕开了拉出来，草草捂住头上的口子，一身恶臭地跟在后边。

空气流通，大雾消退，这会儿视线清晰了些，我们的速度却慢了很多。体力不支了是一方面，另一方面是我们走得格外小心。

武建超举着仅存的手电，在周身飞快搜索，剩下的人都瞪大了眼，连一棵草一块石头都不敢放过，生怕再把扎帐篷的地方错过去。大哥更是恨不得走一步看一眼指北针，小心翼翼地把握着方向。

同时，我们还有意沿着和湖岸大致平行的路线行进，宿营地离湖不远，这样可以做个参照，进一步消除走错方向的可能。而且事实上也谢天谢地，我们也终于没像上次那样，又转回石人那里，这让人多少有些庆幸。

身边及膝的牧草在风中如海浪般起起伏伏，沙沙作响。我们几个轮流拖着王老爷子，在黑咕隆咚的大草甸上跋涉，又累又冷又渴，风灌进耳朵眼儿里，时间久了还觉得疼。

但这都能忍受，只是我的心，却越走越凉。因为快两个钟头了，依旧没有看到扎营的地方。武建超的手电光甚至还照到了远处一片稀疏的小树林，我暗暗咂舌，心说怎么不知不觉又走了这么远，都跑到草甸子的边缘来了？

就在我越来越怀疑的时候，大哥又突然喊了一声："停，别走了。"

我们的前方出现了一条河。河不宽，也就是几米的样子，但让人十分奇怪的是，水面之上，不知为什么覆盖着一层细眼儿铁丝网，上边缠满了疯长的杂草藤蔓，和地面连在一起，如果不是大哥提醒，真会没看清一脚踩上去。

这地方我从没来过，但大哥和赵胜利显然认得。两个人在黑暗里对望一眼，颓然坐倒。大哥一声叹息，说从这儿再往前就是老金场了，言下之意很明白——我们又走错了。

我气急败坏地一跺脚，蹲了下来，两手狠狠地往地上一拍，忍不住想骂娘。当时的感受，简直可以用歇斯底里来形容。从追出来找马算起，已经过去了大半夜，我们中间几乎没有休息过，连口水都没喝过，全在不停地走路，但无论如何，就是走不回扎营的地方。到底是怎么回事？

如果之前还有弥漫的大雾可以作为借口，而如今雾气退散，却依然没见到营地的影子，这恐怕已经不是简单一句"走错了"或者"看漏了"可以解释的了。

而这时，武建超发现了新的问题，他蹲下扯掉缠在铁网上的杂草，用手电照了照下边的河水，皱眉问道："这河用网罩着，是怕人掉下去，还是水里有什么东西，要用铁网封起来？"

大哥有气无力地接过手电，指着河对岸的几个半截木桩，说都不是，河那边就是矿区了，其实河是人工挖的，而铁丝网本来是竖着的，只不过后来天长日久向外倒掉，正好盖在了河面上而已。

武建超提出来的正好也是我的疑问，此时借着手电光，果然可以看出河岸有人工渠的痕迹，而铁丝网一边高一边低，有的地方支棱翘起，也并非规规矩矩地盖在河上。

不过这种事，说实话用不着我们关心，眼下真正需要头疼的问题是，我们的营地究竟哪去了？

"啪嗒"一声，武建超一言不发，又把手电关了。乌漆抹黑的，大家一时失去了讨论的欲望，各自休养着体力，心里做着猜测。我小肚子坠胀，想起刚才的一泡尿根本没撒，走到河边对准河水重新开始。

又是一阵强风吹过，河上的铁丝网一阵"哗哗"沙响，夹在风哨声里，让人听得头皮发麻。而接下来从远处小树林那边，竟然传来了一串"喀喇喇"的巨大声音，十分突然。

我浑身一个激灵，手忙脚乱系上裤子。除了王老爷子，他们仨也奇怪地站了起来。我们稍加分辨，觉得像是树木的枝干折断落地的声音，貌似是有棵树突然倒了。

武建超打开手电照了过去，但光线射程有限，黑乎乎一片什么也看不清。大哥反应很快，伸手就把电筒的灯口捂住，说关掉。情况不清楚，开手电只会暴露自己的位置。

风虽然大，但还不至于把树刮断。这个时间这个地点，也绝不会有人半夜伐木。最有可能是什么野生动物，可究竟什么动物能把一棵树给放倒？

几乎用不着思考，一个词瞬间闪现在我脑中。

大哥和武建超马上将肩上的枪摘在手里，开保险上膛，低伏身子严阵以待。而我则是口舌发干，一只手摸着怀里的沙木萨克折刀（几寸长的小刀，说实话没什么用），另一只手紧紧拉着只想落跑的赵胜利。

大哥说过，遇上熊千万不能慌，表面上要装得若无其事，让哈熊认为你碍不着它，打个哈哈各自走开最好。如果转身就逃，反而会惊着对方。

然而我们屏气凝神，紧张地等了十几秒钟，耳边却只有呼呼的风声和喇喇震颤的铁网，小树林那里又没了动静。

我干咽了口唾沫，心说总不会是天牛闹灾闹到这边来了吧？捅了捅前边的大哥，意思是问他怎么办。大哥不敢怠慢，最后看了眼前边，慢慢地转过身，极轻地说了句："撤。"

我们当时状况很不好，除了枪和手电，东西全放在营地里，没吃没喝，大半夜的连团火都生不起来。本打算就在河边待着，等天亮了再回去找营地。可那里的树又莫名其妙地倒了，如果真是哈熊，再不走人就有点儿缺心眼儿了。

我们不敢惊动树林那边，大气不敢喘，蹑手蹑脚地带上老爷子，强打精神再次上路。摸着黑，跌跌撞撞走了很远，直到确定身后没东西跟着，才重新把手电打开。稍微松了口气，感觉两脚发软，脊梁上全是汗。

而从这儿再往后的事情，我的记忆就不那么清晰了。体力不济是一方面，更重要的是，意志在一步步崩溃。

可以想象一下，我们五个大男人，还带着指北针和电筒，在漆黑的草甸上摸索了整整一晚，结果却是不该看见的全看见了，想看见的全看不见，不管怎么折腾，就是找不到我们的营地，搞不好附近还有头熊，这叫人如何能不紧张。

打个比喻形容，我们当时就像一群迷失在黑暗里的孤魂野鬼，完全不知道自己踏出的哪一步是对的，哪一步是错的，步步惊心，却又只能漫无目的在旷野上来回游荡。那种绝望与挫败感，很难描述，但确实十分折磨人。

我已经完全走蒙了，双腿机械地迈动，浑浑噩噩地跟着大哥，眼前只剩下手电筒越来越微弱的光线，视线渐渐模糊，脑子也恍惚起来。

到底是什么时候停下来的，我也记不太清了。印象中是手电筒因为连续使用，最终闪了几下后彻底不亮了。于是我们五个人蜷缩着挤坐在一起，等着天亮。

身体的劳累让我一停下就想睡觉，但因为环境的关系，心里不踏实再加上冷，稍有风吹草动就会惊起，只能是一种半梦半醒的假寐状态。

意识全然不受控制地在自己运转，一会儿闪出小时候的往事，一会儿是奇怪的几何图案，一会儿又是铺天盖地的金子和呼啸而来的洪水，你方唱罢我登场，乱成了一锅粥。

黑暗里正迷糊着，边上的赵胜利忽然幽幽地说了句："会会，会不会是，是谁把咱们的东西拿跑了？你们忘了？俺瞅见过瀑布上头，有，有人……"

赵胜利口吃，我在心里把语言重新组织了一遍，才完全明白，悚然一惊，人又清醒了，同时有些茅塞顿开的感觉。别看这家伙平时不怎么上道儿，但这个说法的确有几分道理。

细细想来，我们之前似乎有些陷入误区，只是单纯地认为是找不到营地了，却根本没有想过另一种情况，那就是假如营地已经不存在了呢？

但下边的问题随之而来——拿走我们东西的是谁？他这么做的目的又是什么？

就在我的思路又一次拐进了死角的时候，武建超轻叹一声，说了句让人浑身冒凉气的话："有人倒没啥，就怕不是人。"

武建超把赵胜利的想法又向前推了一步。

"你们说，会不会有这种可能……"他顿了顿，接着道，"不是我们走错了，也不是什么人把东西偷走了，而是这地方太邪门，晚上一起雾，就会让草甸子上的一些东西消失。咱们的马可能发觉有问题，就跑了，我们跟着追出来，而留在后边的帐篷啊什么的，就那么静悄悄地没了……"

武建超平时大大咧咧的，极少用如此严肃的口气，这明显不是开玩笑。表面上看，这个想法简直匪夷所思，但此刻由他讲出来，却显得再自然不过了。

我没再言语，一股寒意涌了上来，也不知是因为在地上坐久了，还是他那话实在让人不寒而栗。因为我们同样可以照此理解，若干年前，他那个失踪的战友，就是在石人附近这么无声无息"消失"的。只不过那一次"消失"的不是东西，而是人。

因为这例子太直接了，思考起来几乎用不着拐弯。我猜武建超兴许早就这么想了，只不过一直藏在心里，现在才说出来而已。而且这说法其实很有逻辑，至少把前后的事情串在了一起，因果清楚，虽然"物体凭空消失"的概念十分扯淡，但荒唐中带着合理，这才是真正的可怕之处。

如果事情真是这样，那这后边隐藏的东西，就太诡异了，我一阵阵头疼，本来就很乱的脑子更加混乱起来，不敢再往深处思索。不同于遭遇山洪或者地震，那些虽然危险，但至少看得见摸得着，能躲能逃，而现在，我们根本不知道威胁来自何处。

气氛愈发凝重，最后只有武建超一人在说，却没人接腔。大哥用力推了他一把，叫他别胡扯了。边上的赵胜利更是不经吓，筛糠一样抖了起来，直叫快把手电打开，但这会儿哪儿还有能亮的电筒？

同伴的战栗，传到了我的身上。无边的黑夜，好像会吃人。

纬度高的地方，越接近夏季，天反而明得早。我们紧绷着神经，苦苦挨过了黎明前的那段黑暗。远处山后开始麻麻放亮的时候，大哥最先站了起来。

不抱希望的再次起步，我甚至已经开始考虑在所有给养都"消失"的情况下，我们该如何回去的问题了。然而只走了不到五分钟，眼尖的赵胜利忽然惊呼着朝前一指，营地的土帐篷，竟赫然出现在前方不到一里远的地方。

这算什么事儿？

营地既没有被人移走，也没有凭空消失，它就是在那儿，晨光中依稀还是我们离开时的样子。饭盆歪在一边，锅倒扣在地上，篝火变成了一堆有气无力的炭灰，被昨夜的大风吹得到处都是。

我跑过去后，第一个动作就摸了摸那些东西，怀疑是不是真的，不为别的，我只是有点儿不敢相信，我们真的又找回来了，难道昨晚上五个人全在发癔症不成？

确认之后，我心里不知怎么的突然一阵好笑，觉得十几年的书似乎都白念了，自己先前一本正经地分析啊推理啊，现在想想简直跟傻子一样。这世上的事要操蛋起来，他妈的根本就不和你讲道理。

如今二十多年过去，我不止一次回顾起那夜迷路的经过，却依旧想不清楚究竟是怎么一回事。只有几个比较简单的猜测，可以拿出来说一下：

　　首先是我们第一回遇到石人的事，当时我很迷惑，认为走到那里用的时间与白天相比太短了。但后来想想也不是不可能，毕竟探路时要沿着湖岸采土样，路线很曲折，耽误时间，这种情况下人估计起距离难免有偏差。如果后来是按照直线行进的话，也许事实上的路程比我想象的近，走起来也相对轻松。

　　其次是第二回遇到石人的事，也就是鬼打墙绕回原地的问题。几年前我在网络上看过篇文章，欧洲的科学家对这种现象重新做了研究，证明人迷路时绕圈走和腿的长短的确没什么联系，真正的原因其实在大脑。主要是人的前庭系统（管平衡的）出现偏差却无法修正，就会有一直左转或右转的倾向。

　　此外还有种更极端的可能性，那就是草甸上不只有一个缺了头的石人。也许实际上我们并没有走回头路，只是碰上了另一个石人，但因为武建超先入为主的误导，就自以为遇到了鬼打墙。

　　最后一个，也是最让人想不通的事情：为什么我们来回走了那么多趟，却始终找不回营地？

　　也许是帐篷和广袤的大草甸相比，目标太小了，而黑夜里我们运气也实在太差，所以就是死活找不到。但想想又觉得很可气，因为那无头石人的占地面积不比帐篷大多少，我们却能接连碰上两次。

　　其实从内心来讲，我反而比较倾向相信问题并非出在我们身上，而是存在着什么说不清的特殊原因，才造成那晚我们五个人总是和营地擦肩而过。

　　之所以这么说，是因为后来又发生了一些事，虽然不如武建超想象的那么离谱，但对我们这种寻常人来讲，也是足够不寻常了。

　　只能说，那个地方，真的很邪门。

　　当然，上边说的那些，都只是我多年后的猜测，而且如今由于各种现实条件的限制，很多东西已经无从验证了。

　　而在当时我根本没什么精力考虑这种复杂的问题。早上看到营地后，提了一晚上的心终于放了下来。武建超又生火烧了壶水，打算让大伙儿吃些东西缓缓劲儿，但还没等水煮开，我就歪在被子上睡着了。

然而没休息多久，我们就被一顿冰雹惊醒了。山区小气候变化无常，那雹子来得又急又猛，毫无征兆，天空划过几道横闪，鸽子蛋大小的冰粒子噼里啪啦就落了下来。

我们被砸得哇哇大叫，抱头乱窜，手忙脚乱地找东西保护，把帐篷都撞倒了。可我刚刚抽出支铁锹遮住头顶，"乒乒乓乓"没几秒，冰雹就停了，从开始到结束不到两分钟，让人十分气愤。

起雾，刮风，下雹子，我们来了刚一天，就让这天气彻底整没了脾气。武建超把举在头上的铁锅扔到了一边，骂骂咧咧地开始收拾东西。这么折腾了一下，也不用睡了，趁着天还早，抓紧时间准备搬家。

在这里才过了一夜，就发生了那么多事，让我萌生了些许退意。但想了想还是算了，没说出口。这事儿说到底也没什么大不了的，不过是一晚上迷路了而已。虽然过程比较曲折复杂，但除了把老爷子累趴下了以外，我们既没死也没伤，人一个没丢，东西一点儿没少。费这么大劲来了，假如只因为这么个理由就回去，显然没道理。估计就算我提出来，也不会有人支持。

其实从其他人的脸上，我还是能读出相似的担心的。毕竟一夜的噩梦，不能当没发生过，但每人只是各自忙碌，彼此心照不宣地都没再提昨夜的事，可想法都跟我差不多吧。

打点妥当后，我们背起了一部分东西，往老金场的方向开拔。大哥和赵胜利带路，我们再度来到那条人工河边，经过了一座塌了半边的水泥桥，过河后就算进入了矿区的范围。刚刚的冰雹，金场这边下得比较凶，都还没怎么化，地上一层雹子差不多都有核桃大，甚至还有香皂一样的冰坨子，看着很是吓人。

刚注意看了脚下，我一抬头，就又看到了奇怪的东西。湖的两侧都是高山，而就在我们这边远处的一片山坡上，茂密森林的空隙里似乎杵着一个黑乎乎的影子，明显很大，比旁边的树冠高出了一截。只是隔得太远再加上林间还有云雾，我穷尽目力，也只辨认出了个模糊轮廓，分不出到底是个什么东西。

我示意大哥去看，问那是什么。大哥摇头说不晓得，其实他昨天就注意到了，不过当时没顾上研究，就打算今天去瞅瞅，还有昨天晚上河边树倒掉的那地方，也得查一下，我们要在这里待差不多一个月，有必要搞清楚附近到底藏没藏哈熊。

继续往前走，蹚过了一条小溪，大哥告诉我们这水都是从废弃的金硐里流出来的。这儿两边是山中间有湖，地下水丰富，估计是当年的人开矿硐挖透了含水层，水就涌了出来。

我说那多方便，硐里有水，挖出砂子转身就能淘。大哥却摇摇头，说这事很麻烦，万一水积太深排不出来，人都进不去，还淘个屁的金子。

王老爷子如今只能当半个人使，不能背不能扛的，按武建超的话说，我们这是带个爹淘金来了。他这会儿走得轻松，在边上接着我大哥的话头儿，捋着胡子说金硐透水也不尽然是坏事，五行相生的说法"金生水，水生木"，看这周围溪水潺潺，大湖浩渺，野草丰盈，林海苍茫，绝对是长大花儿的地方，运气好能捡块狗头金都说不定。

大哥笑笑，不置可否。我肚子里觉得好笑，这老头儿其实没读过什么书，这几句话文绉绉的，也不知跟哪个风水先生学的，纯粹生拉硬扯，穿凿附会。

我之前还听说，西部一些干旱的产金区，缺水但有煤，只能用"火烧法"提炼砂金，一层煤一层矿砂层层叠加，大火烧上几天几夜后，矿石煅成了灰，砂金留在灰里，再用风车将灰与金子分开，最后拿药水儿洗掉杂质。要是照着老爷子的说法，不用水了改用火，难道是所谓的"南火克西金"？

矿区很大，我们走挺远了，还没看到真正意义上的金场。几十年的风吹雨打以及疯长的植物，使这里又基本恢复了自然原始的风貌，兔子和旱獭在草丛里乱窜，如果没有之前的水泥桥和铁网，初见之下，还真认不出这儿曾是一片繁荣忙碌的地方。

不过又往前走了一段，就出现了人类活动的痕迹。湖边的一片坡地上，有一排高低错落的青色岩石，从远处看好似一段荒废倾颓的古城墙，我起初还以为那是老金场里遗留的什么工地，但走近后就发觉自己错了。这些东西跟淘金一点儿关系都没有，那一块块的石头上，竟刻满各式各样的图画，穿衣服没穿衣服的小人儿，或者牛羊骆驼之类的动物，再有就是山川湖泊、日月星辰。

大哥昨天就见过这些东西了，告诉我说这是古代的岩画，应该是以前生活在这里的少数民族留下来的。和草原上那些石头人一样，类似的岩画也是遍布整个西部地区，尤其是北部最多，除了按台县，旁边的几个县都有。

大哥说着，老爷子点头，武建超也没表现出太多的稀奇。他说他以前在内蒙古也见过差不多的岩画，好像宁夏贺兰山那边也不少，而且很奇怪的，好像很多时候有石人的地方就有岩画，不知道这当中有什么关系。

五个人里，就我跟赵胜利是第一次来西部，都听得一愣一愣的。转身仔细又看了看，那些岩画描绘的大都是古人祭祀、狩猎、放牧、跳舞之类的生活场景，说实话造型都挺幼稚的，有点儿像小孩子的简笔画，但同时又不得不承认，那种画风很干净凝练，意境十足，有种说不出的逼真生动。

我忍不住拿手摸了摸，奇怪这是怎么画上去的，都这么多年了还不褪色？大哥也摸了摸，笑说大概是先用工具凿出纹路，然后再涂抹上色的，这些颜料都是赤铁矿赭石之类的矿物，能长时间保持清晰绚丽。

青石上的一幅幅图，组成了一条远古的画廊，而画中人千百年来始终保持着一个姿势，又仿佛是凝固了的历史。可惜不管是历史还是美术，我们几个都是外行，所以只稍微停了一下就继续赶路了。不过岩画的那种穿越时空的特殊魅力，还是让人不自觉地放慢了脚步，一幅幅的边走边欣赏。

"狗日的，来看，敢情这儿真有哈熊。"武建超在最前边，指着身前的一块石头招呼我们过去。那是一幅打猎情景，一位猎人刺中了一头大熊，手里的长矛扎在熊身上，熊受伤想逃脱，但猎人紧握矛柄不放，一人一兽正在近距离地僵持和纠缠，只是寥寥几笔刻画，就表现出强烈的动感，那种生死搏斗的紧张扑面而来。

看完了猎熊图，我朝前走了几步，又被另一块石头上的岩画吸引住了。那石头比较大，所以内容也相对多，一共有好几幅图画，各成一体又相互关联，似乎是叙事的，显得比较特别。

我仔细看了看，从上往下第一幅图，画的是一个巨大的圆圈，圆圈里站了一只老鹰模样的黑色大鸟；而第二幅图里，黑鸟飞出了圆圈，地面上的一群小动物在四散乱跑，像是因为恐惧在逃命；第三幅内容差不多，就是把动物换成了人，不过值得注意的是，惊慌奔跑的人是褐红色的，而地上还有一些躺着的人，颜色却和那怪鸟一样是黑的，似乎是想以此做出区别，说明他们已经被杀死了；到了第四幅图，就变成了战斗的场面，一群战士全身披甲，戴头盔执旗，手持盾牌弓箭，正在和盘旋在天空中的黑鸟搏斗，战况激烈但并不顺利，因为我看出那些发出的羽箭和标枪全都飞偏了，没有一支射中怪鸟。

岩画的主题大多很简单明确，但这一组无疑要复杂许多。石头上当然不可能有文字说明（就算有也看不懂），上边的故事，是我根据图画演绎出来的。我觉得很不理解，按说北方的少数民族天天狩猎，打只鸟该跟玩儿似的，可是画里这些人为什么那么惧怕那只黑老鹰？毛主席还写过诗，说成吉思汗只识弯弓射大雕呢，雕不就是老鹰吗？

我把疑问讲了出来，大哥却摇摇头，说这种古代人的画儿并不完全是写实的，有时候可能会有象征，比如他画头牛象征女人，再画匹马又是个男人。这画里的老鹰不一定真是说老鹰，那时候还讲究图腾崇拜，有可能是指另一个以鸟为图腾的部落，两边发生了战争。

我觉得有点儿牵强，就指着第一幅岩画问，那这个圆圈是啥意思？大哥也答不上来。倒是老爷子在边上插了一句："这个是日头。"

我问什么日头？老爷捏着胡子故作高深状，指了指天解释说："日头就是太阳啊。"

我说何以见得？老爷子回答："按咱老祖宗的说法，太阳里蹲着一只三条腿儿的乌鸦，叫作'日中乌'。"说着他又指了指那石头上的岩画，"你们看这圆里站了只鸟，跟算卦书里'日中乌'的插画儿很像，说的八成就是太阳。只不过咱汉人的鸟是乌鸦，他们的鸟是只黑老鹰，有点儿不一样罢了。"

他一通鬼扯，我听了更迷糊了，说这都哪儿来的封建迷信思想，什么太阳里蹲了个乌鸦？俩事儿有关系吗？

"说不定还真的有关系。"大哥好像是从老爷子的话里得到了启发，马上接着说，中国古代的确有"日中乌"的讲法，不过那不是真正的乌鸦，而是指太阳黑子。古人观察到太阳上有些黑点，说不清楚是什么东西，就认为那是只乌鸦。《山海经》里说"金乌负日"，意思就是这个乌鸦会驮着太阳东升西落。

我根本就不信，说怎么连神话故事都扯上了？还说什么太阳黑子，太阳那么亮，古时候人连个墨镜都没有，他能看见黑子？

大哥很不以为然，对我说《山海经》是神话没错，但也是中国第一本地理书，里边的内容并不全是胡扯的。还叫我别瞧不起古人，虽说一般情况下太阳光很刺眼，什么都看不到，不过在日出日落，或者雾天风沙天的时候，阳光减弱，即便不借助仪器，也能很容易观察到日面上的大黑子，他就曾亲眼见过。而且他以前搞矿产普调的时候，要查阅各种地方志，也经常看见"日中有黑子""日中有黑气"之类的记载，这也证明古代人是能看到太阳黑子的。

北方少数民族逐水草而居，每天都要观察太阳，看得到太阳黑子不稀奇，再进一步认为太阳黑子是个老鹰，也不是不可以。好像西伯利亚就有一个民族，认为太阳里边有头驯鹿，指的也是太阳黑子。

他讲得有根有据，我却还是不怎么明白，只能说："好吧，就算这个老鹰代表太阳黑子，可它怎么能从太阳上飞下来？还到处害人？"

大哥思考了一下，解释说可能和时令或者节气有关系，太阳活动会影响气候变化，而游牧经济对气候的依赖性也很大。这岩画上是太阳里的鸟飞下来了，也许是说明天气异常或者出现了自然灾害，所以这些人才会害怕，至于打仗什么的，可能只是种宗教仪式。毕竟我们不是搞历史或者考古的，太具体的东西也说不清楚，不过大概意思应该没错。

争论了半天太阳黑子，其实跟眼下的事情没多大关系，我们自己也觉得挺无聊的，就停下了话题。经过那些岩画之后，又接着往里走了一阵子，我们就来到了老金场的核心部分，也就是主要工作区。

当年生产生活的痕迹渐渐显露了出来，首先看见的，是一个个小山包似的土堆，是几十年前摆溜槽的地方。而地上散落了不少石碾子、铁笆箩之类的淘金工具，都被一丛丛繁盛的杂草遮盖着。大哥指指点点，又辨认出了许多相对现代化的矿山设备，淘金机、滚沙筒、离心泵、鼓风机，这些东西几十年前的中国通通造不出，应该是那个军阀从苏联买来的，如今就这么露天扔着，一堆堆全锈成了废铁，上面爬满了藤蔓，像群长着绿毛的怪物。

此外在远处的湖边，因为多年大规模的淘沙取金，淤积的尾砂形成滩涂，长成了大片茂密的芦苇荡。成群的水鸟徜徉其间，戏水觅食。我们早先在瀑布下发现的死野鸭子，大概就是从这儿来的。

而在更远的地方，我们甚至看见了一道延伸进湖中的水泥栈桥码头。我不禁咂舌，有码头就有船，而这片海子是相对封闭的水域，只有需要到对岸活动时，才用得着走水路，难道湖那边也是金场的范围？可惜湖面太宽了，对岸的景物模模糊糊的，不知道是什么情形。

不过光看眼前的这些，就已经足够让大家啧啧感叹了，都说这官办的金场规模也太大了，那个军阀为了淘金，当真是下了血本。相比之下，我们带的那些溜槽啊淘沙盘之类的简陋工具，简直就是小孩儿过家家的玩意儿，拿出来还不够丢人的。

然而这种震撼的感觉并没有持续太久，当然不是说情绪消退了，而是因为很快的，我们眼前就出现了更加惊人的东西。

矿区当中的一块空地上，静静地安置着一排巨型的铁笼子，十分高大，几乎与城市里的两层小楼相当，远看俨然一片规划严整的厂房，走近了之后，其庞大的体积立马占据了人的绝大部分视线。

那些笼子的主体，是用比拇指略粗的铁条焊成的，外面蒙了层铁纱网，铁网天长日久锈得糟烂，直接用手就能扯掉。脚下杂草丛生，猖狂的藤蔓植物攀着笼子爬起了一人多高，我扒开挡眼的草叶往里瞧，发现笼中阴戚戚的，却空空如也的什么都没有。

我后退两步，抬起头，皱眉打量着这些大房子一般的铁笼，又想起了之前在山坡上看到的黑影，心里突然有些懂了，头天晚上，赵胜利说金场这边有些奇怪的东西，指的应该就是这些。

金场里弄这么些个大铁笼子干嘛？不像是什么工矿器械，更不像是生活设施，如果要说感觉，倒像是进了动物园似的。只是笼子是空的，也不知几十年前里头关了什么东西。

身上负重太大，走了这么远，把背压得很疼，我放下东西，揉着肩膀绕铁笼走了一圈，也看不出什么。大哥和赵胜利昨天已经来过了，少了那份新鲜，拖着东西到另外一边安顿，老爷子没太多的好奇心，看了几眼也走了。武建超留了下来，抽出钢钎，把笼子下边的草蔓都扒拉了下来，接着在笼子下边的一角，我们发现了一道门。

笼子是个巨大的正方体，而那门开在一个角上，两米来高一米来宽，单开单扇，与铁笼体积有些不成比例，显得有些小，估计是怕做得太大了影响受力结构。武建超用钢钎撬了两下，接着抬起脚把门踹开，整座笼子被震得一晃，"嘎嘎"呻吟，颤悠悠地又飘下了许多铁锈鳞屑。

我们俩掩着鼻子走进去，里边也是长满了草，似乎没什么特别之处。武建超拿起钢钎敲敲铁栏杆，说："整这么大个家伙，干什么用的？关哈熊？"

我摇摇头，觉得不像。这些笼子太高大了，别说哈熊，就是塞几只大象长颈鹿都没问题。但真要关什么巨大凶猛的动物，这笼子的铁棍儿又显得有点儿戏，恐怕强度不够，承受不了太大的冲撞。

不过这都不是关键，最主要的是，金场弄这么些笼子装动物干什么？

我又想了想道："说不定是关人的。就跟四川刘文彩的水牢一样，专关交不起租的农民，杀鸡儆猴。这矿场摆些大笼子，关上几个不听话的，好震慑劳工，让他们老实干活。"

"那也不对啊！"武建超走出来，指指那一排的大铁笼说，"这么多笼子，能装下多少人？工人全锁起来了，狗日的谁给他们挖金子？还有，关人的笼子弄这么高干嘛？又不是猴儿。"

我挠挠脖子，也不知道该怎么解释。而这时赵胜利跑了过来，叫我俩过去，说我们的马找到了。

空地的另一侧有大片的铁板房，一幢幢淹没在草丛里，破败不堪，应该是当年矿场的人居住和生活的区域。大哥本打算挑间像样的屋子住下来，却正巧在房后发现了我们跑丢的马。

马是找到了，不过是匹死马。我们跟着赵胜利过去时，见那马躺在地上，边上蹲着大哥和王老头儿。我大概看了看，用手一摸，"咦"了一声，马尸竟还温温的没凉透，显然是刚死不久。

正想仔细检查一下死因，大哥却说："不用看了，冰雹砸死的。"说完用手摸了一下马鼻子，伸到我面前，腥呼呼全是快凝住的黑血，应该是脑袋被砸中后淌出来的。

如此看来，这马并不是像我想的那样被野兽拖走吃掉了，而是在金场这儿一直待到早上，下冰雹后才被砸死。只是，它当初为什么要跑，之后到底又发生了些什么事情，我们就不得而知了。

不过话说回来，马现在是死是活已经没区别了，反正都要杀了吃肉，能找回来就是个好事情。大伙简单吃了点儿东西，把东西堆在一起，留下支枪，就让不能干重活的老爷子守在这儿，防备死马被野兽拖走，而我们四个人还要再折回去，把剩下的那部分辎重背过来。

走到人工渠的时候，我们拐了个弯，想看看昨晚倒掉的那棵树，好确定有没有哈熊。大哥本来说自己去就行了，但我们觉得这不同于把老爷子留在金场里看东西，深山老林的，一个人行动不太妥当，争了几句，最后决定一起去，顺便再瞧瞧山坡上那黑影子是怎么回事。

那片小树林就在河边，武建超掂枪走在前边，我们跟着小心翼翼地往前，虽然明知哈熊不大可能长时间停留一处，但随着越走越近，人还是不受控制的有些紧张。

好在刚一进树林，我们就看见了事发现场。倒掉的是棵青杨树，冲着小河的方向躺在地上，压坏了附近不少小灌木。我拿手大概量了一下，胸径有两拃多，已经算长成材了。

但奇怪的是，树干断掉的部位在离地大概二三十公分高的地方，断茬又新又整齐，露出白花花的木头。而且整个树是光秃秃的，很多枝枝叶叶不在了，树皮也少了很多，像是被切走了一样。

哈熊用蛮力推倒的树，明显不会是这样子。这杨树看起来更像是被什么工具伐断的，连枝杈都被齐刷刷削去了，我心里不由得一紧，难不成这附近真有人，还大半夜的砍了棵树？

我看看周边，没见有人活动留下的痕迹，蹲下来研究那半截树桩，也看不出到底是锯是斧，或是凿子、刨子才能弄出这种形状的断茬。

我问大哥怎么看，他往那倒木上一坐，点起烟，说他猜可能是河狸。河狸是种比较大的啮齿类动物，生活在水里，喜欢吃树枝树皮，门齿坚锐，咬肌发达，几个小时就能啃倒一棵大树。

大哥接着又用手一指，说你看它让树朝河道的方向倒下去，就是为了方便把食物拖进河里吃掉。

"河狸？"我跟着重复了一句。这动物我知道，那时虽然没有《动物世界》，但河狸是种毛皮兽，还会分泌比黄金都贵的河狸香，很有经济价值，所以比较有名。二十世纪八十年代，国内不少人研究人工养殖，我上学时，正好读过篇怎么治疗河狸出血肠炎的文章，这才有所了解。不过那论文里写的都是引种来的美洲河狸，我真没想到这里竟然也有，所以听大哥一说，略微有些吃惊。

此外我还在书上看过，河狸闻名于世，另有一点是它会在河上筑坝蓄水，抬高水位，保证自己巢穴的出口始终处在水下，防备天敌。世界上最大的河狸堤在美国蒙大拿州的杰斐逊河上，足有七百米长，上面甚至可以走人骑马。但我往周遭几下张望，不像有水坝的样子，问大哥怎么就能肯定是河狸？

大哥摇摇头，说我读书都读傻了，河狸会建坝是没错，但万事都有例外，按台县这边的河流常年高水位，河岸土质结实，河狸都是在地下挖洞，再把出口开在水里，偏偏就很少筑坝。

而武建超一听我说河狸香贵比黄金，就问河狸好不好抓，动起了打猎的念头。大哥却摆摆手说算了，这动物很珍贵，在我们国家还没大熊猫多，西部这边从二十世纪五十年代就禁猎了，1981年又在这里建了个保护区，但还是挡不住数量一年比一年少。我们现在守着座金山，犯不着造这种孽。

那个年代的人都还没什么环保意识，大哥能这么说，实在难能可贵。现在回想起来，我们淘金都是炒瓜子似的把河床翻来翻去，造成水土流失淤塞河道不说，做饭取暖还要滥伐林木损伤草场，嘴馋了再打几个野味，的确很破坏生态。而到了二十世纪九十年代以后，还有大老板开着工程车、采金船过来，对环境来说更是灾难。

这里既然没哈熊的事，大家也都松了口气，发现河狸意义不大，我们心里还惦记着山上那个大黑影子，抽了支烟，就拍拍屁股走人了。之后沿着地势一路往上，对准了方向重新钻进密林。路上我又看到了许多巨大树桩，糟朽得很严重，长满了青苔木耳，看起来年代挺久远。我忍不住惊异，说难不成这都是河狸吃剩下的？

大哥却摇摇头，告诉我们说以前每个金场都有专门的伐木队，夏天时将大片森林伐倒，冬天把木材顺着雪道放滑到沟底，用来支护巷道。这山梁上的树，应该都是新中国成立后这几十年长起来的。

之后攀山跋涉的过程不再细说，七扭八转地走了许久，在穿过一片落叶松林时，我们透过前方树间的缝隙，影影绰绰的，先看到了几根纵横相交的粗大角铁。

我们知道那东西不远了，都加快了脚步，冲出松林后地形豁然开朗，眼前的小高坡上，耸立着一座用角铁和钢梁搭成的高塔，下头宽上头尖，样子有些像法国的那个埃菲尔铁塔，不过形状更细长些，只能算是一个粗糙简陋的缩水版，也就是三四层楼那么高。

但对于身高只有一米七左右的我们来讲，那也绝对是个庞然巨物了，站得近了，带着一种莫名的压迫感，让人不由自主地微微屏住了呼吸。我们几个停下来大眼瞪小眼，有些摸不着头脑，心说怎么又冒出个奇怪的东西，都略略迟疑了一下，才又向前走近了几步。

塔底那些角铁构成的支架十分粗大，但如今被风雨侵蚀得相当厉害，我不由自主地摸了摸，沾了一手的红黑锈鳞，看样子应该是和老金场同时期留下的东西。

又仔细一看，整个塔已经有点儿向一边歪斜了，看着摇摇欲坠的，给人感觉用不了多久就会垮掉。我心中又不免感慨，铁制的东西到底不如石头，草原上那些石人和岩画没有上千年也有几百年了，立在那里依然没什么太大变化，而这铁塔刚刚几十年就成了这个样子，在时间面前实在是脆弱。

然而这边还没感叹完，我马上又注意到别的不对劲：我们脚下的地面，也就是铁塔周围，怎么全是光秃秃的，干干净净几乎寸草不生？

我说的毫不夸张，那铁塔附近没有任何植物，方圆十来米的范围内地表裸露，土质泛白，隐隐约约的仿佛有一道无形的界线般，让周边的森林不敢越雷池半步。

大哥也发现了这个异常，低身抓起一把土，放在眼前又是搓又是闻，还蘸了点儿放进了嘴里，最后"呸"的一下吐了出来，说："土里掺有东西，难怪什么都不长。"

大哥觉得最有可能是加了什么盐或者别的化学药品，土壤盐碱化后隔绝周围植物的生长，这样便于以后维修，而且能避免生物风化，对铁塔也有一定的保护作用。如今几十年过去，雨水和融化的冰雪还没把土里的盐分淋洗干净，看来那药劲儿不是一般的足。

但话题又转了回来，山坡上竖这么大个铁家伙，是干什么用的？

那种外形，说实话，有些像现在移动公司的信号发射基站，当然那时我们没听说过如此高级的东西，只是单从直观的第一印象上，觉得那像是个什么东西的天线，或者通讯用的无线电台站之类的设施。

但是让人想不明白的是，几十年前淘金的矿场装这么个巨型天线有什么用？是要接收信号还是发信号？电报，电话，听广播，看电视？那个年代可能吗？有必要吗？

除了天线，还有什么可能性？

武建超说会不会是架设高压电线用的铁塔？但我们都觉得不太像，而且几十年前，这种地方，似乎也用不着什么高压电。

我多瞧了那铁塔几眼后，又觉得有几分眼熟，似乎在哪里见过。细细一回忆，想起以前看过介绍大庆油田的纪录片，电影画面里倒是经常出现类似的东西，那是开采石油用的钻塔。我受到启发，说会不会是找金矿的钻探设备？就跟铁人王进喜他们钻油用的工具差不多。

武建超一听钻塔，连连摇头，说我太外行了，根本就是想当然。钻探，不管是地质钻探、水文钻探，还是石油钻探，虽然工艺不太一样，但必须有钻机钻杆、泥浆泵、搅拌机、水龙头、夹持器，提引拧卸等等一系列的基本设备，可不光立起个塔就能完事的。眼前这铁塔孤零零的连个工作台都没有，地上也不见钻探完成后止水封填的终孔，一看就不是钻塔。

被武建超噼里啪啦讲了一通，我这才想起他以前干的就是钻探兵，比我们都专业。既然他说不是，那就肯定不是了。这种问题上，赵胜利没什么发言权，我转头又问大哥怎么认为。

大哥摇摇头，说他也看不出什么。我们又讨论了一会儿，没得出什么新鲜的结论。武建超提议说要不要爬上去看个明白，我说还是别，那么高太危险了，几十年前的老东西，够不够结实都不好说，万一爬上去垮了，人铁定摔死翘辫子。

眼看天色不早，想到还要回去搬东西，我们也觉得不能再耽误，就匆匆下了山。回到草甸子上的营地，我们把剩下的行李一次性搬完了。每个人身上的分量比早上那一趟还要大，我走了不远就觉得两腿打战，被压得阵阵腰酸，豆大的汗珠子下雨似的掉了下来。

但这时虽然累，却不敢停下，因为先前绕的那一圈比较久，太阳已经露出了西沉的苗头，夜色像个巨大的阴影一样，一点点压了下来。我心里不由得紧张，只害怕天黑了之后，会再碰上和昨晚上相同的事。

他们三个和我想法差不多，都一言不发加紧了步子，我咬着牙坚持，直到走到水泥桥的地方后，觉得前方金场在望了，这才把东西放了下来歇歇。

大哥举着水壶一通猛灌，我扶着膝盖，正弯腰牛喘，赵胜利拉拉我胳膊，往远处一指，问："大大大学生，你你你看那上头写写写的啥？"

我顺着他的手望过去，这一带河边的铁网还没完全倒掉，只是被各种藤蔓攀着覆盖，远看就像条灰绿色的篱笆墙。而铁网后头，还有个几乎塌掉半边的岗亭一样的小屋子，上边也是盖满了草。赵胜利眼尖，从成片的植物间看到了块牌子，挂在入口的地方，被草叶遮住了大半，露出的那一小部分上，好像写有东西。

我走近几步，拨开牌子上面的遮挡，发现确实有字，但很意外的是，那些字我不认识。

牌子是铁皮的，被钢丝绑在木桩上，锈迹斑驳。那些字母是油漆刷上去的，脱落得很厉害，几乎无法辨认了。我使劲儿看了看，觉得不是英语，倒像是俄文，就把大哥叫了过来。

像我这么大的人，中学时基本都是学英语了。大哥他们那一茬儿人倒是念过俄语，他过来瞧了一眼，说确实是俄文，不过他也不认得。

我说你不是学过吗？大哥摇头笑笑，说初中是学过点儿，可后来"反修"把俄语也反了，就没再学，1966年又开始闹红卫兵，然后上山下乡，参加工作，丢了快二十年的东西，早忘到爪哇国去了。

我撇撇嘴，又问金场里为什么有俄文标牌？用苏联的机器就不说了，干嘛连中国字都不要？那些工人看得懂吗？

武建超笑话我道："你当全世界都跟你一样是大学生啊？那年头九成九文盲，管你中文俄文，反正他妈的都不认识。"

大家笑罢，大哥说这里头有点儿历史，1933年那个军阀在西部地区掌权后，很长一段时间是走投靠苏联的路线。而苏联为了插手这个地区，也很帮他忙，驻军、派专家、贷款、修路、建厂开矿，还制定了两个"三年"发展计划，亲得恨不得穿一条裤子。这里许多新中国成立前的老工业，比如飞机修配厂、油矿，都是那时打下的底子。所以这儿有俄文没什么奇怪，说不定整个矿区都是靠苏联援助才搞起来的。

我点头说怪不得，可由此及彼的，又忍不住要想，如果矿场是苏联帮忙建的话，那湖边的大笼子和山上的铁塔，很可能也是苏联人的手笔，可这俩东西不管是干什么的，似乎和金子都没什么关系啊？

我捏捏太阳穴，实在想不通这唱的到底是哪出儿，就摇摇头索性不想了。之前流了那么多汗，几个人各自喝水歇了一会儿，就背上东西继续往前走了。而就在我们再次来到岩画的位置时，突然从老金场的方向，远远传来了一串尖厉的哨声。

临行前，大哥按照地质队的做法，给我们每人配了个小哨子，说是遇到意外时可以吹哨求救。此时那哨声远远传来，尖厉刺耳，我和他们飞快地对视一眼，通通色变：老爷子出事了。

大哥二话不说，把背上的东西一扔，抓起枪，甩开腿就往前跑，武建超抄了把铁锹紧随其后，我把东西一丢也着急地跟了上去，赵胜利好像犹豫了一下，就落在了后边。

从岩画那里到我们把老爷子留下的地方，其实还有相当长的距离。论起身体素质，我在四个人里最不行，飞奔了一会儿，大哥和武建超就把我甩下了挺远，赵胜利也撵了上来。不过这小子很贼，他一直拖在最后，可能是防备万一遇到什么不得了的状况，到时好转身就逃。

哨音催命似的，一阵急过一阵。我们心急火燎地跑到了那片铁板房时，冲在最前的大哥和武建超却突然停了下来，我加紧两步也追了过去，站住了一看，我们先前堆在一起的东西和那匹死马都在，只有老爷子和枪没了。

声音很近，应该就在这些铁皮房中间，但我们在周围焦急地转了几圈，四下张望却没看见人。几秒钟后，哨子也停了。大哥赶紧吆喝了几声，也掏出哨子开始吹，告诉老爷子我们正在找他。

听到了大哥的信号，老爷子又吹哨回应几下，不过声音有气无力的，让人一听都替他觉得气短。估计是年老体弱，再加上矽肺作怪，已经吹不动了。

大哥一个手势，我们稍微散开了些，顺着铁板房一栋栋找过去，可始终是只闻其音，不见其人。正着急上火的时候，旁边的武建超突然猛地一拍我后背，急道："快看！"

我连忙回头，大眼一扫，正巧望见远处湖边码头旁站着个人，心头一喜，忙喊："在那儿呢……"

然而，我还没完全喊出声，就整个人打了个激灵，嗓子一顿，把剩下的半句生生咽了回去。因为这时我才真正看清楚，湖边的那人竟穿着件花衣裳。那不是王老爷子，倒像是个女人。

之前赵胜利一直说瀑布上有人，我们虽也担心，却没怎么放在心上。这会儿老爷子还没找到，湖边又冷不丁跑出来个女人，刹那间我没什么心理准备，站在原地有些不知所措。

按说人是社会动物，我们五个人在无人的深山里穿行了这么多天，早就互相看厌了那几张老脸，本能上是很渴望见到新鲜面孔的。但是在当时，面对突然出现的陌生同类，我最先想到的，不是亲近，而是危险。我想大多数人都会同意，那种时候，那种地方，有人反而比没人可怕，更何况是个不知从哪冒出来的女人。我甚至还有些怀疑，那是不是真的是个人？而不是什么别的乱七八糟的东西。

前后相差不到一秒，那女人也远远地望见了我们，显然同样颇为吃惊，顿在原地"啊"的一声惊叫，扭身就跑。她本来手上还抱着什么东西，也往地上一扔不要了。

"狗日的，别跑！"武建超大喝一声，拔腿就追。我刚回过神，愣了一下才意识到，自己是不是也该跟武建超一起去？

这时身后又响起了赵胜利的声音："快快快来，人人人给这儿咧……"我回头一看，见那小子从远处一幢铁板屋里钻出来，手一指说老爷子就在里边，嚷着让我们快过去。

两头都有事，我正犹豫不知该去哪边，大哥喊了我一声："你跟着老武，分开走。"说完把猎枪一甩，扔给了我，跑向了赵胜利那边的铁板房。

我手忙脚乱接住枪，再回身一看，那女人已经不见了影儿，武建超也追出了老远，正抓着铁锹，大呼小叫地往一个山头跑。时间紧迫，我也管不了那么多了，只能赶紧追上。

整个金场坐落在草甸和森林的交错地带，一边是山，一边是湖。天色已经有些暗，那女的跑到了哪里，我早就看不到了，只能撵着武建超的背影，先穿过那一排大铁笼来到湖边，接着一转，沿着湖岸跑上了一片小台地。

半路上，我还看到了那女人扔下的东西，竟然是个塑料盆和几件衣服。这让我心里稍稍安定了一些，人才穿衣服洗衣服，这至少证明我们追的是个人，而不是什么乱七八糟的东西。

台地是山岭延伸到湖中的一部分，我跟着武建超，顺着坡一通狂奔，好不容易爬上岭子，顾不得心慌气短，又钻进了一片杂树林。林子不大，闷头冲了几步就到了边儿，可还没等我完全跑出来，就听到"砰"的一声炸响，接着"嗖"的一下，什么东西擦着耳朵飞过，身后一棵树的树皮突然爆开，木屑纷飞，崩到了我后脖子上。

说来可笑，那一瞬间我先是一愣，意识到是枪声后，第一个念头竟以为是自己的枪走火了。可紧接着又是"砰"的一声，头顶一根树枝掉落，我才明白过来，他妈的，这是有人在开枪。

我来不及多想，条件反射地朝前一扑，抱着头趴在了地上。之前也算经历了一些危及生死的事，但被人拿着枪射，绝对是生平头一回。不过和许多小说电影中描写的不同，我那时的感觉，反而是木木的没太多反应，也没怎么害怕，只是想搞清楚到底怎么一回事。

"别打别打，误会，哎？"枪声过后，最先传来了武建超的喊声，接着一团乱糟糟的脚步由远而近，然后是几个人的呼喝叫骂，中间夹着拳打脚踢的闷响。

我隔着藏身的灌木丛，只能听，却看不到具体情况，心说难道碰上清山队或森林公安了，怎么这么深的山里也有？可那女人又咋回事？我不敢怠慢，把枪一提火攥在手里，心脏"咚咚"狂跳，偷偷扒开了遮眼的灌木。

然而这一看我就傻了，树林外跑来了一群人，武建超正被两个陌生男人死死地按在地上，铁锹扔到了一边。而我眼前不到两米的地方，也站了俩人，每人一支双管猎枪，居高临下，四个黑洞洞的枪口直指着我的头。

叁 铁塔鬼火

我脑袋"嗡"的一声，定在了那儿。对方走近了一步，一人冷冷说道："枪放下，站起来。"

我没有动，不是不想动，而是突然间脑子空白一片，不知如何是好。这和刚才相比是截然不同的感觉：子弹迎面飞来，不过一瞬间，等你判断中没中枪时，只是接受既成事实，不用太多思考；而被人用枪指着头则复杂得多，自己要不要反抗，怎么反抗，对方会不会开枪，怎么开枪，全凭各自的心情，生死一线，却代表了无数可能。

当时我整个人是半蒙的状态。对面俩人见我没反应，又大喝了一声："听见没有？"说完"砰"的又是一枪，打在我身前的地面上，激起了一蓬土。

这一枪顿时把我打清醒了，虽说自己也有枪，但对方人多，还占了先机，手指一动就要我命。我权衡了一下，觉得眼前情况不清不楚的，武建超在他们手里，也不是鱼死网破的时候，就乖乖放下了枪，学着电影里俘虏的样子，举着手缓缓爬了起来。

刚才趴着看不清，这时一起身，才发现那些人和我们一样是老百姓打扮，不是林业公安和黄金局，倒像是淘金的。那俩人看我站起来了，一人继续盯着我，另一个赶紧跑过来拾枪，又一脚跺在我后腿窝上，我猝不及防"扑通"跪倒，紧接着脑壳一沉，话都没说一句，就被一个狗吃屎压在了地上。

我撅着屁股啃了一嘴土，当时心里就大叫后悔，他娘的枪杆子里出政权，刚才我手里有枪，他们还有几分忌惮，这会儿枪没了，岂不是随便人家捏扁搓圆。这谁都不怪，只怪自己太嫩了没经验。

武建超当时也被死死摁着，显然很不满意，但也只能破口大骂。然而骂着骂着，他声调又突然一高，变得更加亢奋："狗日的臭老毛子，你怎么在这儿？他妈的，还不快放开我！"

我吃力地拧过头，翻起眼皮向上瞅，只见人群里跑出来个大高个儿，正弯着腰探头探脑地打量我们俩。再一看，那人高鼻深目一脸汗毛，头发卷卷眼珠子发蓝，不是别人，竟然是之前见过的那个俄罗斯族人，阿廖沙。

都说人生何处不相逢，但在荒无人烟的深山里遇见熟人，那绝对是意外中的意外。

事情说起来跟假的似的，但懂点儿哲学的都明白，偶然的巧合之中，都存在着一定必然。虽然事后看不是什么好事，但不得不承认，那一年，我们和阿廖沙实在是太有缘分了。

接下来的事就简单了，当时阿廖沙一看是我们，也是非常惊讶，直嚷嚷着快放人放人。既然是他，那么眼前这帮人十有八九就是淘金的了。我们站起来后，又是惊奇又是愤怒，问阿廖沙这是怎么回事？

阿廖沙连连赔不是，说这不是说话的地方，让我们过去聊。树林外边一百米不到就是他们的营地，也是一片空地，挨着一条小水沟，两团篝火上架着锅，四五顶土帐篷在旁支着，还有一顶用树枝搭成的窝棚，工具粮食堆在另一边，他们拢共十几个人，这点儿东西也不算多。

几个人站起来给让开了地方，我们坐到了其中一堆营火边，下边的伙计都坐到了另外一边。弯腰前我眼睛一瞥，在人群里看见了那个女人，不过天色很暗，没瞅清楚脸。

正好这时大哥也追来了，掂着枪举着火把，一脸紧张。他刚一听见那几声枪响，就知道出事了，心急火燎地赶过来，却没料到是这样的场面，也是一怔。

我问老爷子怎么样了？大哥把火把一扔，坐了下来，说老头儿没事，刚才是掉到井里出不来了。人现在已经捞上来了，赵胜利正照看着。

我奇怪，问哪来的井？人不是在屋里找到的吗，屋里怎么有井？

"你问我，我问谁去？"大哥一时半刻没心情解释，只是追问阿廖沙怎么会找到这儿来？

阿廖沙一笑："知道这地方的，又不是只有你们！"

阿廖沙虽说是个白俄后裔，但他家也算是按台县的淘金老户，过去的掌故知道不少，说这事要是从头说，那真是三岁死了娘，一说话就长了。

他爷爷，本来是个在西伯利亚鄂毕河边开金矿的小贵族，十月革命后逃到中国的西部地区，衣食无着的，就靠着技术在山里的大小金矿混饭吃，后来就在这姊妹海金场干。可没几年金场被大军阀占了去，又引来了苏联人，他爷爷一辈子最怕苏联红军，吓得屁滚尿流地逃出了山。虽然老太爷到死都没再碰金子，但这深山里的金场，还是没少跟家里人提起。

如今阿廖沙重拾祖业，成了那几年这一带的第一拨淘金客，生意大路子野，比我们强得多。可惜天有不测风云，今年一场山洪让他赔了个底儿掉，他本钱被冲没了，手下人也死的死散的散，走投无路的时候，这才想起家里老人以前常说的后山金场。

跟我们当初一样，阿廖沙也是不甘心就这么完了，于是问清了老金场的位置，归拢起最后一点儿家底，找了十几个人，打算到后山赌赌运气翻本儿。只不过他走的路线很准，中间没有绕远，早到了许多天，但终究还是遇上了我们。

至于刚才的误会，阿廖沙解释说，那女的也是他带来的人，营地边上的水沟因为整日的淘沙，水很脏，她就跑到湖边洗衣服，结果正好碰上了

125

我们。这种地方，猛地见着个生人，谁都得哆嗦一下，更何况是个女的，也不能怪人家转身就跑。

而他们当时正收工做饭，那女人突然大叫着救命跑回来，见她身后树影晃动，还以为是什么野兽在追，一帮伙计想都没想就直接开了枪，打完才发现不对。好在两枪都射偏了，他们枪里装的都是打熊打鹿用的独子儿，一枪一个大血窟窿，人挨上准没好儿。

这话听得我是心惊肉跳一阵后怕，心说幸亏用的是独弹，那第一枪可是擦着我头皮飞过，要是用霰弹，铅砂喷出来的面积跟脸盆差不多大，我就算不死也得毁容眼瞎。

武建超本来就是得理不饶人的性子，一说这个又来气了，指着阿廖沙直骂，说他手底下伙计也太狂了，没看清瞎开枪且不说，看清了是人，还又踢又踹直接把我们按地上，狗日的还真把自己当政府了？黄金局清山队都不带这么横的！

阿廖沙连连道歉，把酒举到武建超脸前，一个劲儿解释说山里头遍地凶险，风吹草动难免紧张，手下人是反应过度了，还是让他大人大量多包涵。

要说阿廖沙态度已经很不错了，他这是和我们有交情，才一个劲儿地赔不是。其实那些金老板一个个都心黑得很，要换成别人，枪打了你就打了，就算真打死又能怎么样？山高皇帝远的，心情好挖个坑把你埋了，心情不好，随便把尸首往野地里一扔，又有谁来管？

我觉得老揪着这事说，实在没什么意思，就换了个话题，问阿廖沙怎么想的，来这么深的山里还带着个女人，多不方便啊？

他们仨讳莫如深地对视了一眼，不怀好意地笑了，却没人答话。看他们这种反应，我似乎有些懂了，正巧这时那女人进来给我们倒水，场面有点儿尴尬，还是再换个话题比较好。我想起了他那个得森林脑炎的妹夫，就问病人怎么样了？

他叹了口气，说命是救回来了，但后遗症严重，半边身子瘫痪，人也变得傻了吧唧的，话都说不成，躺在家里天天针灸、推拿做康复。这一下苦了他妹妹，伺候完孩子伺候瘫子，还要到处寻医找药，太遭罪了。

森林脑炎的急性期死亡率和后期致残率都很高，这我知道，听阿廖沙说得那么惨，也不好再多问。我只是建议他找蒙医（蒙古族的传统医学）看看，他们有治这病的方子，有时西医中医治不了的病，少数民族倒有办法。

最后反倒是大哥，提了个我和武建超都没注意到的问题，那就是，阿廖沙他们为什么放着金场里现成的铁板房不住，反而要来这边搭帐篷？

阿廖沙被问得一愣，过了两秒才一声干笑，说正想跟我们聊这事呢。他拿出一个玻璃瓶，放在我们的面前道："你们看看这个。"

那瓶子一亮出来，我就一声低呼，简直不敢相信自己的眼睛。那里边装的，竟然是一个玉米粒儿大小的金块，金红金红的，虽然外表裹了点儿灰土，但仍晃得人眼晕。

黄金是极其稳定的金属，在自然中基本以单质形式存在，不过大多是细小的微粒，天然成块的金子其实很稀有，所以每有发现，都会引起轰动，甚至新闻报纸都会报道。我才淘了一个多月的金子，就听过不下五个版本关于狗头金（一种大块自然金，形状不规则酷似狗头）的传说。

阿廖沙这块金疙瘩，有小指肚子大小，虽然称不上珍稀，但也算是少有了。不光是我，就连武建超也啧啧称奇，说他在按台县淘金许多年，这么大的金豆子还真不多见。

连声惊叹中，大哥把那金子取出来看了看，皱眉问："这不是天然金吧？"

阿廖沙好像等的就是这句话，点点头缓缓答道："这是人戴的金牙。"

事后我特意查过，人镶的金牙其实分两种，一种是为了摆阔，把一颗好牙磨得窄一些，在外边包裹一层金皮，张开嘴金光灿灿很是富贵；还有一种，是真的缺了颗牙，就用金子铸颗假牙，两边做俩套子箍在好牙上，补齐了方便说话吃饭。阿廖沙给我们看的应该是属于后者，不过一般所谓金牙，大都是金合金或者镍铬合金的，而他那颗却是高度纯金，可能跟这里就是金矿有关系。

阿廖沙说金牙就是他挖到的。那片铁皮房附近有一片沙坡地，草木长得特别茂盛，他本想在那里藏金子（金老板雇的工人大多只领工钱，不拿金子。挖出的金子过了天平后，打包签字，让老板悄悄埋起来，临走一起取出），却没料到挖坑时一下刨出了许多死人骨头，那金牙就夹在其中，上边还卡着半颗烂牙，被他捡了出来。

我问该不会是挖着以前的坟地了吧？惨死劳工的乱葬岗之类的。

阿廖沙却摇摇头，说不像是那种地方。现在天晚了，让我们明天过去看，骨头多得不像话，少说有几十个人堆在一起，很大一片。而且那些遗骸的骨头都很碎，黑乎乎的都有些烤煳碳化的感觉，像是被火烧过一样，十分奇怪。

他觉得埋着那么多死人，鬼森森的不吉利，只在铁板房里睡了一晚就搬了过来。虽然帐篷不大舒服，但这边靠着矿点儿还有水沟，淘金比较方便，住着心里也安稳。

他说这番话的时候，另一边坐着的几个工人转过头来看我们，阿廖沙瞪了他们一眼，吓得他赶紧把头扭了回去。而武建超对他这个说法显得有些不屑，撇嘴说："就因为这个？狗日的，你见过的死人还少哇？会怕死人？"

阿廖沙看了他一眼，张张嘴，想说什么却又没说。我从大哥手里拿过金牙，细细观察后，果真看出了一些牙的样子，可一想到这是死人嘴里的东西，心底又隐隐犯寒气。

假设尸体是几十年前留下的，那么既然有金牙，就说明死者们不全是贫苦的矿工，大概还包括有点儿身份的人，应该不是残害劳工之类的事情。但那年头民间还不兴火葬，会放火烧尸，而且一烧这么多，肯定是有什么特殊原因的，恐怕不是什么好事情。

可究竟发生了什么，才需要用这种手段处理死人？一般来说，尸体火葬的无害化比较彻底，对环境的危害也小。这让我不由得产生了一些联想，但一想起大哥的告诫，我出于谨慎就没敢乱讲，而是反过来问阿廖沙说除了这个还知不知道别的什么情况？比如那些大铁笼和山上的铁塔，他爷爷有没有提到过？

　　阿廖沙却是一问三摇头，说自己记事时老人家已经不在了，这老金场是从他爸爸嘴里听来的，因为转了几道手，很多信息都含糊不清，他们能走这么远找对地方已经不错了，谁还指望知道什么别的东西？

　　我还想再问问，可突然毫无征兆的，一串巨大的"隆隆"轰鸣声，猛然在我们周围剧烈的响起。我们不知就里，被吓了一跳，都"噌"的一下站了起来。

　　今天没有昨晚的漫天大雾，夜空很晴，一丝云都没有，隆隆的巨响从黑暗的远处传来，像是雷声，但又和雷声有大不同，显得诡异而低沉，似乎是来自地下。好像一列列疾驰的火车，从我们脚下接连驶过，越开越近，然后又越开越远。

　　整个山谷都跟着震颤，天地间的空气也躁动了起来。我们站在原地一时发傻，跑远了几步才发现声音似乎是来自远处的大湖，一波又一波的，时大时小，不见有停下的意思。

　　大哥的眉头越皱越紧，脸色很不好看。我的心也是极度忐忑，不知道接下来会发生什么事。地震，山洪，从经验看似乎都有可能，可听声音又都不太像。

　　然而，比这奇怪的轰鸣声更加奇怪的，是阿廖沙手下人的反应。他们只是在起初几秒钟怔了一下，之后就吃饭的吃饭，抽烟的抽烟，该干什么干什么，表现十分淡定，仿佛这骇人的声响根本与他们无关一样。

　　一边是大惊失色，一边是平静异常，反差如此之大，我们三个看着他们，更加迷茫了。阿廖沙这时才站了起来，漫不经心地叼烟抱着手，看笑话似的瞧着我们。

　　武建超跑过去，蹦起来揪住他的领子，吼着问这到底怎么回事？

　　阿廖沙把他推开，叫我们别慌，说这地方就这鬼样子，隔三岔五地响一下，声音都是从湖里传出来的，过一会儿就停了。他们头几天也是吓得要死，可一直没见出什么事，时间长了就慢慢习惯了。

　　话是那样说，但我们肯定做不到他们那么处变不惊，声音一直在持续，紧绷的神经就一直松弛不下来。三个人围着阿廖沙问东问西，可他也说不出什么所以然。

几分钟后，轰隆声真如他所说的那样停下了，来得突然，去得突然，只剩下一阵微风拂过，山林沙沙作响。没有地动山摇，没有滚滚洪水，让人甚至有些怀疑，刚才那巨大的动静会不会只是自己的错觉。

说起来可能没人相信，我当时的感觉，除了惊悸，竟还有一点儿怅然若失。本以为巨响过后，会发生什么了不得的大事情，却没想到就这样不知所谓的结束了。就好像一部电影刚给了观众一个极其震撼的开场，紧接着就出现"全剧终"的字幕，难免会让人失望。

刚才那声音这么吓人，大哥担心留在铁板房那边的赵胜利和老爷子，也不愿意再多说什么，直招呼我们赶紧回去。临走前，阿廖沙给了武建超一塑料桶散装的伊力大曲，当作之前的赔罪，又让我们顺走了一些干电池。

我们很快走出了营火的范围，进入树林后，就听不见阿廖沙他们说话的声音了。而这时走着走着，大哥突然冒出了一句："我懂了。"

我跟武建超一愣，问他什么懂了？大哥边走边解释，说他知道为什么铁板房里会有井了，就是老爷子掉进去的那口井。

按道理这地方靠着湖，附近还有小河沟，根本用不着井，更不该把井挖在屋子里。但一结合湖里发出的轰鸣声，事情就好理解了。这个井不是为了吃水用水，而是为了做研究。通过井，可以更清楚地采集地下的声音，而湖水和周边地下水是联动的，如果再装一个测潮仪，还可以记录水位变化。至于井打在屋子里，可能是为了保护观测用的仪器设备。

我略有所悟，就说《地道战》里日本人为了探听咱们民兵挖地道的动静，就在炮楼地下埋了几口缸，是不是这个道理？

大哥点点头，说扯得有点儿远，不过意思的确差不多。要是他猜得不错，只要用心找，附近应该不止一口井。不过当年的人观测到了什么东西，有没有得出结论，如今隔了几十年，就不得而知了。

武建超也觉得是那么回事，说其实真要论起来，挖井就是人最早的钻探活动，但他马上又话锋一转，道："不过我觉得，那老毛子没跟咱说实话。"

我又是一愣，问他从哪儿看出来的？他却摇摇头，说没从哪儿看出来，他就这么觉得。这边正说着，武建超又突然停了下来，好像觉出了什么不对劲，低头翻起脚一看，自言自语地问："什么东西？"看完立刻大骂起来："我操，那群狗日的，咋把屎厕这儿来了！让老子一脚踩上！"

武建超直叫晦气，赶紧走到一边在树干上蹭鞋底。我们站住了等他，放低火把一照，不由吃了一惊。那坨屎也不知是谁拉的，竟出奇的巨大，一条条差不多有莴笋那么粗，颇为壮观的堆在一起，中间有个坑，是武建超刚踩出来的。

我还没看出什么，大哥见到后，却倒抽了一口凉气说："好像是熊屎！"

在按台山，除了哈熊，的确没什么东西能把屎拉成这个样子。大哥蹲了下来，小心捡起一块熊屎，掰开来贴在手腕上试了试温度，脸色又是一变，屎还没凉透，那熊可能还在附近。

我瞬间寒毛倒立，不自觉攥紧了枪。武建超也不敢再弄鞋了，抄起铁锹站回我们身边，警觉地注视着周围，生怕黑漆漆的树林里突然蹦出头熊来。

我们在山里走了那么久都没见着熊，而就在刚才，可能是一头哈熊被阿廖沙他们烧饭的香味引来了，在营地边这小树林里溜达了一圈，还留了泡屎。

静候了一会儿没见什么异动，大哥道了声快走，我们马上火把开路，胆战心惊地飞快穿出树林，之后仍不敢停步，一路跑回了铁板房那里。

途中经过湖边时，我借着火光望了一眼，湖水黑沉沉一片，风平浪静波澜不惊，整个姊妹海就像安详地睡着了一样，根本无法想象，刚才那滚滚的闷响，就是来自这里。

回到我们自己扎营的地方，这才稍稍安心。赵胜利已经在生火做饭了，老爷子半躺在一边，人还有点儿迷糊。武建超走过去，二话不说先往火堆里添了几把柴，说把火搞大点儿，哈熊就不过来了。我和大哥也忙着给猎枪换子弹，霰弹杀伤面虽大，但威力太小，对付不了皮糙油厚的哈熊，必须用独弹。

刚才那轰隆声也把赵胜利吓得不轻，这时见到我们，激动得泪都快下来了，可一听有哈熊，又吓得没了谱，赶紧帮着加柴火。这样忙活一阵做好了防范，我们小松一口气后，这才发觉身边飘着一股恶臭味儿，低着头互相一找，原来是武建超脚上沾的熊屎。

武建超骂咧咧地跑到一边刷鞋洗脚，大哥的脸上却露出了更多的担忧。他说他在地质队时，曾听老队员讲过，哈熊跟人一样，什么都吃，但消化能力不是特别强，屎的气味跟吃什么东西有很大关系。

简单地说，如果吃素，比如草籽根茎或者浆果山葡萄，屎就会是烂菜叶子味或酸果酱味，但如果闻着很臭，那拉屎的就很可能是个爱杀生吃肉的主儿。而且按台山的哈熊还有个毛病，就是捕到猎物并不马上吃掉，而是把尸体埋进土里，等到腐烂发臭后再吃，屎更是尤其的臭。（也正是这个原因，按台县当地人也常用"属哈熊的"，来形容那些把东西放臭才吃的懒汉或者吝啬的人。）

武建超的脚臭烘烘的洗也洗不掉，正郁闷不已，听我大哥说得厉害，来气道："天天让个熊弄得紧张兮兮。狗日的再厉害也是个畜生，让老子遇上了，看不一枪撂倒，熊皮熊胆也老值钱了。"

"咱不是正经猎人，你一枪撂不倒它，它一巴掌可就撂倒你了。"大哥无奈地摇摇头，说他刚讲那些又不是为了吓唬大伙，还是像以前交代的那样，往后吃的东西一定要收拾干净，不能敞着放在外边，出门记得带枪别落单，走路的时候别忘了弄出点儿动静，就算真遇上熊了也别慌。总之命是自己的，一定多注意。

老说这个也没意思，我们简单吃了饭，就挑了一间铁板房，清理清理打算住下。我想起了阿廖沙说的焚尸坑，问住这儿会不会有问题。武建超却很不在乎地一笑，说没那么多讲究，死人有什么可怕，活人才会害人，反正他是不想睡帐篷了。

我们那时用的叫"土帐篷"，十分简陋，就是在帆布当中顶个棍子支起来，把四个角用橛子钉在地上，睡觉时几人头朝木棍，脚向四边，稍不注意就会倒掉，非常不舒服。相比之下，铁板房虽然已经锈烂得不成样子了，但还算结实，好歹有个天花板可以遮风挡雨，远胜帐篷。

那屋子里摆了七八张有上中下铺的实木床，看样子以前就是住人的。只是几十年的历史，家具都朽得没法儿用了，全被我们搬出来当了柴火。正干着，武建超敲了敲屋子墙上的铁板，有些疑惑地问我们："你们说，这旁边就是老林子，他们盖房为啥不直接用木头？"

我们手上一停，随即明白了他的意思，刚才没留意，现在一想的确有点儿奇怪。这一路过来，在林区里见得最多的建筑，是那种哈萨克木屋。整个儿房子不用一颗钉，防风防雨还防震，就地取材，十分方便。而这金场附近就有森林，建房子放着现成的木头不用，反而大费周章地搭铁板屋，的确是让人费解。难道他们觉得铁屋子更结实些？

我们讨论了几句，没得出个一二三来，也就算了。这里奇怪的东西实在太多，一天下来眼花缭乱的脑仁都想疼了，啥都没搞明白，实在是懒得再去琢磨。

这边差不多都忙完了，老爷子才哼哼唧唧缓了过来，我真有点儿怀疑他是故意的。问他之前怎么会掉井里，他说是林子里突然走出了头哈熊，他不敢开枪，本想躲到房子里去，却一脚踩空摔了下去。

他这话又把我吓出一身冷汗，心里暗道侥幸。当时我们几个人在这附近慌慌张张跑来跑去，谁也没留意有哈熊，要真冷不丁碰上了，会有什么后果实在不敢想。

按说那匹死马还没收拾，可天晚了，大家也都累得很，只能留到明天再干。当天晚上我们不敢有丝毫松懈，除了老爷子，四个人轮班守夜，我是头一个。

身后传来了鼾声，火光以外的地方全是一片黑暗的死寂。我抱枪坐在屋外照看着篝火，脑子里所想的都是这一天的见闻，一桩接一桩，真是感觉毫无头绪，乱得要死。

自打早上进入矿区开始，除了那些金硐和矿山设备，这里有太多东西超出了我们的预计。湖边的铁笼，山上的天线，阿廖沙说的焚尸坑还有湖底的巨大声响，每一样都那么不正常，每一样似乎都笼罩着秘密。

那些东西是什么用途，这里又曾发生过什么？我不是当事者，猜不出，更不会有人告诉我。但现在唯一可以肯定的是，这片姊妹海金场，在几十年前，绝不单单只是淘金那么简单。

一夜平安无事，第二天早上，我跟大哥首先去了那个焚尸坑的地方。葱郁的草木中，还留有阿廖沙前些日子翻挖出的痕迹，果然是尸骸杂乱，让人不忍细看。

这时没了旁人，我才把昨天的想法告诉了大哥。说在那个年代需要用到火葬，现在想得出的，只有战乱或者瘟疫之类。这种事件往往会产生数量巨大的尸体，而大火焚尸可以断绝对环境的污染，同时防止尸体成为疫病传染源，是比较理想的解决方法。

但这就很麻烦了，战乱还好，毕竟跟现在没关系了，可如果是传染病，那这里以前说不定就是疫区，虽说几十年过去了，却很难保证不会有什么遗留的影响。

大哥拣出一具早已碎成了几瓣的颅骨，拼在一起看了看，又放了回去，说我刚才说的那些他也考虑过，但我们不是游山玩水来了，淘金本来就是脑袋别在裤腰带上的营生，各种风险肯定有。如今已经走到这里，总不能什么都没干就回去。只能尽量速战速决，别多事，弄够了金子马上走人。

我有些反感，问他命重要还是钱重要？大哥却默然一笑，说有钱才有命，有时候钱还真就比命重要。我们有五个人，就算他同意现在就走，武建超他们呢？愿不愿意？到时又该怎么说服他们？把人逼急了，大不了把我们哥儿俩晾在这儿，跑去和阿廖沙干，那我们就抓瞎了。

我回去的信念本来就不甚坚定，被大哥拿现实一压，没多久就妥协了。金子还是要淘的，而且是不得不淘。而且人要是懒，吃屎都赶不上口热的，大哥说了要快进快出速战速决，所以接下来的日子我们基本上干疯了。

接近夏天之后，日照时间越来越长，也给我们提供了便利，都是天一亮就开工，一直忙到晚上睡觉，十来个钟头连轴转。有时连吃饭都嫌耽误工夫，反正填坑不用好土，除了早上那顿，一般都是饿得受不住了，才胡乱弄点儿对付对付。那种争分夺秒的感觉，就像一些神话故事里，主人公赶在宝藏大门关闭前，疯狂往口袋里装金银财宝一样。

那一次，让我对淘金有了更深刻的认识。严格说起来，淘金其实有"采"和"淘"前后两个环节，而采金又分为"水金"和"平地掘井"两种，我们之前在河谷里采的就是"水金"，指的是从河床中挖取金砂。而大军阀的这个金场用的则是"平地掘井"，因为这里的金矿囊基本上是隐伏、半隐伏状，上边覆土很厚，所以要用开窿（矿山坑道）的方式，让人抵达含金层，再根据矿脉的走向延伸坑道，将含有黄金的矿砂挖运出来。只不过我们去的时候，湖边遗留有当年采出来还没来得及淘洗的矿砂，就省下了这个步骤。

矿砂采出后，处理的方式又有不同。如果用那种纯人力操作的溜槽取金，行话就叫作"打小盆"，但如果是有机械参与，分工明确，大兵团配合的流水线作业，就叫"拉大滤"，原理差不多，但效率区别很大。

甘肃老爷子解放前曾在一个大金场里当金把头儿，指挥过拉大滤。他指点着矿区中一个个鼓起的小土堆和各样废弃设备，给我们勾绘出了一个基本流程。

一般来讲，矿砂从金碉里挖出来后，先要经过一定的机械研磨和筛选，再运到一段自然或人工堆砌的斜坡上，用连着水泵的高压水枪冲洗。含水的泥沙顺地槽流进下边的滚筒分沙机，再流上一字排开摆放的木制镏金板，木板上有成排的凹齿，水冲走沙后，金粒沉淀在凹齿里，最后将沉淀的精砂倒进筛金瓢反复淘洗，一天下来，可以淘出几百克的金子，产量十分惊人。当然，那还是老年间里土洋结合的办法，如果换成现在的一些联合淘金机或者采金船，出金量只会更恐怖，这就是工业化的力量。

当年的生产场景，我们已经无缘得见，但金场里残留的斜坡有十几条，应该都是拉大滤用的，不难想象在几十年前，那成百上千号工人协同劳作的场面，肯定是相当壮观。

只是说来惭愧，虽然已经进入二十世纪八十年代，但我们没有那种人力和财力，依然只能沿用最原始的"打小盆"，手工劳作，只能在细节上做一些改进。

我们之前在河谷时，用的都是传统民间的那种老式船形淘金盘，就是俗称的金斗子。这种淘金盘尽管拿着方便，淘洗量也大，但因为本身结构不太科学，回收率比较低。所以这次进山前，大哥换了一种圆形的用抗冲击塑料制成的淘金盘，这种新盘子结构更合理，也比较轻便好带，不小心掉到水中还能浮起来，而且颜色是绿的，衬托之下金子和乌砂更容易分辨，利于操作。

以前我只负责提水，没接触过金砂的筛洗环节，这回大哥有意让我跟着学了一下，具体的操作比较复杂，我只会了个大概，如今也记不太清了，更是不好说明白。反正那是个技术活，我们几个里只有甘肃老爷子手艺最好，那是他年轻的时候，用几粒压扁的铅芯儿和一盘白沙苦练寒暑才成就的水准。

淘洗的手法大同小异，但新式淘金盘用起来讲究多一些，这让老爷子头两天很不适应。比如干活儿前一定要刷盘子洗手，因为细小的金粒跟油脂相排斥，所以手上不许带油带汗，淘金盘也必须绝对干净，要用钢丝球刷，要求在盘底刷出丝条状的粗糙表面，刷到用水一冲不留水珠，只有一层水膜的地步，都是为了提高出金量。

除了老爷子，我们四个从事的基本还是重体力劳动，强度比在河谷时更大。那感觉头两天还好，到了后来根本是种煎熬。但我们知道这不是给别人打工，每淘一克金子就有自己的一份，所以谁也没怨言，都在咬牙坚持。

当时累归累，但老金场也的确没让人失望，与前山那些一年被翻多少遍的熟窝子相比，出金量高得多，每天二十多克不在话下。只是这里淘出的金子颜色有些发乌，大哥解释是因为黄金常与铁矿共生，有时会裹上一层氧化铁膜，而这里不是冲积矿，风化程度浅，金砂表面杂质多，所以颜色就比较深。

超强度的劳动，日子长了，身体终究有些吃不消。有一天我吃饭时，看见咬过的饼上带着红印子，竟是牙龈出血了，一问发现大家都有这种情况。开始还以为是高原反应，但大哥说按台山海拔最高也就是三四千米，我们所在的地方顶多两千多米，一般不会有太厉害的高山症，应该还是太劳累的缘故，看来还是得悠着点儿，不能太拼命。

不过除了辛苦，深山里的生活反而比在山前河谷的时候好，我主要指伙食方面。因为周围物产比较丰富，有野葱、野韭菜可以调剂口味，武建超还会抓旱獭改善生活。他用的是内蒙古牧民的办法，把铁丝拧成的活套儿搭在洞口，用木橛子固定，人不须一直盯着，只要时不时去瞅瞅，把上套儿的猎物取走就行。

除了有肉吃，我们竟还在附近的小河里发现了许多野生菱角。在此之前我从来不敢想象，以干旱闻名的西北内陆，竟然会有水生的菱角分布。大哥告诉我那是这里的特有品种，名字就叫按台菱角。那东西吃起来爽口，我们偶尔闲下来，就会采上一些当零嘴。但可惜的是，前些日子我和一个北边来的朋友说起这件事，他却告诉我现如今因为生态破坏，野生的菱角已经十分稀少了。

还是像以前说过的那样，抛开黄金带来的刺激，其实淘金这种劳动本身是十分单调且枯燥的。没日没夜地干，除了一点点多起来的金子，我们每天的活动，基本上都是"重复昨天的故事"。而岸边的铁笼，山上的铁塔，初看时觉得刺目，日子久了也会熟视无睹，湖底每隔几天轰隆隆响一次，我们一直想不出是什么原因，也只能慢慢习以为常了。

忙碌中，日子一天天过去，粮食越吃越少，归期也越来越近。金场里各个奇怪的地方，始终困扰着我们，但大半个月一直平安无事，我也渐渐把当初的种种疑虑放下了。

然而，在我们以为安安稳稳熬完这最后十几天，就能收拾行装回家的时候，却发生了一系列让人始料未及的变故。

怎么说呢，我们是弄够了金子，却没能按照预计的那样，马上就走。

那是来到老金场的第二十七天，闷头苦干了这么久，我们很难得的休息了半个下午。

大家都各忙各的，大哥去找阿廖沙商量一起回去的事情，我跟武建超在外边转了一圈，收了几只旱獭回来，蹲在水边拾掇，而赵胜利缩在屋子里，抠抠摸摸的不知道在干什么。

甘肃老爷子坐在另一边，捧着淘金盘，从上午淘出的精砂里，一点点往外清金子。这是淘金过程中最让人激动的一步，老爷子眼睛虽花，但干起这个倒是一点儿不含糊。他先往精砂中加了几滴肥皂水（洗涤剂能减少表面张力，防止微粒金被水带走），然后直接拿镊子把大颗粒的金子拣出来，接着用舌头舔湿指尖，把那些只有针尖大的金屑一点点粘住，再放到身边一个装了水的瓶里涮，把金子洗下来，如此往复。

过了一会儿，赵胜利终于从屋子里跑了出来，给我们帮忙剥洗旱獭，这东西皮子也值钱，而且身上有两个腺体，如果没剃干净，吃着味儿相当臊。我问他刚才在屋里干嘛呢？他嘿嘿傻笑，没答话。

跟着阿廖沙的那个女人，每隔几天都要到湖边洗衣服，那天又来了。她那边一出现，我们三个手上的动作就不自觉地慢了下来，眼睛一斜一斜地全在看她。

这也可以理解，除了老爷子，我们几个都是血气方刚的年轻男人，我更是连女孩子手都没摸过，在野外打混了这么久，说对异性没渴望那是骗人的。而且那女的身段还不错，走起路跟画画儿似的，所以看她洗衣服，已经成了这些天来我们固定的休闲娱乐活动。

说到女人，这里可以多提两句。好像是老爷子说过，由古到今，跟淘金客棒打不散的有两种人，第一是卖衣食用具的商贩子，第二就是蜂拥尾随的烟花女。

我们那时已经没了烟花女这种说法，不过有金子的地方，从来不缺女人。淘金的女人不少，有男人带来的，也有自己跑来的，我记得那时候湖南的淘金客最多，他们带的女人也最多，男女伙居在地窝子里，给人的感觉，就像是原始社会的群婚。

当然也有带着老婆孩子一起淘金的老实人家，不过那绝对是少数。采金区里的男女，没几个是正经的夫妻关系。公开卖淫的还没有，不过放得开的，可以白天干体力活，晚上开张接客；放不太开的，也会找个有地位的金老板或金把头儿投靠，两厢情愿姘居在一起，各取所需。

那天晚上，我没想到阿廖沙到这么偏远的山里还要带个女人，就问他怎么想的，见他们几个神情那么暧昧，就自然而然想到了男男女女那方面。可事后大哥给我解释了一番，我才知道，原来自己只猜对了一半。

那几年，淘金的妇女除了供男人发泄外，还新担当了一项十分特别的工作，就是偷运黄金。

随着淘金的越来越多，国家查得也越来越紧，金贩子们收了金子送不出去，就想了个新鲜办法，让女人利用身体做掩护，把金子放进阴道里，蒙混过关。此外因为金子太沉，有的女人下边夹不住，金贩子还会逼着她们每天跑步，锻炼肌肉力量，提高业务能力。根本是把人当工具，无所不用其极。

这种事本不足为外人道，不过时间久了，知道的人也就多了。阿廖沙的路子比我们野，淘出的金子大都是自己倒腾到外边卖掉，这样挣得比较多。那女人一方面是他的姘头，带上可以解决生理需要，另一方面，偷送金子出山的时候，有个妇女打掩护，遇上检查什么的也要方便得多。

那女的每次拿的衣服都没几件，洗完就走。我们明知那是阿廖沙的相好，但就是很难管住自己的眼睛，都要等到看不见人影儿了，才会收回目光继续干活。而她估计在男人堆里混得久了，早没了那种矜持与羞涩，对我们火辣辣的眼神也不以为意，有时还会回头对我们笑笑，大方得很。

磨磨蹭蹭把旱獭收拾完后，我们就打了几桶水，在湖边抹洗身子。野外没啥条件洗澡，再加上冷，所以那是我们出发一个多月来，第一次搞个人卫生。

虽然是高山，可毕竟要夏季了，那天风和日丽的，湖水也被晒得有几分暖意。我们站在浅水里洗刷，一层层往下搓着黑泥棍子，同时看着远处芦苇荡里的水鸟遨游鸣唱，还是颇有几分惬意的。按台山夏季凉爽，跟北方的苔原地带气候相近，所以鸟群里夹杂了许多流连于此的北极海鸟，更是漂亮。

赵胜利洗了会儿，可能觉得不大过瘾，索性扑进水里游了起来。那小子在黄河边上长大，水性不错，一个猛子就浮出老远。我和武建超没跟他一起，仍然留在岸边，边洗澡边聊，武建超像是想起了什么，对我说他这两天老是大便带血，问是怎么回事儿？

我起初没在意，笑着说你不会是痔疮破了吧？他却很正经地摇摇头，说自己从来不长痔疮，真是大便带血，就那种发黑发暗的红颜色。

见他这样，我也郑重起来，说那可能是消化道的原因，问他最近肠胃有没有毛病？他认真想想，摇了摇头。

我说我就是个半吊子兽医，具体啥毛病现在不好查，咱们带的有云南白药，可以先冲成水喝喝试试，看会不会见轻。

我们这边说着，那边赵胜利却突然"哗啦"一下从水里蹿了出来，光着身子甩着老二儿，张张皇皇跑上了岸。我们问怎么回事，他白着脸，回头指着湖水哆嗦道："水水水里有长虫。"

长虫就是蛇。赵胜利结结巴巴地形容，说就在离岸边不远的湖底下，趴着一条大蛇，有小孩儿胳膊那么粗，特别长。他刚一个猛子扎下去就看见了，吓得气都乱了，赶紧浮了上来。

我们一听，也是微微变色。按台县这边的确有蛇，而且数量还不少，尤其是前山那种乱石成堆、杂草丛生的山坳里最多。但姊妹海这里已经属于高寒山区了，我们二十多天一直没见过蛇，这会儿水里怎么藏了那么大一条？

如果是毒蛇，被咬了是要命的事情，我头皮有些发紧，直感觉有什么东西从水下蹭过我的腿，低头一看，还好是鱼。我们赶紧站回干地上，武建超问赵胜利看清楚没有，到底是不是蛇？

赵胜利被这么一问，挠挠头，似乎又有些不太肯定了。只是张开两臂比划着，强调那东西特别长，他慌慌张张地没看着头尾，只瞅到了身子，倒是没见那蛇动。

他这么说，我倒是觉得有些不对头。一般来讲，蛇的身体是要成比例的，十几米长的巨蟒不会只有筷子细，拃把长的小蛇也不会比茶杯粗。要说小孩子手臂粗的蛇也不算小了，但听赵胜利描述的样子，似乎长得有些离谱。

真有蛇就麻烦了，我有些犹疑不定，说要不等等看，反正蛇不是鱼，肯定要冒头换气的。可等了一会儿却没见动静，武建超不耐烦了，说赵胜利说话向来不怎么靠谱，还是他过去看看得了，说完没等我明白过来，就一头扎进水里游了过去。

他游到赵胜利刚才指的位置，吸了口气潜了下去。可快一分钟过去了，一直没见人浮上来，我心一点点提起，说坏了，不会被蛇咬了吧？

就在我考虑怎么从水里救人时，武建超终于冒出了头，一抹脸冲我们挥手，大声喊道："狗日的没蛇，是根电线。"

怎么是电线？我心中好奇，说过去瞧瞧。赵胜利明显有点儿不好意思，犹豫了一下，还是跟着来了，只把老爷子留在了岸上。

我们俩人游到后，武建超先抬手狠弹了赵胜利一个大脑锛儿，恶声骂道："狗日的整天什么眼神？惊惊炸炸的，又让你坑了一回。"骂完就一摆手，叫我们潜了下去看。

湖水在这里还不算深，阳光在湖面留下一串光怪陆离的影子后，歪曲着投射到了水下。我们扒着水游到湖底，果然看到了一条躺在湖泥和水草中的电线。

准确地说那应该叫电缆，因为尺寸比较粗，水底模糊不清的，乍一看的确像条黑色的蛇。三个人浮上水面换了口气，一时摸不着头脑。其实自从见过山上的铁塔和大铁笼后，这金场里即便再有什么奇怪的东西，我们也觉得没什么不能接受的了。只是这湖底怎么会有电缆？难道山上的铁塔真是架高压线的？

我们当时踩着水，不方便讨论，就打算先看看电缆到底通向哪里。再次下潜左右一找，发现那东西竟出乎意料的长，其中一头已经断掉了，断茬暴露在水里，还露出了半截金属导线，看样子早就不带电了。而电缆另一边，竟一直延伸进了黑漆漆的湖底深处，不知到底连接着什么东西。

我们抓起电缆，顺着往湖中心的方向摸着游出了一段距离，上上下下换了几口气，却依旧没看到电缆的尽头。湖这么大，越往深处游水下越暗，沉积物也越来越厚，电缆却不知道还有多长。我又一次换气时回头一望，发现已经离岸很远了，忽然觉得有点儿心虚害怕，就不敢再往前了。

我等武建超和赵胜利浮上来一合计，也都觉得该回去了。只是谁都没想到，就在我们要往回游的时候，也不知怎么的，左手旁边不远处的一片湖面，竟突然"咕嘟嘟、咕嘟嘟"翻起了水泡。

我们首先愣了一下，马上侧头去看，只见一串串硕大的气泡正从湖底飞快地蹿起，冲出水面后又接连破裂。气泡越来越多，原本十分平静的水面这时全跟着剧烈翻腾起来，方圆几米内"咕咕嘟嘟"冒泡，好像烧开了的水。

突如其来的变化，我傻了片刻，忘了踩水差点儿沉下去。呛了一口后，马上意识到不对，那湖水"沸腾"的范围似乎在飞快地扩大，越来越激烈，眼见就要漫延到我们这边了。

情况似乎不大妙，武建超骂了句坏菜了，催我们赶紧游。同时远处还传来了大哥的喊声，他正沿着湖岸向这边狂奔，显然也是看出了不对劲，边跑边冲我们大叫快回来，声音要多着急有多着急。

而此时更让人想不到的是，湖中水面翻滚的地方，随着气泡升腾，竟涌出了大片的黑水，汩汩往外冒，正在极快地向外扩散。同时，还有一股极难闻的气味，像是厕所里的臊臭，顷刻就在湖水上空弥漫开了。

黑水和气泡的面积越扩越大，也越逼越近，我们已经来不及去想这到底是什么古怪了，只知道奋力划水向前，脑子里只有一个念头，就是不想被那些邪门东西沾上。

赵胜利水性好，速度最快，头也不回地往前游，把我和武建超甩下了很远，眼看就能上岸了。而我们俩极力扑腾，却终究是慢，也不敢往后看，只怕用不了多久，就要被黑水追上。

那股恶臭一寸寸弥散开，味道越来越浓。我呼吸了几口，刺鼻的气味直顶脑门，马上一阵吸不进气的难受。我暗叫糟糕，心说难道有毒？这边没想完，慌张又游了两下，接着就发现眼睛发花，四肢动作也不协调了，人直往下坠。

我想叫武建超帮忙，可一张嘴灌了口水，声音变成了咳嗽没喊出来。还好那家伙察觉出我在挣扎，伸手架住了我。他当时脸苦着，五官拧在了一起，显然也被那气味熏得够呛。

我们俩拼出全力往前游出一小段，那臭味淡了一些，又勉强可以呼吸了。等游到了脚能踩着地的时候，大哥和赵胜利跑下来，双双接住了我们，拉离了湖岸。

我们不敢再在原地逗留，一群人浑身滴着水，慌慌张张又跑开了几十米，到了个通风的位置，躲避那呛人的味道。停下来后，老爷子转身"扑通"跪在地上，大呼老龙王发威，开始不停地磕头。赵胜利也有点儿迷信，腿一软跟着磕了起来。

我们身后，大半个月来一直很平静的高山湖水，这时突然面目狰狞起来。几乎小半个湖面都变黑了，而湖心的位置仍在不停地往外冒泡，如同开锅的水一样，沸腾翻滚，声势十分骇人。黑水带出的恶臭也跟着弥漫到了岸上，不过被山风吹散了许多，已经威胁不到人的呼吸了。

武建超也是露出一丝惧色，有些自言自语地说，狗日的到底什么东西？鱼？妖怪？潜水艇？会不会和那轰隆声有关？

我还有些头晕恶心，抓住大哥的胳膊，说那臭气可能有毒。

大哥脸上却不见紧张，盯着湖里沸腾冒泡的水域看了一会儿，摇摇头叫我们别害怕，说闻着这气味，像是湖底的沼气爆发了，不是什么大事。

在如此异常的现象面前，我们都一脸不信。大哥只好继续解释，说这事很多地方都有。这里湖水流速慢，周围又有大片芦苇，腐烂的植物堆积到湖底，积年累月发酵沉淀，肯定产生了大量沼气。到了一定程度，会冲破压在上面的淤泥，突然喷发出来，就成了刚才的样子。

那臭烘烘的味道就是沼气，甲烷没毒性，不过可能其中混有一氧化碳是有毒的。再说味道也不好闻，浓度太大了照样让人窒息死亡，我跟武建超头晕估计就是这原因。至于湖心涌出的黑水，应该是被沼气带上来的水草和泥沙。

大哥理论完，我也明白了几分，猜测刚才也许就是因为我们在水下摆弄电缆，才把湖底已经在临界状态的沼气激发了出来。想着又一阵后怕，心说那甲烷浓度那么大，我刚才要是敢游慢一分，没准就被捂在里头，生生憋死了。

大哥以为我们是贪玩下湖游泳，指着我们鼻子噼里啪啦训了一顿："我一直说要小心，要小心。远怕水近怕鬼，没事儿瞎游什么泳？还嫌是非不够多不是？"

赵胜利一挨骂，张口结舌讲不出话来。武建超不吃我大哥这一套，满不在乎地捅捅我腰窝，意思是叫我说，他自己反而打了个喷嚏，回屋拿酒喝去了。

我这边跟大哥解释，说游泳的只是赵胜利，因为他在湖底发现了根电缆，我们才下去看的。大哥听到电缆，表情马上不一样了，收起怒气，面露疑色，默默听我把刚才的经过讲完，又让我给他指水下电缆的方位。

正巧这时，阿廖沙那边跑来了一个小工。他们也闻到了湖里飘过去的臭味，就过来瞧瞧怎么回事。大哥简单解释了几句，就打发走了。不过湖底有电缆的事，他一句都没提。

十几分钟以后，黑水随着湖水的缓慢流动，逐渐稀释消失，而那臭味却一直弥漫在空气中，久久没有散去。因为怕引燃沼气爆炸，我们等了两个钟头，估摸着大概没事了，才敢生火做晚饭。

中间我们又干了些乱七八糟的杂事，大哥却一直站在远处，面朝着湖水，不知在想什么。饭好后我喊了他一声，他却没反应。我以为他没听到，就走过去找他。

大哥一动不动地站在那儿，盯着湖水出神。可此时湖水早已恢复了正常，水波微微隆起，轻轻破碎，映出一抹晚霞，并没有什么太过特别的地方。

我从后边拍了大哥一下，没承想把他吓得一激灵，他转过身，竟直到这时才发现我来了。我说吃饭了，他嗯了一声就往回走，走了几步，又忍不住回头看了一眼。我觉得奇怪，问他看什么呢？他却摇摇头说没看什么，脸色明显有些不自然。

他这副表现，让我留意起来，心说这湖里除了水还是水，有什么好看的？就算是湖底的电缆，站在岸上你也看不见啊！

吃饭时，我们又扯了几句电缆的事，七嘴八舌的，大哥却一直没发表意见，脸色沉沉的很安静。饭后一支烟的时候，他也卷了根点上。可他一直在发愣，根本没抽几口，直到烟头烧到手指，才惊了一下。他甩手把烟蒂扔了，像是又想起了什么，突然很严肃地对我们说了一句："往后，谁都不许下水游泳，听到没有？"

这句话没头没脑地砸出来，我们都是一愣，可看大哥一脸正经，几个人也"哦"了一声，算是答应。我问他怎么了？他却不说，敷衍了几句，又自己重新愣起了神，明显一副不想理人的样子。

我讨了个没趣，也就不再问了。后来大家又吹了一会儿牛，就各自睡下。为了防范哈熊，我们一个月来都是轮流守夜。那晚我睡到半中间被大哥叫了起来，说是该换班了。我迷迷糊糊走出屋，往火里添了几把柴，打着哈欠一揉眼，却发现大哥竟还坐在火边。

我让他回去休息，说都这么些天了，对我还有什么不放心的？大哥却笑笑："还不想睡，陪你一会儿吧，正好聊聊。"

大哥烧了壶水，又卷了两支烟递给我，还真摆了个促膝长谈的架势。我虽然有些纳闷，却也不好拒绝，说聊就聊呗，反正长夜漫漫，有人陪着也不错。

我本以为大哥这是打算趁着夜深人静，跟我谈什么重要的事情。可话头儿一扯起来，我就知道自己想错了，那是真正的闲聊。

我问他湖底电缆的事，但他似乎不想说这个，只是跟我东拉西扯。我被他带着，从小时候偷邻居家柿子，聊到了他插队走后，我和父母一起排队抢冬储大白菜的遭遇，说了几句各自上大学的事后，又转到了他在西部工作的故事上……完全是想到哪儿侃到哪儿，根本没个主题，枉费我先前还认真做了番心理准备。

聊得也算开心，但我越来越觉得气氛诡异，心说大哥今天吃错药了还是怎么的，之前对人爱搭不理的，这会儿该睡觉不睡觉，跟我忆往昔峥嵘岁月稠来了？唱的哪一出啊这是？

大哥似乎谈兴很高，不停地说。我正想再问问，身后却传来了几声响动，回头一看，原来是赵胜利醒了。只见他从屋里拿出几块晚饭剩下的饼，用筷子串了，坐在火边烤了起来。那小子饭量大，看样子是夜里饿了，起来吃东西。

我觉得可能是刚才我俩说话声音太大，吵到了人家，就跟他道了声歉。可他却跟小孩儿赌气似的，没搭理我，不吭声盯着火苗，只是专心烤饼。没一会儿饼子热了，面香味儿飘起来，他三下五除二吃完，又接过大哥递的水"咕咚咕咚"灌了几口，这才心满意足地说了句："饱了。"拍拍手，站了起来。

后边的事就开始奇怪了，我本以为他会回去继续睡，却没想到这小子竟弯腰抓了一把铁锹，扛在肩上，话都没说一句就迈起步子走开了。

我觉得不对头，心说这大半夜的搞什么鬼名堂，就在后边叫了一声，问他干嘛呢？可那家伙也不知是没听见，还是不想理我，脸都没转一下，低头一个劲儿地往前走。大哥也叫了一声他的名字，竟也没反应。

事情明显不正常，我和大哥对视一眼，满是疑惑。眼看赵胜利那边都要走到火光之外了，大哥拿枪站了起来，扔给我个手电筒，说快跟上去看看。

那小子走得不快，我们几步就追上了，又喊了声，他倒是应了，我问他干嘛呢，他含糊着说："干活。"说完竟带着我们一路走到了白日里淘金的地方，然后甩了膀子，开始一锹锹往小推车里铲土。

我和大哥在边上都快看傻了，三更半夜的，这小子起来吃饱喝足，抄着家伙摸黑干活儿，这是抽的是哪门子风啊？

我叫了几声，他又不理了。凑过去用手电一照，那家伙"吭哧吭哧"正干得起劲，可仔细看，就能发现他手脚似乎不太协调，动作也有点儿迟缓，而且面无表情，眼睛半睁半闭的根本不聚光，我伸手在他脸前晃了一晃，他都毫无察觉。

见他这副模样，我忽然有种恍然大悟的感觉，不太自信地看了眼大哥，轻声问："他这不会是在梦游吧？"

我们起初还不敢确认，又观察了一会儿，发现赵胜利的行动确实不像是有清醒意识支配的，这才断定他的确在梦游，而且属于睡得比较深的那种。

梦游这种事我听过不少，比如什么把马粪当馒头吃了，半夜给家里挑满一缸水之类的，其中最离谱的，是有人坐着火车跑出几百公里后，才发现自己刚刚睡醒。

但听别人的经历和自身亲眼所见相比，感觉还是很不同的。这事说起来可气又可笑，甚至还有几分恐怖。几个月朝夕相处，赵胜利一直没什么问题，刚才起来又吃饭又喝水还说了句话，感觉跟平常一样，我们缺少心理准备，竟一点儿都没看出来他在梦游。

老辈人都说梦游的人不能叫，否则突然醒过来会被自己吓死（当然现在我已经知道，这个说法不科学）。大哥和我想到刚才竟喊了他那么多声，岂不是差点儿闹出人命？都不敢再动他了，但又不能这么放着不管，只能在旁边静静地看着他铲土。

说实话，当时四周乌漆抹黑的，而赵胜利半睁着眼，连个灯都不用，只是默不作声地闷头耍铁锹，脸上表情又扭曲，就跟鬼上身了似的，还是很有几分瘆人。

我心里忍不住琢磨，也不知人在梦游的时候，脑子会想些什么？眼睛能不能看到？过了一会儿，见他都累出汗了还没停下的意思，我又一乐，冒出了个不太厚道的念头，心说他要是天天这样就好了，我们能省不少劲儿。

在铲满了一车土后，那家伙终于消停了。站住了把铁锹一扔，就跟玩具突然没电了似的，直挺挺躺到了地上，几秒钟后就响起了呼噜。我们也跟着松了口气，说总算没再搞出什么幺蛾子。

人这么躺着不是个事儿，我和大哥一前一后搬起赵胜利，打算把他弄回去。一路上都是轻手轻脚的，可就在要到铁板屋的时候，那家伙还是身子一震突然醒了，睁眼发现自己正被人抬着，吓得"嗷"的鬼叫一声，人一挣滚落到地上。

梦游的人都不记得自己梦游，我们蹲下跟他解释，可那家伙根本不信，坐在地上一个劲儿地往后退，鬼哭狼嚎的聒噪，以为我们刚才是要把他怎么样。

我看他一副狗屁不通的窝囊相，心里烦起来，说你爱怎么着怎么着吧，甩手走到了一边。大哥好声好气地说了几句，还是没用，也懒得再费劲，可就在他要站起来时，身形又突然一顿，像是察觉到了什么，马上回身按住赵胜利的嘴，厉声道："闭嘴。"

赵胜利脸上带泪，声音被堵了回去。这边一安静，就听到铁皮房后面"咔嚓"一下轻响，像是树枝被踩断的声音。

我头皮一紧，手电筒唰地转过去，恍惚间照到了个黑影，一晃就消失在了屋后。接着传来一串窸窸窣窣的声响，似乎跑远了一些。我三步并作两步跑过去，探头一望，房后却是黑漆漆一片，什么都没看到。

武建超和老爷子都还在屋里，这不可能是谁出来解手。我警惕起来，抓着手电筒来回搜索，光斑扫向远处时，那黑影再次一闪而过，转眼又不见了。

"在那儿！"我喊了声就要去追，却被大哥挡了下来。他夺过我的手电，一个人掂枪摸了过去，只不过前边状况不清楚，一幢幢铁皮房中间曲里拐弯的，他没敢走太快，只能小心翼翼地照着路。

我不想睁着俩眼干等，转身就去取另外一个电筒和枪。这时赵胜利已经不鬼号了，只剩一脸迷茫，武建超和老爷子也被闹醒了，睡眼惺忪地抓住我问出了什么事。我心里急，三两句应付了一下，拿好东西就去撵大哥了。

可还没跑几步，大哥就转了回来，说追丢了。我问看没看清什么东西？他摇摇头，说天太黑根本瞧不见，可能是什么野兽，被烤饼子的香味儿吸引了，刚才屋子前头又没人，它就摸了过来。

一说野兽，我头一个反应就是哈熊，心里又是一阵后怕。这次其实算是我们哥儿俩擅离职守，刚才光顾看赵胜利梦游了，没起到守夜放哨的作用。也幸亏回来得及时，不然武建超和老爷子说不定都已经让熊给吃了。

我顾及他们的情绪，就没再多问。倒是大哥自己提了一句，说熊在夏季一般是白天活动，而且刚才那东西反应很快很灵活，感觉不是哈熊。

随后又说起梦游的事，赵胜利自己是打死都不信，我说铁锹还在那边扔着呢，要不要过去看看？他这才没再言语。武建超在旁边一通冷嘲热讽，说哎呀妈呀好怕，这几个月都是睡一块儿，亏得他没做梦把谁脑袋当西瓜切了！

他这话让我心里却打了个突，想起了山洪那天夜里有人掐我脖子的事，心说该不会是赵胜利梦游干的吧？可他弄死我干嘛，要掐也该掐武建超呀？仔细再想想，又觉得很多地方不符合，暗笑自己太疑神疑鬼了。

离天亮还有段时间，第二天还要干活儿，他们瞎掰了几句又重新睡了，大哥也没再找我聊天。我熬完剩下的一个多钟头，就把排下一班的赵胜利弄了起来，也去休息了。

这一觉睡得很沉，连梦都没有做，只感觉刚闭上眼睛还没多久，就又突然被人一阵猛摇叫醒了。我睡着没防备，"腾"的一个激灵坐起来，发现晃我的是武建超。还没来得及说话，他就冲我做了噤声的手势，神情紧张地抓起枪，把我拉到窗边，伸手向外指了指。

当时我人刚醒，脑子还有些糊涂，但一望之下，顿时睡意全无，吃惊得张大了嘴。

天已经亮了，初升的阳光中，远山蓝黛，芦苇青黄，水鸟上下盘旋，全然一片静谧祥和的景象。但与此同时，就在我们房前几百米开外的地方，一头毛色棕红的大哈熊，正优哉游哉地从湖边走过。

我揉掉眼角的眵目糊，瞪圆了眼，仔细一看又发现不对——熊不止一头，而是三头，大的后边竟还跟着俩小的。

那是头带崽儿的母熊，打从进山开始，我听了各种关于哈熊的传说，这回总算是见到真的了。

其实从二十几天前在小树林里发现熊屎，老爷子又说见着了哈熊开始，我们对这种场面，已经有了一定心理准备。但谁也没料到，到头来会在这么一个大清早，人还没出门就转脸看见了熊，所以脑子一时没拧过来，多少还是有些吃惊。

要说棕熊我也见过，但那是在动物园的笼子里，而如今置身野外，人跟熊中间无遮无拦的只隔了几百米，我们的屋子又连个门都没有，其中的区别，决然不可同日而语。

我心脏咚咚乱跳，害怕又好奇，扒在窗边偷偷地往远处瞧。三只熊溜溜达达地走在湖边，像是在散步。那老熊长得相当壮硕，肩背隆起，摇头晃脑的，大屁股一扭一扭走在前边，而俩熊崽子有成年的哈巴狗大小，像两个圆滚滚的大绒球，边跑边玩地拖在后头，还不时"喳喳"叫上几声。

这个金场荒废了几十年，附近的野生动物估计也很久没见过人了，防范意识不大强。哈熊的视力不好，这时正好又在上风头儿，所以一时还没注意到我们，看起来挺悠闲。

武建超就蹲在我边上，紧紧攥着枪。虽然他前面说过要打熊，但事情到了头上，还是不敢乱来。毕竟几百米的距离对于滑膛的双管猎枪太远了，他又没百步穿杨的准头，万一开枪了没打死，又惹着了母熊，后果肯定相当严重。

我们原本希望这熊只是过路的，来了就走，大家井水不犯河水正好相安无事。只可惜事与愿违，那老熊走着走着突然站住了，回头等小熊追上，舔舔这个拱拱那个，竟躺在地上，陪着两个熊娃子嬉闹了起来。

母熊停下的位置，方向正好冲着我们的屋子，距离比刚才近了一点儿，武建超都快把枪攥出水来了，这时小抿了一口酒，深呼吸几下，轻轻把枪管探了出去，端起姿势，手指搭上了扳机。

他这是下决心想开枪了，但说实话这个距离打，还是有些太过冒险。我心里觉得不妥当，但此时已经箭在弦上，也不好再去阻拦，只能硬着头皮，紧紧盯着前边，等待枪响后的结果。

三分钟过去了，枪却始终没有响。不为别的，武建超这边刚刚眯眼瞄准，那老熊就突然把小熊留在了岸上，转身一步步走进了湖里。这一来距离又变远了，他犹豫了一下，只能无奈地抬起头，放下了枪。

我起初不明白老熊这个举动是什么意思，观察了一会儿，才发现它是在抓鱼。十几年后，我曾在电视上看到过阿拉斯加棕熊捕鱼的镜头，熊站在激流边，等着洄游的鲑鱼一跃而起时就张嘴叼住，十分有趣。但这边哈熊的抓鱼方法不同，至少我所见到的很特别。

那可能是大多数人一辈子都没机会目睹的场景。当时老熊让小熊等在岸上，自己游进了湖中深水，只露出个脑袋，随波逐流缓缓漂移，突然一个猛子扎下去，每次都能用爪子甩出一尾鱼。鱼一落在岸上，两头小熊就赶紧跑过去，按住了就开吃，母子配合无间。直到小熊几条鱼下肚吃饱，老熊才把捉的鱼叼在嘴里，游上岸自己吃，舐犊情深，可见一斑。

湖里鱼多，老熊的本事又好，十几分钟过去，一家三口的早饭就解决了。此时太阳已经升了起来，老熊抖抖毛不再下水，躺在岸边晒起了太阳。

我看它们吃完了还不走，心里一阵阵叫苦。武建超又把枪支了起来，但还是把握不大，没轻易动手。赵胜利轻轻碰了碰我，张张嘴似乎想说话，好在他是个结巴，我赶紧出手把他的嘴堵住了。

但就在这时候，身后的老爷子竟好死不死地突然咳嗽了一下。他知道哈熊的厉害，所以也是极力地憋着，声音很小。但即便如此，那老熊好像还是听见了，突然警觉地坐了起来，转头看向了这边。

我们吓得赶紧缩到了窗户下边，避开大熊的视线，冷汗当时就冒了出来。武建超倒还算镇定，他一侧身躲在边上，托枪瞄准，却没扣扳机，可能是打算放哈熊跑近一点儿再打，这样机会更大。因为双筒猎枪只能两弹连发，万一打不中要害，让熊冲过来，很难有装子弹开第三枪的时间。

我脑子乱了几秒，才想起我们应该还有一支枪，急忙前后左右一找，却没看见。这还没什么，但紧接着，我就意识到了另一个更严重的问题：屋里怎么就我们四个？我大哥呢？

打从醒了之后，我的注意力全集中在哈熊身上，竟然一直没察觉大哥不在。发现这个情况后，我更加紧张了，脱口想问人，但还是忍住了，现在不是说这个的时候。

大哥出去都要带枪，现在枪不在，人应该是在外边。估计是看见了熊就原地藏了起来，没有贸然往回跑。他倒是没什么大问题，真正危险的是我们，三个人才一把枪，寒酸得都赶上第一次世界大战的俄国兵了。

那前后不过几秒钟工夫，时间却仿佛在那一刻凝固了。武建超一直没开枪，证明哈熊还没过来。而我们几个则躲在下边，赵胜利在微微发抖，而老爷子也说不清是什么表情，似乎还想咳嗽，却捂着嘴使劲忍着，脸红一阵白一阵，很是怕人。

带崽儿的母熊都很暴躁，如果发起怒来，别说我们这屋子没门，就算是有门，恐怕也挡不住被它掀了。我冷静了一下，考虑着就算没枪，还是得找个家伙防身才行，就弯着腰爬到放工具的角落，想把那几根平时不怎么用的钢钎抽出来。

钢钎被压在一堆东西下边，我又不敢再弄出声响，冲赵胜利打了个眼色让他帮忙。可这时，一直盯着外边的武建超却收起了枪，低头叹了口气，对我们说："别费劲了，熊走了。"

我怔了一下，有些不信。他扬手指指外边，意思让我自己去看。我直起身透过窗子望去，三只熊早已不在原来的位置了，正行色匆匆地往远处跑，很快就消失在了茂密的树林里。大概是母熊吃饱喝足后不愿生事，自觉选择了退让。

稍等了一会儿，确认哈熊不会再回来，我们才松了口气，轻手轻脚走出屋子。湖边留有不少哈熊吃剩下的鱼头，同时在松软的泥地上，我们还发现了一些熊脚印。让人惊奇的是，哈熊的脚印和人的脚印看起来竟十分的像，脚趾、脚掌的形状很清楚，只不过尺寸稍大了一点儿。

刚才的事让人着实捏了把汗，但哈熊一走，武建超又有些后悔，说刚才还不如开枪呢，不然老有几只熊在附近晃悠，就跟个定时炸弹似的，总归是个麻烦，再说熊皮、熊胆也挺值钱，还能顺带小发一笔财。

武建超发着牢骚，我却依然有些心神不宁，因为直到这时，大哥还没回来。最后一个守夜的是赵胜利，我问他知不知道大哥干什么去了？他却红了脸支支吾吾半天，竟说天快亮的时候自己不小心睡着了，没看见我大哥出去。

"你……"我指着那家伙，想骂又觉得很无语，也不知他那守的是什么狗屁夜。叹了口气又向四周望望，依然连个人影都没有，我不禁皱起眉头，心说大哥一大早连招呼都没打就出去，想干嘛呢这是？

我肚子里嘀嘀咕咕地往回走，结果低着头没注意，一下子撞到了前边武建超身上。捂着鼻子，正想问他干嘛突然停下，可一抬起头，我就立刻愣住了。

眼前不远，我们屋子的外墙上，不知什么时候多了一行字："安心干活，五天后我回来。"而这句话下边，是我大哥的名字和当天的日期。

刚才我们出门都只顾着看前边，谁也没注意身后，直到这时拐回来了，才发现原来墙上写有东西。那字很潦草，像是用石子刻在生锈的铁皮上的，但我认得出，的确是大哥的笔迹。

"安心干活，五天后我回来。"——这很明显是写给我们看的，但我们四个傻站在原地，对着那十个字盯了将近十分钟，也没完全搞明白究竟怎么一回事。

字面上的意思好理解，也就是说大哥如今不在，并不是我先前想的那样，暂时被哈熊隔在了别处，而是他不知道什么原因，天没亮就出去了，只在墙上给我们留了个信儿。

但人不见了不是关键，问题的关键是：大哥为什么要走？到哪儿去了？又要干什么？这些他一丁点儿交代也没有，就这么趁着赵胜利睡着的时候，一声不吭地悄悄跑了。还留了几个字，叫我们好好干活，等他五天后回来。他妈的，这算个什么情况？

我们立马检查东西，发现除了少了支枪和一些子弹外，大哥的背包不见了，剩下的那些熏肉也少了许多，这东西吃着方便还顶饿，很适合一个人出门带。直到这时我们才真正反应过来，大哥的确是走了。

当时他们几个的第一反应，就是我大哥卷着金子逃了。但再一想就知道不可能，和阿廖沙那些金老板不同，我们的金子都是边淘边分的，每人只知道自己那份藏在什么地方。大哥离开，肯定不是为了这个。

那短短一行字带来的震动，远远要超过刚才出现的哈熊。长久以来，大哥就是我们这帮人的主心骨，谁也没想到，他会这么说走就走了。大家一时都无法接受，也实在是想不通。武建超推推我，问大哥之前有没有给我说过什么，或者有什么交代？

我认真想了想，摇摇头说没有。王老爷子却明显不满意这个回答，沉着脸说他昨天夜里睡觉的时候，还听见我们两个在外边讲了很久的话，怎么可能什么都没说？又质问我，到底有什么不能让他们知道的事情？

我看看他们，只能非常无奈地解释，说大哥是跟我聊了很久没错，但那讲的都是废话，说了等于没说，和现在的事一点儿关系都没有。要说有什么不正常的地方，也是从昨天晚上开始的，那个大家都看见了，也用不着我说。

我把同样的话说了七八遍，他们依然一脸不肯相信的表情，围着我非要拿个说法。我心情原本就不怎么样，到最后实在被逼火了，一把将他们推开了，大吼一声："他妈的不知道就是不知道！问什么问？我亲哥不见了，我他妈不比你们急？"

场面一时僵了起来。他们见我发了脾气，也就不再多说，悻悻然地走开忙起了各自的事。我脑子里还是一团乱麻，只能站在那儿，愣愣地盯着墙上的字发呆。

然而看着看着，我就发现了个刚才没有留意的细节。

我眯起眼，又凑近看了看，发现的确有问题。这句话里"五天"的那个"五"字，写得有些不自然，似乎本来是个"三"，后来被添了两笔，才变成了"五"。

字被改动过？我不敢确定，又自己在大腿上把那俩字虚写了一遍做对比，更是觉得墙上"五"就是从"三"改过来的，因为不符合笔顺习惯，所以看着奇怪。

但这事情就有点儿蹊跷了。我心说难道是有人从中捣鬼，把大哥留的

154

字给偷偷改了？但这又不是康熙的传位遗诏，动个数字就是天壤之别，单纯把三变成五，只多了两天，似乎并没什么太大意义。

我装着揉眉骨，不动声色地斜眼瞧了瞧武建超他们，看不出什么异样。又把刚才的事在脑子里过了一遍，觉得我们几个都是在一起的，那三个人在时间上没机会，而且也想不到动机。

除此之外，剩下的还有一种可能，那就是这个字，是大哥自己改的。他先刻了个"三"，后来因为某些原因，又加上两笔改作了"五"。但这当中有什么区别？又有什么意义？

我卷上根烟深吸一口，按按太阳穴，逼着自己从最初的惊诧和迷茫里走出来，开始真正地思考问题。大哥办事一向很稳妥，人也闷，都是把事情放肚子里，不想周全不说。那他这次不声不响地选择离开，会是什么原因呢？

我能想到的，就是昨天下午他听说湖底有电缆的事后，人就变得不对劲起来。先是发愣、不理人，而后又半夜三更的跟我拉家常，一直到现在失踪了，这里有个过程。但这和水下的电缆有关系吗？是不是大哥从电缆想到了什么，又不好给我们说，才有了那些反常举动，就像我们在草甸子上迷路的那晚一样。

分析到这儿，思维就进了死胡同，因为我实在是想不出有什么东西，值得让大哥把我们撇下，自己走掉。有什么事，是连我这个亲弟弟都不能说的？

我不得不换个方向，开始揣测他当时的想法。如果大哥不是偷偷走了，而是告诉我们他有事需要出去几天，大家会有什么反应？我想第一肯定会追问到底什么事，第二是拦着他不许去，说直白点儿，因为大哥对我们很重要，其他人谁都可以不在，只有他不能。可见大哥悄悄离开的本意，不光是不想让人知道，主要是不想被我们干扰。

那他把"三"改成"五"又是为什么？粗心写错应该不会，如果不是有什么特别的含义，那只能说明，大哥写这些字时，心里是很有些犹豫的。毕竟他也担心我们，而且马上就要回家了，不能耽搁太多时间。但同时，他又不能确切地预计自己会离开多久，把三天变成五天，只是自己给自己放宽了一点儿期限罢了。

这时我的心忽然缩了一下，记起大伙儿之前好像商量过，打算一个星期后就打点东西出山。时间不等人，假如过了五天大哥没回来怎么办？我们要不要等？或者再假如，他要是永远回不来了呢？

我拍拍脑门，不敢往下想了，正好武建超走来叫了我一声。他冲我扬扬下巴："过来，给你看样东西。"

武建超带我来到屋后，让我自己去看。我有些莫名其妙，问他看什么？他嘴巴喷了一声，弯腰蹲下一指地面说："你瞅这脚印儿。"

这屋子周围原本草木丛生，我们嫌蚊虫太多，就把杂草全铲了，成了片光秃秃的软土地。武建超一说，我才注意到地上有一趟脚印，只不过因为土太松了，所以轮廓不是特别清晰。

当时我满脑子都是大哥，很傻地问了句："这是我哥的？"他"呸"了一下骂狗屁，提醒我说："昨天夜里，你忘了？"

我这才恍然大悟，原来他是觉得这些脚印，是昨晚上房子后边那东西留下来的。这个推测不算离谱，我看了看，是有点儿那个意思，但还是怀疑，因为这也可能是我们自己踩出来的。

武建超像是知道我会有这么一问，两句话就把我推翻了。因为那脚印前半部分，能很明显看出脚指头的印子，而我们都穿了鞋，这明显不对。

这话无可反驳，我只能承认，又拿自己的脚比了一下，更是一惊。要说我四十三码的脚不算小了，但地上那脚印竟比我的鞋还大一圈儿。这次不用提醒我也明白了，因为类似的痕迹不久前刚见过，那就是哈熊。但疑问接踵而来，大哥不是说哈熊都是白天活动吗？而且早上那母熊也没招惹我们哪，难道还有一头？

我们俩正琢磨的时候，赵胜利又凑了过来，他没在意地上的脚印，而是拍拍我，结结巴巴地说："老老爷子让俺问你，恁哥跑跑跑了，咱们还开开开不开工？再淘出咧金子，咋咋咋咋分？"

我怔了一怔，才弄清他话里的含义。老爷子和赵胜利跟我大哥没太多交情，他人不见了之后，他们怕我再撂挑子，这样一下少了俩劳力，淘金速度肯定大受影响，而且剩下几天大哥不在，淘来的金子就不能算他那一份，所以才有这么一问。只不过老爷子比较滑，知道我正心烦意乱着，就怂恿赵胜利这傻货来触霉头。

想清楚后，我心里一阵阵发苦：大哥失踪，我们又让熊盯上了，这金子还淘个屁啊！他妈的一帮人眼里，怎么除了钱就没别的了？

我一时躁劲上冲，直欲发作，但想想还是忍住了。不为别的，要是把人都得罪了，我自己说不定会被他们孤立，那就太吃亏了，只能压了压火儿，没好气地答道："该干活干活，吃完饭就开工。金子你们愿意咋分就咋分，行了吧？"

"好好。"赵胜利连连点头，满意地跑去找老爷子汇报了。我冷冷地看着他们，无奈地叹了口气。而武建超在一边一直没说话，他盯着那脚印研究了一会儿，又突然道："不对。"

没等我问为什么，武建超拾起一把铁锹就去了湖边，不到两分钟又跑了回来。他把铁锹往我眼前一放，那上边有片他铲来的泥，而整块泥中间，是一个哈熊脚印。

他说你比比，好像不一样。我拿着铁锹，和地上的脚印认真比对了一下，立即倒抽一口凉气，猛然意识到，我们刚才全被自己先入为主的想法误导了。

仔细观察了就会发现，哈熊的脚印是平的，看不出足弓，而屋后的这些脚印却都明显有足弓。而事实上，自然界有足弓的脊椎动物只有一种，那就是人。

武建超没上过生理解剖课，只是单纯觉得两种脚印形状不同，还思考不到这个层次。听我解释了之后，他脸上的神色也变了变，皱眉问："你是说，昨晚上那个黑影根本不是哈熊，也不是啥动物，而是个人？还他妈没穿鞋？"

我点点头，他却脱口而出骂了句："操他娘，越来越乱了。"

之后我和武建超又去了阿廖沙那里一趟，先说了我大哥失踪的事，问他们知不知道什么情况，意料之中的，没得到有用的信息。

接着我又把屋后的脚印，附近可能藏了个"人"的事情说了说。阿廖沙更是诧异，手下十几个人问了一圈，都说没见过有什么人，林子里有熊倒是真的。

我有些失望，就打算回去。可要走时脑子又灵光一闪，想起我们来这里之前，赵胜利曾喊过瀑布上头有人。马上转身问阿廖沙，说他们有没有到过瀑布那边？他摇头说自然是没有，整天淘金都忙不过来，谁会吃饱了撑的跑那么远去看瀑布？

听了这个答复，我心说果然，和武建超对视了一眼，心里更是发毛，看来在这片深山里活动的，并不只有我们这些人。如果赵胜利没有看错，那么一个多月前在瀑布上边偷窥我们的，很可能就是那些脚印的主人，可这家伙到底什么来路？又有什么意图？

事情是越来越复杂了，然而可恶的是，我发现自己竟什么都做不了。当时我内心很想去找找大哥，但这里群山莽莽，林海无边，让人望而生畏。别说一个人了，就是把几个师的人扔进去都藏得下，我们没那个本事去大海捞针，只能等着大哥自己回来。

而面对那些脚印，也是一样的道理。一方在明，一方在暗，除非那个莫名其妙的"人"能再度出现，不然就凭我们几个，同样是毫无办法，无从下手。

不能主动出击，但被动的防御还是做了一些。我们用了个最笨的方法，就是在房子附近挖了几个深坑，盖上树枝沙土做成陷阱，一是为了防熊，二是想试试看那个人会不会自投罗网。至于能起多大作用，那就听天由命了，主要是求个心安。

忙完之后，几个人又合计了一下，觉得老爷子的考虑也有道理，时间不能干耗着，既然大哥留话让我们安心干活，那就干活好了。大哥是个有分寸的人，说不定五天后真就如约回来了，我们再操心还不是多余？

可不管如何往好处想，五个人突然少了一个，大家一时还是不适应，那种异样十分明显，尤其是吃头一顿饭的时候，气氛很怪，笼罩着一种莫名的焦躁和紧张。这状态也好理解，对我们五个人的小集体来说，大哥就是灵魂，如今他不在了，剩下的人就像被砍了头的蛇一样，自然会六神无主，不知所措。

暴风雨来临之前总是很平静，接下来的几天里，什么事都没发生。哈熊没来，那个"人"没再出现，而且我们每天淘出的金子，甚至比大哥在时还要多。但我整个人都浑浑噩噩的，吃饭食不知味，干活心不在焉，发呆浑身不对劲，睡觉也是噩梦连连。那种等待的感觉，根本就是种煎熬。我竟然有些庆幸，亏得大哥写的是"五天后回来"，如果他写个十天半月，到时候我非崩溃到死不行。

大哥走后第四天，死水一样的日子终于有了点儿波澜。那天下午，我们突然被阿廖沙叫去帮忙救人。

情况是他们因为人多，早早就把外面堆的矿砂全淘干净了，不得已只能下金硐接着挖，玩起了地道战。结果不小心把几十年前留着用来承压的保安矿柱掏空了（矿柱上也含金子），一时坑道失去支撑，顶板塌陷，瞬间埋进去三个人。

我们一共挖了四个多钟头，中间又塌了一次，才最终把金硐挖通，但三个人里已经死了俩，身子都快凉了，而剩下那一个被拉出来时精神恍惚，满嘴胡话，浑身都是血和成的泥，场面非常之惨。

那是我淘金后第三次经历死人的场面。当时看着那两具尸体，突然有一股巨大的悲哀袭遍我的全身，与其说是为死者感到伤心，不如说是兔死狐悲。淘金就是这样，什么都有可能发生，人命如草芥，今天是他们，也许明天就是自己。

事情完了之后，我们几个回去。当时夕阳正浓，橘红色的晚霞映在湖面，一片碎光。我忘了从哪本书上看过一句话，说北美的印第安人认为黄金是太阳洒在地上的汗水，但在那种心境下，我却只能慨叹：金子不单是太阳的汗水，更是淘金客千百年来的血泪。

等待的过程既漫长而又短暂。阿廖沙他们发生事故之后，又是一整日过去，第五天了，大哥依旧没有回来。

我的情绪已经从最开始的惶恐和不安，逐渐变成了麻木。看着当天的太阳慢吞吞沉下，我的那种绝望越来越强烈，觉得自己的担心正一步步变为现实：大哥也许真的回不来了。不得不说，这是很可能发生的事，山里危机四伏，可以说出事的概率比不出事都大，他只有一个人，随便一个闪失就是生与死的区别。

而同时，随着时间的推移，各种奇怪的念头也开始在人脑里发酵。武建超他们三个人避开我私下讨论的次数越来越多，看我的眼神也越来越复杂。从他们对我不断地试探和询问中，我听出了一个意思：他们竟然怀疑整件事都是我跟大哥制造的阴谋，大哥先无声无息地消失，而我留在原处，最后里应外合，置他们于不利。

对于这种十分有想象力的想法，我已经懒得解释什么了，只能报以苦笑，心想要真有阴谋就好了。我宁愿自己是个策划阴谋的知情者，也不愿像现在这样，一头雾水地痴痴傻等。

自从大哥失踪后，我几乎夜夜失眠，那晚我躺在屋里，依然满腹心事，一方面是自我安慰，琢磨着那"五天后"，是从当天开始算呢，还是从第二天算？如果是后者，那么还有一天时间。

而另一方面，我也做起了最坏的打算：粮食已经所剩无几，照计划，我们两天后就该出山了，假如大哥到时仍然没回来，我该怎么做？是再等几天，还是按行程离开？如果要等，武建超他们会愿意吗……

不知不觉地，倦意最终战胜了焦虑，我还是蒙蒙胧胧地睡着了。但不知睡了多久，又忽然被人叫醒，我迷糊着睁眼一看，顿时又惊又喜，大哥竟不知什么时候回来了！

终于又看见了大哥，我心里石头落地，一骨碌坐起来就问："这几天你去哪儿了？"

大哥却不回答，只是一拍我道："快收拾东西，咱们走。"说着自顾自转到墙角，开始急匆匆地往背包里塞吃的。我一时明白不过来，问这大半夜的去哪儿啊？他却没再理我，东西装满后，一抡包，两步走了出去。

我还迷瞪着，但看大哥动作这么快，也只能赶紧爬起来，胡乱收拾了一下就向外跑。然而脚还没跨出房门，我就觉出有些不对，回头一瞧，屋子里空空的，赵胜利、老爷子刚才竟都没在，向前一瞅，武建超也不见了，房前只剩下一小团篝火。

人呢，都走了？我刚想问大哥怎么回事，可一转眼却发现他根本没等我，打着手电已经跑出去了很远。身边一个人都没有了，我不禁有些紧张，咬牙抓起另一只手电，急急追了上去。

大哥顺着湖岸走得飞快，我只能拼命地在后边赶。然而跑着跑着，前边的人竟突然不见了，而我在眼前的泥滩上发现了一串奇怪的脚印。脚印应该是大哥走过留下的，但那形状，却和几天前我们在屋后见的一模一样。

我不禁停下，弯腰用手电去照，头顶却又响起大哥的声音："看什么呢？"我直起身看他，还没说话，大哥却突然对我极其诡异地一笑，轻声道："看脚啊？你看我的脚！"

我一低头，天灵盖顿时吓飞了起来。大哥的脚，有一张八仙桌那么大，而我整个人，都站在他的脚上。

当时我失声惊叫，身体一弹，人立刻清醒了。睁眼发觉自己依然躺在屋子里，狗日的，原来是个梦。抹抹脑门的冷汗，暗笑自己没用，心说日有所思夜有所梦，大哥这一走，可把我折磨得不轻。

刚才吓了一跳，出了许多汗，我感觉有些渴，索性起来找水喝。但坐直了左右一看，头皮立马又绷了起来。屋子里竟只有我一个人，老爷子、赵胜利睡的位置都空着。我有些慌了，跳起来急冲出屋子，武建超果然也不在。

人全不见了。我扶住门差点儿摔倒，面对空空的营地，突然有种很不真实的感觉，双手抱头，心想难道自己的梦境成真了？或者，我依然还没醒？

我试着揪了揪头发，很疼，似乎不是做梦。愣了一愣后，我稍稍冷静，这才注意到此时屋外竟是大雾弥漫，已然又是一个雾夜。

雾气逼仄之下，篝火烧得有气无力，光线孱弱，让我想起了那晚迷路的经历，心里又是一阵不自在。不过火还没熄，证明武建超他们肯定刚离开不久。我咽了口唾沫，扯着喉咙冲外边喊了几声，大叫他们的名字。

我这边声音刚落，武建超就从浓雾里跑了回来。他一见我，赶紧比划了一下："嘘，别喊！赵胜利又梦游了。"说完抽出两个烧着的柴火，摇一摇晃亮了，转身又钻进了雾中。

我跟着武建超，举着火来到了白天干活的小河边。先看到了打手电的老爷子，接着又看见了正在"散步"的赵胜利。

原来就在我睡着的时候，赵胜利突然坐起来，走出去又开始梦游。惊动了守夜的武建超不说，还无意间踢醒了靠门睡的老爷子，俩人怕他掉进我们挖的陷阱里，不放心之下就跟上去看着。这才有了刚才我一起来见不到人的一幕。

我本以为赵胜利还会像上次那样铲土干活。但事实并非如此，在我们的火光之下，只见他探着腰，深一脚浅一脚，一直在那小河边来回溜达，嘴里念念有词，遇到障碍物，竟还会很笨拙地避开。

看那家伙跟个魂儿似的幽幽走着，也不知到底想干什么，我就小声问武建超："他这样多久了？"

武建超撇撇嘴，说他头一支火把都烧光了，恐怕有十来分钟了。我心想照着上次的经验，时间也差不多了。可这边话还没说出口，赵胜利就突然停了下来，竟一个转身，"扑通"跳进了河里。

晚上的河水还是很凉的，赵胜利一蹦下去，立即被冷水激醒了，怪叫一声后就开始瞎扑腾。我们仨没料到会有这么一出，拦都来不及拦，只能赶紧跑过去捞人。

赵胜利被我们水淋淋地拉上了岸，而正巧这时，安静了几天的湖底又开始隆隆作响。这么多天我们早就习惯了，可那家伙神志还没完全清楚，听着那轰鸣声，人大呼小叫的，手脚一个劲儿乱抓乱踢，按都按不住。武建超嫌他烦，两个耳光扇过去，这才彻底消停。

他上次梦游跑出来干活，倒还好理解，可这次竟是发癔症跳河，就有点儿吓人了。我大声问："你到底梦见什么啦？学屈原啊你？"

赵胜利却哭丧着脸，大张着嘴满眼惊恐，结结巴巴的，只会翻来覆去说自己啥都不知道，一醒就在水里了。驴唇不对马嘴互相嚷嚷了半天，也没讲出个所以然来。

就这么几分钟，湖底的巨响如期停止，我们觉得没什么事了，打着哈欠正打算回去的时候，转身又听到了一阵阵窸窸窣窣的声音。重新静了下来以后，周围随便一点儿动静就很刺耳，我们稍稍分辨，那声音是从小河上游传来的。

难道是那个"人"？武建超拍拍我，我也心领神会，马上给老爷子打了个眼色，让他看着赵胜利别乱动，两人一起摸了过去。

雾气浓厚，附近又都是茂密的树丛，视线很不好。我和武建超蹑手蹑脚地顺着河边向上走了一段，那窸窣碎响竟变成了"咯吱咯吱"的声音，越来越清晰，却什么都看不到。

武建超一拉我，屏着气悄悄往身前指了指，意思是就在那里。谁知我一停，那声响也静了下来，接着旁边的灌木突然唰唰一抖，一个毛茸茸的黑影"嗖"的一下子从我们脚边蹿了过去。

本以为是个人，结果大小差了这么多，我吓得差点儿跳起来，火把也掉到了地上。下落的火光正好照出那东西的身形，竟是一只超大号的灰老鼠，加上尾巴恐怕有一米多长，从我们眼前倏忽而过，"哧溜"钻进了水里。

那老鼠速度很快，我们紧撵了两步没追上，水面上只剩一串散开的涟漪。武建超没回过味儿来，咋舌道："妈的我没看岔吧，这耗子咋比狗都大？"

我瞧着水波荡漾的小河，似乎有些明白了，对他说，要是我猜得不错，那只怕不是什么耗子，而是那种会啃树的河狸。刚来的时候就听大哥说起过，这动物比大熊猫都珍贵，这次总算是见着活的了。可惜只有惊鸿一瞥，除了吓一跳，狗屁都没瞧清楚。

到头来又是虚惊一场，我们哭笑不得，议论着回到了房子那里。这时营火只剩下小小的一撮了，武建超赶紧跑去添柴拢火。而我本来想回屋睡觉，但没料到一只脚还没进门，一个黑乎乎的高大人影，竟突然从屋里迎面冲了出来，"哐"的一下和我撞了个满怀。

我根本没来得及反应，就又被猛推了一下，整个人倒退了几步，一屁股摔在地上。而对方一丝停顿都没有，飞身跃起，竟直接从我头顶跨了过去。我坐在地上还想反身去抓，可根本就抓不住。那人落地还撞翻了老爷子，又扳开赵胜利，一闪身转眼跑掉了。

突如其来的变故，大家猝不及防，武建超大喝一声，跳起来就去追。结果刚追出没两步，就听见前边大雾中"呼啦"一下，老天爷开眼，那人正好掉进了我们之前挖的陷阱里。

每个陷阱底下，我们都埋着削尖的木棍，所以不管是人还是熊，掉下去铁定没跑，不被扎出几个透明窟窿都不拉倒。当时武建超一声招呼，我们几个马上跑了过去，围在陷阱的坑沿儿拿着手电探头往下一照，又同时皱眉闭上了眼，转头不忍再看。

坑底那人脸朝下趴着，看得到后脑勺，看不到脸。他手边有一个包，身上还背了杆枪，只是身体有几处已经被刺穿了，木棍的尖头上沾满了血，支支棱棱地直指向天，看起来触目惊心。

也许很多人读到这里，都会觉得我们挖陷阱插木钉，摔下去就是死，手段太过极端，一点儿余地不留。但我想说明的是，在当时那种情况下，陷阱管不管用是关乎自己性命的事情，谁也不敢疏忽大意心慈手软，残忍就残忍吧，只要死的不是自己就行，实在是被逼无奈的选择。

手电的光线下，陷阱里尘土飞扬。谁知我又仔细一看，发现那人身材挺高的，还穿了身蓝外套，我愣了不到一秒钟，脑袋顿时嗡的一声，悚然想起大哥平时有一件常穿的咔叽布工作服，就是那种蓝色。

我越看越觉得像，心里发闷差点儿一头栽下去，慌张大叫："快拿绳子，可能是我哥！"他们一听也变了色，马上取来绳子，把我坠了下去。

"快快！"我嘴里大喊，抓着绳子往下秃噜，一边秃噜一边暗咒，他妈的好像就是我自己，想出这个往坑底埋木楔子的主意。要是趴着的那位真是大哥，他妈的我也不用活了！

我脚刚触到底，就见那人似乎动了一下，他两只手撑着地面，看样子竟是想爬起来。我急忙叫他别动，说完避开身边的尖木楔子，小心蹲下，凑了过去。

一共有三支木棍刺透了他的身体，一处在肩一处在腿，都不算致命，但最当中那个，是生生在人肚子上扎了个对穿，尖木棍上红通通、黏糊糊的全是血，就像刚从血池里捞出来的一样，很是吓人。我心里暗叫不妙，腹主动脉被刺破的话，那这个人就只能死不能活了。

坑底飘荡的灰土和血腥气混在一起，让人直欲作呕。我忍着咳嗽，心口狂跳，两手颤抖着伸出，抱住那人的头轻轻扳了过来，用手电一照，这才松了口气——还好，那不是大哥的脸。

但紧接着，我又"咦"了一声，发现眼前这家伙，我竟然还认识。这是阿廖沙的人，就是昨天下午，我们才从塌方的金硐里把他救出来的。

阿廖沙手下那一帮人很多，我根本认不得几个。但昨天下午帮他们救人，这哥们儿就是埋在矿井里的三人之一，被抬出来后我还给他检查过身体，这才有几分印象。

那人一直在断断续续地惨叫，我却陷入了困惑，心说这人半夜钻我们屋里干什么？前几天那些脚印又是怎么回事？刚想到这儿，我下意识地就去看他的脚，心里又"咯噔"一下，那脚上没穿鞋。

这时武建超也爬了下来，问情况怎么样？一听我说是阿廖沙的人，也明显错愕了一下。可他拿着手电在坑底照了照后，又站起来冲上边大喊，让赵胜利赶快去找阿廖沙，带人过来帮忙。

我一听大惊，赶紧制止，说你犯什么浑，这会儿怎么能找阿廖沙？人说不定就是他派来的，还不知道打了什么坏主意，你把他们招来不是引狼入室吗？

赵胜利停在原地，不知听谁的好。武建超却对他摆摆手，说快去！然后捡起了那人手边的包，扔在我面前，说："你再仔细看看，这包儿，还有枪，狗日的全是我们的东西！"

我一看果然是，但还是没理解他的意思。武建超气急败坏地道："他妈的，这孙子偷咱们的粮食还有枪，是打算自己逃跑下山，懂了没有？"

他这么一说，我总算有些明白了。金老板们雇来的工人大多生活悲惨，经常有人受不了老板和工头的毒打虐待，偷偷逃跑。这种事我在河谷时就见过不少，没想到如今来了这里，竟又经历了一次。这人连鞋都没穿，可见逃跑得相当慌忙，但一个人什么都不带肯定是出不了山的，又正巧刚才我们营地没人，他就想铤而走险，来偷东西和枪，却没想到落了个这种结果。

疑虑打消，我又把注意力集中到眼前。那人受的伤不可谓不重，肩膀和腿上暂且不论，肚子上那根棍子，从位置上看很可能刺破了腹主动脉，这地方十分要命，根本不敢乱碰。我只能让老爷子扔下来一条毛巾，缠在木棍和皮肉相接的地方，先一定程度上裹住伤口止血。

人体在受重创后会分泌肾上腺素，一时感觉不到疼，所以那家伙掉下来后还会叫会动，甚至想爬起来，但到了这会儿就不行了，只剩下时断时续地呻吟，从牙缝里流出了血。

救人如救火，我一方面心急如焚，却又没有办法。虽说这是个陷熊的坑，我们挖得很大，但三个人挤在下边，还是施展不开。而且人被串在木棍上，棍子又不能拔，光凭我们俩也无法把他搬出来，只有等赵胜利领人来了再说。

几分钟过去，创口一直在缓慢地往外渗血，渐渐把整条毛巾浸透了，那种潮湿和温热的感觉，一点点传到我的手上。我叹了口气，冲上边喊了一声，让老爷子赶紧去煮锅开水，待会儿可能要用。同时心里说阿廖沙怎么还不来，赵胜利是个大舌头，别再什么都说不清楚。

另一边，武建超把没扎上人的木楔子都拔了出来，又给那人另外两个伤口包扎了一下，正弄着，手又突然一停，抬头对我道："你听这家伙哼哼唧唧的，怎么好像在说话……"

那人的意识已经渐渐模糊了，叫也不知道应，只剩下时有时无的低吟。我仔细一看，发现他嘴片儿翕张，还真有点儿像说话，但声音很小，不知道讲的什么。

武建超又趴下去听了一下，眉头皱起，似乎也没听出太具体的内容。而这时头顶传来一团嘈杂的脚步，我小舒一口气，阿廖沙他们总算到了。

当时阿廖沙从上往下一瞅，也大大的犯难，说这人出事后精神受了点儿刺激，他们没打也没骂，一直让他躺在帐篷里休息，怎么会晚上就趁着雾偷跑了？要不是赵胜利跑去叫人，他们恐怕要到早上才发觉。

看他还在啰唆，我急得不行，说哪儿有那么多废话，先救人要紧。问清他们来了几个人，接着就开始分配。伤者身上的棍子如果硬拔，那么本身被堵住的动脉就会瞬间大量出血，接着人就会出血性休克，很快就会死。我想了想，只有让武建超扶着，我自己从旁边轻轻往下挖，把埋着棍子的土刨掉后，再叫上头的人挖条斜坡下来，就这么连人带棍儿的先一起搬上去。

忙活了快二十分钟，我们终于把人抬了出来，小心翼翼地让他侧身躺下。我检查了下伤口，因为搬运的震动，渗血的速度又加快了，人也基本昏迷。

他们问我接下来该怎么办，我却一时无语，犯起了难。按常理，这时候该把人送医院抢救，但现在显然没这个可能，只有自己想办法。然而依照我粗浅的急救知识，像这种伤情大概是先开胸，截断大动脉止住出血，再取出木棍，之后消毒，排空气，缝合包扎用药等等一系列工作。但理论上说得再好也没用，首先我肯定没那个技术不用说，就算单论硬件，我们也只有几片感冒通、云南白药和一些医用纱布，基本狗屁都做不了，束手无策。

这些情况，我刚才一直瞒着没敢讲，主要是怕他们知道后就不再出力救人。眼下实在没了主意，就只好说了出来，让大家一起决定，毕竟人命关天。

可这边话还没说完，就有人骂了起来，说之前看我那么积极，还以为有啥好办法，结果忙了半天还是个死，早知道还费什么劲？这不瞎折腾人吗？

我很生气，却又无法发作。阿廖沙把那人挡下，问如果把棍子抽出来会怎么样？毕竟也存在没扎破动脉的可能，总可以冒险试一下。我无力地摇摇头，说那也是凶多吉少，凭我们现在的条件，十有八九救不活。

他明显有些失望，探了探那人的鼻息，又问我如果不抽棍子，这样能

167

撑多久？我回答说很久，如果血能止住，一两个钟头，甚至一两天都有可能，不过肯定比死还难受。

"你的意思，他现在就是等死了？"阿廖沙问。我点点头，却马上意识到不对，又赶紧摇摇头。

突然一阵沉默，许久后阿廖沙深叹了口气，说那既然这样，给他个痛快吧，说完就开始解伤者身上的猎枪。

我马上就意识到他要干什么，心说这怎么行？上去一把抓住他的手，大声道："你看清楚，他还没死呢！"

但阿廖沙根本不管我说什么，一把将我推开，把枪解了下来说："不想溅上血就躲远点儿，恶人我来做还不行吗？"

我被他推了个屁股蹲儿，爬起来又拦住他，把话重复了一遍强调："你他妈看清楚，他还没死呢！"说完瞅了瞅周围，希望有人来帮我。但不管是我们的人，还是阿廖沙的人，一个个远远地站着，连句话都没有。

"那你有本事你救他啊！我这是为他好，早点儿了断总比活受罪强！"阿廖沙喝了一声，使劲将我的手甩开，把枪管顶到了躺着那人的太阳穴上。武建超也从背后抱住我向后拖，对我说他们的人就让他们自己定，咱们别掺和。可我根本听不进去，一个劲儿地往前挣，怒瞪着阿廖沙吼着说："你这是杀人。"

阿廖沙手停下，看着我，一声冷笑道："我杀人？这事儿到底怨谁，大家心里清楚。你爱怎么样怎么样，我们不管了。"说完他把枪一扔，转身叫上自己的人，竟头也不回地走了。

看着阿廖沙离开了，武建超也无奈叹了口气，放开了我，问我下边打算咋办？我软坐在地上，揉了把脸说："不知道。"

其实从理智上，我能理解阿廖沙的做法，反正是个死，还不如早死早超生，但从感情上，我始终无法接受在人还活着的时候，就把他杀了的事情，我们没那个权力。

傻坐了一会儿，我起身端来烧好的开水，剪开衣服给那人洗了下创口，我也知道做这些完全是徒劳，只是求个心安罢了。事实上阿廖沙说得不错，从某种意义上讲，就是我们挖的陷阱害死了他。

"何必浪费药材呢。"武建超蹲在我身边，看着我给那人敷云南白药，可过了一会儿，他又突然拽了我一下，"快看，醒了。"

地上那人不知什么时候睁开了眼，瞪着大而无神的眼睛，张了张嘴，似乎十分艰难地想说话。我们四个一齐凑了上去，屏气凝神侧耳倾听，听了半天，却只没头没尾的听出了两个字：有鬼。

有鬼？我们四人面面相觑，都不理解其中的意思，只好趴下去继续听。但不久后，那人就陷入了更深的昏迷，一点儿声音也没有了。我们互相讨论了几句，也是不得要领，事实上，连刚才他说的是否真的是"有鬼"这俩字，我们都不敢完全肯定。

他们三个没了耐心，相继回去休息。我则一直守着那个人，聊尽最后的人事。昨天我们把他救了出来，现如今又要眼睁睁看着他死，而且很大程度上是被我们害的，所以我的情绪相当复杂，不知道如何去表达。

不过刚才只顾着救人，很多事情来不及细想，现在头脑冷静下来后，我就意识到了一些问题，越来越觉得，我们之前得出这个人是受不了阿廖沙虐待才逃跑的结论，似乎很有些不妥。

本来，大哥已经和阿廖沙约好，两天之后我们就该一起出山了。出山前正是结算工钱的时候，这个人会有多大的冤屈，以至于钱也不要了，心急得必须今天晚上走？连一两天都不愿多等。不用说，这当中肯定有别的原因，那到底为什么？因为有鬼吗？

前边说过，我当时还算个唯物论者，对于怪力乱神的鬼魂之说，是不大信的。所以自然而然地就联想起阿廖沙不止一次提起，事故后这个人的精神一直恍恍惚惚不太正常，心说所谓的"鬼"，会不会跟这个有关系？

我还想知道更多，可注定没人可以告诉我了。四个多钟头之后，地上那人咽下了最后一口气。因为休克，所以去得无声无息，之前那次醒来不过是回光返照，到死也没再说出只言片语。这期间武建超不止一次提醒我，说这其实是在折磨他，还不如痛快点儿，要是我下不了手，可以让他来，但最终我都拒绝了。

如今二十多年过去了，我早已认识到了当年的幼稚。每当回忆起那时的场景，剩下的只有惭愧和悔恨。自己年轻伪善的代价，却要一个无辜的人来承担，这是最大的不公平，而单纯只是为了让自己心里好过，就让别人在临死前受尽痛苦与折磨，才是最大的残忍。

天亮后，我给死者稍稍整理了一下遗容，就挖了个坑匆匆下葬了。看着一封新土想立个木碑时，才想起我们根本不知道他的名字。

当时我情绪很低落，武建超就安慰我，说这只能算个意外，淘金横死的人太多了，这不是第一个也不会是最后一个。叫我别想太多，这事儿不能全怪我们。我不想多说，点点头转身走了。

昨晚出了这种事，而且只剩一天就该回家了，大家都没了干活的心思，我正好落得个清净，洗去了满身的血污和灰泥，就坐在湖边直直发呆。

初升的太阳驱散了昨晚残余的雾气，阳光晒在我身上，却感受不到一丝温暖。我想抽烟，但烟纸烟叶前两天就用完了，只能用枯树叶子卷了个"大炮筒"，又粗又笨跟个烟囱似的，抽起来又辣又呛，但也凑合了，主要是我必须得找点儿事做，不然脑子老是不停地胡思乱想。

苦干三十多天，我们一共淘了六百多克金子，带出山卖掉每人能拿八千来块，这已经是内地一个工人十几年的工资，离万元户只有一步之遥，绝对称得上可观了。但回想这几个月的经历，尤其是死人之类的惨事接连不断，让我不由得怀疑，为了黄金，付出的代价是不是太大了？而且更重要的是，眼下我大哥活不见人死不见尸，如果他们当真明天就走，我又该怎么办？就这么不明不白地回去吗？

过了一会儿，武建超坐到了我身边，看着远处的天问道："算今天已经六天了，你打算咋办？"我当然知道他什么意思，说不是还有一天吗，还能再等等。

武建超默认了我的回答，抓起皮袋子抿了一口酒，又说："你想过没有，你哥也是三十几的人了，为啥一直没结婚？"

我一怔，想不通怎么会突然扯到这个话题，问他什么意思？武建超看着我，有几分认真地说："我觉得吧，因为你哥心里有事情，一直压着他，所以不敢结婚。"

"能有什么事？"我又问他哪来的结论，他却高深地一笑："我和他也认识好几年了，总能看出一点儿。"

大哥平常很少回家，前几年我父母在的时候，就常催他结婚，可他就是不结。我也问过原因，他却总是笑而不答。这时经武建超一说，似乎是有那么点儿问题。不知怎么的，我又突然想起了那两本奇怪的日记，在火车上时我只是偷看了一眼，就被大哥熊了一顿，难道这里头真有什么隐情？

大哥的事还没想清楚，我又猛然意识到武建超身上存在着同样的问题，忍不住反问道："你还不是三十多了，怎么也没娶媳妇？"

他哈哈一笑说："我不一样的，没女人愿意跟我。"

我问是因为坐过牢的原因吗，但话一出口，就自觉有些欠妥当。他倒是不以为意，只是摇头说："你知道我是劳改犯不假，可你知道我犯的啥事吗？"

我摇头表示不知道，他顿了一顿，盯着我缓缓吐出两个字：强奸。

强奸？我被他盯得心里发毛，屁股忍不住往后挪了挪。

他却一声轻笑，拍着我满不在乎说："你怕个毛啊，我又没强奸男的！其实我那顶多算通奸，可那破女人不愿出来做证，妈的非判我强奸……"

这边正说着女人，眼前就真出现了个女人。阿廖沙的那姘头又来洗衣服了，我和武建超很默契的话也不说了，一起侧过头开始看她。然而看着看着，我就犯起了嘀咕，心说这都打算走了，怎么一大清早就来洗衣服，这也太勤快了点儿吧？

接着我越想越不对劲，陡然发觉，自己长久以来似乎忽略了一个问题：我们刚到那天，那女的就在洗衣服，此后每隔几天都会来洗衣服，而且次数越来越多，到最后几乎是天天都要来了。但每次就拿那么几件，并不像给他们一帮人洗的，似乎只是她自己的衣服。

以前我们都是乐得有女人看，没去多想。现在仔细分析起来，平常人就算爱干净，也很少每天都洗衣服的，更何况淘金的活又脏又累，他妈的，一个人哪有那么多衣服要洗？

我悄悄把这想法给武建超说了，他眉头也皱了起来，若有所思的没答话。我越琢磨，越觉得阿廖沙那伙儿人有问题，看那女人已经洗完衣服要走了，就一咬牙追了过去，叫住了她。

那女人停下回身，显然也是十分意外，问我有什么事。而我刚一开口就知道自己太唐突了，完全不知道下边该问什么，我低头红着脸，正结结巴巴不知道怎么说话的时候，人却突然一愣，眼睛不由得瞪大了。

我看到那女人的裤脚，竟正在一点点地往下滴血。

我又顺着往上一瞅，一道湿漉漉的痕迹，从她的裤腿一直向上延伸到裤裆的部分。屁股流血了？我意识到自己看见了什么，马上不好意思地转过了头。

她显然注意到了我的目光，往身后一看，也是颇为尴尬，急忙一侧身掩饰："女人的麻烦，女人的麻烦，让你笑话了。"说着就一溜烟地跑了。

武建超走过来问怎么回事，我把刚才情况一说，他转身"呸呸呸"骂了句晦气（封建迷信的说法，认为女人的月经会带来霉运）。而我则一拍脑门，幡然醒悟，心说她每天都洗衣服，难道是这个原因？可那不该是二十八天才一次的吗？

我使劲揉着太阳穴，就在觉得将要想通什么事情的时候，远处突然传来"砰"的一声枪响，打断了我的思路。我一个激灵，马上抬头找寻枪声的方向。正左顾右盼着，很快又是"砰"的一声，我分辨出来，开枪的位置就在不远处的山上。

我自言自语问怎么回事？而武建超却说了一句话，让我的心马上提了起来。他告诉我：开枪的可能是我大哥。

我不敢相信，问他何以这么确定？说不定是阿廖沙他们呢？

武建超却说当然能确定。我们的猎枪子弹都是他手工做的，子弹里装的火药，是他从炮兵剩余药包里拆出来的 77 高炮药，需要再加工几道手续，这样枪打出来声音大，威力猛，和阿廖沙他们七硝二碳一磺配的土火药完全不一样。别人分不出区别，但他一听就知道。

武建超先前弄子弹时我就在旁边看着，的确是这个情况。既然如此，也基本能肯定开枪的是我大哥了。那枪声并不算太远，难道是他回来了？

但是从另一个角度想，大哥开枪只有一种可能，那就是遇到了什么危险。我想到昨晚上那个荒唐的梦，突然有种很不好的预感，当时就想上山找人。可武建超拦住了我，说先不急，等等看。

然而这一等就是大半天，眼看都下午了，大哥依旧没回来。望着那片被密林覆盖的山坡，我如坐针毡，再也等不下去了，心说活要见人死要见尸，决定无论如何都要过去看看。但山里情形险恶，我怕自己一个人应付不了，别再大哥没找到，又把自己搭进去。

权衡再三，我一咬牙一跺脚，把藏了三十多天的金子全挖了出来，一下拍在武建超他们三个人面前，说："你们谁陪我去，回来金子就给谁。"

山上的老林子里危机四伏，我们平常干活时都不太敢深入，这时上山去找人，又是在那两声没有下文的枪响之后，其中的风险不言而喻。他们三个看见我拿出金子，眼睛闪起了光，但互相望了望，都没作声，显然在犹豫。

他们这种反应也在意料之中，八千多块的黄金当然诱人，但性命显然更要紧。已经千辛万苦干了几个月，眼下终于要带着金子回家了，这个节骨眼上谁都不想再出事。不说他们，就是我自己，假如不是因为牵挂大哥，这时候肯定是不愿再去以身犯险的。

王老头儿体弱多病，赵胜利做事靠不住，所以我主要是想争取武建超。看他舔着嘴唇眯着眼，似乎是有些动心，我赶紧摇动口舌，进一步讲明利害。主要的意思是说，反正回去时也要穿过这一大片原始森林，而我大哥的作用很大，假如能把他找回来，之后领着大家出山，归程上就能避免许多不必要的危险，所以为自己考虑，也值得去一趟。

老爷子却说，我们可以和阿廖沙他们一起走，人多就什么都不怕了，用不着非要等我大哥。他这话不假，我瞪着他恨得牙痒痒，却也找不出更好的说法来反驳，只能晃着金子继续利诱："谁愿意，我现在就给。"

我直直地盯着对面三个人，看着贪婪和怯弱两种表情在他们脸上交替出现，却迟迟没人回应。冷场了将近五分钟，就在我放弃希望，打算自己前往的时候，武建超终于发了话。他抓起皮袋子，仰脖把最后一点儿酒一饮而尽，道："我去！"

我们马上开始收拾东西，而赵胜利则过来拉住了我，有些不满地说："枪枪枪枪让你们带走咧，俺俺俺俺们咋办？"我一愣，心道也是，两条枪已经少了一条，这一支再被我们拿走，对他们好像有些不大负责。

武建超却不管那么多，回身一脚踹在他胯上："滚你妈的山羊蛋，这枪你掏钱了吗？要枪找阿廖沙买去，他们枪多。"

我们带走了所有子弹，但考虑着一支枪火力不够，就又去找阿廖沙借了一支。上午的枪响他们也听见了，当得知我们要上山找人时，眼神一时复杂起来，说不清什么含义。但因为昨晚的事，我不想跟他们多聊，而且心挂着大哥的安危，也无暇去深想，只是催武建超快走。

打点停当，我们朝着之前圈定的大概方向，心急火燎地出发了。这之前我把金子塞给武建超，他却没要，他说自己以前欠我大哥一条命，现在权当还账了。推让了几下，他就是不拿，骂着叫我别啰唆了，真想给他金子，等活着回来了再说。我内心颇为感动，知道他不是爱作伪的人，就没再坚持。

现在回忆起来，当时武建超怀疑我们是否能活着回来，并不是在开玩笑。情况是明摆着的，大哥开了两枪没了动静，也不见人回来，遇到的恐怕不是什么好事。而我们去找，也肯定不会只是轻巧地走一趟了事。可以说是明知山有虎，偏向虎山行。

上路后，我整个人都十分焦灼，既为大哥担心，也为自己担心，究竟能有多大希望把人找回来，会是个活人还是个尸首，我更连想都不敢想。而天气就像是有意配合我的心情一样，之前还是阳光普照万里无云，转眼就阴沉了下来，一片黑云骤然遮没了日头，看样子是要变天了。但这已经无法阻止我了，就是刀山火海我也得去。

进入原始森林，地势渐次增高，因为已经是夏天，树木正是生长最茂盛的时候，路也越来越难走。都说望山跑死马，跋涉了许久，我们俩在凉风处稍微歇了一阵，喝了些水，又沿着长满松杉的坡路继续向上。途中我们还经过了坡上那座高大的铁塔，依旧是那副怪里怪气的模样，只是我已经没有多余的精力去留意它了。

山区的小气候变化无常，这时更加恶劣起来，我闷头赶路当中无意间望了望天，积聚在远处的层层乌云翻腾涌动，已然滚滚而来连成一片，泼墨般遮蔽了天穹。周围同时还起了风，穿山过林，松涛响起，"沙沙沙"的让人脖根儿的皮肉一阵阵发紧。

天色变暗了，林子里更显得黑，我们怕遇上哈熊，就按照大哥之前教过的法子，一路又是敲树又是唱歌，有意弄出动静。最后终于爬上了一处山岗，凭感觉应该是到了先前响枪的地方，大眼一扫没看到什么，就打算在周围转转找找。

当时我很矛盾，既想有所发现或者收获一些线索，但同时又怕突然看到什么让人绝望的东西，比如大哥的尸体血衣之类。就这么七上八下的，我们钻进旁边一片红松林，搜索了一阵，很快就发现了一些不正常。

林中有一块稍稀疏的空地，长的大多是椴树，但那些树上的树枝有许多折断的地方，一根根斜压在地面上，很不自然，远看很像有人搭出的凉棚。武建超本来正扯着破喉咙唱他的《基建工程兵之歌》，看到这幅场景，声音不自觉地就停住了，转头给我打了个呼哨，两人一起上前看个究竟。

那些树木枝干折断的样子很不对劲，断口的形状参差凌乱，根本不像用工具砍或锯出来的，倒像是用强力把木头直接掰折的。一排被破坏的树枝都很粗壮，有的甚至不算树枝，而是一棵棵碗口粗的小树，被从当中生生掰断，压倒在地上，看着相当吓人。

我和武建超疑惑地对视，不明白这是怎么回事，说难道是河狸？可那附近根本就没有水面啊。但如果是人的话，这得多大的力气？

此时暗云下压，天已经黑得犹如锅底了，我们不得不打起手电，才能在树下看清东西。绕着那一片残枝断木研究了半天，没琢磨出什么所以然来，只能转而搜索别的地方。谁知刚向旁边走出了几步，手电就照到了一个坟包似的小土堆，上边还长着一株奇怪的小树。

那"坟包"的土很新很薄，混着败叶，蓬松地堆在一起。可是刚走近一看，我就叫了声不对，用脚几下扫开表土，手抓着那株"小树"用力左右一晃，一具鹿头带着半截身子，就被我从土里拉了出来。

那根本不是什么坟堆，而是一头被藏在地下的死鹿，那小树也不是什么小树，而是一只没被埋住的鹿角。我和武建超同时倒抽一口凉气，想起了阿山哈熊喜欢把猎物放臭了再吃的习惯，心里马上明白了七八分：倒折的椴树，还有这头死鹿，恐怕都是哈熊的杰作。

这里需要说一下，虽然我当时就已经知道那些东西跟哈熊有关，但对那个奇怪的"凉棚"却始终百思不得其解，多年来一直猜不透那到底是干什么用的。直到前些天我去东北大兴安岭旅游时，在一个民族村遇到了个曾经猎过熊的鄂伦春族老人，这个问题才得到了确切解答。

我把当年的所见一讲，老人立刻就明白了，告诉我棕熊因为体形巨大，夏天很怕热，但又不会上树，就只能在高山或通风口处做巢，把成片的柞树或椴树折断，支支棱棱搭一个大架子，然后自己趴上去纳凉避暑，山里猎人都把这称作"熊座殿"，说熊"冬仓夏殿"就是这个意思。（仓，熊类冬眠时藏身的树洞或地洞，称为"熊仓"）

当时我们看到了死鹿，就明白这是不小心闯进了哈熊的地盘，我举着手电赶紧朝周围一扫，没再发现有类似的土堆，心里暗暗庆幸，好在这是头死鹿，要是从土里刨出来的是大哥的尸体，我还真不知该怎么面对。

哈熊说不好什么时候就会回来，此地明显不宜久留，我们一个激灵，起身就走。武建超边走还边骂："狗日的千小心万小心，就怕遇上哈熊，结果现在跑人家食堂来了，也不知咱这算啥运气……"

我走在前边，转身说别骂了，一会儿熊来了就完了。谁知说话间没注意，脚底下一绊，好像是踢上了什么东西，感觉软软的。低头打手电一照，发现脚边的是一团毛茸茸的物体。再仔细一看，反应过来了那是什么东西，头皮立马乍了起来。

狗日的，那竟是头小哈熊崽儿，一动不动的，像是已经死了。

在不远处，武建超又发现了一只熊崽儿，也是死的。

两头小熊，两声枪响，武建超说难道是你哥干的？他疯啦？平常怕熊怕得要死，这会儿怎么又杀起熊来了？

我没说话，把熊崽儿尸体捡起来一看，就知道武建超想错了。那小熊身上根本没枪伤，只有脖子处有几个血洞，头软塌塌地耷拉着，一摸就知道颈椎断了，另一只也是一样的情况。我心里不由得打了个突，这明显是被咬死的。但哈熊在山里根本没天敌，除了人，有什么动物敢招惹它们？

我心里纳闷，还想再看看，但武建超根本不管这些，扯起我就走，说俩小东西死在了这儿，万一让熊它妈回来了撞见，还不把我们俩生撕了！

劲风穿过山间，松林摇曳，沙沙作响，分外的阴森恐怖。这地方的确不能再待了，我们把枪握在手里，戒备着四周，三步并作两步地往外边跑。但跑着跑着，就发生了一件万分不可思议的事情，让我蓦地停住，愣在了那里——

不知怎么的，我手中猎枪的前端，竟突然冒出了一团明亮的蓝白色火光。我不知该如何形容当时的场景，只能说那簇火焰的样子十分妖异，犹如鬼魅一般缠绕在枪上，跳动闪烁，时而长时而短，好似一缕淡蓝发光的轻烟，在黑漆漆的背景中十分刺目。

这不可能是走火儿，而且枪管是钢的也不可能燃烧，但事实就是那样，我的枪在"着火"。那一瞬间我惊呆了，简直不敢相信自己的眼睛，颤声叫住还在往前跑的武建超。

他不知情一转身，发现自己的枪也"烧"起了火，下意识想用手去拍灭，但马上反应过来不对，哇地叫了一声，直接撒手把枪远远地扔了。结果那枪刚一落地，火光就没了。

我马上也学着他的样子把枪丢了，鬼火一灭，四周恢复了昏暗，只剩下我们的手电筒光。武建超白着脸，惊恐地问这是咋回事？我只能摇头，不知如何作答。

等了一会儿，似乎没事了，我就小心翼翼地去捡枪。谁知刚一把枪拿在手里，那蓝火竟又突然爆了起来，而且忽地往旁边一飘，一下蹿到了我们两个身上，霎时就把我们缠在了当中。我们大惊失色，一个激灵又把枪给扔了，仓皇奔逃，可那些火苗拍也拍不灭，一直如影随形地追着我们不放。

匪夷所思的是，之后并没有发生烈火焚身的惨象，那蓝火似乎是冷的，并不烫。只是在我脸上"滋滋"作响，有点儿发疼，像那种刮大风时砂子吹到皮肤上的感觉，用手摸的话，还会有火光在指端跳动，与其说是火苗，还不如说是电火花。衣服上的金属扣子也是火花直冒，我们的头发也全竖了起来，我看到武建超的头发间还闪耀着星星点点的蓝光，想必自己也差不多。

就这样，蓝色的火在我们身上"烧"了大概两分钟，又倏地一下消失了。我和武建超没受任何伤，但依旧是惊魂未定，不明白这到底是怎么回事，难不成遇见鬼了？

但接下来发生的事，让我们根本没时间去进一步思考。因为身边的树林里突然传来一声震耳欲聋的怒吼，接着跳出了一只庞然大物，黑乎乎的林中我依然看得清楚，是那头老熊。

那俩死掉的小熊就躺在不远的地方，老熊的吼声满是悲愤，像是寻仇来了。我们明知道事情不是我们做的，但你没办法跟个动物讲理。而且要命的是，我们的枪刚扔在了地上，现在正好在哈熊脚底下踩着，根本不敢去捡。

事发突然，那哈熊的背毛全耷了起来，晃着头打雷一样狂吼，上下牙相撞发出"啪啪"巨响，接着前脚重重一拍地面，气势汹汹冲了上来。我俩短暂的惊愕之后，也是二话不说，转身撒腿就逃。

有些书上说，人见了熊只要倒在地上屏气装死，熊就会离开。这招儿不知有没有人试过，反正我是不敢。要知道哈熊连新捕的猎物都要放臭了再吃，它会不吃死人？看不把你的骨头都啃没了。

然而当时一跑起来，我们就觉察到了自己的错误。别看哈熊平时走路一拐一拐的很笨，但追起人来，速度简直比得上加足油门的拖拉机，人根本跑不过它。一路狂奔，哈熊沉重的脚步反而越来越近，震得地面颤动，好像要把山踩塌一般。

武建超身体比我好，跑在了前边。我则越拖越后，身上的大背包儿一颠一颠的,坠得人根本没法儿跑快。我觉得这样不行,想把背包脱下来,但人一紧张手脚不听使唤,反而越想解越解不开。

很快,我就听到身后哈熊"呼哧呼哧"的喘息声,紧接着感到耳后一股劲风袭来,马上背上一沉,身子一歪,就这么被哈熊扫倒在了地上。

我惨叫一声,心说完了,无望地向前挣了几下,竟没感觉到疼。原来是哈熊一口咬在那刚才还碍事的背包上,把我连人带包叼了起来,正来回乱甩。

紧要关头,我终于脱开了背包,顺势滚进草窠里,迅速爬起来夺路狂奔。谁知因为手电掉了,我看不清路又再次摔倒,一头栽进了一堆倒掉大树的下边。

几乎是同一时间,哈熊松开背包转眼又欺了上来。前方倒木斜横的,我爬不过去,只能往乱树堆里头钻。那里地势比较洼,正好容下我的身体。

哈熊一下扑过来,从树缝里猛扎进头来咬我,好在那道缝隙窄,它大脑袋卡在两根大树枝杈间,一时没能伸到底,但熊嘴里腥臭的热气喷过来,让人一阵窒息,湿黏的涎水也随之滴下,全流到了我后颈上。

试了几次咬不到我,那哈熊急躁得一下子人立起来,直接一巴掌把那根断树掀开了,我瞬间暴露了出来。上回离得远还不觉得,这次几乎面对着面,两米多高的哈熊看着更是显得异常巨大。

我已经逃无可逃,哈熊重重落下,一座大肉山似的龇牙压了过来。被它粗重的呼吸吹在脸上,我绝望中只能闭眼等死。而就在这个时候,远处突然"砰"的一声枪响。我再睁眼,见哈熊身子一震歪了歪,竟痛嚎着丢下了我,循着那枪声冲了过去。

死里逃生,我心脏"怦怦"狂跳,赶紧爬了起来。开枪的是武建超,他刚才没只顾着自己逃命,趁着哈熊追我的当口,又拐回去捡起了枪,关键时刻救了我。

食肉猛兽越受伤越疯狂,那哈熊已经完全失去了理智,径直扑向了打伤它的武建超。武建超又开了一枪,可也不知是没打中还是怎么的,那熊竟停也不停,咆哮着猛扑咬了上去。武建超躲避不及拿枪一挡,却被熊一巴掌抡甩出了几米远，接着不等他全站起来，哈熊又一下将他压在了身下。

人让熊这么一弄，十有八九要不行了。当时我本能地就想逃，但想到武建超刚才都没丢下我，这时也不能不管他。一咬牙硬着头皮迎了上去，想绕过熊，去捡另一支枪救人。

武建超求生意志比我顽强多了，竟和哈熊搂在了一起，在地上翻来滚去地拼命抗争。我用最快的速度跑回去，但四周黑黢黢的，慌忙间根本看不到那支枪在哪里。

那边人随时都会死，可我在地上左摸右摸，就是找不着枪，急得都快哭出来了。而千钧一发的紧要关头，武建超出人意表地突然怪叫了一声，也不知使了个什么功夫，竟然一翻，骑在了哈熊身上。

只能说武建超真的不是一般人。事后他曾跟我讲，那时熊死死地搂着他，他也紧紧地抱住熊，用头使劲顶住熊下巴，让熊不能低头下嘴咬，又两手拼命架着熊的胳肢窝，让熊没法儿用掌去拍。可毕竟力量悬殊，全靠求生的欲望支撑，可以称得上是和死神的拥抱了。最后眼看要不行，他豁出去抬头照熊下巴一个猛磕，趁着它爪子一松的瞬间，自己都不知道怎么回事，就莫名其妙地拧身跃上了熊背。

那哈熊估计一辈子都没被人这么骑过，暴怒至极，咆哮着前扑后仰，左跳右蹦扭脖子去咬，想把背上的人立即掀下来。可武建超在内蒙古骑过马，技术还不错，手紧紧攥着熊毛，两腿死命夹着，任它跳来跳去，就那么一直黏在了宽厚的熊背上。

其实那会儿老熊只要在地上打个滚儿，武建超就死定了，也幸亏熊没想到这一招，就会那么甩来甩去的瞎折腾。武建超当时上半身都是血，也不知是伤到了哪儿。他大概稳住后，就大叫快开枪。

我何尝不想开枪，但那枪也不知掉到了哪个旮旯里，他妈的就是死活找不到。而那老熊甩不掉武建超，转眼又瞅见了我，也不知道怎么想的，就跟忘了自己还驮着个大活人似的，不管不顾冲我奔了过来。

整件事说起来慢，可实际发生的时候，也就是电光石火的十来秒工夫。当时我一看熊又盯上了我，也管不了那么多了，再次扭身逃命。武建超刚还在叫"快开枪"，这会儿马上就改了口，趴在熊身上冲我狂喊："快跑快跑！"

我撒丫子不要命地往林子外跑。哈熊紧紧追在后头，尽管背着个人，速度却丝毫不弱，跟个推土机一样，所到之处"咔嚓咔嚓"乱响，直接把挡路的小树全撞断了。

冲出红松林后，头顶的天已经几乎暗得像晚上了，大风呼呼，眼看就要下雨。当时我脑子还算清醒，开始顺着坡向山下跑。哈熊前腿长后腿短，下山反而不如上山方便，速度稍稍一慢，终于让我七拐八拐地拉出点儿距离。又忍不住回头一望，发现哈熊背上空空的，武建超也不知什么时候不见了，不过我泥菩萨过河自身难保，也顾不上担心他了，只能咬牙继续向前。

人在危急时会爆发出无穷的潜力，我从来不知道自己能跑那么快，上山时爬了大半天的路程，让我两分钟不到就跑下去一半。只可惜那哈熊中枪后也是愈发狂躁，完全是穷追不舍，最后急了眼，竟收起腿一路骨碌碌滚了下来，直接兜到了前边又回头截我。

我一下傻了眼，刹车不及整个人滑坐在地上，赶紧连滚带爬地换了个方向继续跑，惶惶然鞋还掉了一只。而且因为这么一停，最初的那口狠劲泄掉，就渐渐觉得眼花腿软，有些体力不支了，心说这哈熊不依不饶的，光逃也不是办法，得想办法摆脱它。据说棕熊不会爬树，但问题是我也不会，不然还能上树避一避。

狂奔当中，心念如轮思考对策，突然眼前一阔，竟不知不觉地来到了山上那座铁塔旁边。眼看就要被哈熊咬到屁股了，我也管不了三七二十一，纵身一跃，手忙脚乱地爬上了铁塔。

我前脚刚上去，哈熊后脚就赶到，扒着铁栏杆跳起来就咬我的腿。我腿一缩，触电似的把脚后跟儿抽了出来，哈熊"啪"的一下咬空，又伸出巴掌上来捞，一下扫到了我小腿，顿时血流如注。

当时我根本没感觉到疼，只知道攀着角铁一个劲儿往更高处爬，心里一个念头就是离哈熊越远越好。结果太过紧张，手脚转筋，差点儿一个踩空又掉下去，心都要从腔子里蹦出来了。

慌忙蹿上了六七米，我觉得安全一些了，大喘着气低头去看，发现哈熊竟也想爬上来，但好在它爪子是并在一起的，不能像人手那样拇指和其他指头分开上下抓握，所以笨手笨脚地试了几次，都没成功。

摔了几个屁股蹲儿后，哈熊气急败坏，吼了一声就不再爬了，开始在塔根儿的地方发疯一样的刨土。我一看就知道坏了，这位是要拆塔。果不其然，哈熊挖了一阵后，就后退几步一下猛撞了上来，整座铁塔剧烈一晃，幸亏我一早找了根角铁抱紧，不然肯定要被震下去。

一人一熊就这么上下对峙，哈熊又挖又撞又推，力气就跟使不完似的。而我攀在上头，觉得晃动的幅度更是剧烈，铁塔每震一下，我的心都跟着一抖，可除了死死抓着铁塔外，又什么都做不了。

高处的风更大，一阵一阵狂风刮来，卷着沙石败叶吹得我几乎睁不开眼，酝酿许久的大雨，此刻终于落了下来。倾盆的雨水中还夹着蚕豆大的冰雹，劈头盖脑砸得我眼冒金星。然而最最可怕的是，天地间突然青光一闪，全然通亮，几秒后一声炸响传来，我猛然惊醒——打雷了。

看看闪光的天边，再转眼看看下边的哈熊，我不禁苦笑：这回真拉鸡巴倒了！打雷了，我还偏偏困在这么高的铁塔上下不去，狗日的不劈我劈谁？！

肆 雷公天书

风雨大作，电闪雷鸣，一声声沉响滚过我的头顶，而下边的哈熊依旧没停下来的意思，闷头折腾个不停。

那铁塔杵在这儿几十年了，锈得只剩一个虚架子，地基被刨松后，让哈熊这么连推带撞，摇摇欲坠的眼看就要不行。我心如死灰，连绝望的情绪都没了，自己要么马上蹦下去让哈熊咬死，要么等着铁塔倒下去被压死或摔死，要么被随时可能落下的雷电击死，竟然有三种死法可选，真不是一般的纠结！

天空中闪电和雷声的间隔越来越短，说明雷闪的地方正越靠越近，我脸上汗水夹着雨水湿漉漉的，嘴里却阵阵发干，心想不能这么等死，还是要搏一把，打算直接跳到哈熊身后，看能不能逃得掉。

但我想都还没想完，身子又是一抖，"嘎嘎嘎"一阵金属扭曲变形的声音后，整个儿铁塔终于失去了平衡，开始急速地往一边歪倒。我眼前发晕，紧接着就是失重的感觉，四肢死死缠着几根角铁，闭眼等着最后落地那一下。

耳边一阵风声，可没想到铁塔并没有直接倒下去，而是只歪了一半又猛地停住，跟地面形成了一个几十度的夹角，"吱呀"作响。我则挂在铁梁上，随之轻微颤动，离地面也就是三米来高了。片刻间哈熊还没过来，这是老天爷给的机会，我两腿落下松开了手，脚一着地就开始飞跑。亡命逃出了几十步，哈熊也立即撵了过来。

然而我跑着跑着却不知怎么的，感觉皮肤不自觉地剧烈颤动起来，脖子和胳膊有虫子在钻一样的刺痛。惊悸之间脚步稍慢，紧接着身体周围突然闪起一片巨大的白光，而我就像被人用大锤夯在裆部一样，两腿竟一下酸麻，之后眼前发黑，人一栽昏了过去。

也不知晕了多久，我被人拍着脸叫醒。一睁眼见是武建超，他拿着手电正蹲在我面前，满头满脸是血。

我人还没完全清楚，张嘴第一句话就是问熊呢？他拿手电一照，那哈熊就趴在我身后两步远的地方。我一个机灵弹起来，条件反射的就想跑。武建超抓住我，说别跑了，早就死了。

我将信将疑地爬过去看，见哈熊的确是死了，这才松了口气。接着注意到四周的天已经完全黑了，雷停了，雨也停了。而几十米外的铁塔，这时已全然倒在了地面上，底部的角铁扭得像麻花一样，塔基的土也被剜出来不少。

我甩甩头，回忆刚才发生的事。昏倒之前那一下白光大闪，应该是闪电被半塌的铁塔引了下来。我当时已经跑出了一段距离，所以并没有被直接击中，至于为什么会两腿发麻晕过去，大概是跨步电压的关系。

这知识高中物理学过，雷电流入地下后，会在附近形成电压降分布，我两只脚分别踩在前后两点上，连通了有电位差的两处，人就中了电。不过电流只是从我一条腿到另一条腿，没经过心脏和大脑，所以只是晕了过去，没死。而哈熊恐怕是因为体形太大，前后腿之间差不多有两米，距离长电位差就大，跨步电压也比人大得多，就被直接电死了。

我把自己和哈熊周旋的事情说完，武建超也讲了他的经历。当时他被熊驮着跑了一段，觉得不是办法，后来瞅准机会，蹦上了一棵大树。他见熊竟一直紧追着我，没管他，就立马下了树，折回去捡枪和手电，想赶快过来救我，可来到之后，却发现我和哈熊一前一后趴在地上，动也不动。他说头一眼看见，还以为我跟哈熊同归于尽了。

我说我有啥本事和哈熊同归于尽，人没了枪，就只有屁滚尿流逃跑的份儿。要不是那雷劈得巧，我早就死球了，这次能侥幸得脱，实在是运气。

当时我们的情况很不好，我下半身还在泛酸，小腿的伤口疼得发木，恐怕会影响走路。武建超则更严重，他脑袋让哈熊撕了个大口子，一片头皮都翻了起来，血淌得脖子肩膀上都是，有的都干成了血痂。

这一趟出来，大哥没找到，却跟哈熊不明不白干了一场，俩人还全挂了彩。虽然很丧气，但现实条件已经不允许我们继续了，特别是武建超的伤，必须赶紧回去好好处理。

我把上衣脱了，两条袖子撕下来，给我们的伤口简单包扎，剩下的部分就全缠到了脚上，我的一只鞋找不到了，只能这么凑合一下。武建超下来得急，只拿了枪，背包啊什么都还在上头的红松林里，但这会儿黑灯瞎火的，也不想再拐回去。按说把死熊剥皮取胆也能赚一笔，可我们实在是没心情也没那时间，就放着没管，直接往山下走了。

然而刚走了几步，转过一个坡，我们就吃惊地发现，远处的一道山脊背后，竟然在刺眼地放光，赤红冲天，空中还没散去的云层都被染成了猩红色。这个场景异常熟悉，武建超停住骂了一声："地光吗，狗日的，怎么又要地震？"

我冷汗也马上冒上了脑门，但多看了几眼后，又发现了问题："不对，好像还有烟。"紧接着，我们就隐隐约约听到了"噼噼啪啪"的爆响，我精神更加紧张起来，心说难道刚才有闪电把树引燃，山上失火了？

我越瞅越觉得像是那边山上着火了，但纳闷的是，刚才不是下雨了吗，林里树木都浇湿了，怎么可能烧得起来？武建超却说山里天气怪，有时会有牛背雨，一边下雨一边晴，起火的可能是没雨的地方。

火光还比较远，烟味一时也还没飘到，但森林大火不是闹着玩的，看那边赤焰升腾，搞不好一会儿就会蔓延过来。我们俩不敢再多耽搁了，快马加鞭地往下赶。水火不相容，谷底有那么大一片湖，应该比较安全。

我脚上有伤，天黑了又看不清道儿，走得太急摔了不少跤，却根本不敢停，直到跌跌撞撞地跑回了老金场，才稍稍定下心来。但我们此时再转身一望，远处山后的火光，竟然又没了。

仰着头一时错愕，我确信自己刚看见了冲天的火光，但现在那里的天空却是一片死寂和黑暗，好像什么都未曾发生一样，难道是看错了？或者就在我们下山的时间里，那地方下雨把火浇灭了？再或者，刚才只是我们一厢情愿的想法，那红光根本就不是山火？毕竟我们俩谁都没见过真正森林大火是什么情景。

我和武建超瞎猜了几句，完全不得要领，而身上的伤口却在阵阵作痛，催着我们赶紧回去。但就在经过那片铁皮房的时候，又发生了一件怪事。

周围"嗡嗡嗡"的，似乎是有人在小声说话，可我们在身边的几间铁皮屋子里找了找，根本没有发现一个人。

金场里铁皮房很多，我们住的地方在另外一头，平时干活也都是走那边，这一带是不常来的，更很少进去看。难道这里藏着人？可人又在哪儿呢？

那说话的声音很快消失了。我俩凝立在原地，有些不敢动。这一天也太邪门了，遇见哈熊前的鬼火，刚才莫名其妙出现又消失的红光，还有现在，我甚至怀疑自己的眼睛或耳朵，是不是有一样出了问题。

武建超屏着气，悄声问我怎么回事。可就在这个时候，我们身旁的屋子里，又突然传出了一个声音："我不信。"

这三个字很分明，我听得再清楚不过，整个人一哆嗦，手电飞快从窗口照进去，但黑漆漆的屋子里除了凌乱的杂物，仍旧不见一个人。我牙一咬冲进去，在那堆东西里乱扒，翻遍墙根暗角，想找出藏在里边的人，可根本没有结果。

屋里被我搞得尘土飞荡，我咳嗽着，满心迷惑地走出来。一抬头，这才注意到武建超刚才竟一直站在屋外没动，正皱着眉发呆。我拍拍他问他愣什么，他像是回过了神，看见我突然后退了一步，沉着嗓子说："大学生，你可别逗我！"

我不解："我逗你什么了？"他深深看了我一眼，又看看那间房子，干咽了口唾沫道："我怎么听着，刚说话的，倒像是你的声音？"

我心一颤，立马反驳："你他妈少胡说，我声音我自己听不出来？"

武建超却是极端认真："真是你的声音，我胡说干什么？要不你再说一遍让我听听。"

他信誓旦旦的，把人说得心里发毛。我不知为什么，对那话发自本能地反感，脱口骂道："听个屁，我才懒得说！"骂完扭头就走。

我压根不信武建超说的，但后来发生的一些事，却证明了他并没有骗我。而且生活中似乎确实存在这种现象，就是自己听自己讲话的声音和别人所听到的，区别会十分的大。而在当时，我虽说不知道他葫芦里卖的什么药，心里也还是打鼓，因为这让我不自觉地想起了之前听到的两个字——有鬼。

我不再理武建超，有几分落荒而逃似的，头也不回往前走，可当来到我们自己住的铁屋边时，又听到了有人吵架的声音。我一步迈进门，就看到屋里王老爷子和赵胜利竟扭在了一起，俩人拉拉扯扯的，似乎发生了什么争执。

我用力咳了一声，他俩一见我回来，马上分开了。我问他们这是干嘛呢？他俩却同时摇头，说没干嘛。老爷子的表情还算自然，赵胜利却明显有些心神不定，眼神乱飘。

我心说今天到底怎么了，一个个都这么不正常。这俩人明显有问题，我正要继续往下问的时候，却又突然听到武建超在外边叫人，声音很急。

我忙奔出来一看，见不远处武建超半蹲在地上，两手还托着个人。那人满身都是脏水和泥，武建超说刚他还没进屋，就隐约听见求救声，接着就看见这人一瘸一拐地往这边走，摔进泥里就站不起来了。

我起初还以为是大哥回来了，可抹开那人脸上的泥水，却是一张年轻又不熟悉的脸。那年轻人努力睁开了眼，看见我们，吃力地挤出几个字：

"几位老板……救命……"说完就一歪头，昏了过去。

武建超说这人是从阿廖沙他们扎营那边走过来的，难道他们出事了？还要救命？那人浑身发软，人事不知，就先让老爷子搬他回屋里照顾，而我们不敢耽搁，三个人带上东西，马上跑过去查看。

举着火把和手电刚穿过树林，我们就看到了一幕触目惊心的场景。阿廖沙营地旁的一棵大树被连根拔起，几顶帐篷和窝棚七零八落地全散开了，周围横七竖八地躺倒了十几个人，地面上的土像被犁过一样，都拱起甚至翻了出来，而附近的树木上，还残留着几簇未熄的小火头在跳动。

修罗地狱般的惨象，让我们马上意识到，恐怕这里刚遭雷击了。武建超和我立即冲上去救人，挨个翻找，但大多都不成了。雷击而死的人，并不是我以前想象的那种浑身焦黑烤熟的样子，烧伤只是小部分，而在雷电流强大的机械效应下，那些人的衣服片片粉碎，皮肉则像是被撕裂似的绽开，看得人头皮发麻，分外可怖。我想到了自己之前的经历，阵阵犯寒后怕，如果不是那道闪电劈得恰到好处，只怕我也早就成了这个样子。

最后总算找到了两个还能喘气儿的，是阿廖沙和另一个不认识的小工。我和武建超手忙脚乱地往旁边抬人，赵胜利则远远站在旁边，害怕得根本不敢上前，嘴里还在那儿念叨什么上辈子作孽，天打雷收之类的话。

阿廖沙不省人事，但呼吸和心跳都还算有力，另一个小工的情况却很不妙，生命体征微弱得随时都会消失。我正忙着给他做心脏按压和人工呼吸，武建超却跑过来一拍我，说他们少了个人，那女的不在这儿了。

如果少的是个男人，片刻间还不好察觉，但女的就一个，目标很大，武建超才会这么快就发现问题。我手上动作不停，只是问他看漏了没有，可能是人还能动，走远了，让他再往附近找找。

武建超摇摇头还没说话，这时天边又猝然一片电光闪起，几秒钟后响雷炸裂，接着就是绵延的回音，像是一堆大铜鼓轰隆隆滚过天顶，震得地上的人鼓膜生疼。

又打雷了，我背上的汗涌上来。这里是刚刚遭过雷击的现场，我们哪里还敢多待，急忽忽地把赵胜利吼过来帮忙，拖着那两个人飞快地离开了。地上的十几具尸首还有那个不见的女人，也只能留到以后再说。

两个伤员被我们抬回了铁屋。一道道闪电也撕开漆黑的夜幕，再次尖厉呼啸而来，轰隆隆响成了一片，天空犹如闪耀着十几轮太阳一样，照得人睁不开眼。

最先来报信儿的年轻人已经醒了，他们给阿廖沙又是掐人中，又是推拿灌水，而我则不停地给那个小工做心脏按压。但不知是我的手法不对还是怎么的，那小工的心跳越来越弱，最后就直接消失了。

我不想放弃，武建超摸了摸那人的脖子，拉住了我胳膊，说人已经去了，别费力气了。我不听，还在继续动作。他却一下把我扳到了一边，指指自己的脑袋说："你先顾着活人行不行！"

武建超的头其实一直在流血，包扎之后也只是强撑着，现在可能有点儿顶不住了。我闭眼叹了口气，心说也是，就叫他坐好，招呼别人过来帮忙照着亮儿，轻手轻脚解开了缠着他头的布条。那半个脑袋全血糊糊的，头发都黏了一块儿，有的还和掀起来的头皮搅在了一起，乱糟糟的惨不忍睹。

赵胜利见血犯晕，"咝咝"抽冷气，惊问咋弄成这样的？武建超被我揭伤口疼得眼角抽动，却颇有英雄气概，咬着牙就答了俩字："哈熊。"

我煮了一小锅淡盐水，就这么一边用剪子铰去头发，一边用盐水洗，好不容易才把整个伤口清理出来。因为是被熊爪刮出来的，形状很不规则，像是一张咧开在头上的大嘴。头面部血管最多，循环很丰富，口子这么大，寻常的包扎手段根本止不住血了，必须外伤缝合。

我把意思一说，武建超问在这地方怎么缝？我从行李里找出平时补衣服用的针线，说就用这个缝。他有点儿怀疑，说这行吗？我惨然一笑，说不行也得行，要不你就得流血流死了。

我学的是兽医，只在实验室里用兔子练过一次缝针，但现在除了我没有别人了，也只能硬着头皮上。正规的医用缝合针都是弯的，我就挑了根最大号的缝衣针，略加改造，用火烤软后掰出角度，再放进冷水里淬硬。把针线泡在酒里算是消了消毒，又准备好纱布，一切停当，就差开始了。

没有麻药，我怕武建超吃不住痛，就叫赵胜利和老爷子两个把他按着。

他却一把将他们推开了，说自己一个人没问题。我说我手潮得很，你可别乱动。他点点头，喝了口酒，两手一撑，梗起脖子闭眼说来吧。

我深吸口气，眯着眼，第一针穿过了他的头皮。没有持针器，只能用手指捏住针，再用拣金砂的镊子配合着作业，一针结束打个结，剪断线头，再下第二针，血还在不停地往外冒，也只能不停地用纱布蘸干，然后继续。

灯光很昏暗，但是窗外雷霆咆哮，刺眼的电光映进来，倒是增添了几分意外的照明。而我手上的感觉告诉我，武建超在微微颤抖，这么个缝法，说不疼肯定是骗人的。他呼吸十分粗重，明显是在压抑自己的反应。

我数着一共缝了二十一针，总算把武建超裂开的头皮重新撮在了一起。虽然针脚歪七扭八，但伤口缝合后能起到按压止血的作用，渐渐地就不怎么出血了。

完工之后，重新包扎敷药，我累得额头全是汗，两只手发虚。武建超更是脱了力一样，话都不想多说，顶着满头的纱布，嘴唇泛白，倚在墙上喘气休息。

我喝了口水，洗去手上的血污，这才顾上检查自己小腿的伤口。还好只是破了点儿皮肉，现在也没法儿打破伤风针，只能简单包了包了事。除了腿上的伤，我又注意到没穿鞋的那只脚的外侧，竟还有一块类似烧伤的痕迹，可能是之前电击的关系，禁不住一声感慨，他奶奶的，我们这哪是淘金，这根本就是玩儿命。

他们那边折腾了许久，阿廖沙胳膊动了一下，也终于醒了，但人还不太清楚，四肢老是不停地抖，还直喊头疼。我处理完自己的伤，接着给他检查，可刚剥开了那只剩几片碎布的衣服，我的手不自觉地就停住了。

阿廖沙毛茸茸的胸口上，不知为何竟印着大片的红色花纹，一道道树枝形状的线条交叉纠缠在一起，从脖子一直延伸到大腿根，红得十分妖艳，很有几分诡异。我摸了一下，感觉不像是文身，难道是刚才遭雷击的原因？

"天书！"老爷子在我身后突然一声惊呼，手里的电筒也掉到了地上。

我回头问他什么天书？老爷子后退了两步，指着阿廖沙身上那些花里胡哨的图案，哆哆嗦嗦地说这是雷公天书，这毛子恐怕是作孽太多，老天要降雷收了他。而人遭雷劈后，尸首上就会留下天书，上边用仙文写的都是他犯下的罪过，咱凡人看不懂。

赵胜利受封建迷信毒害也是颇深，老爷子这边说完，他立刻也嚷起来，说赶紧把这几个人扔出去，老天爷一次失手没劈死他，肯定还有第二次，我们跟他在一块儿太晦气了，说不定要受连累。

那报信的年轻人本来精神很委顿，这时一听紧张起来，拉住我衣服两眼带泪，操着西北口音急道："这位老板，千万别不管我们哪！一个雷下来十几个人全没了，就剩我们俩了，就剩我俩了啊，深山老林的我们怎么办？我们老板有金子，等他好了肯定会报答你们的，您可别不管我们啊……"

我被他们几个吵得心烦，摆摆手叫他别慌，转而去解开那个死去小工的衣服，发现他身上也有那种红色花纹，但不知什么原因，颜色比阿廖沙的浅得多。又让那年轻人脱下衣服，却没有发现。

我本不信鬼神之说，虽说这两天的事让我的信念有点儿动摇，但见死不救的事还是不会干的。当时不知道那花纹怎么回事，不过猜着应该和雷电有点儿关系，就没有理会赵胜利的聒噪，继续给阿廖沙检查。把他全身骨头摸完一遍，没有太大损伤，只不过在左腿上发现了一些灰白色的肿块，似乎是电烙伤，就用盐水给他洗了一下，包扎上药。至于内脏会不会有问题，人能恢复成什么样子，凭我们现在的烂条件，只能听天由命了。

那年轻人的情况似乎也不太乐观，除了刚才激动那一下，人一直很萎靡。我问他感觉怎么样，他告诉我说自己头晕，全身没力气等等，但我也只是听听而已，没法儿有别的表示，只能说多休息休息就好了。之后又闲聊了两句，才知道他是青海人，是阿廖沙招的小工，叫杨要武。

那个年代中国人的名字都带有时代烙印，我一听他叫"要武"，就知道是"文革"年间生的人，问他十几了？他手一撮，答十七了，虚岁十九。我听了暗暗摇头，心说比我还小六岁，还是个小孩儿呢，就经历这种惨事，这才是造孽。

一切忙完，我终于缓了口气，这才转过头注意起外边。雷电一直在持续，但很奇怪的只是干打雷，没有再下雨。

那是我人生头二十年都未曾见过的大雷暴。天地间犹如有一把巨大的弧焊枪在工作一样，电光接连闪个不停，亮如白昼，映出山后厚厚的云层，像道云做的墙似的耸立在空中。

同时因为闪电太密集了，虎啸狮吼般的炸雷连成一串，我从窗口望着这慑人的奇景，已经分不出哪声雷属于哪道闪电，只能感受到发自内心的战栗，一个人在大自然的震怒面前，是如此的卑微与渺小。

从昨天半夜开始，这一天经历的事太多了，我觉得要把头绪好好理一理，可是无论怎么想，依旧觉得纷繁复杂，根本无从谈起。而这时，一道灼目的霹雳突然从半空落下，如同条闪亮的银蛇一般，一口咬到了矗立在湖边的大铁笼上。我脑中同样灵光划过，一时清明了许多：这里打雷闪电这么厉害，从此着手去想，很多东西似乎都顺理成章了。

我上学时化学和生物相对较好，物理只能说学得一般，但对雷电基本原理还是懂的，简单说就是带电云层的火花放电现象。这老金场地处高山，面向大湖，湖中还会爆发沼气。甲烷之类的气体又远比一般空气容易电离，也就是说，这山里的云更容易生电。

任何事物多了就是过犹不及，雷太多也就成了灾。难道山上的铁塔既不是什么天线，也不是什么钻塔，而是避雷塔？而那些湖边的大铁笼也并不是拿来关人或者关什么动物的，它们和这些铁板房一样，都是所谓的法拉第笼？

我们初来乍到时正是暮春，打雷下雨的日子不多，而现在已经进入了夏季，这些东西的作用才显现出来。当年的金场很可能是为了在夏天维持正常生产，才放置了这些防雷的设施。

照这个思路，我越琢磨越觉得有理。他们在铁塔周围撒盐，是为了降低接地电阻，增强避雷效果。而法拉第笼，就是给人在打雷时临时避险用的，所以铁笼上还要蒙铁纱网。

听说有的大型建筑内部所有的钢筋是焊接在一起的，就是一个防雷结构。其实法拉第笼最好做成球形，这样表面形状最均匀，防雷效果也最好，但比较费工夫。这些大铁笼修成长宽高都相等的正方体，估计是退而求其次的选择。

虽然有种豁然开朗的感觉，我却忍不住一阵哭笑不得，假如事实果真如此，那我们之前考虑来考虑去，也不知是想得太复杂了，还是想得太过简单，竟然完全没猜到点子上。

就在我打算把这发现告诉其他人的时候，脑子又转了一个弯，突然心如锤击，不由得眩晕起来：哈熊把山上的避雷塔推倒了，阿廖沙的营地就遭了雷，难道说那十几条人命，是我间接害死的？

避雷塔的原理并不真的避雷，而是引雷，只是把巨大的电流导入大地，消除危害。而现在避雷塔被弄倒，闪电在高处没了固定的目标，就好死不死地劈在了阿廖沙的营地里。

天灾变成了人祸，虽说不是主观故意，但客观上终究有我的原因。想到十几个人因此而死，我忍不住一个寒噤，冷流从脚底升起，只觉得双膝发软，站都有点儿站不住了，扶着墙慢慢坐了下来。

杨要武可能看我有些不对劲，就问怎么了。我却连看都不敢看他，低头摆摆手说没事。他跟我们不熟悉，也没再追问，而我捂着胸口，心里翻江倒海，滋味复杂得很。

首先当然是负罪感，但愧疚之外，还有更多的是恐惧，倒不是怕那些惨死的鬼魂找来报仇，而是怕被阿廖沙和杨要武知道。我无法想象他们知道事实后会有什么反应，不过我很清楚，假如角色换一下，我肯定杀了那人的心都会有。

心里头仔细措辞了许久，我才避重就轻地把有关那些避雷设施的看法说了，主要是告诫大家再打雷时一定要躲在铁板房里。其他人不知道避雷塔被哈熊推倒的事，听完都似懂非懂地点了点头。只有武建超明白怎么回事，好在他没提出来，只是无言地转过头，深深看了我一眼。

雷声依旧响个不停，电光照进来，映得屋里每人的脸都是惨白而透明。我们煮了点儿面疙瘩汤，凑凑合合吃完后就休息了。老爷子自告奋勇地守夜，他歪在门口，时不时回头看看我们。而我则直挺挺坐在墙角，心事重重，根本无法入眠。各种念头轮番敲击，脑袋又昏又沉，只能强迫自己不去想那个无心之失，努力把心思放在眼前。

刚才想通了铁笼铁塔的真正用途，我先是一阵激动，之后情绪大起大落，而这时再回过头考虑，发现其实并没什么值得兴奋的。虽然猜到了一些"真相"，但这个有限的真相让我们付出了极大的代价。而且这些发现，对我们眼下的处境并没有太多帮助，甚至可以说情况还更糟了。

除了那些铁笼和铁塔，依然有很多事没法儿解释。我们来到这个地方，感觉就像翻开一本陌生的小说，直接从中间一页开始读，不知道前因后果，也看不懂伏笔转折，只是无知地跟着剧情跌宕起伏，结果一路发展下来，损失惨重。

雷声持续了一个多钟头，终于渐渐移远，直到消失。突然安静下来，我还有些不适应，但又很快发现，屋子里并没有往常该有的呼噜声。大家似乎都没真正休息。王老爷子自然不能睡，时时低声咳嗽，武建超头上有伤不敢躺下，龇牙咧嘴的根本睡不着，赵胜利倒是躺着，却拱来拱去的不知在搞什么，阿廖沙和杨要武经历巨大变故后，好像神经出了点儿问题，昏睡一会儿，就会乍然惊醒。

思前想后许久，我突然意识到，现在真正需要考虑的，并不是怎么发现老金场的"真相"的问题，而是自己还能不能活着回去。这个最现实，现在死了十几个人，大哥依旧不见踪迹，剩下我们六个病的病伤的伤，我真的很怀疑，以我们现在这个状态，还能不能活着走出山。

我脑子里乱哄哄地闹了半宿，但终归太累了，还是在天亮前眯着了一会儿。不过刚没睡多久，就被阿廖沙的一声惨叫惊醒了。

那家伙已经好了很多，至少脑子完全清楚了，那声惊叫就是被自己身上的雷击纹吓出来的。他手还是有些抖，跟得了老年病一样，而且右半边脸似乎瘫了，面皮耷拉着，完全没表情。不过他倒是看得开，说大难不死就值得庆幸，没啥好抱怨的。相比之下，那个和他一起抬回来的小工已经在外边躺了一夜，尸首早都硬了。

杨要武年纪不大，却是个机灵人，逢人都叫"老板"，对自己的老板更是殷勤，早上起来打水洗脸，端汤递饼，恭恭顺顺跟个小丫鬟似的。金老板大多作威作福，阿廖沙手下的人虽然死了，但他们一个多月淘出的金子还在，我大概能猜出杨要武打的什么主意。不过阿廖沙似乎觉得他殷勤过了头，在我们面前不好意思，看他的眼神变得有些怪。

雷雨闪电之后的空气格外清新，但我们已经没心情享受这些，那边还躺着十多个死人，阿廖沙他们要过去收拾残局，我内心有愧，自觉地过去帮忙。武建超考虑着我们的背包掉在了山上，打算过去搜刮些必需的东西，也跟着来了。

事发现场之惨，我不知该怎么描述，但那情景绝对是终生难忘。营地周遭的草木树叶，与旁边绿油油的植物相比，颜色都有些枯焦发黄，而旁边的一棵大树则拦腰而断，树干被击得粉碎，一片片犹如被机器切割加工出来的一样，整齐得吓人，但用手一捏，又都化成了细粉。

杨要武昨天跟我们讲过，变天后他们都躲在窝棚底下打扑克，后来打起了雷，也没多在意。结果一个闪电劈中了大树，电火花又斜着蹿到了窝棚上。他当时正在远处撒尿，只看见窝棚下的人同时歪倒在地上，接着自己也被震晕了。

营地一片狼藉，武建超弯腰捡起一件东西，"啧"了一声，甩手又扔到了一边。那是杆猎枪，只不过枪管被闪电熔成了一团铁疙瘩，没了用处。昨晚事急看得不清楚，这时再见了那些死去的人，更是感觉狰狞恐怖，悲惨异常。再加上四周七零八落的杂物，以及满地残枝落叶、木屑树皮，仿佛雷击那一瞬的景象重现，我心头一阵抽搐，不敢再去多想，只能埋头做事。

给十几个人收尸，不是个轻松活儿，我们本来还喊了赵胜利和老爷子帮忙，但他们嫌晦气，死活不肯过来，也只能算了。我们把尸体挨个摆成一排，阿廖沙却是左望右望，没瘫的那半边脸上露出疑色，转头问："我那'情况'呢？"

按台县的金老板们喜欢把自己的小娇头称作"情况"，我们明白他问的是那女人，却只能摇头，说昨晚上就没见着。他对那女的显然还是很上心的，这时急了起来，说那能到哪儿去了呢？死了也得有个尸首啊，总不会是让电烤化了吧？他急得团团乱转，求我们再帮忙到处找找。

几个人四处散开，在旁边的小树林里搜寻。我扒开灌木丛走出了百十米，人没找到，却在林中的一个大树墩子上，看到了两只硕大的背包。几步走近看清，我立时站住不敢再往前了，心说怎么回事？这明明是我们丢在山上红松林里的东西，怎么跑这儿来了？

我隐隐意识到有些不对，又向后退了半步。这时身后一声响动，我惊然转身，却什么都没看到。正想喊人，却紧接着头顶一黑，一个巨大的人影突然从天而降，一下子把我砸到了地上。

说时迟那时快，先是"咔嚓"一声，我听到了全身骨头变形的声音，然后整个人脸向下，被死死压在了地面上。霎时我就明白自己遇上了什么，但一口气窝在胸口，想喊已经喊不出来了。

我们之前只想着哈熊已经死了，少了这么大一威胁，在林子里走动也放心了许多，却没想到一时大意，竟把那个神出鬼没的"人"给忘了。他（她／它）应该是躲在树上等我靠近后，突然跳了下来。我完全没防备，五脏六腑震错了位，头磕在地上，竟一下背过气去，很没出息地眼前一黑，晕了。

好在这一晕时间不长，气息顺了后马上醒了过来。我眼都没睁开就先大叫呼救，可声音还没完全喊出来，嘴就被一只大手堵上了。那手的指甲很长，抠得我脸上生疼。不过对方似乎并不想杀我，而是一手捂着我嘴，一手箍住我两条胳膊，抱着我飞快地向后拖。

刚才那几下折腾，到底弄出了点儿动静，武建超他们离得也不算远，似乎察觉到了问题，不知哪个人问了声："谁？"接着就听到了脚步靠近的声音。

我看不到对方的样子，只能嘴里"呜呜呜"闷叫，两条腿乱踢乱弹，却仍挡不住飞快地倒退。四周猛地一暗，我眼珠左右一瞟，发现身边黑漆漆的全变成了土壁，只剩下眼前一团亮光远去。傻了片刻，马上意识到这"人"竟是要把我拉进金硐里，心说这还了得，只能更加剧烈地挣扎。

可对方力量出奇的大，我又被压制着，无论怎么踢腾都没用。眼看硐口的光线越来越远，我深知要真被拖进去就完了，索性两腿张开，一下用力挂住了一根支护坑道的木头护柱，牢牢夹住，想拖延时间挨到武建超他们来救我。

那"人"顿了一顿，发现了我的动作。但坑道在那一段很窄，只容一个人通过，他没别的办法，只能不要命地往里头拉，想把我的腿扯开。那柱子少说有几十年历史，被我们这么拔河似的一弄，竟然有些松动，硐顶扑簌簌掉下了几蓬土。

人大腿内侧的肌肉向来很少锻炼，可夹着柱子偏偏又要用到那几块肌肉。僵持了几秒，我感觉两条腿抽筋，腰都要被撕裂了。同时那护柱也被扯歪了许多，头顶开始成片成片地往下掉土块儿，似乎随时有垮掉的危险。只是那柱子现在就是救命稻草，我也顾不了三七二十一了，只能两只脚紧紧勾在一起，咬定青山不放松，两眼圆睁，盯着硐口的那片光亮，希望有人能快来。

终于硐口一暗，一个黑黑的剪影遮住光闪了进来，之后就传来了武建超的声音。他喊的什么我没听清，不过心里还是一松，心说谢天谢地总算到了。

只可惜天不遂人愿，这时又听得"呼啦"一声，那护柱竟没能坚持到最后一刻，在我和那"人"的合力摧残下，忽然被整个儿扯倒了。

支木朝着我的方向歪倒，我不得已放开了腿。那"人"正拼命地把我往里边拉，这一下力气使空，抱着我倒退飞了出去，刚巧向后避开了砸下的柱子，两人仰面滚在了一起。

这一下摔得不轻，不过那人垫在下边，力量大部分吃到了他身上。我感觉他箍着我的手一松，立马拧身挣脱，根本没时间管别的，爬起来抱头就往外跑。

巷道里支撑的护木都是一梁二柱一组的"门"字形结构，一边柱子倒了后，上头的木梁和另一边柱子也会跟着瘫掉。地面晃了晃，大块土石瞬间下落，巷道内灰尘激荡，天塌地陷。我正向外冲，突然一股巨大的气浪迎面涌来，竟又把我猛推了回去。

武建超都已经冲了进来，但又被逼了出去。他边退边喊，让我快出来。可我当时虽还能看到出口的光，但前方土石大面积垮落，过去也得被砸死。危急中容不得犹豫，只能一咬牙，回身往相对平静的巷道深处躲。

塌陷的天顶一路追来，"哗啦啦"贴着人的屁股砸下，我猫着腰一直跑出五六米，垮塌的势头才最终止住。情势稍稍平静了些，可我回头再看，却见不到一丝亮光，硐口似乎被封死了。

我一边脸上火辣辣的疼，估计是被刚落下的东西剐伤了。头顶仍然有土屑纷纷落下，左右还有两具没垮下的木头支架，这时在坑顶余力的挤压下，发出"吱吱咯咯"的变形声，听着十分怕人。那是货真价实的伸手不见五指，我心里发慌，想起身上还有半盒火柴，赶紧摸出来划燃，护住火苗前后一看，又忍不住一阵泄气。

老年间的矿井，没有主副井之别，也没有进出口之分，更不会有安全设施的概念，王老爷子说这叫"独眼龙"，全是耗子洞似的，来去只一条道儿。而当时的我，被困在了一段长不到十米的空间里。不仅是出口方向被堵住了，就连往里走的那一头儿，竟也被因连锁作用而掉落的碎屑物堆了个七七八八，可以说是进退不得，郁闷至极。

火柴很快燃尽，只能撒手丢掉，身边的世界重新陷入黑暗。我赶紧再擦亮一根，往更深处一看才发现，被困住的人并非只有我一个——那个把我抓来的家伙，就趴在几米外的地方。

自从几天前发现屋后的脚印，这个"人"一直没再出现过，刚才稀里糊涂一番贴身纠缠，仍旧没看见正脸，连是老少公母、高矮胖瘦都不清楚。现在终于能看到他真面目了，我心怀好奇，一时忘了处境的危险，小心翼翼凑了过去。

火柴的光昏黄细小，巷道里又烟尘弥漫，视线相当不好。当时那人半个身子都掩在土里，脸被埋着，还看不到长相。但他身上竟然毛茸茸的，全是几寸长的红毛。我心里"咯噔"一下，吃惊想，难道碰上野人了？

早在二十世纪七十年代，我就在报纸上看过湖北神农架野人的新闻，一九八几年更是炒得火热，全国别的地方也冒出了类似的报道，其中就包括这西部地区。我自然而然地联想到了野人，但看那"野人"一动不动的，心说难道被砸死了？捡了个土块儿扔过去，也没什么反应。

无奈我又猫着腰走近几步，稍稍瞧清楚了些，就意识到自己刚才看错了。那人露在外边的胳膊是光着的，虽然茸茸的汗毛很重，可跟我们一般人皮肤还是差不多，他并不是身上长毛，而是裹着张带毛的兽皮。

我伸长脚踢了那人一下，依然是没动静，一试脖子，脉搏还在，看样子是被砸昏了过去。这时火柴又灭了，我一通瞎摸，总算从土里把他扒拉了出来，拖开了几步，死沉死沉的，虽然没法儿直观的比较，不过我还是感觉得出那家伙膀大腰圆，骨架子很大。

我把人翻了个个儿，再划着火柴，发现这是个男的，一脸络腮大胡子，乱蓬蓬的，把整个面孔盖住了三分之一，加上败棕一样的披头长发遮掩，几乎分不清五官了。而且我看他浑身皮肤发皱，一双大脚没穿鞋，上面厚厚的老茧硬得跟牛角一样，再加上眉骨高突，一身兽皮，倒有些像书本里那些原始人的模样。

这"野人"原先想抓我，也不知什么用意，虽然现在没意识了，可我怕他再突然醒了不好对付，就抽出皮带，想先把人捆上。但抓起他的手，就发现一条胳膊软软的，竟然是骨折了，周围的肉全肿了起来。眼下这个条件，我也做不了什么，就把他另一只胳膊绑到了大腿上了事，任他多大能耐也挣不开。

金硐完全是顺着金脉的范围挖的，金子多就多挖，金子少就少挖，大小宽窄不定，我所在的那一段就尤其狭小，站都站不直。不过也可能正是这个原因，结构才比较结实，没有跟着别的部分一起塌落。处理完了那个人，我蜷着坐了下来，开始思考自己怎么出去的问题。这里无须讳言，当我真正意识到问题的严重性之后，就变得越来越害怕起来。

我相信武建超他们肯定会想办法救我，但根据几天前帮阿廖沙救人的经验，矿井坍塌一般是从中间向两边扩散，刚才我往里跑出了四五米，以此推算，整个垮掉的区域最少也要八九米。这不是个轻松的数字，上一次也是差不多的距离，我们十几个人挖了四个多小时，中间还挖塌过一次，才救出来了一个人。这回外边加上老爷子和赵胜利也才五个人，他们会怎么个挖法，还能不能成功，就不得而知了。

我本来想找几件家伙，试着自己向外挖出条路来。但金硐里除了土就是石头，几十年前的工具不可能留到现在，用手挖又不太现实。倒是硐壁上亮晶晶的，竟还剩有一些没挖干净的金砂，可是，这东西现在又有什么用？

我靠着硐壁枯坐了一会儿，感觉头顶不再往下落土了，巷道里的支架也渐渐安静下来。大地寂然无声，黑暗犹如潮水，触手可及的是冰冷的泥土，除此之外一片死寂，反而更加吓人。

火柴所剩不多，一根又灭了之后，我舍不得再用。身边的支架倒全是木头的，可我不可能拆下来生火，那样死得更快。然而黑暗总能激发人恐怖的联想，刚待了一会儿，我脑子里就产生了一种荒唐的念头，认为也许并不是周围没有光，而是我自己瞎了。

其实人是天生怕黑的动物，但如果不是有特殊际遇，一个人一生中也很少有机会能体验到那种绝对的黑暗。据说即便是子宫中孕育的胎儿，都能从羊水中感受到透过母亲肚皮传来的光线。而我当时的环境，却是禁闭在狭小的空间里，身边是无边无际的黑，感觉整个世界仿佛都离你而去了，让人发自本能的胸闷难受。

于是我就跟卖火柴的小女孩儿似的，每当熬不住的时候，就会划一根火柴，倒不是为了看到烤鹅或者圣诞树，只是给自己定定神。但火柴的长度毕竟有限，从燃起到熄灭，也不过十几秒时间，火头一消失，就又什么都看不见了，黑的像把头扎进一瓶墨水里，让人愈发失落。

等待救援的过程十分艰苦，除了黑，还有一种前所未有的孤独感。人的神经其实很脆弱，我敢说假如在正常环境，哪怕让我独处十天半个月，甚至半年一年都不算什么。可一旦把场景换在这完全漆黑的山肚子里，一个连腿脚都伸不开的地方，那就是截然不同的感觉了。

我没有手表，完全失去了时间概念。也不知道过去了多久，可能只有十几分钟，也可能已经过去了几个小时，依然没有一点儿能得救的迹象。心在一点点往下沉，我在巷道里如坐针毡，焦躁异常，浑身不由自主地打战。感觉自己就要受不了了，抱头想哭，那野人就躺在旁边，我心想他要能醒过来就好了，至少可以陪我说说话，哪怕俩人打一架也好啊。

半盒火柴只剩下了最后两根，我想给自己保留最后一点儿希望，强忍着不再去用。但没有类似经验的可能无法理解，长时间处于封闭黑暗的环境中，人对于光明的渴求，简直比犯毒瘾还强烈。我心里斗争了许久，理智终究没能战胜欲望，还是"哧"的一声，擦亮了倒数第二根火柴。

孱弱的火苗由小变大，映出我的影子，明暗交错间，紧绷的心情得到了一丝缓解。一转头，发现那个野人这时竟然醒了，正大睁着眼睛看着我。我刚想问话，可他却又突然周身狂抖，大叫了起来，哇啦哇啦犹如鬼哭狼嚎，完全听不懂在说些什么。

那家伙满脸胡子，看不出什么表情，但从声音中能很容易听出惊恐的情绪。我先是被吓了一跳，顺着他的目光一瞧，发现他其实并不是在看我，而是在盯着我投在硐壁上的影子，眼神里全是害怕，就跟个受惊的动物似的，一个劲儿挣扎着往后边挪。

我起初还不明白，心说影子有什么好怕的。但又看了几眼后，也是浑身一震，意识到了其中的恐怖——土墙上，怎么会有我的影子？

我是坐在那里的，火柴拿在手上，光线在前，影子本该照在脚下和身后。也就说是只要我不回头，在那个位置是看不到自己影子的。但让人毛骨悚然的是，那道黑乎乎的人影，却恰恰匪夷所思地跑到了对面的硐壁上——一个正对着我，迎着光，根本不该有影子的地方。

仓促间，还没来得及有什么反应，然而傻愣了片刻后，我就已经万分肯定，那影子绝对不是我的。因为接下来是一幅更加诡异的场景：我明明没有动，那个影子却自己动了起来。

面对这种画面，我浑身汗毛瞬间竖了起来，惊叫出声，触电似的就向后躲，但金硐又低又窄，根本退无可退，刚一起身就磕到了头，又被撞了回去。接着手指一烫，火柴烧完，一晃灭了。小小的一方世界再次全黑，那影子当然也看不到了，眼前只剩下火柴梗上的半粒红点儿和周围淡淡的烟硝味。

那野人还在乱叫，我也完全慌了神，手抖着，掏出最后一根火柴，想擦亮再看个究竟。谁知用力过猛，磷皮上只是火花一闪，火柴竟被整根弄断，还掉到了地上。我急忙俯身去找，可当时连自己的鼻子都瞧不见，更不要说去摸那半截火柴了，根本就找不到。

我太阳穴突突乱跳，后背冷汗浸湿，有种很无助的感觉。不管那诡异的黑影是什么，但只要有什么危险，我现在跟瞎子一样，逼仄的巷道里全无反抗的能力，只能等死。精神本来就高度紧张，现在终于绷断了最后一根弦，也跟着那野人歇斯底里地叫起来。其实我根本不知道他为什么要叫，也不知道喊的是什么，只能任凭混乱的声音滚出喉咙，驱散心中的恐惧。

封闭的空间十分聚音，两个人的声音加在一起，更显得尤其大，嗡嗡嗡震得我鼓膜发疼。喊着喊着，又有几片土簌簌掉了下来，我心底一个激灵：矿井正是不稳定的时候，再这么喊下去，保不住要被震塌，岂不是会被活埋在这里？

这么一想，自己的声音顿时被吓了回去，可那野家伙仍旧惊恐地喊个不停，我担心金硐顶板真会掉下来，就冲他大骂了一声："闭嘴，要塌了。"出乎意料的，他居然跟听懂了似的，真的安静了下来。

四周重归静寂，我咬着嘴唇，紧紧贴着冰凉的土壁，准备迎接可能出现的情况。然而一直等到心跳都恢复正常了，除了两人粗重的呼吸，依旧没什么可怕的事情发生。

我脑子慢慢恢复转动，虽说还是看不见，但经过一通发泄，也渐渐冷静下来，心说看那"野人"害怕的样子，应该不是他搞的鬼。但我们刚才看到的，究竟又是个什么东西？它突然冒出来，应该不只是为了吓人，可现在又没下文了。总不会是我在地下困了太久，精神错乱，产生幻觉了吧？

而我刚想到精神错乱，神经又紧张起来，因为事情间似乎有了点儿联系。那个从阿廖沙营地逃跑的工人，之前就曾困在金硐里，出来后人就不正常了。他是不是经历了什么可怕的事情，才会一心要跑，还在临死前说"有鬼"？

一念起那两个字，我心不由得猛地一缩，浑身寒战：难不成真有鬼？

这金硐里究竟藏了什么？

因为眼睛看不到，所以听觉就变得格外灵敏，正胡思乱想的时候，我忽然又听见了一点儿异响，是从身后传出来的，很小很闷，但富有节奏。我整个人先是一颤，以为是那个黑影在作怪，无用地瞪大了眼，浑身的肌肉都绷紧戒备。凝神又听了一会儿，那声音分明起来，我分辨出是用工具挖土的动静，一锹锹一镐镐，轻微的"突、突"声透过泥土传了过来。

我掐了掐大腿，确认不是幻听，不禁大喜过望，明白这是武建超他们救我来了！既然这样，那么刚才头顶掉的土，可能并不是被声音震下来的，而是因为他们在打洞。

苦挨了这么久，终于看见了希望，我怕他们挖歪了，就使劲拍着身边的硐壁，大声呼叫，提示自己的方向。可是折腾了一阵儿，那声音还是不远不近的，恐怕一时半刻还挖不过来，我的兴奋劲儿消退下去，只能坐下继续等。

那"野人"从刚才开始就一直在周围乱拱。不过他被绑着，硐子两头又都堵死，倒不用担心能跑哪儿去。刚才这家伙如果真是听懂了我说话，那就不是什么野人了，等出去了肯定要好好审一审，这里很多事情，估计都要着落在他身上。

只是自从听见了声音，我心情没有镇定，反而更加急躁起来，实在是一分钟都不想在这地方待了。当时我穿的是单衣单裤，在外边还没什么，但硐子里又阴又潮，待久了就觉得有些冷。塌落的石头可能留有些空隙，我还不用担心窒息，可是空气很不好，胃里、肺里都很憋闷。刚喊了那么久，嗓子又干疼，再加上喝不到水，喉咙里的痰就多了起来。

可让人气愤的是，老天爷就像故意跟我过不去似的，我这边越是急切地想出去，他们那边却越是要出问题。就在我听着他们越挖越近，马上就要把巷道打通的时候，却不知怎么的，那头的声音竟突然停了下来。

我起初还没在意，只是嘀咕说怎么没声儿了？可等了会儿仍是不见动静，我一颗心就渐渐顶到了嗓子眼，脑子里涌出了个冰冷的念头，他们该不会不挖了吧？毕竟几个人刚认识几个月，没什么理由一定要救我，挖了这么久还没挖到，放弃了很正常。

人到了这个地步，都变得极端敏感，我刚一冒出那想法，就急得几乎哭出来，好像事情已经变成了现实一样。然而之后的情况更是急转直下，身旁的支架又开始不安分地"咯咯吱吱"响起来，从头顶流下来的土，"呼啦啦"灌了我一脖子。这一段金硐，似乎也要塌了。

骤然间的变化，在黑暗里挤压着大脑。我当时已经基本崩溃了，只会抱头蜷缩在地上，不知道跑也不知道动（事实上也无处可跑），心说这一百八十斤恐怕就要扔到这儿了。那种等着被活埋的感觉，我至今难忘，特别残忍，真还不如让车一下撞死痛快。

当然，既然我现在能在这里诉说那时的经过，就说明我并没有死。金硐晃动了一会儿后，又慢慢平息了下来。上头不再掉渣了，我又听到了外边工具掘进的声音，频率比之前快了许多，看样子他们也察觉到了危险，加紧了进度。

大约半个钟头之后（这是事后他们告诉我的，我当时已经没有这种概念了，只能说度秒如年），身边的硐壁突然"扑哧"一下，被捅透了个窟窿，另一边马上响起兴奋的喊声，说通了通了，又开始叫我的名字。

一丝久违的微光散进来，把我眼睛刺了一下。他们当时叫我，我可能应了一声，也可能没应，主要是脑子一片混沌，朦朦胧胧已经有点儿分不清真实和幻觉的区别了。只记得洞口被很快扩大后，一个人探进来了半个身子，然后两手叉起我胳肢窝，拖拖拉拉地把我弄了出去。

外边的阳光还很强烈，我眼睛一时不适应，看不到东西，只模模糊糊地感到有人影。人也变得有些呆，搞不清方位也走不稳，只能捂脸瘫在地上，听凭他们喂水擦脸，推拿顺气，好一番伺候。

我终于能睁开眼了，重新看见了天空，发现它那么蓝那么好看。这时终于恢复了点儿思维，我立马一个激灵坐起来，指着金硐有点儿口齿不清地急喊，说快快，里头还有个人，快抓出来别叫跑了。他们几个不知道刚才的事，都是一愣，不过武建超很快把那家伙从里头拽了出来，证实了我的说法。

他们几个一看突然冒出了个从没见过的人，全跑了过去看新鲜。我也跟着爬了过去，把前因后果一说，他们也是议论纷纷，围着那野家伙就研究起来。

那人赤身裸体披了张兽皮，怪模怪样的，一脸大胡子遮住相貌，更看不出什么来路。大家都在啧啧奇怪，但似乎只有王老爷子不关心。他一人站在边上，冲着我们一脸焦急地说："行了行了，人也救出来了。有啥稀罕的回头再说，咱先找赵胜利去吧！"

"老东西，你还有脸催！"武建超回头骂了老爷子一句。我不明白他俩这话啥意思，左右一看，这才发现赵胜利竟然不在，忙问："赵胜利怎么了？"

他们三人一时沉默。武建超走到一边儿拾起枪，掰开看了眼子弹，头也不抬地告诉我："那小子跑了。"

我微微吃了一惊，问什么时候跑的？武建超说就刚才。

我还想问个明白，他却没工夫搭理我了，开始手脚麻利地收拾东西，把别着子弹的皮带扣在腰上，又带了一壶水，一拍阿廖沙说："望远镜借我使使。"说完根本没等对方点头同意，背着枪转身就走。

阿廖沙有个 62 式军用望远镜，我们之前在营地里看见过，只不过因为过了闪电，外边的铸铁壳子被烧熔了一半。武建超借这东西，估计是待会儿找人要用。

我现在这个状况，就算想帮忙也有心无力。王老爷子本来在边上急得跳脚，一直催快点儿快点儿，这时看武建超走了，也跟了上去。但武建超似乎很恼他，转身一脚，"啪叽"把他踹翻在了地上。

我一看武建超竟动了粗，霍地站了起来，大声问这是干什么？可他根本不睬我，而是指着老爷子恶狠狠骂道："你他妈的哪儿也别想去，安生待着，回来再跟你算账！"说完就离开了。

老爷子被这么一踹，痛得半天爬不起来，只能冲着武建超远去的背影大骂，脏话土话一大串，也听不清到底说的什么。我当时完全摸不着头脑，只能晃悠悠走过去，蹲下来，稍稍用力抠住他的肩膀，硬着口气问道："老爷子，到底怎么回事，你给我说清楚。"

还没等老爷子回答，阿廖沙却跑过来拉着我问："大学生，你是让那人抓到硐里去的，对吧？"他指着躺在地上的野人，我也点了点头。他看着我，脸色却急切起来："我那个'情况'可能也被掳到里边了，咱得进去找找。"

我让阿廖沙先别慌，要救人也得把情况问清楚再说。那野人自从被拉出来后，被我们绑得动弹不得，也很安静。我问了他几句话，可他好像又听不懂了，或者说根本没有听，只会冲着我们龇牙咧嘴地示威，喉咙里发出沙哑的声音，就跟个被抓住的动物一样，神态很野蛮。

"别问了，这是个怪物，不会人话。"阿廖沙只关心自己的"情况"，语气还是很着急。他的推测其实合情合理，雷击之后那女人不可能凭空消失，结合我的遭遇，唯一的解释就是被眼前这家伙掠走了。但阿廖沙要进金硐去找，我却不敢立刻同意，只是告诉他硐里那头也被堵了，想找人就得继续往深处挖，恐怕还要费大功夫。

阿廖沙显然没听出我的潜台词，说无论如何也得进去看看，也不再管我怎么说，拾起铁锹又钻回了金硐。其实刚才那话一出口我就后悔了，他们几个不顾安危把我救出来，现在需要我去救别人时，我竟然因为可能有危险而退缩，实在很不仗义。

然而，就在我鄙夷自己的言行，打算和杨要武一起跟上帮忙的时候，眼前的半条山坡又突然微微一陷，大山就像在咳嗽似的，轰轰然从矿井出口喷出一大团黄烟，地面跟着颤了起来。这情况不用说都明白，金硐终究是没支撑住，又塌了。

我心说这下糟了，拽上老爷子，和杨要武抢上就打算挖人。不过谢天谢地，还没等我们到跟前，阿廖沙就从硐口的烟团里冲了出来。他一边咳嗽一边朝外跑，拍着身上的土，气急败坏地把铁锹往地上一扔，"呸呸"吐了几口唾沫，叽里咕噜骂起了俄国话。

我被埋进去时还是早上，如今已经过了中午，鸡飞狗跳了大半天，几个人一个个灰头土脸跟西安兵马俑似的，不过好在没出什么大事。阿廖沙还想找他的小妍头，但金碉垮成这个样子，一时半会儿怕是挖不开了，只能从长计议。他有气没处撒，就逮着那个野人揍了一顿，又是踢又是捶，把那家伙打得哇哇直叫。我赶紧拦着，说你打他干什么，打死了啥都问不出来了。

阿廖沙气哼哼地说："你看那样子，能问出个屁！"我叹了口气，把他挡在一边，给那野人收拾起骨折的胳膊。眼下太复杂的处理也做不了，只能给胳膊简单复原位置，里边垫了层软衣服，上了点儿药，找树枝做了个夹板绑好固定。我手上干着，心里却在苦笑，自己还真成"大夫"了，医人又医畜，还得会接骨正骨。

那野人见我给他治病，倒也不抗拒，就是态度依旧很不友好，有次我凑得近了点儿，他竟一下勾起头张嘴就咬，吓得我赶紧把手抽了回来，心说这人完全不懂好歹，到底哪来的？难道是山里的原始民族，就跟非洲那些藏在丛林里没开化的土著人一样？但很快，我无意中注意到了他的牙，就马上否定了自己的想法。

我让阿廖沙帮忙，顾不得那野人的强烈挣扎，捏着他下巴，撬开了他的嘴。往里仔细一瞅，他上下两排牙的牙根和齿缝，都透着一种深棕色的痕迹，而牙齿的内侧更是黄得发黑。我顾不得那人嘴里的怪味道，伸手指给阿廖沙看，说这是明显的烟垢，只有常年吸烟的人，才会把牙熏成这个样子。而烟渍这种东西，只要沾到了牙上，你一辈子都要带着，刷牙都刷不掉（当然，现在有那种超声洗牙机，就另当别论了）。

这里无须多做解释，阿廖沙也明白我什么意思了。我们几个除了武建超，都是吸烟的人，深知烟垢的顽固，只不过大家贪图一时快活，不在乎这些形象问题罢了。这人牙上有烟渍，就说明他肯定曾长期吸烟。虽然我不知道古代人接触烟草的确切年代，但几乎可以肯定，地上躺着的这家伙，十有八九不是什么土生土长的野人。

杨要武和老爷子再次凑了过来。也不知是不是心理作用，想通这一点后，我再观察那人时，就觉得他的混浊发灰的眼珠里，似乎也不全是野性难驯，好像多少还带着些未泯的人性和良知，他之前能听懂我说话的事，这样也能解释通了。

从脸上的胡子和皱纹来看，这人显得很老，但也推测不出他到底多大年纪。这么深的山，不是常人来的地方，我们猜要么是流落到这里的牧民、蜂农或者通缉犯（西部地区地广人稀，靠近边境，还容易搞到枪械，所以很多外地逃犯往口外跑），要么和我们一样是来淘金的，甚至说是当年金场遗留的人员也不是没可能。只是不知道他究竟经历了什么，变成了现在这副模样？

困在金硐里时我就想过，这里的很多蹊跷问题，估计都要在这人身上找答案。然而我尝试着跟他交流，他却只会咧嘴到处乱瞧，咿呀怪叫，愣是一言不发。对这号人，你就是上刑恐怕都不管用，我们一时彻底没辙，让人很是沮丧。

这头儿毫无进展，我的注意力又转了回来，想起了刚才的事，就扯住老爷子："你还没说呢，赵胜利怎么就跑了？"

只能说，一切都和金子有关。

老爷子当时有些支吾，并没直接讲，而是把我拉到一边，避开了阿廖沙和杨要武，这才说起刚才的经过。

当时我被埋了进去，武建超把他和赵胜利喊过来帮忙。几个人收拾工具一分配，弯腰跪着轮流下硐，每人几米的朝前挖，后边的人往外运土，另外又砍些小树回来当支架，好边挖边支护，防范硐子再垮（也幸亏这么撑住了出口那一段，阿廖沙才没被埋进去）。

就这样干了好几个钟头，他们绕开塌冒的地段，从旁边打出了一条半米宽、将近十米长的通道，估算着不久就能挖到人了，更加快了进度。然而就在胜利在望的时候，不知谁提醒了一声，他们这才突然意识到，去附近林子砍树的赵胜利，已经好长时间没回来了。

莫名其妙地又丢了个人，几个人都有些慌了，手上的活儿也停了下来，商量说到底怎么回事？这也是为什么之前有段时间，我在里边没听到他们的挖掘声。

当时几个人里只有老爷子知道底细，他发觉赵胜利不见了之后，立马捶胸顿足，直骂自己太大意了，让大家赶紧去追人。几个人一逼问，他这才说赵胜利并不是丢了，而是趁着别人忙乱的当口，卷着金子自己逃了。

阿廖沙他俩和我们不是一伙的，都懂规矩，一听是金子的事情，就马上闭嘴不再多问。而老爷子说一半留一半，武建超依旧不清楚那小子到底为啥要跑。老爷子催得虽然紧，而且这种节骨眼上，有点儿良心的人都不能把还埋在山肚子里的我扔下，转身去追赵胜利，所以短暂的停顿后，他还是选择留下继续救人。

老爷子看武建超竟动也不动，急得直蹦，恨不得自己去追，不过他很清楚自己身体不行了，就算撵得上，也肯定拦不住身强力壮的赵胜利。无奈之下只能钻进硐，一边帮武建超往后运土，一边把前后的原委说了个清楚，好让他明白事情的严重，赶紧去把赵胜利找回来。不过巧的是，他这边刚断断续续说完，那边武建超就把金硐打通了。

至于赵胜利跑掉的原因，则需要从好几天前说起。

首先是昨天下午，当时我和武建超正在山上跟哈熊拼命，老爷子和赵胜利还留在山下湖边，这本来没什么，但之后下起了大雨，赵胜利就变得不正常起来。

他先是一个劲儿地望天，自言自语地问这雨什么时候能停。而随着雨越下越凶，人也越来越坐不住，就跟憋了泡屎找不到茅房似的，在原地团团乱转，时不时看眼外边，一副魂不守舍的样子。老爷子问他到底着急什么，他却又什么都不说。就这么持续了十几分钟，赵胜利就跟终于下定了什么决心似的，竟一个招呼都没打，突然抬脚冲出了屋子。

那会儿下得正紧，赵胜利一头扎进水幕，转眼就不见了。老爷子心里奇怪，在后边叫了一声没反应，咬咬牙也跟了出去。追着那小子一路跑到小河那里，从远处见他在河边转了几圈，像是选了个地方，然后就"扑通"跳了下去，浮浮沉沉地开始在水里边乱摸。

雨很大，小河也跟着涨了不少，人这时候下水很危险。老爷子看赵胜利像是在找什么东西，就跑过去问。赵胜利没想到他会跟来，明显的一阵紧张，最后才不得不坦白，说他是在找自己藏的金子。

听到这里时，我还没察觉什么太大的问题，只是纳闷怎么能把金子放在水里？老爷子一解释我才了然，说原来好多天前，赵胜利有次在那小河里捞菱角吃，无意中发现了水下的河岸上，藏着个比胳膊粗的土洞。他趴下用手一掏，一半湿一半干摸不到头，于是就突发奇想，把那儿当作了自己放金子的地方。那位置倒是真的很隐蔽，只可惜他没考虑周全，所以天一下雨就着急了，因为担心涨水会把洞里的金子冲走。

这附近生活的有河狸，大哥曾说它们会打洞做巢，我心说难道赵胜利在水下发现的洞子，是人家河狸的家门口？在那里藏金子，也亏他想得出来。不过如今回头再看，我却只能感叹赵胜利太自作聪明，假如那时他没有多此一举，他后来结局也不至于那么惨。

不过在当时，我只觉得老爷子绕了一大圈，还是没讲到关键地方，就叫他少啰唆没用的，赶紧说赵胜利为啥要跑。而他咳嗽了一阵后，只往下多说了一句话，我就彻底明白了。

老爷子告诉我，赵胜利找到金子后，俩人又一起回到铁皮房，当时他们浑身湿透，就各自换衣裳。谁知老爷子只多留心瞅了一眼，就正巧看见一块儿花生豆儿大小的金子，从赵胜利脱下的衣服里掉了出来。

果然是金子。我深吸了口气，事情的轮廓总算浮了出来，其实从刚才武建超的态度，再回想昨天晚上老爷子和赵胜利的不正常，前后因果其实很容易联系，欠缺的只是具体细节罢了。

现在我唯一不明白的，就是那些金豆子的来历问题。老金场的品位虽然高，但这一个多月干下来，我也没见过花生粒那么大的金子，赵胜利手里的肯定不是我们淘出来的东西。

我问金子哪来的？老爷子笑了笑，说他当时也是这么问的，可事情交代出来之后，简直让人不敢相信。那些金豆子是赵胜利捡的，而地点，则就在我们天天睡觉的铁板屋里。

说到这里，要提一下那房子的结构。金场里的铁板屋，只有墙面和房顶是铁的，而内外两层铁皮当中打有土坯。但就是我们那间房子的一处墙角，却不知被谁掏空了一小块儿，变成个夹层，里边藏的就是那些金子。

金豆子应该不止一颗，但因为赵胜利一直护着，老爷子也没看到具体有多少。他猜那可能是当年某一个工人从矿上私自带出来的，但后来因为什么原因没能拿走，留存至今，正好便宜了赵胜利。

我嘴巴微微张开，说这怎么可能？老爷子却提醒了我一下，说就是在湖里发现电缆那天，之前有段时间，赵胜利一直躲在屋里不出来。当时我们不知道他在干什么，不过现在可以明白了，他就是在那时找到的金子。

就在眼皮底下的东西，我们几十天竟一直没注意到，实在不能怪谁，只能说赵胜利这小子太走运。他当时的心情，我完全可以想象，一颗金豆子少说也要十几克，随便几粒就够买台拖拉机了。但高兴归高兴，另一方面又有了问题，他这一趟来后山连本钱都没出过，全是靠大伙儿的帮衬才成的行，而我们之前又定好了规矩，挖到的金子按人头平分，可这么一大笔金子算是大家一起挖的，还是他自己捡的？又该怎么处理？

于是说贪心也好，自私也罢，面对横来的财富，随便换个人都会自然而然地想到独吞。最后，赵胜利瞒着大家，把金子藏在了河狸洞里，这才会有后来冒雨去取，又不幸被发现的一幕。

再往后的事情，因为牵扯到自己，老爷子就含糊其词起来。不过我也已经能猜出个大概了。

他看到了赵胜利私藏的金子，但后来并没有对我和武建超讲，打的什么算盘不言自明。谁看见金子都眼红，老爷子很可能威胁了赵胜利，要求分一份给自己，说否则就把事情说出去如何如何。而金子两个人分总比五个人分好，赵胜利两权其害取其轻，也不得不同意。不过很可能他们条件没谈拢，就争执撕拽起来，结果正好又被我回来撞见。

我当时就发觉了不对劲，可那两人虽然都掐上了，但在保守秘密这个想法上还是一致的，所以把事情继续瞒了下去。而之后紧接着就是杨要武来求救，我忙着去阿廖沙那里救人，也没顾得上再去深究。

头天夜里赵胜利一直拱来拱去地没睡，这个我知道。估计他那时就打起了逃跑的主意，而老爷子恐怕也是察觉到了什么，为了看住他，所以才自告奋勇地值班守夜。今儿早上两人同时都不去帮忙收尸，大概也是相同的理由。至于武建超会那么生气，可能是觉得老爷子不老实，都屎憋屁股门儿了才把实话说出来，搞得我们一个措手不及。

想到这儿，我心里又不由得冷笑，怪不得赵胜利那天晚上会梦游跳河，敢情是他把金子私藏河里了，结果心理压力太大，这才日有所思夜有所梦。

来龙去脉已经清楚，我不愿意再多问什么，扔下老爷子转身走开。我自然希望武建超能把赵胜利追回来，不过说实话，那时候我对金子的话题已经有些厌倦了，主要是感觉心凉。发现原来几个人之间的关系是这么脆弱，朝夕相处却各怀心思，底下竟还有这么多我不知道的事。

回到阿廖沙营地那里，见他们已经准备埋人了。我赶紧走过去说先别忙，跟地上躺着的那些人挨个比了比脚后，挑了双我能穿的鞋，脱下来拿走。他俩在边上看着，也没说什么。

鞋我当场就换上了，是双大头解放鞋，走了两步还行，就是鞋底前掌上有道很深的痕迹，一看就是天天踩铁锹磨出来的，金客子们的鞋大都是这么穿坏的。我进山时一共带了三双鞋，路上走烂一双，干活几十天磨透气儿了一双，昨天逃命时又跑丢了一只。虽然这会儿顺死人的东西用有点儿晦气，但我必须给自己弄双鞋穿，否则光着脚没法儿走出山。

阿廖沙埋人没有另外挖坑，而是直接用了他们之前采砂掘出来的大坑，把尸首挨个码进去后盖了层帆布，就开始一下下往回填土。面对此情此景，我突然有一种宿命般的感觉，这些人恐怕谁都不会想到，他们当初干活时挖的，竟会是自己将来的墓穴。

我拿起铁锹搭手帮忙，阿廖沙却是边干边念叨，说死一个人他得赔给人家三千，这里十三个，还有前天晚上那个，加在一起就得四万多，今年一大半又白干了。

都是爹生娘养，他一个人头三千块的算，虽然作为老板没什么错，但感觉上他那不是心疼人命，而是在心疼钱。我在边上听着，心里很不是滋味，这些人的死，至少有一半是我害的，实在不知道该怎么面对。

杨要武年纪小，突然死了这么多同伴，在一边没铲几下土就蹲着哭了起来，哭了一会儿又哼哼唧唧唱起了歌。他边唱边哭，调子哀怨悲惨，但用的是方言，含含混混的我听不明白，但这时候也不好问。这时老爷子也过来了，一听就忍不住唉声叹气唏嘘，还跟着那歌词哼哼起来。我问到底怎么回事，他才小声告诉我，这娃子是个花儿把式。

我不理解，说什么花儿，你们不是都管金子叫"花儿"吗？老爷子摇摇头，说不是金子的"花儿"，这个花儿是他们青海、甘肃一带的山歌，很多人都唱，杨要武唱的这段叫《沙娃泪》。青海人都把淘金的苦工叫沙娃，其实讲的就是我们金客子的事情。

老爷子是甘肃人，也不大懂杨要武的青海话，不过还是给我翻译了几句，什么"手心里的血泡都磨烂，半碗清汤半碗面，端起个饭碗星星全"，什么"一心回家没盘缠，吃苦挨饿罪受完，沙娃眼泪淌不干"……歌词其实很粗糙，诉说的也都是淘金辛苦，思念家人的意思，但唱的就是我们当时的生活，曲子也催人泪下，我听来十分感触，更被坑里那些死人激起了负罪感，只觉得那歌词儿一句句都在抽我的心一样。

等好不容易起成了坟，我觉得实在是待不下去了，扔下工具扭头就走。神思不属地回到铁板房那里，我先在墙角找着了那个藏金子的夹层，掏了掏没剩什么东西。当时心里难受又没法儿找人说，我不由得长叹口气，摸出武建超剩下的最后一点儿白酒，咕嘟嘟全灌了下去。烈酒顺着喉咙往下，火辣辣烧成一团倒是畅快，但心口狂跳，反而觉得更憋闷。

借酒浇愁愁更愁，晕劲儿渐渐上来，我迷迷糊糊地靠在门边，眼前花花的就看见杨要武从远处走了过来。刚才喝得太猛胃里不舒服，我倚着墙慢慢坐下，而这时杨要武已经到了跟前，看着我欲言又止的，似乎有话想说。

我打了个酒嗝，问他干嘛？他抹了把哭出来的鼻涕，凑近了用商量的语气问我道："老板，要是今晚上不打雷，咱能不能别住这儿？"

当时我脑子里嗡嗡叫，说实话没听明白他什么意思。他看我很不解的表情，就抬手指了指我身后的铁板房，又小心翼翼地看了看周围，像是怕谁偷听一样，压低了声音解释说："这里头，有鬼！"

之前那人就说"有鬼"，现在杨要武又说！我心"怦"的一跳，酒立刻醒了大半，赶紧揉揉脸坐正了，让他把话说清楚。

杨要武没有直接答，反而是先来问我说："你们住了这么久，没见过吗？"我不禁愣了愣，想起了金碉里那个影子，心说难道是那个？但嘴上没吭声，对他摇了摇头。

杨要武似乎有点儿疑惑，不过也没再问，干咽了口唾沫就开讲了，说的都是阿廖沙他们那边的事。而我从头到尾听完后，忍不住骂了声狗日的，心里蹦出了武建超之前的一句话——老毛子没跟我们说实话。

我们刚来时大哥就注意到了，阿廖沙他们一帮人宁愿在外边睡帐篷，也不住金场里的铁板房，显得很不正常。当时问题提出来，阿廖沙给的解释是因为在房后发现了大片烧焦的尸骨，他觉得死人太多不吉利，就带人搬到了另一边。这说法其实挺牵强的，但当时我们只是稍觉奇怪，糊糊涂涂都没往深处想，直到那天和杨要武聊过，我才恍然大悟，原来，故事还有另外一个版本。

严格说阿廖沙并没有骗人，他只是没把所有事都告诉我们罢了。他们在房后的沙坡地发现了焚尸坑不假，但促使他们从铁板房里搬走的真正原因，归结起来还是那句话，这里头有鬼。

阿廖沙他们比我们早到十几天，刚来时也很自然地住进了这些铁板房，结果头天夜里就发生了怪事。说是一个守后半夜的工人撞邪了，晚上老听见奇怪的声音，他起初以为是谁在打呼噜说梦话，但听了一会儿就觉得不对，因为声音是从旁边没人住的屋里传出来的，有时清楚有时含糊，断断续续的像是几个人在说话，但探头过去瞧，却又黑漆漆的什么都看不到。来来回回很多次都这样，他就害怕了，叫醒了几个人和他一起找，却还是一样的情况，这不是闹鬼是什么？

杨要武说那时除了几个当事者，大多数人还都没把这当回事。毕竟山里风声鹤唳的状况很多，天天大惊小怪的，日子就没法儿过了，而且他们人多胆壮，手里又有枪，所以也没怎么觉得害怕。但后头的事情却越来越蹊跷，先是一天后阿廖沙藏金子时发现了那堆烧煳的尸骨，接着又有几个人也说听到了那种声音，于是大家私底下开始议论，说会不会是那些死人阴魂不散，缠上他们了。

我本是不怎么信邪的人，如果杨要武前几天说这些，我肯定会认为他在胡扯，但现在却不得不信了，因为昨天晚上，我就经历了类似的事。可这些铁屋里究竟有什么，真的是鬼在讲话？武建超怎么还说听到了我的声音？

这种事随便想想都让人心里发毛，我脑子里又涌出了不少疑问，只是杨要武似乎还没讲完，不方便打断。他说那几天人心浮动的，各种乱七八糟的说法都冒了出来，但过了几天也没见出什么事，就像湖里的轰鸣声一样，隔三岔五来一次，日子久了人也就习惯了。

然而真正吓人的却在后头，第六天的一大早儿，突然一声鬼哭狼嚎的惨叫把大家惊醒，他们跑出屋来一看，发现当晚守夜的人竟死在了外边，像是被火烧死的，人被燎得焦煳，变成了一堆黑黢黢的烂骨头。整个身子只剩下半条大腿还算完整，孤零零地放在旁边。

烧完的人体已经没了人形，但上面并没有残存太大的热气，房外的篝火也因为没人照料早就灭了。这说明人已经死了挺久。但屋里睡觉的人之前竟一点儿动静都没听到，一个大活人就这么在所有人不知道的情况下，无声无息地突然被火烧死了？

杨要武回忆这一段的时候，眼睛瞪得异常大，多露出的眼白把黑眼珠衬得很小，嘴唇抖着，话音儿带颤，显然是怕到了极点。他说他们那一下完全炸了锅，十几个人里有的大叫，有的吓得说不出话，还有人当场就吐了出来，只有他们老板风浪见得多表现还算镇定，带了两个胆大的伙计开始前后的查，想找出人死的原因。

当时场面的惨烈，我没能目睹，但杨要武说他们收尸的时候，除了那条大腿，一个百八十斤的大男人，烧剩下的渣滓恐怕还不够装一脸盆。只有几块比较大的零件还能认出形状，其他部分几乎都成了灰。这让我心里又不由得打了个突，一具尸体完全化为灰烬，至少要一千多度的高温持续焚烧几个钟头，一千多度什么概念，差不多够古代人冶炼青铜器了，要真烧了那么久，怎么可能没人发觉？

同时还有更奇怪的地方，那就是当时阿廖沙检查了尸体后，得出的一个结论竟然是：那人死的过程很快。因为周围一点儿挣扎的痕迹都看不到，所有烧过的东西加起来，似乎只有一个人以及他屁股底下坐的一小块地方。残骸旁边堆的柴火垛和锅碗瓢盆都完好无损，甚至还有半塑料桶高度白酒也安然无恙，这么易燃易爆的东西都没被火引着，实在是奇怪至极。

我心说假如杨要武所言没有任何夸张，那当时烧死人的恐怕就不是我们平常做饭吸烟用的火了。可究竟什么火能这么悄无声息瞬间致命，而且如此高温却不烧东西只烧人？总不可能是《西游记》里的三昧真火吧？

我心里一动，会不会是雷击？但马上又把这个念头打消了。阿廖沙那里十几个人都是让闪电给打死的，我之前也见了，尸体的样子虽然惨，但并不是一般人想象的那样会被烧成黑炭。

难不成真的是闹鬼了？

我让杨要武接着说，之后的事情也简单了起来。当时因为出了人命，他们这些工人震动很大，把事情和之前发现的焚尸坑联系了起来，说肯定是以前那些人死得太惨，烈鬼作恶，现在又拉他们这些活人垫背。一时人心惶惶的全乱了套，还有人打算开小差儿逃跑，全靠阿廖沙领着两个工头（其实就是金老板的打手，帮着控制工人用的）拼命弹压，又是搬家又是许愿涨工钱，这才最终把人稳了下来。后来虽然平静了一段时间，但那帮人都成了惊弓之鸟，稍有风吹草动就精神紧张，所以几天后我们突然出现，他们的反应才会那么大。

而听完所有的叙述后，我的感想大概分三层。首先是吃惊，毕竟这些事太匪夷所思了；第二是恍然大悟，因为以前很多想不通的地方现在变得合理了，前因后果也顺畅了许多；第三是又冒出了许多新问题，比如阿廖沙为什么不把全部实情讲出来，怕那时说了吓着我们？我看不见得。

同时，我又想起阿廖沙那个"情况"老是洗衣服的事情，正想问问杨要武，却发现他好像有点儿不对头，两手抱着自己的胳膊，身上哆哆嗦嗦的，对我说感觉冷，有点儿难受。

杨要武年纪还小，心智肯定也说不上成熟。我心说难道因为回想那些事，对心理刺激太大了？但看他嘴片粉白，表情也不太妥当，似乎不止害怕的样子，就用手试了试他额头。这一试不当紧，发现烫得厉害，虽然我没温度计，可也摸得出他这并不是情绪的问题，而是生病了。

十七岁的半大孩子，其实没算完全长成，干了一两个月的重活，这两天又这么折腾，杨要武八成是身子吃不消了。其实昨天晚上他就跟我说过不舒服，但我以为那是雷击的后遗症没多注意，谁知一拖到现在，发烧成这个样子，这小子也真是能忍。

我赶紧烧了些开水，给他吃了几片感冒通，让他回屋盖上被子捂捂汗。虽然杨要武说屋里有鬼，显得不大情愿，但现在眼看天气又要变了，指不定还会打雷下雨，我们实在没别的地方可去，只能硬着头皮继续住了。

过了一会儿，阿廖沙和老爷子也拖着那个野人回到了铁板房这里，还带回了点儿给养和两把没被烧坏的枪。我看见阿廖沙，就很想问问杨要武刚才说的那些事。但想了想后，还是决定先不点破为好，因为我猜不出阿廖沙到底是什么用意，万一他打的是什么坏主意，说开了撕破脸，我一个人反而应付不来。老爷子我不敢指望，只能等武建超回来了再商量商量。

我装着没事似的跟他们招呼了一声，告诉阿廖沙说杨要武生病了。他跟被刺了一下似的，有些惊惶地问我不会是森林脑炎吧？我一怔，摇摇头说不会那么巧吧，啥事儿都让你赶上？

阿廖沙听我这么说安了心，往屋里稍稍看了一眼就扭头去干别的事了，问都没再问，似乎并不大关心。这又让我想起他之前数着人头算怎么赔钱的事情，心里不禁有些恼，这些金老板果真心黑，说起来杨要武还算救过他，他竟然也这么冷漠。

而另一边，那野人也不知道是不想说话，还是已经不会说了，张嘴全是些听不懂的怪声，反正到现在也没吐出一个带意思的词儿来。我们啥都问不出来，就把他扔到了隔壁的屋子里先关着，想过些时间再试试。此外我心里还有些犯愁，不知道这家伙将来该怎么处理，难道带回去卖给动物园？可就算我敢卖，人家也得敢要啊！

我们中午就没吃东西，这时全饿得前心贴后背，老爷子开始忙着做饭。

我帮了把手，这边正忙着，身后阿廖沙却突然一声大喊。我回头去瞧，只见那老毛子站在湖边，指着对岸的方向冲我们兴奋道："你们快来看，那边好像有东西！"

我跑过去问他看见什么了？阿廖沙说水那边刚才有道光闪了一下，正好晃到他的眼，不知是啥东西。我一听来了兴趣，赶紧眯着眼睛朝湖那边望了望，可除了一些模模糊糊的影子外，什么也没看到，就问他是什么样的光？

他那边还没来得及回答，我这边就猛地感觉到眼前一眩，好像被光刺了一下。阿廖沙显然也看到了，又是一声惊呼，指着说快看快看。远处湖对岸，的确出现了一个明亮的小光点，来回一闪引起我们的注意后，就飞快地消失了。

到底是什么东西？我只愣了几秒钟，就马上反应了过来：那好像是用镜子反射出来的光——他妈的，湖对岸有人，正用反光镜给我们打信号。

大哥以前就跟我说过，在野外工作的时候，利用镜面反射太阳光引起远处人的注目，是种很常见的求救和联络手段，天气比较好的时候，在十几公里外都能轻松发现目标。他给我的那个 62 式指北针上，就装着一个带准星的反光镜，除了测磁偏角和坡度要用到之外，必要的时候还可以这么使。

而现在看着湖对岸闪烁的光，我更是一阵激动。因为这种地方，这种时候，懂得用这种方法朝我们这边打信号的，除了我大哥，我还真找不出别的人来。只是实在没想到，他许多天来杳无音信，居然是偷偷跑到湖对岸去了。可惜望远镜被武建超拿走了，不然这会儿就能看看他那边到底在干什么。

伴随着激动，我还有些生气。大哥留的字上明明写着"五天后回来"，可这第六天都快过完了，他才想起来往这边发个信号，也不怕我们扔下他走了。不过气归气，既然已经看见了，我觉得还是有必要回应一下，让他知道我们还在，就赶紧回屋找指北针。

据说专业的人员会直接用反光镜发莫尔斯电码，传达一定的意思，可我不懂这些，只能打开指北针乱晃一气。弄了一会儿就发现不行，因为天气有些阴，而且已经接近傍晚了，太阳沉到了我们背后，对面的方向还好，而从我们这个角度，根本就没办法利用反光。

"放烟。"阿廖沙看我着急，在边上提醒。我一听也是，赶紧跑到火堆边，把老爷子往旁边一推，挪开煮饭的锅，拿来一条橡皮水裤，割下几块儿就扔进火里。橡胶被烧后会冒黑烟，烟柱子马上蹿了起来，夹着那种胶皮的臭味直冲上天，貌似效果还不错。不过湖边到了晚上都会起风，只希望浓烟别那么快散掉，好让大哥瞧见。

太阳渐渐下了山，对岸的闪光也不再出现。我再次跑到湖边，极尽目力地向那边远眺，不过只能看到一片粼粼波光和朦胧远影，别的全不清楚。而这时我又突然心念一动，冒出了个不怎么好的想法：反光信号除了联络，还有个更大的作用就是求救，如果大哥这并不是为了打招呼，而是遇到什么危险，在施放求救信号怎么办？我们光在这儿放点儿黑烟，能顶个什么用？

夜色如期而至，老爷子下好了一锅面条，武建超也不知什么时候才能回来，我们就等不及先吃了。只是饭在嘴里，我却尝不出什么滋味，心里想的都是刚才的事。按说大哥跑了这么些天，一直没个音信，今天终于知道了他的行踪，算是个好消息。但一想到他同时也可能是出事了，我就更心神不宁起来。

要不到湖那边找找看？我心里刚这么一想，就马上晃晃脑袋打消了念头。昨天只是上个山就遇上了哈熊，差点儿把命扔了，而如今我们几个人病的病伤的伤，还有一个逃跑的没追回来，状况之糟，这事儿根本不用提，想想都成不了行。

杨要武只喝了点儿面条汤，就躺回去接着睡了。之前吃的药似乎没把病截住，他现在一会儿寒战一会儿发热，还老喊头疼腰疼。我也没别的办法，只能让他多喝热水，加大剂量多吃了几颗感冒通。

照顾完杨要武，又去看那个野人。那家伙不但一句话不说，表现还更加奇怪起来。原本我们松了他手上的绳子，让他吃饭。可他不但不吃，还怪叫着把碗一下打翻了。来回几次都是这样，阿廖沙恼起来："咱没那么多粮食给他糟蹋，他妈的爱吃不吃！"说完掸掸衣服转身走了。

我看着那家伙缩在墙角瑟瑟发抖，也没什么办法。就算是个牲口，突然换圈还会不习惯几天呢，他现在很抗拒我们，不吃不喝也算正常，大概饿上几顿自然就吃了。

夜色已然变浓，此时外边狂风大作，似乎又有雷雨开始在天顶酝酿。我回到平时住的那间屋，暗淡的光线下，杨要武正裹着被子浑身发抖，阵阵呻吟。老爷子和阿廖沙却跟没看见似的，坐在一边，显得无动于衷。武建超还是没有回来，我望着外边，开始担心起来，突然觉得实在不该让武建超去追赵胜利，这地方太邪门了，他头上还有伤，万一遇上什么危险，恐怕不好应付。

心焦地等了一个多钟头，武建超仍是没回来。外头果然又电闪雷鸣起来，虽然不如昨天的厉害，但那阵势依旧十分吓人。看着一道道闪电裂开夜空，我开始理解金场里为什么这么多防雷设施了，如果山里入夏后每天都这么个打雷法，装那些东西倒真的很有必要。可这么一来，武建超怎么回来啊？应该会先找个地方避避吧。

我正想着，老爷子却凑了过来，满脸忧色地问："那啥，你说他会不会也跑了？"我问："哪个他，你说老武？"老爷子点点头，他的意思，是怀疑武建超找到赵胜利之后，俩人怎么商量着把金子一分，就不管我们直接出山了。

我听了心里"咯噔"一下，心说还真不是没这个可能。但转念再一想，又觉得武建超似乎不是那样的人。而且他和赵胜利压根不对付，怎么可能搅和在一起分金子？

老爷子却对我的想法不屑一顾："世上只有金子不亏人。见了那么多金子，你就不是你了，他也不再是他，有啥不可能的？"

其实理智上，我很理解老爷子的这种想法，但在感情上始终没办法认同。而就在我张嘴想跟他再理论几句时，一个人夹风带雨地突然从屋外冲了进来，让老爷子的歪理不攻自破，因为进来的那人，正是武建超。

他显然是怕被雷劈中，所以跑得很快（其实这种做法不科学，跑得再快照样会被雷击），进屋后一下就趴在了地上，大喘着气，枪也扔到了一边。我和老爷子朝外望了望，发现他身后没跟着人，就问赵胜利呢，没追到吗？

武建超坐起看了看我们，微微一闭眼，沉声说："赵胜利死了。"

"死了？"听见这个消息，我和老爷子都是同时一声惊呼，但接下来的表现截然不同，我问的是："怎么死的？"他问的却是："那金子呢？"

武建超抹了把脸上的雨水，谁的腔也没接，只是异常疲惫地说："给我拿点儿酒。"我脸一红，对他说酒喝完了。他怔了一下，马上又有些烦躁地问："那有烟没有？"

我摸摸身上，又是一窘，正想告诉他烟也没了时，那边阿廖沙扔过来一个红雪莲的烟盒。武建超接住，从里头抖出根烟，闷声不吭点上，吸得极快，三口一根烟就没了。他一直都说自己不抽烟的，但这会儿不但抽了烟，还鼻喷烟棍抽得十分老练。我心里虽觉得奇怪，但这时也顾不上这种小事了，只是一个劲儿催他快说，到底怎么回事？

武建超点上第二根烟，这次没有吸太快，蓝色的烟雾从他口鼻中流出，酝酿了一下才开始说："我一口气追了十四五里地，从望远镜里看见了赵胜利，他身上背的东西多，那会儿正坐在石头上休息。我靠近了点儿，本来想偷偷摸上去逮他，可他突然一转头看见了我，立刻撒腿就跑，我只能咬牙在后边追，这么一前一后又跑出了两里地。开头我还真赶上一大截，可一直差了十几二十米死活撵不上，最后我实在累得不行了，就心里一急，站住开了枪……"

他一说到开枪，我人立马就炸了，跳过去揪着他领子骂道："你他妈的疯了你开枪？人叫你打死了?！"

"你听我说完行不行！"武建超瞪着眼，扯开我的手往外一推，又接着往下讲，"枪一响赵胜利摔倒，可他朝前一栽人又不见了，我上前一看，才发现那里有道斜坡，让他一路滚到了下边。当时我就觉得有点儿不对劲，因为枪里装的是霰弹，那么远的距离顶多把人打伤，可那小子竟然趴在地上一动不动跟死了似的。我心里觉得有点儿糟，赶紧上前检查，却又发现

221

他后背上干干净净的，连块伤都没有。我嘴上骂装什么装，伸手把他翻了过来，可就是这么一翻，却差点儿没把我吓死……"

武建超说到这里稍稍一顿，眼睛眯起来，似乎在犹豫，但还是接着讲了下去。他说那时赵胜利趴在地上，从上头瞧好好的一点儿事没有，但一扳过来看到正面，却是一副惨不忍睹的样子。

那整个人从脸往下，一面身子全都焦黑如炭，牙和骨头暴露在外边，皮焦肉臭，面目全非，而且因为衣服也被烧得只剩一半，片片滑落。那感觉，就像条因为没翻锅而煎煳的鱼一样，挨着锅面的一半已经完全黑了，而另一半却还是生的。而且很明显就看得出，人早就没气了，不可能是刚才那一枪打死的。

当时我一听这种死法，脑子轰的一声，马上想起了杨要武说的那个被烧死的守夜人。但紧接着，我又意识到另一个让人后背发凉的问题：既然赵胜利早就死透了，那武建超之前追的又是谁？

这其中的诡异连我都想得到，更不要说武建超本人了。当时他一把事情说完，就抬头幽幽地问了句："你们说，我是不是见鬼了？"

这话没法儿简单用"是"或者"不是"来回答。场面一时很冷，阿廖沙和老爷子都在沉默，我也说不出别的话来，从武建超手里拿了一根烟静静地吸上，盯着地面思考。

事情太过离奇了，离奇得让人不敢相信。我甚至产生了一些怀疑，武建超向来和赵胜利不对盘，会不会是他故意把赵胜利打死了，又随便扯了个故事来糊弄我们？毕竟我们淘金连个合法执照都没有，就算他真杀人了，我们也不敢去报案，否则事情一牵连一大串，公安指不定先铐谁呢。

越想越觉得不对，我就斜眼偷看武建超，想从他身上找出些破绽。但观察的结果，却让我很快推翻了自己刚才的设想。因为此时武建超脸上呈现的，是一种我之前从未见过的表情，那感觉具体形容起来很复杂，但我看得出，他这是在害怕。

这种害怕很难装出来，而且和遇到山洪或者哈熊的那类害怕不同，后者不过是生命受到威胁产生的恐惧，危险结束就会随之消失。而武建超当时表现出的害怕，却是那种看不见摸不着，从骨头缝里透出来的阴森寒意。我之所以能理解，是因为前不久也有过类似的体验，就是在金硐里看见那个影子的时候。

但话虽如此说，事情还是有疑点，我问武建超到底看没看清楚，他追的那人真的就是赵胜利？不是脸都烧没了吗？

他对我惨淡一笑，无语地摇摇头，从兜里掏出了几颗脏兮兮的小石子儿，拿手来回搓了搓，露出一抹灿烂的金光。我马上明白了，这是赵胜利带走的金子，但转念一想，身上又冒出了鸡皮疙瘩，金子上沾的那层黑东西是什么，人烧出来的灰？

既然身上有金子，那死的人应该就是赵胜利了。武建超依旧没说话，把手里的金子搓干净，露出了黑灰下的本色。其中有个装满了砂金的小玻璃瓶，那是赵胜利一个多月的劳动所得，而另外的是几颗大小不一的金粒子，大的跟水果糖差不多，小的也像花生米。

老爷子拣了一块儿试了试分量，说这是金包石，和砂子长一起了，不过也够可以的。天然形成的金块不可能像人工炼出来的那么纯，多少都会含杂质，而且形状也不规则，有金包石的，有石包金的，也有半个黄金半个石头的。这些金子虽然不是很纯，但这么几块一分，我们每人至少能多拿几千块钱，本来是个好事情，可在这种时候，我想换谁都高兴不起来。

我心口又开始犯堵，不光是因为那一连串无法解释的事情，更多的感想是替赵胜利不值。只因为这些金子和那一点点的贪念，就把自己的命都扔了进去，这代价未免也太大了些。虽然他有很多不讨人喜欢的地方，但人都是有感情的，几个月朝夕相处，我就是再看不惯他，也不想他如此无端惨死。只可惜死了就是死了，不管死得多么雄奇壮烈或是诡异恐怖，人死不能复生，这就是事实。

伤感更是不必说，人不在了之后，我才记起了赵胜利的许多优点，至少他干活的时候很卖力气，从来不会像老爷子那样耍奸偷懒。其实仔细想想，我根本就没什么资格看不起他，大家都是小人物，谁也不比谁高尚，他想多赚点儿钱给家里添辆干农活的拖拉机，我来西部这边不也是为了大哥说的两台大彩电吗？

我不禁想起了老辈的金客子里流传的一句话，叫："不流血金不旺，不死人金不到。"这几个月下来，从前山的河谷到后山的老金场，死人的事情越来越多，金子当真也是越来越多。我不知道这里头有什么科学依据，不过已经充分体会到了现实的血腥和残酷。

以前死的还都是些不认识的人，我也曾自认为运气不错，虽然一路上危险重重的，但至少我们这几人一个也没少。而现在我却不得不承认，万事没有侥幸，赵胜利死了，我们所谓的运气恐怕也要到此为止了。外国人的《圣经》里说："以剑为生者死于剑。"那我们这算什么，以金为生者死于金？下一个又会轮到谁呢？

我心里还在感慨唏嘘，老爷子却想到了另外的事。他摆弄着手里的金子问武建超："就这么点儿东西了？"因为金子到底有多少谁也不知道，所以他的言下之意一听就明白，这是怀疑对方可能还藏了一部分没拿出来。

我本以为武建超会马上发火，但很意外的，他竟只是狠狠剜了老爷子一眼，鼻子出气冷冷哼了一句："别以为人人都跟你一样！"之后就没再言语，显得根本就不屑去争辩。我肚子里嘀咕，老爷子那想法也的确太小人了，就像先前说的那样，假如武建超真想独吞，金子到手后直接走人就行了，哪里还用得着回来，更用不着多此一举骗我们。

屋外雷雨初停，天地间陡然安静，空气里潮湿的水汽弥漫，我们几个人各自坐着，面面相觑，不知往下该说些什么。而武建超整个人都显得很累，他走之前还说要回来找老爷子算账，但现在显然已经没那个心情了，虚脱似的靠在墙边出神，把阿廖沙那几支烟全抽完了，后来经我提醒，才想起来去擦擦身子，换了件干衣服。

武建超头上的纱布也全淋湿了，我给他拆下来换新的，看见伤口被水泡得似乎有点儿发了起来，感觉不太妙，眼下没有抗生素，只希望千万别感染就好。

同时我手上做事，眼睛还在注意阿廖沙。赵胜利的死法太过诡异，而且和那个被烧死的守夜人颇有些相像，我猜阿廖沙肯定会有所联想，就试探着问了问他的看法。可他只故作疑惑地敷衍了几句，就没有太多表示了。眼下时机不对，我也没有说破，只是看着他那张半瘫的脸在心里冷笑了一声：好嘛，你就接着装吧。

锅里剩的面条已经糗成了一坨，武建超不是多愁善感的人，缓了一阵子可能感觉到饿了，就挖出一大碗吃了起来。我在屋里环视了一圈又不禁苦笑，大哥已经不在太多天了，而这几个人里除了我之外，杨要武年纪小又生了病，顶不了太多事，老爷子整天只在乎金子，根本指望不上，阿廖沙更是不敢信也不能信，也就只有武建超最靠得住，可以商量商量事情了。

事实上也的确如此，武建超这一回来，我心里就不自觉地踏实了许多，看他大概快吃完了，就一块儿讨论起了当前的情况。可我们从硐里的黑影，说到那野人的奇怪表现，一桩桩一件件，竟全都是问题没有一个答案。不过在我提到大哥从湖对岸发来的反光信号时，武建超立马发出了质疑："你怎么就那么确定那是你哥？"

我反问说怎么就不能确定？那信号明显是发给我们看的，除了我哥还能有谁？你换个人他也不会这一套啊？

武建超摇摇头："你也不想想，湖这么大，从我们这儿走到对岸，怎么着也得花好几天吧。你哥昨天还在这边的山上开枪呢，今天下午就能跑到湖对岸去给你打信号了？他长了什么腿，这么远的路一天就跑过去了？"

我被他噼里啪啦说得一愣，自己想了想，还真是这个道理，之前光顾着激动跟着急了，竟没考虑到这一点。但我还是有些不死心，又底气不足地说了一句："会不会是游泳过去的？"

武建超一下提高了声音："他妈的那么宽的水面，你能游过去我就信你！"我则马上接口，也没啥游不过去的，抱根木头慢慢游不就行了吗？

武建超似乎被我气着了，脸上是一副哭笑不得的表情："那好，就算真能抱着木头游过去。那你给我说说，你哥他去那边干什么？还有就是，这之前的几天，他又干什么去了？"

我一时噎住了，不知道该怎么作答。

武建超问得很有道理。人做事总是需要理由的，如果真是我大哥跑到了湖那边，随便他抱木头游过去也好，扎筏子划过去也罢，具体的方式方法只要想总会有，所以这并不重要。真正关键的地方，还是他为什么要去，这里头的动机是什么？

但如此一来，所有问题又都绕了回去。因为六天前我们就不知道大哥干嘛去了，现在依旧是不知道。而且话说回来，这一切还是建立在打信号的人就是我大哥的假设下，然而事实上武建超刚才那一通分析之后，我就对自己白天的判断产生了动摇。

眼前这湖，差不多比我在武汉见过的长江还宽，这几天还老刮大风，就算抱着木头，也很难说能顺利地游过去，所以假设的前提就要先打个问号。而另一方面，拿个镜子反射太阳光其实也不是多复杂的事情，我大哥肯定会这一手不假，但换个人也不见得就一定不会。毕竟除了那几束光，我们根本没看见人，而当时我马上认定对岸的是大哥，也的确太一厢情愿了。

既然如此，那么新的疑问又接踵而来。如果今天下午湖对岸的不是我大哥，那又是什么人？他往我们这边发信号又是什么用意？

隔壁就绑着个来路不明的家伙，如果现在告诉我周围可能还藏着别的同伙或者其他人，我也不会太惊讶。但眼下线头越扯越多，越缠越乱，我脑子里各种东西搅成一团，已经完全理不清楚了。

老爷子一直在边上听着，这会儿帮忙大胆推测起来。他一咳嗽，说打信号的会不会是阿廖沙那"情况"，娘儿们嘛，天天梳头洗脸的带有镜子，拿出来照照不就看见了。可惜他话没说完，就被阿廖沙一句"放屁"给否定了。那女人是昨晚上不见的，就这一天时间都不到，更不可能跑到湖那边去。

武建超则是一拍大腿，说也可能并没有什么人，而是对岸的一些碎玻璃、罐头瓶之类的东西反光，给我们造成了误会。我一听觉得有理，想起了阿廖沙有望远镜，就问他之前有没有往湖那边看过，都有些什么东西？他想了想，说也就是一些旧房子破码头之类的，没什么了不起的东西。

如果事情真像武建超说的那样，倒也算个合理的解释。但我认真一想，又觉得有些牵强。我们在这儿住一个多月了，如果是对岸有什么东西会反光，没道理以前看不到，今天就恰巧让阿廖沙瞅见了。而且那光一晃一晃的，还是更像人为的动作。我那会儿有点儿不死心，拿起那破望远镜往湖的方向看了看，当然不用想也是漆黑一片，什么也瞅不见。

　　事情越说越复杂，我们实在是拎不清眼前的事情了，就开始讨论接下来怎么办。而这时，老爷子提了个我最怕听到的话题，那就是：我们什么时候走？

　　其实按原来的计划，今天本就是收拾行装出山的日子，只不过由于各种显而易见的原因，商量好的事情被耽搁了而已。而老爷子提议我们天一亮就走，理由是这地方太邪性，死了这么多人，实在是不敢再多耽搁。反正金子淘够了就该走人，自个儿还是得先顾着自个儿，至于那些跑丢的失散的，也只能希望他们自求多福了。

　　他这话十分自私，但说得也很实际，那"跑丢的"不用解释就是指我大哥。我不得不承认那是种万分纠结的心情，兄弟俩本就该同去同归，大哥是我唯一的亲人，我不可能把他抛下一个人回去，但同时我又很害怕，假如他们几个都执意要走，我也说不好自己有没有勇气敢独自留下等大哥回来。所以老爷子话音刚落，我就立即出声反对，主要是怕别人跟着附和，到时候我孤掌难鸣拗不过他们。

　　好在阿廖沙也提出了异议，那女的到现在还下落不明，他显然是舍不得自己的小姘头，还想留下来再找找。我也赶紧在后面补充，说一是我大哥还没回来，我们不能扔下他不管，二是大伙儿伤的伤病的病，最好还是休整几天，等身体都恢复一些再走。

　　"你搞清楚，不是我们不管你哥，是你哥先不管我们的。"武建超这次没跟我站在一起，他的立场也偏向早点儿离开，显然是赵胜利的死对他冲击很大，不过他态度不如老爷子那么坚决，应该还有商量的余地。

　　杨要武烧得昏昏沉沉的，说起了胡话，也没法儿表达自己的观点。五个人里相当于一人弃权，剩下的二比二打平。我苦苦哀求，武建超的口风终于有了少许松动，最后是阿廖沙这个当老板的拍板定论，说再等三天，三天后不管发生什么事，大家一定收拾东西走人。

老爷子对这结果很不以为然，撇着嘴说我们不听老人言，吃亏在眼前，真再拖三天，指不定又要出什么事。不过话虽这么讲，他却只能认了，因为无论怎么算，还是所有人一起行动最保险，老爷子不会像赵胜利那样不知轻重的一个人瞎跑。

归期就这样定在了三天后，有关回去的事，似乎也暂时压了下来。然而我现在回忆，却必须很心痛地指出，那次的讨论只不过是个开头，之后随着情势越来越恶化，这个话题总是不断地被人提起。下山的要求一次比一次迫切，而我们最后的决定，却最终造就了那场无可挽回的悲剧。

除此以外，还有一件十分灰暗与无奈的事需要一说，那就是粮食。我们先前为了尽可能多淘金子，都是掐着粮食的存量计算回去的日期，所以到了最后那几天，两边其实都没剩下多少口粮。本来这种情况，在山里多留一天就多一分危险，但因为阿廖沙他们那里突然间少了十几张嘴，一下省出许多粮食，这才让我们在接下来几天和回去的路上不用担心挨饿。

死人嘴里抠出来的粮食，帮助我们做出了再待三天的决定，但也就是这个决定，却死了更多的人。转眼二十多年过去，每每回忆至此，我都很后悔没听老爷子的话。当初我们如果能及早出山，也许大家都可以健健康康地活下来了。

回程的日子一定下来，我们心里反而踏实了一些，烦人的事情暂时不愿再想，打算今晚先休息休息，有什么也得天亮了再说。

我又去瞅了那野人一眼，确认没什么问题，回去给杨要武喂了些水，搭了块儿湿毛巾，就各自躺下，扯上被子准备睡了。武建超排在守夜第一班，而阿廖沙瞒着我们的那些事情，还没来得及跟他说。我告诫自己千万别睡着了，要等他们都睡了，再偷偷跟他通通气。

可计划得再好，我却根本控制不了自己，毕竟已经连着两天没正经睡过觉了，眼皮子一搭上就再也张不开。而最后的蒙眬中，我竟然听到了武建超的打呼声，心里忍不住骂了一句：这货比我还快呢，还守个屁夜啊！

再后来就什么都不知道了，但因为脑子始终不清净，我做了许多稀奇古怪的梦，其中最恐怖的，要数目睹了自己被各种各样的大火烧死了十几次。不过因为身体实在太累了，如此惊悚的梦境，也没能把我吓醒。

浑浑噩噩的不知睡了多久，我还是被一阵乱糟糟的声音吵了起来，还没睁开眼就先闻到一股刺鼻的怪味，起身坐直了一看，才发现原来是杨要武吐了，吐得满身满地都是，再转头看看外边，天还没亮。

屋里都是那种酸腐难闻的味道，秽物脏水开始顺着地势到处乱流，而杨要武侧躺在地上，还在不停地吐，吐完又滚到了身上，简直一塌糊涂。我们几个人全都醒了，虽然忍不住骂娘，但也得赶紧爬起来给他收拾。

呕吐很可能是发烧引起的，但杨要武那架势很吓人，他晚上本来没吃什么东西，可喝的那点儿面条汤混着胃液哇哇往外喷，竟能直直射出一尺来远，有些来不及从嘴里走的，还直接打鼻孔里涌了出来。肚子里的东西吐完了又开始一下下的干呕，那声音听着很深，感觉恨不得把肠子肚子全哕出来一样，样子别提多狼狈。

差不多两分钟后，杨要武终于停了下来，让他洗洗漱漱先坐到一边，我们四个则是被熏得皱着眉头，拿着铁锹又是铲又是垫，忙活了好一阵儿，才勉强把屋里屋外打扫好。不过那味道还在，要想散干净，恐怕还得再等会儿。

当时天还黑着，不过看着露水的程度，估计也快明了。我们几个站在外边，一时也不知道是换间房子继续睡，还是干脆睁着眼等天亮算了，最后想想还是把饭做了得了，吃完就省心了。

早饭很简单，搓了锅面疙瘩咸汤就能凑合一顿。不过喝的时候有点儿恶心，因为今天汤做稀了，怎么看都有些像杨要武刚吐出来的那些东西，我稍一联想就感觉有点儿反胃。

硬着头皮吃完后，我也给那野人端了一碗。其实现在还喊他野人已经有点儿不合适了，不过一时也想不出其他称呼，只好先这么叫着。那家伙还在睡，我一进屋他就醒了，坐起来漠然地看着我，比着之前已经少了许多敌意，估计是被关了一晚认命了。不过他一见阿廖沙情绪又激动起来，冲人龇牙咧嘴地嘶吼，还挣扎着想扑过来，大概因为昨天阿廖沙揍过他，现在还在记仇。

我把东西放在了他跟前，说吃吧。可他的反应很奇怪，看见面疙瘩汤竟跟见了炸弹似的，慌慌张张挪着屁股直往后缩，结果又一次把碗给带翻，面汤洒了一地。

阿廖沙生气道："昨天不吃，今天还不吃。给我们耍性子玩绝食呢！他妈的敬酒不吃吃罚酒！"说着把剩下那半碗汤一下踢了过去，又上去踹了那野人几脚。

那人被踢得哇哇乱叫，我把阿廖沙拦住，摇了摇头，说他这不像是故意绝食。绝食是种需要很强自制力的行为，真正能做到的大多是伟人，比如文天祥和印度的那个甘地。但对于一个脱离社会许久，恢复了很多野性的人来说，这反而很难，假如他真的理智丧失的话，就不大可能战胜自己吃饭的本能。

而且看这个野人的样子，与其说他是不愿吃东西，倒不如说他是害怕吃饭。昨天也是，一碗面条上来就给弄翻了，知道的那是面条，不知道的还以为我们在逼他喝硫酸。

我试着扔了块熏肉过去，他却吃了，又扔了块面饼过去，他也吃了。那家伙怕是有年头没吃过好东西了，捡起来狼吞虎咽一通猛塞，嘴上嚼着还不忘抬眼瞅瞅我们，生怕别人跟他抢似的。我又盛了碗面疙瘩汤，他还是一口也不喝，让人看着都替他噎得慌。

我觉得更奇怪，吃肉吃饼，怎么偏偏就不喝汤？这里头有什么区别？眼皮朝下一瞅，看到洒了一地的汤汤水水，心头猛然一震：面条里有汤，面疙瘩汤也是汤，熏肉和面饼子却都是干的。

这狗日的不会是狂犬病吧，要不怎么这么怕水？

狂犬病又叫恐水症，书上说所有的温血动物都可能感染狂犬病，而人类患者多数会发病身亡。想到这一点，我赶紧往后退了几步，把先前的经历回忆一遍，确认了自己没被他咬过，这才稍稍放下心。可转念想到我昨天爬铁塔的时候，被哈熊弄伤过腿，又不禁紧张起来。

武建超却不是很赞同狂犬病，他说自己虽然不懂医，但他在内蒙古亲眼见过狂犬病人，好像并不是这个样子，一般还会抽筋发疯口吐白沫什么的，不光是怕水，还怕风怕光。眼前这家伙虽说疯疯癫癫的，不过跟那些发病的人相比，反而更像个正常人。

我点点头觉得也是，都说百闻不如一见，这方面的知识我也只在书上看过，不如他有发言权。狂犬病又叫恐水症不假，但只凭不愿喝汤这就判断人有狂犬病，也的确有点儿武断。可反过来说，人又不是骆驼，这家伙光吃干的不喝水，难道不渴吗？他要一直这样，又是怎么活下来的？

"会不会是水有问题？"武建超在边上说，又把碗端起来放在鼻子下闻了闻，显然也没闻出什么花样。老爷子却说，咱们这么多天都是吃湖里的水，不都好好的吗？

我突然心里一动，有种不太好的想法，可正打算说话的时候，缩在墙角的野人竟突然出声打断了我。跟之前毫无意义的怪叫不同，他这次嘴里吐出来的，是几个很清晰的音节。

我们几个人都是万分意外，而那几个字他连说了好几遍，但那发音很怪，我听是都听清楚了，却完全没听懂。只有阿廖沙脸色忽然变了，一下冲上前，抓住那野人叽里咕噜就说了大一串，听着像是俄国话。可嚷了半天，对方根本不买账，他这才想起来回头告诉我们："这家伙刚才说话了，是俄语。"

果然是俄语。其实看阿廖沙那种反应，我就已经大概猜到了，马上问："那他说什么了？"阿廖沙脸色又变了变，说其实就是一个单词，"可落飞"，意思就是：血。

血？我听了一愣，问什么血，流血的那个血？阿廖沙点点头。

我更是不理解了，问这话什么意思，他为啥要说"血"？就没点儿别的了？阿廖沙又摇了摇头，说自己也不清楚，反正就这么一个词。

这野人不说话是不说话，一说竟然是俄语，的确让人有几分意外。武建超一把抓起那家伙的头发，让他仰起了脸，看了一看就骂了起来："狗日的，原来是个外国人。"

之前因为浓胡子还有长头发遮着，我们一直没看清这野人长什么样子。虽然现在依旧是看不清，不过仔细观察后就不难发现，这家伙大鼻子高眉骨深眼窝，毛发茂盛，倒真是个西方人的轮廓。他那一双眼睛，也并非我起初认为的灰浑色，现在看来那根本就不是灰，而是一种发灰的蓝色。

武建超说得没错，我们抓了个外国人，而且很可能是苏联人。

稍微分析一下，就会觉得这种事不奇怪。那个军阀当年和苏联亲得穿一条裤子，这座金场很可能就是靠援助建起来的。想象得出，在几十年前，这里肯定有不少苏联人。这野人很可能就是当年苏联方面的人员，但不知什么原因，留在这里一直没走。

可我转念再一想，又觉得不大对头。大哥说过，那个军阀和苏联关系破裂后，苏联在西部这边的驻军和各种专家顾问很快就撤走了，那是二十世纪四十年代的事，如今已经过去四十多年，就算当时留下的是二十来岁的小年轻儿，现在也该六七十了。眼前这家伙虽说满脸褶子看起来很苍老，但明显没有那么大的岁数，而且他昨天抓我的时候力气很大，我不信自己连个老头儿都打不过。

那么，假如不是当年的苏联人，又会是什么人？解放以后来的苏联援华专家？或者是和阿廖沙一样的白俄？再或者，是从北边潜伏进来的苏联特务？

问题越琢磨越多，而所有的答案，还是要从这野人身上找。之前就一直都盼着他说话，如今憋了这么久终于肯开口了，也算是个不小的进展。我们催阿廖沙赶紧用俄语再审他，可是现实总是让人失望，接下来的沟通很不顺利。

一是那野人脑子似乎有点儿毛病，精力很难长时间集中，总是左顾右盼的，目光从来没在一个地方停留超过十秒钟，这让交流变成了一项很有难度的工作。二是可能阿廖沙打过他的原因，那家伙对阿廖沙一直特别抗拒，态度完全不合作，几乎是水火不进，问什么都不说，最后逼急了情绪就失控起来，整个人乱踢乱挣，喳喳乱叫地开始发癫。

阿廖沙原本还指望着从这人嘴里撬出来他那小妞头的下落，可磨了大半天，耐心也耗尽了，火蹿上来又想上去打人。我们赶紧把他拦住，说你再打更不会说了。其实这时候换个人可能会比较好，但除了他，我们都不会俄语，谁也揽不了这个活儿。

还是那句话，遇上这号油盐不进的人，你就是上刑恐怕都不管用，实在是无可奈何。我试着给那野人让了一根烟，他拿过去吸了，吸完后竟还把烟头也嚼嚼吃了，心满意足似的哈哈傻笑起来。

武建超往地上啐了一口痰，说你们看这家伙傻了吧唧的，说不定刚才说的就是一句疯话，正好被我们听见了而已，恐怕是问不出什么东西了。

我摇摇头，觉得不尽然。疯和傻其实是不同的概念，从这野人的表现来说，他之前抓我的时候，居然会把我们的包放在前面当诱饵，自己从树上居高临下地搞偷袭，显然是很有一定智商的，不能说是傻。可能只是精神上有点儿错乱，毕竟是在荒无人烟的深山里，一个人不想疯也得被活活逼疯。

武建超骂了一声狗屁，说猫逮耗子还会耍点儿小手段呢，你能把猫叫当回事吗？就算不傻，他没头没脑说个"血"又是啥意思？血什么血，鸡血还是鸭血？狗血淋头的血，还是抛头颅洒热血的血？

我没心思跟武建超抬杠，因为他那话又勾起了我心里另一个疑问，就是这家伙当初抓我干什么？他把那女的掳跑了还好理解，毕竟很多地方都有野人抢媳妇的传说，可我一个老爷们，他抓我回去有什么用处？

我拍拍脑袋，决定不再想了，就像刚才说过的，所有的答案还是要从这野人身上找。不管他是什么身份，关于这座金场的秘密，他知道的肯定比我们多得多。而且我也越来越感觉到，大哥的突然离开，多半和这里的秘密有关。

接下来就是漫长的询问和对峙，我们聚在那个小小的铁皮屋里，在这家伙身上耗掉了整整一个大白天。那简直是我进山以来度过的最无聊的一天，不过这不能算是浪费时间，因为别的地方实在一点儿线索都没有，这里好不容易出现了个突破口，我们自然不能轻易放过。

可惜最后的结果仍是一无所获。无论阿廖沙如何威逼利诱，拳打脚踢，变着法子逼问，也没从那家伙嘴里抠出哪怕一丁点儿有用的东西。他从头到尾还是只说了那一个有意义的词，就是：血。

已经是下午了，偏西的阳光从窗户斜斜投进屋子，我们几个包括那个野人，都是精疲力竭。武建超不耐烦到极点，不愿意再陪我们耽误工夫，扔下句话说他做饭去了，走出了屋。

而看着那野人一副狗屁不通的样子，我也开始怀疑起来，就问阿廖沙刚才是不是听错了？他却斩钉截铁地告诉我，绝对就是这个词，怎么说也是他母语，又重复了好几遍，不可能听错！

可孤零零的一个"血"字，到底有什么含义？或者说想传递什么信息？是暗示还是比喻？实指还是虚拟？费解到让人无从下手。我叹了一口气，揉揉两边太阳穴，心说这连个上下文都没有，真是猜都没法儿猜。然而揉着揉着我的心就不自觉跳了一下，突然想到不是有句话叫"血浓于水"吗，"血"可能和水有关，他一直不喝水，难道这里头有什么联系？

而就是这时候，已经走出去的武建超又突然跌跌撞撞地跑了回来，对我们气喘吁吁地急道："快出来，出事了！"几个人对望一眼，跟着走出门。而武建超只是伸手一指，我们就被瞬间定格在了那里，全傻了——就在我们前方几百米外，整个姊妹海的湖水，全变成了血一样的红色。

伍 过阴兵

老爷子"扑通"一下跪到了地上，而我的两腿也不争气地打战，差点儿跟着他跪下去。我没有丝毫夸张，那并不是晚霞投射在水面的波光，那是货真价实的血红，红得刺眼，红得心惊肉跳，让人不敢逼视。

虽然姊妹海仍像往常一样静静地躺在远处，但早已经面目全非，以前平静温柔的气质找不到了，取而代之的，是一种血淋淋的恐怖气息。直到很多年之后，那满满一湖血水的画面，还时常会出现在我的噩梦里。

我们全部僵立在原地，我不禁一阵窒息，浑身冷汗也流了下来，心里却像是突然明白了一样：那个野人所说的"血"，难道指的就是这个？怪不得他不愿意喝水。

愣了足足快十分钟，我慢慢回过神来，稍微犹豫了一下，挪开步子小心翼翼地走过去。他们几个在后边叫了一声，我没有理，而等我踩雷区似的走到水边之后，低头打眼一看，立马生出了一股骂人的冲动，狗日的，真是纯粹自己吓自己。

湖水当然不会真的变成血，离近了看就会发现，那实际是水上漂了一层铁锈样的薄膜，颜色和血很接近，而且严严实实地覆盖住了整个水面，随波而动，从远处看就造成了错觉。

我蹲下撩起水观察了一下，黏黏滑滑的有点儿粘手，闻着还有股子腥味。我心里干笑了一声，事情很明显了，湖水变红，其实是水藻在作怪，而真正的幕后黑手，则是这两天晚上的雷暴。

有点儿化学常识的人都知道，高空雷电作用下，会把空气中大量的氮跟氧化合为二氧化氮，而二氧化氮溶解于水变成淡硝酸，再和其他物质化合后，就会产生大量的天然氮肥。这本是大自然的恩赐，但如果超出了限度，就是过犹不及了。

老金场这一带已经连着两天打雷闪电，规模都十分惊人，肯定产生了数量巨大的含氮化合物，流入湖水后短时间内无法消化，就造成了水体的富营养化。再加上今天阳光比较好，在温暖的照射下，可能直接引发了某些水藻的爆炸式繁殖，以至于把湖水都染成了红色，吓了我们一跳。

其实类似的现象各地都很常见，尤其是近几十年，发生在海里就叫"赤潮"，淡水里的叫作"水华"。我还在学校的时候，就听一个水产养殖专业的同学说过，这是一种渔业灾害，因为太多浮游生物会耗尽水中的氧，释放出有害气体和毒素，鱼类大批死亡，渔业减产。只不过那大都是工业和生活排污造成的，没想到在这里，大量雷电也会产生同样的效果。

我把他们三个招呼了过来，解释了一通，让大家再次把心放回了肚子里。不过湖里的水已经不敢再吃了，脏不脏先不说，主要是想想有点儿恶心。那野人不愿喝水可能也是这个原因，他如果在这里待了许多年的话，应该不止一次见过湖水变红的奇观。

太阳渐渐落下了山，失去阳光照射之后，湖面上那层铁锈样的红膜随之变成了淡绿色，一点点沉了下去。而随后不久，正如我那个同学说的那样，湖里的鱼因为缺氧都浮到了水面上，熙熙攘攘挤在一起，露出头，嘴巴一张一合拼命呼吸，周围响起一片"吧唧、吧唧"的声音，听着简直像一大群人在集体打啵儿，让人浑身起鸡皮疙瘩。

说得再多，这也只是个小小的插曲，搞明白之后我们也就没再深究。

不过这件事情又让我重拾了一些自信，觉得这深山里虽然到处充满了不可思议，但终归还没超出现实的范畴，许多诡异的现象，我还是可以用常识解释得通的。毕竟恐惧来源于未知，而人只有在找到了自认为的真理后，才会变得无所畏惧。

然而很不幸的是，这种相对良好的感觉并没有持续多久。因为接下来发生的事更加匪夷所思，我那刚刚恢复的一点儿自信，再次被离奇的现实击了个粉碎。

按台山一天有四季，这边天刚刚开始黑，湖边就又刮起了风，看样子又要下雨了。我们心里咒骂着这种鬼天气，开始抓紧张罗晚饭。然而就在我们端起碗，围着锅灶准备开吃的时候，一阵儿若有若无的马达声随风传来，引起了我们的注意。

我们循着那声音搜寻。此时天已经暗下来了大半，周围的林海变成了一片黢黑的朦胧，黑暗已经开始接管整个世界了，只剩山后的一抹夕阳余晖，还映在风潮涌动的湖上。

而就是借着这最后的惨淡光线，我们却看到了一样极端意想不到的东西，以至于同时张大了嘴，手里的碗都掉在了地上：湖中，极远处的水面上，漂着一艘船。

说那是一艘船，其实大多还是出于臆测。因为距离实在太远了，光线又很晦涩，我们所能看到的，只不过是黑乎乎的一片船形的影子，在随着湖中的波涛上下起伏。不过凌乱的风中还隐约夹杂着马达的轰鸣声，说明那儿确实有船。

但这哪儿来的船？我们几个的目光被紧紧吸住，惊怵得说不出话来。最后还是阿廖沙第一个反应过来，转身回屋拿出望远镜，手忙脚乱调好焦，看了一眼嘟囔道："不是淘金船，好像是驳船。"

我夺过望远镜，但情急之下拿颠倒了，眼睛对着大头儿更是什么也瞅不见。赶紧掉转过来，却发现那望远镜破得可以，一个镜筒是坏的，另一个镜片也十分模糊。虚黑的背景里，我还只能用一只眼，好不容易才找到那艘船。

然而一看之下，我的心就猛然缩紧了。望远镜里出现了一个人，正冒着风浪在颠簸的船上跑前跑后，似乎在忙着绑什么东西。我吃了一惊，马上睁大眼希望看得清楚些，但光线实在太差，目标又在不停地动，根本瞧不清他的脸。

　　那人的身影在眼前晃来晃去，一个激烈的念头开始在我胸中狂跳，但是又不敢肯定。我使劲地看，感觉都快把眼珠子挤到望远镜里的时候，那个人终于忙完了甲板上的事，再次钻回船舱。然而就在进门的那一瞬间，他突然回头朝我们这个方向看了一眼。

　　这一下，就算光线再差也看清了，我顿时一声惊呼：天哪，那是我大哥。

　　任何的语言，都不足以形容我当时的震惊之情。打死我也想不到，这几天来千呼万唤的大哥，竟会出现在湖中的一艘船上。而武建超听到我喊，一把将望远镜抓了过去，看了看却说："没人啊？"他当然看不见人，因为就在望远镜被抢走的前一秒，我看到大哥一闪身进舱，关上了门。

　　那么远的距离，大哥应该是看不到我们的，我发疯似的冲到湖边，朝远处大喊，希望他能够听到。但蓄势已久的雷雨正好如期而至，滂沱的雨水不但遮蔽了视线，还完全盖住了我的声音。

　　他们几个则马上把我拉了回去，主要是怕待会儿打起雷来，人在外边会被劈死。而等我站回屋里的时候，深沉的夜幕也终于彻底落下，湖中心一片漆黑，完全吞没了那艘船的轮廓，更不要说船上的人了。虽说之后电闪雷鸣，闪耀的天空一次次把湖面照得一览无余，但大哥那艘船已经没有了影子，也不知道跑到了哪里。

　　我们这里乱成了一团，刚才除了我，武建超他们几个都没有看到船上的大哥，这会儿开始围着我问东问西。而我根本就不知道怎么回答，也不想回答，胡乱应付了几句，气急败坏地把望远镜扔在地上，抱着头蹲到一边，只想自己先静一静。

　　我头昏脑涨，感觉已经要爆炸了。昨天是湖对岸的闪光信号，今天就出来了一艘船，可这地方怎么会有船？大哥又怎么会在船上？船开到湖心去干什么？现在又到哪里去了？他这些天突然跑出去就是为了这些？这地方究竟藏着什么秘密？这一切的一切又是怎么回事？

如果说之前我还一直在努力地想把事情搞明白，那么现在我算是彻底放弃了。他妈的，这地方根本就不跟人讲道理，除了想不通还是想不通，不可理解之外依然不可理解。那感觉就像一场重要的考试时，卷子拿到后你从第一题看到最后一题，却发现自己一道都不会写，累加的刺激和挫败感，更是让人绝望到崩溃。

他们还在很不知趣地逼问，我感觉自己就像被一只大手攥着来回地搓一样，被挤得喘不过气来，结果长久积压的情绪一下爆发，开始抱着头嗷嗷大叫，之后又开始号啕大哭。武建超他们可能被我突然的反应吓到，就退了开去，凑在一边小声议论起来，看我的眼神也充满了惊恐和疑虑。

他们说什么我根本没心情听，那一刻我突然十分理解那个野人了，在这个地方，也许丧失理智反而是一种自我保护的手段，不然你肉体还没垮，精神就先垮了。

而我会如此地焦躁失控，其实原因还有另外一个，那就是刚才从望远镜里看到久违的大哥的时候，我发觉自己并没有丝毫的喜悦和激动，反倒是感觉到了一种阴冷和恐惧。至于为什么会这样，我自己也说不清，只能说这种恐惧的感觉本身就很让人恐惧。

发泄之后，我慢慢冷却下来，头脑中，各种念头明明在狂轰滥炸，但又好像是一片空白。这种状态也不知道过了多久，反正窗外的雷雨已经停下了，我才被身边发生的事情拉回现实。

杨要武又吐了。他从昨天开始就断断续续地高烧不退，我甚至真有点儿担心是森林脑炎，但留意了一下，并没有相关的症状。他这会儿又吐了，因为之前没吃什么东西，只吐出了一些胆汁和胃液，不过味道还是很不好闻。

快睡觉的时候碰上这种事，谁的心情都不好，几个人骂骂咧咧的，捏着鼻子给他收拾残局。老爷子因为我们不愿意今天下山，本来就一肚子不痛快，这会儿又故意找茬似的，指着杨要武说："这倒霉娃子病得这么重，三天是肯定好不了，到时走不了路，我看你们咋办？"

我听了眉毛一皱，心说这还真是个问题，就问阿廖沙到时候怎么办？没想到他却是两手一摊，有些很不负责地说："问我干什么？你们想办法就是了。"

他这话说得轻巧至极，听着也实在刺耳，我有种吃了苍蝇的感觉，又想起这老毛子之前种种可恶的言行，更是气不打一处来，指着他大鼻子骂起来："怎么不问你，不问你问谁？我知道你打的什么主意，人比金子沉多了是吧？不就三千块钱吗，便宜！"

"你什么意思？"阿廖沙盯着我，半瘫的脸上拧出了个比鬼还难看的表情。我答道："什么意思你明白。你的命是命，别人的命就不是命了？没他你早就死了知不知道？狗日的，一点儿人性都没有！"

阿廖沙上来猛搡了我一把，说："你他妈把话说清楚！谁没人性？"接着叽里咕噜冒出了一串听不懂的俄国话，估计是在骂人。而他突然动手，我被推得一个趔趄差点儿摔倒，心里更怒，正要冲上去找回来，武建超却一下把我拽住了："行了，吵鸡巴吵！大晚上的吃枪药了？你给我过来。"

因为雨刚停，屋外水汽很重。阿廖沙被老爷子劝住，武建超把我拉到了稍远的地方，先骂了我一顿，说我刚才不该那么乱吼，杨要武就在边上躺着，他有病了又不是听不见，我们这么吵让人家怎么想？

我很不忿，说那臭老毛子不把手底下人命当回事，太他妈的过分了，我看不过去才出头的。你刚也听见了，他那是人话吗？

武建超却冷冷说道："他的人他想怎么说就怎么说，咱管不了。当老板的还不都这样，工人听老板支唤天经地义。"

我一时哭笑不得，骂他这是啥旧社会的狗屁道理？武建超却一笑："别提什么旧社会新社会，在按台淘金的，啥时候都这样，该吃杂粮的，就别老想着吃大米。其实阿廖沙算不错了，你没见过更黑的。"

说完他又重重告诫了我一番，要我注意点儿别得罪阿廖沙，要是我大哥真回不来了，大伙儿想下山，就得靠他领路。出去了卖金子也可以找他，能多挣个两三成。

听他这么一说，我更是生气，暴跳道："你胡说什么？什么我哥回不来了，你咋就知道他回不来了！"

"好好好，能回来。"武建超见我这么激动，就换了个口气，"不叫我说也行，那你先说清楚刚才怎么回事？你到底看见什么了？你哥在船上？"

我一时语塞，不知道该怎么说。这么僵持了几秒，武建超见我不吭声，转身就想走。我赶紧拉住他，脑子里组织了一下语言，把刚才在望远镜里看见的东西告诉了他。

"你真看见你哥在船上？"武建超眉头皱了起来。我看他似乎想发表意见，摆摆手说让他先别急，道："还有一件事，你先都听完了再说。"

因为一连串的变故，昨天杨要武说的那些事情，我到现在还没顾上跟他讲，现在正好避开了阿廖沙，我就把从杨要武那儿听来的事，原原本本转述了一遍。

武建超听完，随即嘟囔着问了句："怎么也是烧死的？"

这话一下提醒了我，心里一颤，想到了铁皮屋后沙坡地上的焚尸坑，心说这之间有没有什么联系？阿廖沙他们的守夜人是烧死的，赵胜利也是烧死的，那么地下的这些死人，会不会也是先被那么莫名其妙烧死，才被埋下去的？而并不是我之前认为的那样，是死了之后才被烧的？

我把这个想法提出来，俩人讨论了几句，也没什么结果。武建超想了想，说道："这个想不明白就先放一放，咱慢慢来，先把刚才那艘船的事情搞清楚。你说你哥在船上？"

我肯定地点点头，武建超却深吸了一口气，说："那这就不对了！"

他的语气里带着迷惑，我以为是不相信我，就问："怎么不对了？我看得清清楚楚。"

武建超摇摇头说："我不是说你没看清，我是说，那船很邪乎。"而他接下来告诉我的，又是一件极其匪夷所思的事情。

他说当时我从望远镜里看见大哥之后，叫了一声就往湖边跑了，阿廖沙和老爷子也跟了过去。不过那时候望远镜正在他手里，于是自己就没动，站在原地多看了一会儿。然而就是这么一看，却看到一幅十分奇异却又让人毛骨悚然的场景。

事实上，在大雨落下来之前的几秒钟，那艘船就已经不见了。他看得很清楚，那船不是慢慢驶走的，也不是沉到了水下，而就是那么凭空消失了，只一眨眼的工夫，就像被大风突然刮飞了一样。这事儿他之前就想告诉我，但我刚才情绪波动很大，什么都听不进去，这才拖到现在。

我却有些不敢相信，因为当时我脑子很乱，只记得刚跑到湖边就下起了雨，天又黑，就什么都看不到了，具体的先后顺序还真分不清。我很想表示一下怀疑，但看武建超说得那么认真，觉得他不像在骗我，事实上他也没必要骗我。

武建超看我没啥反应，又接着道："不知道你是什么感觉，反正我看见那船的时候，就觉得很不正常。它怎么就突然冒出来了？而且怎么说呢，觉得那个看着有点儿假，飘乎乎的发虚，感觉不像个实实在在的东西。说起来，倒跟我以前在戈壁滩上见过的蜃景儿有点儿像。"

我没听清楚，就问什么神经，发什么神经？他吥了一声，说狗屁神经，是蜃景，就是海市蜃楼。

"不可能！"我听明白后立马摇头，"海市蜃楼是因为空气冷热不均匀，密度不一样，光线形成了折射，可你看刚才那会儿又是风又是雨的，不可能……"

"行了行了，别解释了。我只是说像，又没说就是。"武建超不耐烦地打断，他挺烦我这套凡事儿穷解释的劲头，顿了一顿，又换回了那副认真的表情说，"大学生儿，既然知道蜃景儿，那你知不知道'过阴兵'？"

"过阴兵"我倒也听说过，那是老年间迷信的说法，特别在部队里很流行。传说是假如打仗死了太多人，一下涌进地府，阎王不敢收，鬼魂就会成群结队地在战死的地方游荡。等到刮风打雷的时候，附近的人就会听见刀枪撞击、呐喊厮杀的声音，有时甚至还能直接看见鬼影，令人毛骨悚然。

这种现象似乎全国都有，特别是中原地区的许多古战场，还有西北和西南最多，不过后来经过研究已经破除了迷信，有了科学的解释。说那些鬼其实是全息录音录影，比如在蕴含二氧化硅和磁铁丰富的地区，雷电会把一些情景记录储存下来，到一定条件下，再发射出去。因为硅是集成电路的核心成分，而磁铁有记忆功能，其实就是磁带录放的原理。当然，后来又有人提出了别的见解，认为是风在特殊的地形下，产生了共鸣发声的作用。

我毛病一来，又开始穷解释，武建超截住话头说道："你们知识分子喜欢讲科学，那咱就科学分析一下。先看你刚摆出来的那几条，打雷闪电就不用说了，硅啊什么其实就是砂土，这个我也知道。关键是磁铁，找金口诀你听过吧，'青牛、铁马、毒砂'里的那个'铁马'，说的就是铁矿，而且咱在这儿淘出来的金子颜色发乌，你哥之前也说过，是金子和铁矿伴生的原因……"

我自认为化学还可以，就忍不住插了一句，说铁矿也分黄铁矿、菱铁矿什么的乱七八糟好多种，不一定就是磁性氧化铁。

"你少打岔！"武建超一摆手，然后接着分析，说既然"过阴兵"的条件都符合，那么阿廖沙他们听见的怪声音，我们那天听到的怪声音，再加上湖里的船，就都可以说得通了——我们看见的听见的，都是"过阴兵"。

那些人说话的声音，是老金场几十年前录下来的，而那艘船也只是多年以前残存的影像重放而已，甚至说，我们那晚看见的冲天火光，还有武建超所追的早已死去的赵胜利，也都可以用这个原理解释。全部说完之后，武建超用一句话做了个总结："你不是喜欢找合理解释吗？这就是最合理的解释！"

我突然觉得有点儿眩晕，因为再想下去，就出现了一个让人不寒而栗的推论：假如事实真如他说的那样，这许多的怪事，甚至是那艘船，都是磁带回放的"昨日重现"，那我大哥在那艘船上又是怎么回事？

难道说，他以前就来过这里？

大哥之前是地质队员，按台山又是重要的矿区，如果他在若干年前到过这里，倒也说得过去。但他怎么从来没有跟我们提起过？我们来时走了一大圈冤枉路，大哥如果真的来过，干嘛不带我们直接找过来？还有，他几天前不辞而别，又是为了什么？

我想起了武建超先前的一句话，说我大哥心里藏有事情，现在看来可能不假。而这时，武建超似乎又想到了什么问题，脸色又是一变，突然说："不对！"

我问怎么不对？他眉头皱起来："我差点儿就忘了，那天晚上，我还听见了你说话的声音。但这么一来就全对不上了，怎么会有你的声音，除非你以前也来过。"

我也想起了那回事，马上摇摇头说那不可能，看我年龄就知道。绝对是听错了，那要真是我的声音，我自己怎么可能听不出来？

武建超却摇摇头没接我的茬，紧锁着眉毛，一副想不通的表情。不过跟他相反，我当时反而是感觉踏实了许多，因为说了这么久，终于找到了个大概说得过去的解释，虽然一时没办法验证，总比一直摸不着头脑的好。

那种心理就像人落水的时候一样，拼命地想抓住什么东西，哪怕只是一根稻草，要的是找回安全感。然而可笑的是，事后证明，这只不过是由一个问题引出了更多的问题，从一个深渊掉进了另一个深渊而已。

最后，我们又转回到阿廖沙为什么把那些事瞒着不说上。武建超想了想，对我说："其实这也没什么。"

我不明白，问什么意思？他道："你刚才给我说的那些，说到底只是他们的事，谁也没规定一定要告诉我们。反过来也一样，咱们的许多事他们还不是不知道，比如这湖里的电缆，还有前天……只是没告诉他们而已，并不能说是在故意骗人。"

我一时沉默，不知道该如何接下去。武建超表面是个粗人，但他同时也有很精细的地方，特别在思考问题这方面，不知道是不是跟个人经历有关，他的角度总是很特别。就像这个由此及彼的逻辑，很简单直接，但我之前竟完全没想到。可照此往下一推，许多事就没了意义，因为假如大家都是爱说不说的，那就不存在值得讨论的问题了。

我无奈地叹了口气，武建超却又拍拍我肩膀："这事儿你先别急，等我再去问问阿廖沙，怎么说我跟他比你熟。"

我点点头，又望了眼湖水对岸的方向，面对着一片黑暗，生出了几分好奇，不禁道："我想去那边看看。"

"你要不想死在路上，我劝你别去。"武建超明白我的意思，如果能去湖那边看看，可能许多事情就能弄清楚了，但他当时就给我泼了一盆冷水，"我知道，这里很多古怪，还有你哥的事情，你都想一口气搞个明白。可我实话给你讲，那些鸟怪事就是有时间我也不想查了，就现在的情况，咱几个人能带着金子囫囵囵囵出山就行，别的，我管不了，也不想管了。"

武建超这等于在委婉地告诉我：他不会再陪我去冒险。我考虑了一下，也接受了他的意见。他说得没错，什么都是假的，只有自己的命是真的，就凭我这点儿能耐，能不能安全走到对岸都不一定，与其玩着命折腾，还不如安分点活得长久。

不知道是不是受赵胜利的死影响，从昨晚上开始，武建超的口气变得有些悲观。我想起头天晚上的事情，就问他怎么抽起烟来了，以前不是只喝酒不吸烟的吗？

武建超没想到我提这个，叹了一口气，说其实自己以前是抽烟的，只不过后来戒了。他昨天回来的时候心里乱得很，又没有酒，这才抽烟压一压。我问为什么戒，是不是有什么故事？他揉了揉眼睛，又叹了口气："那个害我劳改的女人，就是个卖烟的。"

我一听是这回事，赶紧打住不再问。不过他倒是打开了话匣子，回忆起来，说那是他当兵的最后一年，部队在宁夏那边打井，当时驻在银川。他因为偷偷出来买烟，认识了一个烟摊上的小寡妇，俩人干柴烈火的一来二去就好上了。可那年头的人都觉悟高，他俩的事情没几天就被人告发了，本来只能算个乱搞男女关系，算是通奸，但那女的死也不愿意出来做证，再加上他是部队的从重处理，最后就判了个强奸。而从那时候开始，他就再也不吸烟了。

这种男男女女的事，本不足为外人道，当时我只是听听不敢表态。武建超叙述的语气也挺失意，不过说完后，他又无奈干笑了一声："酒是穿肠毒药，色是刮骨钢刀，我前半辈子栽在色上，从此不敢碰，后半辈子只能喝酒了，古诗说得好啊，今朝有酒今朝醉，明天没酒喝凉水……"

我心说这可不是什么古诗，原句好像应该是：明日愁来明日愁。不过这是人家的伤心处，我也没说破，觉得正经事儿和闲话都扯完了，就和他回到铁板房那里。

屋子里只有杨要武一个人躺着，阿廖沙和老爷子又钻到隔壁那间，接着审那个野人了，看样子还是不死心。武建超把阿廖沙叫了出去，又冲我打了个眼色，示意不用跟着，估计是去谈我刚才说的那些事了。

我进屋坐下，找了根烟吸上，闭眼长长吐了一口气，一种由内而外的疲倦渗透全身。刚刚还觉得武建超悲观，其实我又何尝不是这样？毕竟发生了这么多事，精神、体力双透支，换谁都不会觉得形势一片大好。

养了会儿神，我睁开眼，然而接下来只是无意地往旁边一瞥，我就立即发现了一个严重的问题。

杨要武躺在那里，脸上烧得潮红一片，然而不知什么时候，他竟突然流起了鼻血。黑红色的血犹如一条长长的虫子，从他的鼻孔爬出来，顺着脸颊一路淌到了地上，已经积出了小小一摊。而他还一直在沉沉昏睡，对此浑然不知。

一般人流鼻血都是只流一侧，可当时杨要武却是俩鼻孔齐出，滴滴答答的又多又猛。我一看不得了，赶紧扯了条毛巾过去把他摇醒，可他当时烧得糊糊涂涂，睁开眼一脸迷茫，还不知道出了什么事。

我心里叹了口气，马上抱着他坐起，让他身子前倾，先把鼻腔里的血块擤了出来，用毛巾大概擦了擦，又给他捏紧了鼻孔止血。他鼻子被堵没法儿呼吸，就张开了嘴，结果又有不少血混着涎水从嘴里溢了出来，这看着吓人，不过问题应该不大，估计是刚才躺着的时候，一部分鼻血流到了喉咙里。

老爷子走进来，看见这血糊糊的场景，"哎哟"一声，惊问怎么回事。我说这不明摆着的吗，让他快去摆两条湿毛巾，回来给杨要武冷敷。

这么压了大概六七分钟，鼻血才算大概止住。事发很突然，我看着周围血迹斑斑的，就跟刚杀了个鸡一样，心里忍不住犯嘀咕。要说发烧引起流鼻血也算常见的现象，但一般都是几岁的小孩子才这样，杨要武怎么说也快成年了，再有这种症状就显得很不正常。而且还流得这么猛，难道是刚才呕吐的动作太剧烈，把鼻黏膜血管弄破了？

我问杨要武感觉怎么样？他别的说不出什么，只会喊渴、喊疼。我问具体哪里疼？他告诉我身上疼，尤其是腰疼。他之前就说过腰疼，可我一时也想不出这和流鼻血有什么关系，只能让他多喝了些水，用纱布塞好鼻子躺了回去。

刚把杨要武安顿好，武建超又突然从外边跑了进来，一把抓起我胳膊，什么话都没有拉着我就往外走。我挣了一下问干什么，他也不回答，只是回头瞄了一眼杨要武，对老爷子交代了声："看着他！"接着不由分说就把我拖了出去。

跟着武建超急急走出一段距离，我就看见了等在远处的阿廖沙。站定了之后，他俩似乎交换了一下眼神，武建超又转头看了眼那间铁板房，对我说道："那个杨要武有问题！"

"什么问题？"我先是很警惕地看了阿廖沙一眼，又对武建超说，"他刚流了好多鼻血，我觉得不太对，可能不止感冒发烧那么简单。"

"流鼻血？什么时候？"武建超刚进去找我，竟然连那么一大摊血迹都没注意到，这时露出一副迷惑的表情。阿廖沙却不关心这个，在边上看武建超不说话，有些急的抢着对我说："那个杨要武，根本就不是我的人！"

这本是石破天惊的一句话，但当时我没听懂，"啊"了一声表示疑问，接着转念一想自以为明白了，就又跟阿廖沙骂了起来："妈的，不是你的人，难道是我们的人？不想负责任就直说，少在这儿咬着屎橛打提溜儿！"

"妈的，你嘴放干净点儿！"阿廖沙嫌我说得难听，又想上来动手。武建超赶紧挡在中间，又对我替他解释一遍："杨要武不是他们的人，也不是我们的人，你明白没有？这儿根本就不该有这个人，他是多出来的！"

那话他说得极其郑重，尤其是最后一句，几乎是一字一顿，咬着音挤出来的。而我一时愣住了，还是没明白他的意思，什么？杨要武是多出来的？

武建超无奈地摇摇头，把事情从头说起。因为刚才他把阿廖沙叫出来，本来是想核实一下我说的那些事情。但想不到的是，他这边说完后，阿廖沙既没有当场承认，也没有当场否认，而是万分惊诧地先反问了一句："这事儿谁告诉你的？"

当时武建超以为阿廖沙装蒜，就把杨要武搬了出来，说有人证呢，叫他别狡辩了。但阿廖沙显得更加惊诧，颤着声问武建超："他怎么会知道？"

武建超当时火了，说他怎么会不知道，结果两人吵了起来，然而一番对质后，就出现了问题：阿廖沙发誓说自己根本就不认识杨要武，他一直以为杨要武是我们的人，那些事他不可能知道。但武建超当然很清楚，事实并不是这样。

于是，一个让人无法接受的矛盾产生了：杨要武既不是阿廖沙的人，也不是我们的人，他谁的人都不是，他是莫名其妙多出来的。

武建超全部说完后，我大体明白了，但是我绝对不能就这么相信，开什么国际玩笑，太他妈扯淡了！怎么会平白无故多出来一个人？杨要武明明说自己是跟着阿廖沙的，阿廖沙现在不承认，明显是在胡乱转移话题想把水搅浑，还是不愿意对我们说实话。而武建超竟然会相信？

我一声冷笑，对武建超说道："还真是啥话都敢讲啊，骗三岁小孩儿吧你！还不如直接说阿廖沙是苏联特务呢，这个可信度还高点儿。"想象得出，那时我的脸上肯定写满了不屑。我已经开始怀疑武建超了，这种狗屁不通的鬼话敢拿来骗我，是不是他已经和阿廖沙串通好了，合起伙来想干什么？

想到这里我更加警觉，下意识后退了两步。阿廖沙却突然苦笑了起来："你少自作多情，我还唬你呢？这么鸡巴扯的事情，连我自己都不敢相信，我能拿去唬谁啊？"

武建超也是一脸认真，按着我的肩膀对我说："大学生，我知道你感觉太离谱了，不愿意信。但你想想这么多天了，咱又遇见过多少真正靠谱的事情？还有什么不能信的？"

听他们这么说，我再次愣住了，冷静下来一思考，心里竟隐隐有了几分认同。他们说的似乎也有道理，因为就算是编瞎话，也是要讲求合理性的，如果阿廖沙真在骗人的话，那他这个瞎话编得也太荒唐了，荒唐到根本骗不了任何人。那么，一个所有人都不会相信的谎话，说出来又有什么意义呢？

我的心微微一动：除非，它就是事实。

细细想来，阿廖沙所说的事，也并不是完全没可能。其实这一个多月，我们都是各自忙着干活，两拨人之间的来往并不多，说不上熟悉，甚至连对方具体有几个人都不清楚。我们这边，阿廖沙只认识大哥、武建超和我，而在他们那边，我们也只认得阿廖沙，别的工人包括那个女的，面目都是十分模糊，唯一说得上有印象的，也只有那晚那个被插死在陷阱里的人。

不论杨要武到底是不是阿廖沙的人，他第一次真正意义上出现在我们视野里，其实就在前天傍晚发生雷击之后。当时他一个人跑过来求救，在我们看来，他毫无疑问当然是阿廖沙手下的工人。而同样的道理，阿廖沙被救回来时还处在昏迷当中，后来还有一段时间神志不清楚，等清醒过来之后见到杨要武，尽管不认识，但也只会把他当作我们这帮人里的一员，不会去多想。

这样一来，我们认为杨要武是阿廖沙的人，而阿廖沙却认为他是我们的人，无形中就产生了一个盲区，只要双方不当面对证，就很难被拆穿。

而顺着这个思路往回推，我也越想越觉得阿廖沙不像是撒谎。杨要武对他献殷勤，阿廖沙就表现出了不适应，而后来杨要武生病了，他也显得不怎么关心。至于刚才跟我发生冲突，那就更是因为误会了。说白了，因为他从心里就认为杨要武是我们的人，跟他并没太大关系，也轮不着他来操心。

噬骨的寒意渐渐从脚底升了上来，我双膝发软，几乎有些站立不稳。一个大家根本不认识的人，这么简单就混到了我们中间，我们丝毫不知情也就罢了，竟然还和他同吃同住相处了两天两夜，这事随便想想都会让人发疯。

那种后知后觉带来的恐惧，怎么形容都不过分。同时又有更多的问题涌了出来，这个杨要武究竟是什么人？从哪儿来的？他这么做又是什么目的？

事情大大出乎意料，顷刻间又复杂了无数倍。我脑子已经有点儿不好使了，就问他们怎么办。武建超想了想："过去看看再说。"

我们三个回去没敢直接进屋，而是先把老爷子叫了出来。他看我们脸色不善，问怎么回事。我小声简短地一解释，老爷子也是大吃一惊，立马咳嗽着嚷起来："你们咋啥事儿都不给我说啊……"阿廖沙赶紧一把捂住他的嘴，指指里边，叫他别出声。

铁屋里，杨要武还躺在原来的地方，正闭着眼，哼哼唧唧地呻吟，也不知道是真的还是装的。我透过门看过去，一想到这么些天来，这个人可能一直在暗中窥探我们，就忍不住一个寒噤，只感觉那一张原本就有些陌生的脸，现在更是陌生得可怕。事实上我们什么都不知道，不知道他什么来路，不知道他是不是真的叫杨要武，甚至不知道他是不是真的是个人。

最后，还是武建超最先耐不住性子，抬脚冲进了屋，"啪啪"两巴掌把杨要武（暂且这么叫）扇醒，然后就老鹰抓小鸡似的把人提了起来，"哐"的一声重重抵在墙上。

接下来就是一幅刑讯逼供的场景。武建超什么话都没有，上去一个下马威，先把人暴揍了一顿，拳拳到肉，脚脚生风，而对方似乎完全蒙了，根本没有还手的余地。

我们想问的，无非就是那几个问题：你到底是谁？从哪儿来的？有什么目的？还有没有同伙？都知道些什么？

但那杨要武表现出来的，却只有满脸惊慌的表情，吃痛的惨叫声中，一边喊着老板，一边求饶说别打了。他鼻血又开始滴滴答答流出来，淌满了前襟，带着哭腔，嘴里含含混混地翻来覆去就那么几句话："老板，老板，你们打我干什么……打我干什么？该说的都说了……到底说什么呀？"

"还嘴硬，你当你是江姐啊？"武建超蛮性上来，也不管他说什么了，抓着领子接着一拳一拳揍过去，打一下就问一句，"说不说？"

以前，武建超在我面前表现出来的，都是讲义气够朋友的一面，不过他也不是什么仁德君子，这会儿打起人来，就显得十分凶残。我看着有点儿不忍，就说："你别把人打死了。"他却是一脸不怎么在乎的表情，蹭了蹭手上沾的血，说自己有分寸。

这样持续了快十分钟，杨要武还是那几句不知所谓的话。他本来就在生病，根本挨不住那种程度的拳脚，在不知所措的痛苦呻吟和嘶哑惨叫声中，终于无力地耷拉下头，全身像被抽了筋一样，软软地瘫在那里。

我蹲下看了看，那家伙浑身汗涔涔的，眼睛翻着，脸色灰白，像是虚脱得昏迷了。边上武建超舀了碗水，想把人浇醒，我马上拦住了他说："别忙，我还是觉得有点儿不对头。"

刚才我光顾着惊讶了，脑子一发蒙，就忽略了一个很关键的问题。这会儿反应过来，才觉察到问题。按道理说，如果杨要武真的想浑水摸鱼的话，最好的方法，应该是什么多余的话都不要讲，就那么默默无声地混在我们当中才对。他却把阿廖沙他们的那些事告诉我，而我们知道这些事后，几个人只要一对质，他的身份必然会暴露。他干嘛故意往枪口上撞，这太不合常理了，除非还有别的目的。

另外，瞎话可以编出来骗人，但生病到这种程度，肯定是装不出来的。他突然生病又是怎么回事？是计划之外的变故，还是原本就是有什么打算？那又有什么意图？

把这些顾虑一讲，他们也觉得有理，而我看了眼边上的阿廖沙，用下巴点点杨要武，问他："之前说的那些事，是不是真的？"我指的是有人被烧死的事，阿廖沙承认说没错，但他不清楚杨要武怎么会知道这些。

而我继续问："那你当初怎么不说？"这是我一直很搞不懂的地方，但阿廖沙没有回答，而是缓缓道："我不告诉你们，是因为我信不过你们。"

我有些错愕，就追问为什么。他却摇摇头："你还是别知道的好。总之，是你大哥的问题。"

杨要武本来就病得很虚弱，一番拷打之后明显支不住，变成了半昏迷半麻木的状态，泼水也没反应，跟条死狗一样，除了会喘气，已经连话都说不出了。

我们想知道的，一点儿都没问出来，几个人无计可施，就开始瞎猜起来。老爷子的想象力一贯丰富，说这个杨要武会不会是山精变的，混到我们当中来害人。武建超当场就嘘了他一声，说要真是妖精想害人，干嘛不直接变个美女，那勾引起来多方便，变成个男的干嘛？而且妖精会生病吗？

阿廖沙说，从穿的衣服上看，他和我们都差不多，会不会是还有第三拨淘金的人？但往下就更说不通了。他混进我们几个人之间图什么，总不会是为金子吧。

猜来猜去更是没个头绪，事情到了这个地步，几乎又陷入了死局，我们无可奈何，只有把注意力转回到隔壁的房间，也就是那个野人身上，重整旗鼓，打算再审一审他。而想不到的是，就这么个无奈之举，还真有了那么一点儿可喜的进展——这家伙肯说话了。

那是我们花了将近一夜的工夫，才最终摸出的一些门道。他的确会说话不假，也的确能听懂我们说话不假，但是他说出来的是俄语，却只听得懂汉语。解释得明白一点儿，就是假如我们用汉语提问，他偶尔会用很含糊的俄语回答，但是如果让阿廖沙用俄语提问，他就又换回了一副完全不知所云的样子。

这是我们无意中发现的情况，自然是又惊又喜，紧接着实验了许多次，都是一样的反应，不像是故意装出来的。虽然我们谁也说不清为什么，但我还是有种恍然大悟的感觉，但又觉得岂有此理。

我真是早就该想到，记得当初我跟那野人困在金硐里时，他就表现出能听懂我的话，只不过出来之后他一直很不配合，我也就没当回事。而实际上，这家伙第一次说出那个"血"时，就是在我们几个用汉语讨论之后，可惜当时大家都被阿廖沙误导了，这才一直在俄语上使劲，没有往那个方向考虑。

当然，这种事也实在太匪夷所思了，而直到很多年后我才知道，那其实是一种很奇异的神经疾病。说是有些人在受到巨大的心理创伤之后，语言功能出现了障碍，就会表现出很多症状，比如写字和说话时找不到合适的字眼，或者形不成文法，而对于那种懂得好几门语言的人，则会把不同的语言混杂在一个句子里讲出来，或者听得懂一种语言，但只能用另外一种语言表达，而他本人还完全感受不到自己的毛病，反而怪身边人听不懂自己说话。

不过在当时，我们虽然已经认识到了这种情况，但跟那个野人的交流，依然是十分困难。因为从昨天白天开始算起，他已经一天多没喝水了，出现了脱水的症状，人显得很萎靡。而且他的精神总是很难集中，你问上一百句话，他都不一定能蹦出一两个词，所以大部分时间还是在鸡同鸭讲，他愿意说什么，也完全取决于自己。

这么驴唇不对马嘴地费了半天劲，直到第二天早上，外边的天已经微微发白的时候，我们才把他的全名探问了出来，的确是个俄国人，名字长得离谱，叫什么阿列克赛什么伊凡诺耶维奇又什么库图佐夫。

阿廖沙翻译这个名字的时候，我看到他嘴角似乎紧了一紧，露出了一个看不懂的表情。我就问这名字怎么了？他摇摇头说没什么，是个很常见的俄国名字，不过"库图佐夫"倒是个很古老的沙俄贵族的姓，当年那个带兵抵抗拿破仑的俄国元帅，就姓库图佐夫。

阿廖沙家就是"十月革命"逃过来的沙俄显贵，这个库图佐夫的姓，可能牵动了他心里的那点儿贵族情结。我当时熬了一宿，困得不行，也没心思搭理他那么多，只是打着哈欠催他赶紧问点儿关键的，光知道个名字没什么用。

我们最想知道的，还是这个野人的来历。我看着那野人的眼睛，放慢语速反反复复地问："你，来这里做什么？"可那野人嘴里始终是嘟嘟哝哝的，阿廖沙费了九牛二虎之力，才又挖出了一个有用的信息，就是：淘金。

"你是说，他也是来淘金的？"我嘴上在问，心里倒是觉得这算得上是目前最合理的解释了。我们抓到的是一个迷失在大山里的淘金客，总比我之前猜测的苏联特务什么的容易接受多了，只是不知道他怎么会变成这样。

阿廖沙的脸色却有些怪，死死盯着那个野人，眉头紧紧皱着，一言不发。而就是这时，武建超却突然急急忙忙跑来，把我叫了出去："那小子恐怕不行了。"

他说的"那小子"，当然是指杨要武。他从昨晚上开始昏迷，神志就一直很模糊，我们一夜没管，没想到现在竟然出现了病危的征兆。

我过去看的时候，发现他已经完全丧失意识了，呼吸微弱，心跳无力，但是脉搏很快，而皮肤微微有些湿冷，颜色发绀。我心里不禁一沉，这不是烧晕了，这是典型的休克症状，不及时抢救的话，很可能全身器官衰竭而死。

但眼下这个条件，又能拿什么去抢救？我心情紧张起来，掀开他的眼皮，本想观察下瞳孔的情况，却又被吓了一跳。也不知什么时候，杨要武的眼球竟全变成了血红色，两颗都是。

边上的武建超看见也是一惊，当即说："妈的一眼全是血，难不成真是妖精？"我摇摇头，说这应该是球结膜出血，跟红眼病一个道理，但是程度严重得多。

我摸了摸他脖子上的淋巴结，有明显的肿大，接着扒开衣服，马上又倒抽一口凉气，杨要武的胸前、腋下和背上，竟都有明显的皮下出血点和出血斑。

到此为止，我已经可以完全肯定，这绝对不是寻常的发烧感冒那么简单。从前天晚上高热，之后呕吐、流鼻血，然后是广泛的皮肤出血，直到现在昏迷谵妄、感染型休克，发展过程如此迅猛，这显然是要人命的急性病。

我把情况一说，武建超也有点儿慌了，就问："那到底是什么病？"

我无力地摇摇头，只能说不知道。这是实话，我就是个半瓶醋的兽医水平，现在什么检测手段都没有，只凭看这种表面的症状，根本判断不出来。说起来败血症、出血热，或者多发脓肿似乎都有可能，但又不完全像。

而我刚说完，武建超就问："什么血，什么血症？怎么都有血？那个野人就一直说'血'，难道不是指湖水变红，而是这个？"

我脑子顿时轰的一声，懂了他的意思。但我还没来得及说什么，隔壁的铁板屋里竟突然"砰砰"爆出两声枪响，完全打断了我的思维。我和武建超惊得一下蹦起，面面相觑：又出什么事了？

我们俩原地愣了两秒，立刻醒过神来，几步冲到隔壁，一进门就看见那个野人躺在地上，上半身全是血，而阿廖沙站在旁边，手里的双管猎枪还在冒烟。

我二话不说，赶紧抢上去查看，那野人的脸被铁砂打成了蜂窝，脖子也中了一枪，正用手死命地捂着伤口，想喘气却吸不上来，血呛进气管引起剧烈的咳嗽，又从指缝间喷出来，溅了一地。

浓重的血腥气混着淡淡的硝烟味，熏得我头脑一片混乱。人伤到这种程度，两腿一抽一抽，眼看是活不成了，我有些不知所措，也搞不明白怎么会变成这样，回头瞪眼吼了阿廖沙一句："你杀他做什么？"

武建超也是惊愕至极，直问怎么回事？可阿廖沙那老毛子根本就不理会我们，连一句话都没有，没事儿人似的转身就走出了屋子。我心说这算什么态度，紧跟着追出去，问他到底想干嘛这是？

他面无表情地回头看了我俩一眼，完全答非所问地说了一句："我现在去找人，你们谁愿意陪我去？一人给三千。"说着就开始匆匆收拾东西，抓着电筒子弹水壶什么的往包里一扔，背上抬脚就要走。

他说找人，应该是那个女人，但这表现实在太奇怪了，我当然不能就这么放他走，一个箭步冲上去挡住路，说你不把事情讲清楚，他妈的哪儿都别想去！

可他就跟没听见我的话一样，身子一闪，夺路还要走。我马上跟着侧跨了一步拦住，来回两次，他脸霎时就黑下来，竟突然举起了枪，指着我冷冷道："别挡道！"

冰凉的枪口点着脑袋，瞬间把我逼退了两步。气氛一下子僵到极点，不过我也看得出，阿廖沙内心里并不像表面上装得那么淡定，他拿枪的手似乎在微微地颤抖。武建超一看不好，马上跑过来解围，挡在我前边一把将枪管推上朝天，骂阿廖沙，狗日的大早上发什么疯？

阿廖沙虽然蛮横，但也不是真要打我，他顺势收起枪，又问起武建超愿不愿意跟他去救人，这次价钱涨到了五千。而我这已经是第二次被人拿枪指着头了，缓过神后立刻破口大骂，说去你妈的五千，谁要你的钱！

武建超冲我打了个眼色，又紧紧拉住了阿廖沙，明显压着脾气沉声道："救人可以，但你先把眼前的事儿解释清楚。不然想杀人就杀人，玩得也太出圈儿了吧？"

阿廖沙看出武建超这是不愿意，冷冷地来了一句："说了你们也不懂！"就一下甩脱了他的手，打算走人。我没听懂那话什么意思，但看他这真的要跑了，热血上冲也管不了那么多，回屋拿出另一条枪，对准了他就喊："不许动！你敢走一步试试？"

我以前只拿枪打过兔子，这时瞄着人，只感觉两眼冒火，浑身发烫，而这时身后突然"哐啷"一声，又吓得我心头猛地一跳。原来是老爷子刚才去小河边提水，回来看见我们这架势，吓得手里的桶掉到了地上。他不明白怎么回事，也不敢靠近，只会站在远处喊什么有话好好说，别动刀动枪伤和气之类的话。

"不许动？还缴枪不杀呢！"阿廖沙没想到我会拿枪威胁他，稍稍愣了一下，又很不在乎地狞笑了一声说，"有种你就打死我。"他说完就真的转身走了。我一看更急，怒喝一声："回来！"他不但不停，反倒越走越快。

我原本不打算开枪的，但阿廖沙这么激我，就算泥人也有口土性。我实在忍无可忍了，就一咬牙照准他的大腿，当真扣下了扳机。

"别！"武建超大喊了一声，但已经来不及了，因为我手指一下就扣到了底。可惜随后一下撞针空击的轻响，却告诉我枪里没子弹。我诧异了一下，立刻明白过来，我们一共三支枪，因为怕走火，平常不出来的时候枪都是空着放的，阿廖沙刚才之所以毫无惧意，恐怕也是早算到了这一点。

这简直是丢人，我又气又恼。武建超倒是脸色一松，马上跑来把枪拿走了，一拍我肩膀小声说："你在这儿盯着，我跟过去看看情况。"我看了他一眼，他冲我点了点头，就跟着阿廖沙匆匆离开了。

我在原地傻站了一会儿，不知道自己下边怎么办。其实刚才那一枪没打响，我除了感觉有点儿窝囊，更多的还是小松了一口气。也幸亏枪没响，不然要真把阿廖沙打伤或者打死了，这事情就不好收场了。

此时屋子里，那个叫什么库图佐夫的野人躺在地上，一动不动的早已经死透了。这个莫名其妙跑出来的人，又这么莫名其妙地死了。事情变化太快，我只感觉一阵头疼。阿廖沙怎么突然就要杀人？这肯定不是无缘无故的。难道就是刚才我不在那一小会儿，俩人说了什么，让他起了杀心？可究竟会说什么呢？

阿廖沙心急火燎地要去救人，看样子已经问出那"情况"的下落了，可就凭这个，也用不着把人给崩了啊？此外他那个态度也太不正常了，什么都不说，到底有啥不能告诉我们的，还说什么"说了你们也不懂"？

本来昨天把事情说开之后，我对阿廖沙已经有几分相信了，但经过早上这一闹，我又突然觉得，他身上肯定还有大问题，而且，是比之前复杂得多的问题。

而这么一来，关于杨要武身份就又很值得怀疑了。阿廖沙说杨要武是多出来的，我们之所以肯相信，是因为觉得一个瞎话不可能编得如此荒谬。但如果反过来想呢？如果他正是利用人的这种心理，不就刚好能骗过我们吗？武建超揍了杨要武半晚上，什么都没问出来，这本来就很奇怪。再加上之前想到的那些不合常情的地方，我越来越倾向于认为，阿廖沙也许是在借杨要武做挡箭牌，故意混淆视听。

想到这儿，我不禁又替武建超担心起来，怕他跟阿廖沙一起会出什么问题。又回屋看了眼杨要武，一摸他的头，发现竟然已经不烫了。不过我一点儿高兴的感觉都没有，因为这绝对不是什么好兆头。

只要人还在发烧，就说明自身的免疫仍然在起作用，但如果体温不升了，则表示他身体的抵抗已经完全失效，那问题就更严重了。

当时杨要武已经陷入了深度休克，也就是比死人多口气，又过了一个多钟头，他最终停止了心跳。而我只能在一边眼睁睁看着，什么都做不了。

那野人的尸体现在还躺在隔壁没来得及收拾，这边又死了一个，我长叹一声，心里并没有太多的伤感，只是觉得十分失望。这俩人腿一蹬死了倒是一了百了，但那些我想弄明白的问题，却也都跟着悬到了半空，恐怕永远也问不到答案了。就像自己陷在一个巨大的迷魂阵里，而就在刚刚有了点儿眉目的时候，所有的线索又一齐断了，那简直是一种迷茫到窒息的感觉。

其实除了这些，我更多的还是担忧，因为直到现在，我都不知道杨要武得的是什么病。那野人之前一直在念叨"血"，而杨要武身上又出现了严重的出血症状，谁都不敢说这两者没关系。实际上从刚才开始，我心里一直就有个很不好的想法在涌动：那野人一直不肯喝水，难道是这湖里的水……

外边的日头已经升了起来，我一走出铁板屋，首先就看见远处湖面上白花花漂了一大片死鱼，当时头皮就"唰"的一麻，心说怎么念什么来什么，这也太快了吧？又多想了一下，才醒过来不是那回事，这应该只是昨天湖水变红的后遗症，看来晚上那场雨也没有解决问题，还是有不少鱼被疯长的水藻给憋死了。

我心里默念着别自己吓唬自己，快步跑到湖边。因为上午阳光还不强，水里藻类的红颜色还没有显现出来。我蹲下，仔细看了看脚边的水，又对刚才那个"水有问题"的判断产生了怀疑。周围这么多的动物植物，湖里还有鱼，假如水有毒或者如何，怎么之前一点儿迹象都看不出来？总不可能是动物喝水没事，人喝了就得病吧？

但假如真是水的原因，那麻烦就大了，我们这一个多月来都是吃湖里的水，那岂不是说，大家全会像杨要武那样病死？这当然是我最不能接受的事情，于是就开始寻找各种理由去否定这种假设。

我心里嘀咕着，站起来转身回去，走了没几步，看见房前边躺着一个水桶，就是老爷子先前打翻的那个。当时我没心思管它，就一抬腿迈了过去，然而还没等脚落地，我就突然意识到一个问题：桶还在这儿，可老爷子哪儿去了？

之前那段时间我都在自顾自地想事情，没注意身边的情况，结果到现在才想起来，好像从武建超他们走了之后，老爷子就一直没在我视野里出现过，这周围除了那两具尸首，竟然只剩我一个人了。

左右一找，还是没有人，我心里就有点儿打小鼓了。不过好在后来扯嗓子喊了一声，另一边就响起了答应的声音。老头儿其实没走太远，只不过他钻到那边的另一排铁板房里去了，我刚一着急竟然没看见。

我走过去看了一下，发现老爷子不知怎么的，把那附近几间房里的东西全扒扯了出来，一堆破烂扔得满地都是，烟尘弥漫，激得人一阵咳嗽。我皱着眉问他这是干什么？老爷子回答得也简单，说是找金子。

我只愣了一下，随即明白了，赵胜利那几块金包石就是在铁板房的墙里发现的，老爷子这是想在走之前试试运气，再看看其他屋里有没有。

要说我们手里金子已经不少了，每人的拿到外边去估计都能卖上一万多块。可人总是贪心不足，都这种时候了，老爷子竟然还惦记着多捞金子。看他专心致志地弯着腰在那儿抠墙，我只能说很不以为然，心说这世上哪有那么多好事儿都让你摊上？

明知说他也没用，我也懒得多讲，摇摇头就转身出去了。可这时身后突然又"哗啦"一声，引起了我的注意，回头一看，原来是老爷子把屋里的一个破箱子掀翻了，里边的东西摔散了一地。而我一下就走不动，因为我十分意外地发现，那破箱子里装的，竟全是一个个的小玻璃瓶。

这一个月来我们光顾着淘金子了，一直没怎么注意身边的这些铁板房，这许多屋子，大部分我们连进都没进去过，也不知道里边都有些什么东西，更是没见过这些小玻璃瓶。

我捡起几个仔细瞧起来，发现每个瓶子形状都一样，肚大脖儿细又扁扁的，类似那种装风油精的小瓶子。只不过这里头装的不是风油精，而是一种白颜色粉末状的东西，虽然年代很久远，但因为密封得好，里边的东西看起来还很干燥。我拿着晃了晃，感觉有些像家里平时蒸馒头用的碱面儿。

瓶里装的当然不可能是碱面儿，但光凭外表，谁也猜不出到底是什么玩意儿。而这时我左右看了看才发觉，眼前这间房子比我们住的那间大，屋里也没有床，窗户也是封着的，貌似是个库房。

旁边还堆了许多只箱子，我马上打开来，里边装的也是这种小玻璃瓶，此外，我还找到了不少的针头、盐水瓶、玻璃注射器之类的东西。看着这些医用器材，让我猛然间就醒悟过来：难道那些小瓶子里装的是药品？无菌分装的注射用粉针剂？

只是这么一想，我就越看越像。粉针是医疗上一种很常见的剂型，原理就是把药物和试剂混合后，消毒干燥变成粉末，用的时候再拿溶液稀释注射，这么处理，主要是为了方便保存和运输。这听着有点儿复杂，但只要一说透了，所有人都不会陌生，因为许多常用药都是以粉针的形式应用在临床的，比如头孢和青霉素这类抗生素，我想大部分人生病时都打过。

只不过区别在于，我们平时用的粉针都是用圆瓶装的，而当时我手里拿的，却是那种扁形的容器。

而一见到这么多的药品，我思维也马上开阔起来，自然而然地就想起了刚刚病死的杨要武。他身上那种严重的出血现象，很像是细菌感染引起的，而众所周知，对细菌杀灭作用最强的药物，就是抗生素。

接下来的推论就很顺畅了。杨要武得的那种病，肯定不是这一两天才有的，应该是在几十年前就曾出现过，也肯定让那个军阀和苏联人做出了一些应对。眼前箱子里的这些药品，很可能就是当年运来治病的某种抗生素。也就是说，现在只要弄清这是什么药，应该就能大体推断出那是什么病了。

当时我之所以如此在意那怪病，主要还是出自心底一个几乎不敢触碰的担忧：其实得病死得有多快倒是其次，我最害怕的是，它会传染！

只是，想知道这些药的名字，也不是那么容易的事情。那些瓶子上倒是都贴有标签，上边很可能印了药名。但这几十年过去，瓶里的药粉还能有个大概的样子，纸上的字却早就褪得模糊不清，几乎无法辨认了。而现在已知的抗生素又不下万种，我就是连猜都没法儿猜。

从年代上倒是可以推断一下，因为抗生素的大规模应用主要是"二战"的事，跟老金场算是同一时期，那时的品种应该还不太多。但可惜的是我只记得一个最有名的青霉素，说是青霉素发明之后，肺结核和梅毒就都不再是绝症了，可这跟眼下的病又明显不对症。

无奈之下，我只能挑了几个标签保存还算完好的瓶子，拿到阳光底下仔细研究。眯着眼睛看了半天，总算依稀看出了个"S"开头的单词。这应该是拉丁文的药名，但我当年学的"兽医拉丁语"如今都忘得差不多了，想了半天也没想起来哪个药是"S"开头，心说难道是螺旋霉素？可螺旋霉素是近两年才出来的新药啊。

正伤脑筋的时候，突然听到了一阵急促的脚步声，我转头一看，原来是武建超他们回来了。俩人一前一后正颠颠地往这边跑，同时阿廖沙怀里还抱着个人，不用猜就知道是谁，没想到他们出去大半天，还真把那女的给找回来了。

阿廖沙抱着他那"情况"，边跑边冲我喊："快快，快来救人！"声音要多急有多急，等把人放下了，又心急火燎地来拉我。这家伙早上还拿枪指我的头，这会儿又来求我救他的小妞头，简直不要脸到极点。我其实心里很不情愿，也不想管他的事，但后来实在挨不住求，而且也觉得那女的确实可怜，这才过去看了看。

也不知阿廖沙他们在哪儿把人找到的，这才几天没见，那女的就变得衣衫褴褛蓬头垢面，看着人不人鬼不鬼的，也不知都受了什么罪。而且人也昏迷着，眼睛和嘴巴紧闭，脸色白得发青，明显是生了重病。

马上我又发现了可疑的地方，那女人鼻唇之间沾了一些脏东西，黑黑的，像是已经干涸了的血。而看清之后，我心里"咯噔"一下：这是流过鼻血的痕迹！

我生出一分很不好的预感，马上摸摸她的额头，还微微的有些烫，又试了试呼吸和脉搏，却都已经微弱得甚至感觉不到了。我在心里叹了口气，抬头问阿廖沙:"我要解开她衣服看看。"

阿廖沙满脸紧张的急忙说道:"都这时候了啰唆什么,救人要紧,快点儿……"我张了张嘴,想告诉他其实人到了这种地步,我已经做不了什么了,现在只不过是再观察观察病情而已。

但我话还没出口,阿廖沙自己就把那女人上身的衣裳解开了。我赶忙趴过去看,果然在胸前找到了和杨要武一样的出血点。可等把人翻过来看背后的时候,我们几个却全都愣住了,那女人背上的皮肤,竟然出现了大块大块的紫红色斑痕,就像有几只花蝴蝶趴在那里一样。

这明显不是皮下出血该有的表现,可到底是什么东西?我脑子一时混乱,赶紧把人放回去,认真考虑了几秒钟后,又掀开了她的眼皮,拿手电照着检查瞳孔。而只看了一眼,我心里就再次"咯噔"了一声:瞳孔已经散大,这说明,人已经死了?

虽然有点儿不太敢相信这个结论,但脑子里很快闪过的一个念头,却让我不得不信了。因为我突然想到了,那女人背上的紫斑,根本就不是什么病状,那是死人身上的尸斑。

人死后血液停止循环,身上的血受重力作用全部往下流,最后都积聚在尸体底下的部位,那附近的毛细血管和小静脉充血,就会慢慢透过皮肤呈现出紫红色的斑纹。

如果是法医,还可以通过尸斑的状态判断人的死亡时间。我不懂这个,不过我也知道,人刚死的时候是看不见尸斑的,通常要好几个小时之后,才会慢慢出现。那么也就是说,阿廖沙抱这个女人回来的时候,她就已经是个死人了,而且还是个死了挺久的人。

现在看来,那女人的呼吸和心跳应该是早就消失了,可我刚才一时大意,竟然以为那是因为人太衰弱,所以才感觉不到。我小心措辞了一下,把实情告诉阿廖沙,他听了根本不信,还骂我说:"放屁,你摸摸看,她还发着烧呢,怎么可能死了?"

我摇了摇头,说瞳孔散大和尸斑是不会骗人的,这女的不仅是死了,而且已经死了很长时间。至于她身体到现在还在发热,也不是不能解释,因为在有些情况下，尸体温度在一定的时间内不但不下降，反而还会上升。比如某些病死的人，由于细菌和病毒的作用，体内的分解加强，热量增加，即便死了也会继续发烧。再或者有些人因为死前有长时间的痉挛，也会造成体内产热增加，尸温上升。

"这，这怎么可能？"阿廖沙听完我解释，还是很不愿意相信，但事实摆在那里，他否定的也十分勉强了。这女人被那野人掳跑，失踪了好几天，现在好不容易找回来了，没想到只抱回来个尸首，阿廖沙似乎很受刺激，也不再说话了，把她衣服上解开的扣子一个个系了回去，然后就默不作声蹲在那儿，呆呆地动也不动，神态看起来很悲戚。

武建超过去安慰了几句，说人死不能复生，让他看开点儿什么的。我不知道该说什么，也不想去说，而且相比阿廖沙的情绪，我更关心他们找到人的经过，就拉了武建超一下，示意他到一边来。

我问那女人是在哪儿找着的？武建超回答说就在之前把我埋进去的那个金硐里。我说那不是塌了吗，他点点头说没错，只不过当时阿廖沙领着，他们就在附近的一片山坡下边，找到了金硐的一个旧排风口。

金场里那种老式矿井没有换气设备，都是依靠自然通风。武建超形容说那排风口被几片石头垒成了三角形，也就比兔子洞大点儿，上下还有杂草灌木盖着，要不是事先知道，根本就看不见。他们花了一个多钟头，才把那硐口掏大了一些，小心钻进去一路往里爬，最后才下到金硐深处。

因为矿窿都是顺着金脉挖的，而金硐到了那地方，乱得一个硐套一个硐，四通八达跟迷宫一样，走着走着还不停地往下滴水掉黄泥，怕人得很。他俩在里头瞎转了很长时间，终于在一个岔硐的尽头找到那女人。当时黑咕隆咚的，阿廖沙又心急，根本就没弄清人是死是活。只不过往外搬人的时候，武建超就感觉不对劲了，因为那女的虽然在发烧，但身上的肌肉有些僵，那时还以为是因为生病，没想到原来是人都死硬了。

他说完后，我也讲了自己的想法，那女的鼻孔里有血痂，胸口、腋下也有明显的皮下出血，要是我没猜错，她应该是和杨要武得了一样的病，最后是病死的。

"病死的？"武建超这时候才知道杨要武已经死了，也没说什么，不过刚过了一秒，他又忽然一拍脑门，像是想通了什么事，"那女的有病了，所以那野人把你弄过去，是想让你给她瞧病。"

没料到他突然又扯到这个，不过武建超这人总会时不时冒出一些独到的见解，我想了想，觉得也有道理。因为这么长时间了，在几个人当中我一直是个大夫的角色，老是给人看病瞧伤的。那野人如果一直在暗处观察的话，就很可能了解这个情况，估计那女人刚被掳回去不久就发病了，于是他就想起了我。

这么一分析，等于解释了我之前的那个疑问，只不过还是有很多问题想不明白，比如那野人抓这女人回去做什么？但现在再讨论这些已经没有意义了，因为俩当事人全死了，我们做出的任何猜测，都无法得到证实。

而眼下真正需要我们操心的，其实是那种突然出现的怪病，如今已经连死了两个人了，这才是要命的事情。

武建超问我："他们那到底是什么病？会不会真是水里有毒？"他的思路跟我之前差不多，都是从那些出血症状，联想到野人所说的"血"，而那家伙又不肯喝水，这里边很可能有什么关系。

"可能没那么简单。"我带他去看了那些新发现的东西，然后把我的那一番推测说了出来。武建超捡起一个药瓶象征性地看了一眼，就扔了回去，问道："那你的意思，不是水的问题？"

我不敢肯定也不敢否定，只能叹口气，说我要能认出来这是什么药就好了。武建超却咂了一下嘴道："要我说，你也别琢磨了，就算知道是什么病了又能咋样？现在还不是照样治不了。有那功夫，咱还不如收拾收拾赶紧下山。"

我最不想听的就是这种话，敷衍说不是定好了等三天再走吗，明天就到了，不差那一天。武建超没接腔，只是斜眼看了看我，露出了一副很不以为然的表情。

而我们在这边说话的工夫，那边的阿廖沙似乎也慢慢缓过劲了。我们看见他抱着尸体往屋后走了过去，就问干什么，他说想把人葬了。武建超一听，就对我说那边屋里还躺着两个呢，放着也不是个事儿，一块儿收拾了吧。

我和武建超拿上工具，把杨要武和那野人的尸首拖到了屋后的那片坡地上。武建超喊了阿廖沙一声，指了指那个死野人说："这事儿你还没交代呢！"可阿廖沙只是在那儿自顾自地挖坑，根本就不搭理他。武建超鼻子哼了一声，也没再继续问。

忙活了一阵，坑挖好了，大小两个坑，杨要武和那野人共用一个大的，小的那个给那女人。然而，就在往坑里放人的时候，我却突然发现了一个之前未曾注意的情况，杨要武的十个手指甲，竟都隐隐的有些发青。

他那几个指头，看着有点儿像被挤或者砸了后瘀血的感觉，但颜色显然没那么重。我心说难道是内出血反映在了指甲上，又跑去瞧了瞧那个女人的手，不出所料，也是如此。

假如事情到此为止，本也没什么了。但是，当时我鬼使神差地又看了看自己的手，原本是想对比一下，却悚然发现，我每片指甲的下头，除了天长日久存出的那一圈黑泥外，居然也都透出了一股淡淡的青紫色。

我浑身冷汗"呼"的一下子就冒了出来，所谓灯下黑就是如此，自己两只手成天在眼前晃来晃去，我竟一直没有察觉到这个变化。我生怕自己看错了，又往上啐了口唾沫擦了擦，依旧是那个样子，又脱鞋撤袜勾着腰一看，脚趾也是同样的情况，颜色甚至比手还要深一些。

我头皮霎时间绷了起来，阵阵发紧，根本就想不起这种变化是从什么时候开始的。按说指尖和脚尖都是血液循环的末梢，假如身体缺氧或是新陈代谢不好，指甲盖倒是可能发青发乌，但我年纪轻轻的，不可能出现这种将死的老年人才有的病状。而那女人和杨要武的指甲也是青的，这就让我产生了最最不好的联想。

我有些蒙了，心说这算什么？接着又心里一动，赶紧抓起武建超的手看了一下，发现他的指甲竟然也在微微的泛青。再看了看阿廖沙的两只手，也是青的。我想老爷子的已经不用再看了，估计和我们的一样。

他们两个还没弄明白怎么回事，但受我的感染，也有些慌起来。阿廖沙学我的样子，弯腰看了一下那野人的手，突然道："他的是白的。"

我跑过去一看，果然，那野人的指甲，是那种死人该有的苍白颜色。这一下，我好像突然之间就想通了，马上问武建超："你现在大便还带血不？"他迷糊了一下，回答说："最近事情太多，没注意。"

　　我转头又问阿廖沙："你那'情况'的月事，是不是不正常？"他怔了一怔，像是没听懂我的话。我马上提高声音重复了一遍："我是说，这一个多月，你那妍头的月经是不是来得很多很勤，所以才老去河边洗衣裳！"

　　"啊？"阿廖沙显得很诧异，说你问这个干嘛？我一下急了，吼道："少他妈犯迷瞪，这事儿你肯定知道，我就问到底是不是！"阿廖沙这才算明白过来，点着头说："是是。"

　　听到他承认了，我的心却沉了下去。之前的许多事像幻灯片一样在脑中飞快地闪过，感觉所有零碎的线索都拼在了一起，我只是后悔，自己怎么不早点儿想到？

　　我们刚来的那段日子，就出现了牙龈出血的状况，只不过那时以为是干活太劳累了，没引起重视；后来武建超又跟我说自己大便带血丝，我以为是他肠胃的毛病，也没多在意；再后来，我就注意到那女的老去河边洗衣服，现在经阿廖沙证实，说那就是因为她月经不正常，一个月都没停而且量大，以至于总是把衣服弄脏；再到现如今，也不知是从什么时候开始的，我们每人的手指甲全都开始发青。

　　这一连串的现象，牙龈出血，血尿血便，月经过多，末梢循环异常，说明的其实都是一个问题，那就是：我们得了某种血液病。

　　至于得病的原因，也许真的就像先前猜的那样，是我们长久以来吃的水有问题，那野人一直不愿喝水，所以他的指甲就是正常的颜色。而那女人和杨要武的死，我想很可能是喝水积累到一定程度后，量变引发了质变。

　　阿廖沙听到这里，脸色也白了，小心翼翼问了一句："你是说其实我们都已经得病了，那不是死定了吗？"我无力地点点头，说之前那些很可能都是早期的症状，而到了最后，也许就会发展成那种高热和内出血……

"没那么容易死！"武建超刚才一直在听，这时突然生硬地把我的话打断了，"我觉得你说的不对。"

我说我也希望说得不对，但除了这个，也没别的解释了啊！武建超却摇了摇头，说道："你的意思是我们喝的水有问题，现在中毒太深了，所以很快就会发病暴死。可是你想过没有，当年金场里的人怎么就没死？"

我立马反驳，说你怎么知道没死？说不定就是因为人都死光了，这金场才废弃的。武建超却伸手一指那些铁板房，说："盖了这么多房子，那些金硐又挖了那么深，怎么也得好几年时间吧。那些人天天就不吃水吗？没道理他们能住上好几年，我们刚刚来了一个月就得死！"

这时阿廖沙插了一句，说武建超说的也有道理，但看看这里的样子，就知道当年那个军阀还有苏联人在这儿，恐怕不只是挖金子那么简单，会不会就是因为他们那时候又干了点儿什么事，水才有问题了？

"那又怎么样？总不能在这儿等死。"武建超瞪着眼说，"现在不是还没事吗？赶紧收拾东西走人，咱们只要能撑着下山，到时候不回家先进医院，有什么病治不好的？"

我一听他说要走，想都没想，就脱口说："那我大哥怎么办？"

而武建超一听就火了，上来揪着我领子吼道："你大哥你大哥，去你妈的大哥！他早就不管你了，你还操心他干什么？你他妈的也不想想，要不是因为他，能出这么多狗屁倒灶的事儿吗？老子是来挣钱的，不是来陪你玩小蝌蚪找哥哥的……"

他话很难听，但讲的是事实，说下山也是为大家着想，我心里生气，但也只能听着。武建超骂完，又一把推开我，最后扔下一句话："现在就准备下山，你愿意一起就一起，不愿意，自己看着办吧！"说完就转身走了。

这种情况下，老爷子和阿廖沙都不可能反对这个提议，于是事情就这么定下了。他们俩一个跑到林子里去取自己的金子，一个在屋子后边抓紧时间把人埋掉，只有我在边上看着，脑子里各种念头打架，不知道自己该怎么办。

武建超不再理会我，回屋开始打点行装，一切从简。只不过一个月来我们吃掉了差不多一个排的旱獭，他把旱獭皮全都留了下来，结果现在攒得太多，捆在一起比个背包都大，很不方便带。他舍不得扔，正好这时候老爷子回来了，武建超就问他要不要皮子，可以分他一点儿。老爷子掂了掂分量，说就挑几张吧，正好回去做个坎肩儿。

他俩这不经意间的几句话，却让我突然之间想到了一些东西，或者准确点儿说，是那一大堆旱獭皮带来了启发。我手哆嗦着，从兜里掏出那几个小玻璃药瓶，看着标签上那个模糊不清的"S"，一个声音猛然间就在我脑海里喊起来："还是不对，他妈的，我全想错了！"

在常用的抗生素里边，除了那个二十世纪八十年代新出的螺旋霉素，其实还有一种资格更老的抗生素，名字也是"S"打头的，那就是链霉素。

链霉素主要用于治疗结核病，但同时，它对另外一种烈性传染病也有特效，那就是当年在欧洲死了几千万人的鼠疫。而草原上的旱獭，又恰恰是鼠疫重要的宿主和传染源。据说清朝末年东北爆发大鼠疫，就是那时候"闯关东"的人滥捕旱獭传开的。

鼠疫主要分腺鼠疫、肺鼠疫和败血性鼠疫三种。前两种用不着多说，而第三种败血性鼠疫，好像就有高热、黏膜出血、呕吐、心力衰竭这些症状，这跟杨要武和那女人身上的表现一样。再加上这些链霉素，他们得了什么病，答案呼之欲出。

前后的因果飞快地串到了一起，先前还担心那病会传染，却没想到竟然是世界上最致命的传染病之一。当时我直想狠抽自己几个大嘴巴，心说都这么多天了，怎么光知道旱獭肉好吃，却把这么要紧的事给忘了，"黑死病"不就是这么叫出来的吗？

我反应了过来，马上对着武建超他俩一声大喝："旱獭皮不能要，全烧掉！"喊完又飞奔到屋后，看见阿廖沙刚把那女人的坟起好，正盯着大坑里的另两具尸首发愣，我上去一把拉开他就问："你们吃过旱獭没有？"

阿廖沙又是一脸迷茫地看着我，愣了一下说："吃过几次。"我一听赶紧拖着他又走远了几步，指着那坟穴说："他们是染鼠疫死的，不能碰。"

我嘴上说，心里却在发虚，都这么久了，我们早獭肉吃也吃了，病死的人摸也摸了，要传染也肯定早传染了，现在再怎么注意还不已经晚了？

武建超也跟着过来，问我到底怎么回事？看他们还不明白，我就飞快地把链霉素、早獭和鼠疫的事情说了一遍，他听完却疑惑道："你的说法怎么一会儿一变，到底能不能肯定？刚才不是还说是水有问题吗，怎么又变成鼠疫了？"

其实我自己也说不太清楚，但水的问题，大多只是出于我们的推理跟猜测，而鼠疫的证据却都比较直接和确凿。我很快又想到了另外一样东西，就一拉阿廖沙说："你跟我来。"

我领着阿廖沙跑到了老金场入口位置，那里有水泥桥和铁丝网，而我记得来的时候，我们就在铁丝网上见过一个俄语牌子。现在那牌子还在，我气喘吁吁地扒开上边缠的草蔓，让阿廖沙看那些字。

那些字母的油漆已脱落，都很模糊了，阿廖沙仔细研究了一会儿才认出来："Карантин？这是临时隔离、检疫站的意思。"

"隔离区？"一听到这个词，我的心就彻底凉了。这是最后一个，也是最有力的证据，当年这些铁丝网隔离的是什么，已经不言而喻了。阿廖沙也意识到了问题的严重，脸色变绿，问我那鼠疫有多厉害？

我苦笑了一下，说我也不完全清楚，不过跳蚤叮咬或者飞沫传染应该是跑不了的，另外病死人、兽的体液和排泄物应该也带菌。好像得了腺鼠疫和肺鼠疫还能撑比较久，也有可能治好，而败血性鼠疫大概一两天就不行了，完全没救，死亡率可以说是百分之百。

鼠疫的传播无孔不入，沾上就死，而我发现的那些几十年前的链霉素，也肯定都过期失效了。我们现在唯一能做的，就是立即离开这里。不要说武建超他们刚才就已经这么决定了，就算是我，也是别无选择。大哥依然是下落不明，但现在连我自己都面临着死亡的威胁，也实在没有多余的心思顾念他了。

我和阿廖沙飞快地跑回去，飞快地把各自藏的金子取了出来，然后就开始飞快地整顿行装。行李还都放在屋子里，但因为杨要武曾在里头睡过，我们害怕有跳蚤或者说病菌，都是拿毛巾包住脸裹紧了衣服，进去把东西拿了出来。不过这个措施究竟有什么用，我实在懒得去说，也就是求个心理安慰吧。

旱獭皮早就烧了，工具之类的压根就没打算带回去，杨要武用过摸过的东西更是碰都不敢碰，最后我们连做饭的铁锅和每人的铺盖也扔了，只剩下弹药、粮食和一些必要的物品。我担心大哥回来的时候不知情，还在墙上留了一行话："此地有鼠疫，见字速离！！！"

以惊人的速度打点停当后，我们一秒钟都不敢再多待，逃也似的拔腿就走。但世上的事情就是这样，你越是急，老天爷就越要给你作对。我们刚刚没走出一里地，天气就突然变了，阴下来就开始刮风，三分钟不到就落下了雨。已经连着好几天了，这里每天都要下上一阵儿，可是当时还不到下午，那天的雷雨实在比往常早了许多。

看着远处天边已经闪起了青光，我们几个全都不敢再往前了，这草甸上无遮无拦的，人走在上边很容易被雷击中，有阿廖沙他们的前车之鉴在，这时谁都不敢说冒险继续走。但更不能停在原地不动，金场里的铁板房和铁笼子倒可以避雷，可我们也不敢回去，最后只好在附近找了个金硐，暂且躲一躲。

这座金硐里边也早已经塌了，只有入口的一小截完好，虽然说不上宽敞，不过还够容下我们四个人的。而这边刚一坐定，外边密集的雷声就响了起来，暴烈程度甚至胜于往日。

这里虽然已经看不到那些铁房子了，但我们根本就没走出金场，或者说当年隔离疫区的范围，而一想到这里曾经是鼠疫肆虐的地方，我就浑身说不出的不自在，感觉什么都不敢碰，什么都不敢摸了。

当时的感受，与其说是怕这时候感染上鼠疫，倒不如说我是害怕自己已经感染了却不知道。这是个再自然不过的想法，因为两天里不论是杨要武还是那个病死的女人，就属我和这俩人接触得最多最频繁，虽说大家都有可能被传染，但我的可能性无疑是最大的。

他们三个的感觉可能跟我也差不多，只不过都没有表达出来罢了，一时没人说话，全望着外面，只盼着这雷快点儿打完，赶紧让我们离开。可等了快半个小时，雷雨还是没有停下的意思，那种焦躁的情绪一点点酝酿发酵，我们的心境也变得跟外边的天气一样，如坐针毡，而我甚至还感觉到身边的武建超似乎在微微发抖。

他抖了一会儿，我就意识到了不对劲，那不像是心理波动激烈时的颤抖，反倒像是在不由自主地打寒战。我一个激灵，马上伸手摸了一下他的脑门，发现竟烫得厉害。

我头皮一下就麻了，武建超"啪"的一下用力打开我的手，喝了一句："你干什么！"我被他嘴里呼出来的气喷在脸上，下意识地赶紧向后躲开，颤声问："你发烧了？"

此话一出，阿廖沙和老爷子统统色变，惊恐地看了过来。武建超却狠狠地瞪了我们一眼，厉声说："那又怎么样？"

发烧了的确不能怎么样，不过事到如今，我们所有人都清楚这意味着什么。看样子该来的终归还是来了，只不过最先出问题的不是我，而是武建超。其实稍微想想就知道，那些旱獭都是他抓的，昨晚上打杨要武的时候他沾了不少血，那病死的女人也是他和阿廖沙一起救出来的，这到处都是感染的机会。

场面瞬间冷了下来，起初几秒大家都没说话，武建超坐在靠硐口的一边，我们三个看着他，全在不由自主地往另一边挪动，眼神里很自然透着恐慌。

我们这样的反应，无疑是很刺伤人自尊的。武建超默不作声地看着我们，脸色在极短的时间里变了好几变，说不出那是什么表情，恐惧、愤怒、心痛，或者说无可奈何，或许全都有。

金硐里的空气仿佛凝固了，而第一个有动作的是阿廖沙，他抽出双管猎枪一提火，就对准武建超说了两个字："出去！"

硐外的雨似乎小了一些，但电闪雷鸣仍在继续，刚好一个炸雷把阿廖沙的声音盖住，我没听清。但武建超显然是明白了，深深看了他一眼，问："你什么意思？"

又是一个炸雷，阿廖沙冷声回答："什么意思你明白。"

我几乎看傻了，这时才反应过来怎么回事，阿廖沙怕被武建超传染，这是要把他撵出去。我一伸手把他的枪管压下说："你疯了，外边正打雷呢。"

阿廖沙却根本不理，手肘一抬将我撞开，举起枪重新指住武建超，把那两个字又重复了一遍："出去！"

"做人别太绝！你当就你一个人有枪吗？"武建超发烧了呼吸粗重，脸上肌肉抽动，说着就摸向自己的枪。阿廖沙见状，"砰"的一枪打在武建超身前，威胁道："乱动现在就打死你！"

我们一共有三支枪，阿廖沙、武建超和我各拿一支，上路的时候都装好了子弹。阿廖沙早上就不明不白地把那野人给崩了，现在又开了枪，我相信他说要打死武建超绝不是吓唬人。

武建超被枪逼住，没敢再动，抬头瞪眼盯着我们，脸黑得像刷了一层漆。其实大家也都清楚，他的病在眼下十有八九是没救了。但会不会病死是一回事，而被人这么对待，却是一件极其屈辱的事情，我想这时候随便换谁，都不会心甘情愿地出去。

金硐里四个人，一个拿枪，一个被枪指着，老爷子就跟怕身上溅血似的，远远地躲在边上，什么表示也没有，只有我在一旁急得大喊，让阿廖沙快把枪放下。可他却像根本没听见一样，只是端着枪，缓缓地对武建超说："我数一二三，你自觉点儿出去，别连累大伙儿。"

他说完，武建超还是没有动，就是死死盯着他，一副要吃人的表情。剑拔弩张的场面，我也不知道该怎么应付，心说这就是所谓的内讧？当时我心情也十分矛盾，一方面很害怕被武建超传染，但另一方面，我也不能眼睁睁看着阿廖沙把他赶出去或者打死。一时间我热血涌上来，也发狠拿起了枪，对准了阿廖沙："我也数一二三，你自觉点儿，先把枪放下。"

阿廖沙太阳穴被我的枪顶住，身子一下僵在那里，脖子也硬了，斜眼看着我："小子，你添什么乱？我这是为大家好。"

我哼了一声："为大家好？要是得病的是你呢？"

"可惜我现在没病！"阿廖沙一点儿都不觉得自己不对。我心烦意乱也不想多说，把枪又往前顶了顶，叫他快把枪收起来。可僵持了几秒钟，他还是不肯动，反而劝我道："你他妈的犯什么傻？他反正是个死，现在不出去，留在这儿等着传染给我们吗？"

那语气简直已经把武建超当成了个死人，而武建超一听，像是突然想通了什么事，竟一下子就迎了上来，张手攥住了阿廖沙的枪管，狞声道："就是，反正快死了，老子还怕你干什么？该你怕我才对，我吐口唾沫都能吓死你。"说着当真往阿廖沙脸上啐了一口。

我之前就给他们讲过鼠疫会通过飞沫传播，阿廖沙没料到武建超来这一手，顿时大惊失色，慌张地向后躲，结果兔起鹘落之间，竟一失手把枪给丢了。

情势当即倒转，武建超夺过枪，立马掉过来顶住阿廖沙的脑袋，两眼喷火地骂道："妈的白眼狼，畜生，亏我之前还救过你，你就这么报答？我活不成了，你他妈的也别想活，老子黄泉路上正缺个垫背的！"

武建超这时已经愤怒到极点，也不再有任何的忌讳，肯定说开枪就开枪。我几乎都看到他扣扳机的动作了，根本就来不及制止，事实上也不敢靠近（怕传染），只能拿自己的枪伸长了用力一拨，把武建超的枪口向上挑开。几乎同时枪就响了，火光一闪，子弹擦着阿廖沙的头皮飞了上去，硐顶掉下来一片土。好在我眼疾手快，再晚上半秒，阿廖沙就是脑浆迸裂的下场，也幸亏枪里装的不是霰弹，不然他那半边脸照样会被掀开。

枪里已经没了子弹，但阿廖沙怕被传染，也不敢再上去招惹武建超，只能立刻闪到了一边。而武建超气急败坏，回头又去拿自己的枪，还骂我道："你他妈的到底帮哪边的？"

我心说这不是帮谁不帮谁的问题，本想劝他俩都冷静冷静，可连这半句话都没来得及出口，边上的老爷子又突然怪叫了一声，转移了我们的注意力。他手往金硐外边一指，声音抖着，说你们看那是啥东西？

刚才我们仨乱成一团，谁也没顾上注意别的，这时见老爷子表情不对，马上奇怪地转头去瞧。而一看之下，我们就立即明白了他惊叫的缘由。

外边的雨已经停了，雷声也弱了一些，天色虽然依旧很阴沉，不过毕竟是白天，跟金硐内的晦暗相比，外头的光线还是相对好一些。但此时就在硐口外那一片亮白的背景中，却突然出现了一个很诡异的黑点，似乎在轻轻地移动，有酒瓶盖大小。我们谁也说不出那是什么，只是感觉自己看到的，很像那种黑白老电影的画面里经常闪出来的光点。

但我们现在并不是在看电影，这个世界也不是磨损了的胶片，那个黑点更没有像电影里的坏点那样闪一下就飞快地消失。恰恰相反，它就那么停留在半空中，非但没有消失，而且还在很快地变大，仅仅几秒钟就从瓶盖儿大小，变成了一个和人头差不多大的圆形的黑色虚影，如同一团浓得化不开的烟雾，就那么悬浮在金硐入口的地方。

当时我还以为自己眼花了，觉得那是刚才枪口喷出的火光在我眼里留下的印子。很多人都有这样的经验，假如不小心直视了一下太阳，那么强光就会在你视线里留下一块刺眼的光斑，之后随着目光的转移而移动，要过一段时间才能恢复。

只是很快一阵微风吹来，那团虚影跟着轻轻晃了一下，就像一只浮在空气中，但同时又被一条无形细线拴住的黑色氢气球。我马上意识到自己错了，那根本不是眼睛的幻觉，那是个确确实实存在的东西。

随之而来的是一种很不真实的恐惧。然而更可怕的是，那团聚拢在一起的黑烟被风扰动后，在原地缓缓打了几个旋，最后，竟一路飘飘忽忽地飞向了我们的金硐。

那东西原本浮在离地一人来高的空中，这时徐徐落下，擦着地皮，像条黑蛇一样蜿蜒游来，移动的速度并不快，但后面拖了一条暗淡的尾巴，很短。

突然出现的陌生事物，吸引了我们的目光，武建超也顾不上去杀阿廖沙了，四个人一齐目瞪口呆。而见那东西一点点接近，我又发自本能地害怕起来，下意识地向后退了一步，其他人也同样选择了避让，于是，我们就这么眼睁睁地瞧着它滚了进来。

这里用的动词是"滚"，因为那团黑烟是个相当规则的圆形，又紧紧贴着地面运动，看起来真的很像一个慢慢滚动的黑色的足球。而这时我突然听到老爷子倒吸了一口冷气，声音极轻地吐出一个词："滚地雷。"

滚地雷？我头皮一下就麻了起来。之前就听人说过，雷电不光有那种常见的树枝状从上往下劈的，还有一种圆球形的闪电，会到处乱飘乱晃，钻窗入洞，就叫滚地雷或者球雷。眼前这脏乎乎的黑线团一样的东西，的确是打雷时滚进来的，如果真是球雷，那绝对是非同小可。但问题是，一般的闪电大多是蓝白色或者红色，这球雷怎么是黑的？

可惜现在不是好奇的时候，我之前从没见过所谓的球雷，也不知道人被球雷击中会有什么后果。但随便一想都明白，不管形状是长的扁的或是黑的白的，它只要是个闪电，就肯定都不是什么好惹的东西。武建超和阿廖沙显然也听见了老爷子的话，脸上闪过一丝惊慌，但如今我们即便想逃也来不及了，金碉外仍然是雷霆咆哮不说，就连出去的路都被堵住了。我们谁也不敢迎着那球雷往外冲，只能加倍屏气静声，轻手轻脚地继续往两旁和后方退。而那球雷更是得寸进尺，步步紧逼，把我们四个人压缩到了金碉的最深处。

金碉里头已经塌了，不可能无限度地向后。我后背顶上了土壁，已经退无可退了，他们三个也是一样，可那黑球雷仍在缓缓向前飘行，最后直到离我们只剩两步远的时候，它才仿佛耗尽了动能，暂时停在了那里。

金碉里光线很暗，那球雷也是黑色的，按说这时候我们应该看不见它了才对。但事实恰恰相反，那东西不仅没有被黑暗吞没，反而变得更加醒目起来。它在发光，是一种说不清道不明的朦胧黑光，书本上说所谓的"黑光"其实就是没有光，但我当时亲眼所见，那的确有光，也千真万确是黑色的。

起初的那几秒里，球雷和我们之间形成了一种很诡异的对峙。它不再向前，像个黑刺猬似的蜷缩在地上，而我们只能小心翼翼地在边上静候，生怕惊动了它。外边的雷声已经停了，周围突然沉寂，只剩下我们的呼吸声和那个球雷发出的"嘶嘶"轻响。

在一般人的观念里，黑色代表沉重，可一阵微风吹进金碉，那球雷却表现出了跟自己颜色不相称的轻盈，像个肥皂泡似的开始缓慢地向上浮动，升到了和我们头差不多高的位置后，又停了下来。当时我离得最近，看着那黑球雷就悬浮在眼前，心也随之提到了嗓子眼，跳动的速度快了一倍。而那东西渐渐升高后，又在原地打着圈儿游移起来，同时散发着妖异的冷光，看起来犹如一只在海水中随波漂动的黑色夜光大水母。

它飘着飘着，似乎在有意无意地接近我。我越看越紧张，一惊之间，原本就压抑着的呼吸忽然一个没憋住，粗重地喘了一声。那球雷之前就表现出随风而动的特性，这时像是感受到了我吐出的气流，悠悠靠了过来。

我吓得立即屏住了呼吸，神经一下绷到了极限，用尽全力地往后缩，紧贴着硐壁，恨不得把自己挤进去。可那球雷还是跟了过来，到最后都要贴上我的鼻子尖了。

类似萤火一样的黑色冷光映在我脸上，没有任何温度，我绝望地闭上了眼，可等了一下没发生什么事，再睁开时发现那球雷又退回到了原来的位置，好像又失去了目标一样，重新在原地徘徊起来。

我们可以不动，但不可能不呼吸，大气不敢喘地僵持了一会儿，那球雷丝毫没有离开或者消失的意思，一直在我们的面前时高时低地转悠。我完全不知道这种局面该如何收场，只能胆战心惊地继续等。等了半分钟，事情终于发生了变化。

老爷子在采石场干了几十年，染上了矽肺，整天都是咳嗽不断。就在这要命的节骨眼上，他终究是没能忍住，突然很不合时宜地咳嗽了一声。

老爷子一开始咳就止不住了。那球雷本来只是在我们头顶毫无目的地绕圈，这时却像只闻见了血的苍蝇一样，陡然停下，然后就径直飘了过来。

球雷虽是奔着老爷子去的，但金硐里边空间很狭小，我们四人包括武建超，几乎是一个挨一个地挤在一起。我右手边就是武建超，左边是老爷子，再左边是阿廖沙，距离这么近，谁也说不好会发生什么。千钧一发之际，阿廖沙却飞快地做了一个谁也想不到的举动，他抓住了老爷子，一下把他猛推了出去。

老爷子嘶哑地惊叫了一声，被推得往前跟跄跑了几步，双手一伸摔到了地上。那球雷仿佛也感受到了人体带出来的风，在空中用不可思议的角度转了一个急弯，然后速度忽然变快，一个俯冲追上去，正好打在还没爬起来的老爷子身上。

这一切都发生得太快了，球雷迸出几点黑色的火星，瞬间熄灭，而与此同时，老爷子却突然间变得通体透明，我甚至看到了他浑身的骨骼和跳动的心脏。整个过程是无声的，如同看电视时选了静音一样，那球雷的"嘶嘶"轻响固然听不到了，我们也不会有时间去惊呼和喊叫。因为我随即就感到周身一麻，像是被人重重地撞了一下似的，顿时脑子发蒙软倒。

我再醒过来时，眼前阵阵发黑，只感觉头很疼，艰难地呼吸了一下，又闻到了一股臭鸡蛋似的味道。我支撑着坐起来，借着硐口映进来的天光，看到武建超和阿廖沙一左一右瘫在身边，老爷子还趴在之前摔倒的位置，但人已经成了一段黢黑的焦炭。

我忍着反胃的恶心，爬过去查看了一下，周围并没有起火的痕迹，尸骸只是微微的有些温度，并不十分的烫，但身上的衣服都不在了，浑身焦黑。躯干碳化后轻了许多，但我再把人翻过来一看，却又发现下边竟还压着一条完好的胳膊。

这幅情景，让我彻底明白了过来，阿廖沙他们的那个守夜人以及后来的赵胜利，很可能就是被这种黑色的球雷烧死的。这里的雷多成灾，我之前也设想过那俩人是死于雷电，但因为当初在阿廖沙的营地救人的时候，见到的那些死人并不是这种被烧成炭的模样，所以当时就给否定了。实在是没想到，罪魁祸首，竟然是这种罕见的球雷，因为这几个人身上呈现的种种特征，都太像了。

老爷子的死状极惨，头发没了，鼻子烧塌，嘴唇烧掉，眼眶成了两个模模糊糊的窟窿，两排牙齿大张着，好像临死前还想痛苦地号叫，不过显然没喊出来。我看着那张已经不能称之为脸的脸，心中五味翻腾，再加上恶心，几乎要吐出来了。而这时身后"嗯"的一声呻吟，竟是阿廖沙醒了，他活动着手脚站了起来，我回头对他怒目而视："你把老爷子害死了！"

"谁让他咳嗽的，不那么干，他就把我们害死了！"阿廖沙看了眼那焦黑的尸体，没表现出任何负罪的样子，接着又一眼看见了武建超，马上意识到什么，飞快地拿背包掂上枪，一步跨过老爷子，匆匆向外走去。临出金硐的时候，他又转身问我："你走不走？一起下山安全点儿。"

我瞪着他，心说跟你在一块儿才不安全，不过想了想，又一指武建超："要走大家一块儿走。"他冷笑了一声没答话，背着包离开了。

这时武建超也恢复了意识，对我含混地说了一句："你也走吧。"

我说我们俩一起走。武建超这时已经没了方才那种要拉人垫背的疯狂神色，脸上显现出病容，摇头说："没那么简单，我的身体我清楚，走不出去了。"

我稍稍退后了一些，问他现在感觉怎么样？他说还能怎么样，发烧，头晕，腰疼。我心里一沉，想起杨要武刚病倒那会儿也说过腰疼，马上道："你留在这儿更是等死，走不动我们就做个担架……"说到这儿我又意识到担架需要两个人抬，立刻改口说，"我就是背也要把你背出去。"

我说得很认真，他却像听到什么好玩的事情一样，费力地笑了一下："就你那小身板儿还背我？就算背得动，这鼠疫是传染病，没等你把我背出去，咱俩就抱在一块儿死了。"

鼠疫的厉害我们都亲眼见过，杨要武从发烧到断气，满打满算也就是一天半时间。即便武建超身体素质要好一些，但那能撑到什么时候？两天，三天？两三天之内，我们是肯定走不出山的。

他不同意，我依然坚持说："那也不能把你扔了，我留下来陪你。"武建超眯着眼看看我，又无力地一笑："陪我干什么，陪我一起死？我不连累你，你走吧，出去了帮我办件事儿。"他说着，从兜里掏出自己的金子扔给我，说道："我吃百家饭长大的，家里没人了，淘了几年金，喝酒打牌的也没攒下钱。这些金子你带出去，给那个谁。你跟她说，说我对不起她，也不怨她，我还想她……"

武建超脸上升起了一种病态的酡红，明显是发烧了起来，他喘了一阵儿，才说出了一个地址和一个名字，就是那个当初和他相好的女人，让我把金子带去。这弄得跟交代后事一样，我眼眶不禁有点儿湿，忍不住骂道："这么肉麻，要说你自己去说，我才不去。"

武建超根本就不理会我那些话，只是自顾自地说："她要是住的地方变了，你就多找找，要实在找不到，那就便宜你吧……"说完他痛苦地闭了一下眼，又侧头看了眼硐口，催我快去追阿廖沙，说不跟着那老毛子，就凭我一个人出不了山。

当初那个被哈熊搂住都能挣扎跳上熊背的武建超，如今竟然在说这种话，我眼角已经有泪流下来了，摇头说我才不跟那人走，我和你一起。武建超却咬着牙嘟囔着骂了一句："犯什么傻你，我他妈的才不稀罕你陪……咱俩要是能换换，我肯定就走了。"

说起来，我和武建超只认识了几个月，可一起经历过那么多事，他对我很关照，更是不止一次地救过我。这种时候要我扔下他一个人跑掉，这让我怎么做得出来？所以除了摇头，我什么都说不出，同时又在心里暗骂：狗日的老天爷不公道，为什么得病的不是老爷子或者是阿廖沙，偏偏是武建超。

"怎么跟娘儿们似的，我还没哭呢，你哭个鸡巴哭？"武建超看我还不走，简直气急败坏，伸手就想拿枪赶我。但他身子一歪，枪没摸到，人却先趴地上"哇哇"吐了起来。又一个症状显现出来了，我们早饭和午饭都没吃，他吐得是昨晚上的东西，味道特别难闻。我很想去给他拍拍背或是拿壶水，但又害怕沾上鼠疫，不敢靠近。

他身子一耸一耸的，终于吐完了。我扔过去一壶水，他却没有接，而是一抹嘴抬起头看我，两眼通红的用力吼出一个字："滚！"

陆 走错车厢的旅客

　　杰克·伦敦《热爱生命》里的故事，是淘金的主人公因为在返回的途中受了伤，被同行的朋友抛弃，最后历尽千难万险走出了荒原。人在读小说的时候，往往喜欢把自己想象成主角，带入情节，可在现实生活当中，我却是那个让人憎恶的配角。

　　我背上包，拿起枪，把地上的那份金子放在身上收好，整个过程武建超都在边上看着，没说一句话。他把最重要的金子托付给我，那是对我的信任，也给了我一个离开的理由。同时我还能找到更多的理由，来说明我当时不得不走。但现在已经没有必要说了，因为后来我发现，所有的理由都是借口，真正的原因其实只有一句话：我怕死。

　　我很怕亲眼见到武建超死，我也很怕自己染上鼠疫病死，我还怕自己被突然出现的球雷烧死，或是一个人走不出大山，在原始森林里困死……所以，先前对武建超我只敢说："我留下来陪你。"却不敢说："大不了大家一起死。"

　　在"死"这个字面前，良心和道义都变得苍白无力，我战胜不了本能的懦弱和胆怯，也注定成不了一个高尚的人。这里我也没有脸面去描述自己当时内心是如何的挣扎和痛苦，因为不管怎么辩解都无法改变一个事实，那就是我把同伴抛弃了，自私又无情。

走出金硐的时候，武建超又吐了起来。我含着泪不敢回头，以最快的速度去追前边的阿廖沙。

刚才耽搁的时间不算短了，但阿廖沙并没有走出太远，我刚跑一会儿就看见了他。他听到脚步，也转回身看了一眼，没说任何话，不过目光里的意思很明白，像是早就料到我会跟来似的。

茫茫大山，两人结伴毕竟比一个人走来得安全，看得出他是在等我。但那目光让人很不舒服，似乎是在嘲笑我光嘴上说得漂亮，可到头来还是舍弃别人自己逃命。

事实上对武建超来说，我和阿廖沙本质是一样的，唯一不同在于后者走得很干脆，也没有心理负担，而我却留在那儿又假仁假义的多啰唆了一阵儿，这种婆婆妈妈的伪善反而更显得廉价。

我腿上的伤还没有好，一走路就疼了起来，然而比腿更疼的，是心。和阿廖沙之间没有任何的对话，就那么一前一后地默默往前走着。途中经过那片古代岩画群的时候，我又看到了那组曾引起我们争论的叙事岩画，脑子一个激灵，猛然间醒悟了过来，吃惊地定在了那里。

大哥说远古人作画爱用象征手法，当初不了解情况，我们以为画里那只黑色怪鸟代表了什么太阳黑子，但现在想来恐怕是猜错了。这黑鸟代表的也许就是我们刚才遇到的那种黑色球雷，这石头上的整组岩画，记述的就是球雷落下伤人伤畜的事情，而那些躺在地上的黑色小人儿，就是被它击中烧焦的尸体。

比起远在天边的太阳黑子，球雷的解释合理许多了，不过还是有疑问。首先就是第一幅图里的圆圈，如果不是太阳，那又代表的是什么？如果那些古人想借此说明球雷是圆形，那他们为什么还要画黑鸟从圈里飞了出来？

这时阿廖沙发觉我没跟上去，停了下来看出了什么问题。我在原地站了一会儿，想不明白究竟是怎么回事，不过很快我就意识到这都已经无所谓了，现如今这种时候，我还管它是什么东西干嘛？

冲阿廖沙挥了一下手，意思是没事。两人继续上路，跨过铁丝网外那道水泥桥之后，就算走出老金场的范围了。阿廖沙他们当初来的路线和我们差不多，都是顺着那条"大跃进"时修的牧道进入深山，直到走得看不见路了，再翻山穿越原始森林，来到大草甸，最后沿湖找到了老金场。

我们现在返回，自然也是按原路，剩下的大半个下午都行进在草甸上。走出十几里地的时候，我在草丛中看到了死去的赵胜利，其实并不是有意去找的，而是因为那里爬满了苍蝇，嗡嗡叫着很惹人注意。走近瞧了瞧，除了人正面那些被烧碳化了的部分，身体的其他地方都挤挤攘攘生满了蛆。

黄金是极其稳定又贵重的金属，可以代代留存，但又有谁知道从古至今多少淘金客最后落得暴尸荒野，梦断黄沙的下场。看着已经开始腐烂的赵胜利，我心头隐隐作痛，也十分酸涩。两天前武建超追他到这里时，肯定是被吓得不轻，所以就把尸体扔下了没管。但当时赵胜利毕竟是死了，也就什么都不知道了。而武建超现如今还活着，我们就因为害怕连累自己，就弃他而去了，这又算是什么呢？

天黑前，我们终于找到了上山的位置，晚上在草甸边缘宿营睡了一觉，第二天进入了原始森林。

由于各种原因，我和阿廖沙都没什么兴趣聊天，甚至可以说几乎没有交流，只不过是他走在前边，我跟在后头，俩人保持着一个互相看得见的距离，同时吃饭同时休息罢了，那感觉其实跟自己一个人赶路差不多。

而这样在山里闷头走了一天半，阿廖沙却突然停了下来，转身对我说："我们迷路了。"

长时间机械地跋涉让我脑子有点儿迟钝，愣了一下才明白过来，就问具体是什么情况。阿廖沙说，其实早上出发没多长时间就不对了，首先是方向不对，然后就是路也不对。

阿廖沙有个怀表式的指北针，比较小巧，他这时拿给我一看，只见那盘座上的指针跟个晕头鸡一样，在朝四面八方乱摆，明显是坏了。我赶紧把自己的那个掏出来，情况也差不多。我想了想，说要坏也不能两个一起坏，是不是周围有什么东西干扰？我大哥之前就说这里的金矿可能有伴生的铁矿，很可能会影响指北针的精度。

我那个 62 式指北针非常灵敏，灵敏到哪怕随便拿个小刀在它附近晃一下，都会扰乱指针的平静。想想我们那么多天住在铁板房里，附近再有点儿磁铁矿，那么指北针出问题也是难免的事。

阿廖沙点点头，算是认可了我的看法。不过他还是提出来，说假如真有铁矿之类的东西，那干扰应该是持续不断的，可是他来的时候就是靠罗盘认方向的，那时候并不是这样，应该是别的地方出了问题。

事后看，我当时猜的也大概不错，不过还是想得太过简单和幼稚了。指北针的真正原理，是利用地磁作用指示方向，而这里需要指出来的是，地磁和我们寻常理解的那种吸铁石的"磁"，其实存在很大的区别，这也是我后来才知道的。

假如只是指北针不好使了，其实并不是多大障碍。因为活人不会让尿憋死，除了指北针，我们还有别的很多辨认方向的手段，比如看太阳，看苔藓，看树桩年轮，甚至说，山谷本身就是最好的方位参照物。

事实上，我们当时面临的困难，并不是找不到方向了，而是根本不知道该往哪个方向走。这听起来有点儿矛盾，但只要回顾一下来时的路线，就能明白。

记得一个多月前，我们是先沿着那条废弃的牧道深入山区，接着跨过了一座黑松木的牧桥，然后穿越大片原始森林，才最终来到大草甸，找到了老金场，撇开赶路的艰辛不说，这个过程还是比较轻松的。可是，现在想照着原路返回，事情就突然变复杂了。因为大草甸的目标很大，相比之下，那座牧桥的目标很小。同样是需要穿过森林，我们来的时候，一钻出森林就能看见大草甸，而现在回去，却不可能很容易地找到那座牧桥。

简单地说，就是从一个点出发去找一个面，相对轻松，但想从一个面出发去找一个点，就比较困难。而我们现在恰恰就是找不到那座黑松木牧桥了。找不到桥，就意味着找不到那条废旧的牧道，而找不到牧道，就意味着——我们走不出去。

其实阿廖沙跟我大哥一样，来的时候曾画过一份图，上面记有完整的路线，照着图走的话，按说不会发生这种事。但问题是那地图在他们营地遭雷击时也跟着毁了，虽说阿廖沙后来凭记忆重新画了一张，但已经缺失了许多细节。

我们现在还能大概分辨出东南西北，但因为没有比较精确的参照，所以想很快找到那座关键的牧桥，就变得艰难起来。就像我知道北京在石家庄的北边，同时也清楚哪个方向是北，但如果没有具体道路的指引，也不可能一点儿弯路都不带绕的，直接从石家庄出发走到天安门。

迷路的倒霉经历之前就有过一次，现在又来了，我情绪原本就很低落，这时心里更是说不出的气恼。可是我又没有资格去指责阿廖沙，只能两个人一起使劲回忆，重新确立了个方向，又继续上路。

事实证明，这一次的迷路，比我们之前在草甸上那回厉害多了。出发后的第三天，我们依然没有走出去。两个人像没头苍蝇一样在密林与沟壑间转来转去，眼前只剩下高大粗壮的树干和大片的蕨类植物。时间仿佛停滞了，森林也变得阴森恐怖起来，我们走得精疲力竭，可那座通向外界的黑松木牧桥却像是被大山吞没了一般，一直不愿意出现。

又到了晚上宿营的时间，我和阿廖沙面对篝火而坐，相视无语，心情已经从最初的忐忑不安，逐渐变成了绝望：我们带的粮食不多，人也越来越疲劳，再继续瞎转下去，两个人肯定会被耗死在深山里。

"怎么办？"沉默许久之后，阿廖沙问了一句。我想了想，说："真不行就回去。"

阿廖沙有些诧异，说能回去早回去了，现在不就是回不去吗？我摇摇头，解释道："我是说回草甸上去。"

阿廖沙眉毛皱起来："回去了又怎么样？"

"不怎么样，但老这么在森林里兜圈子，肯定不行。"我回答，而就在说这句话的时候，心里却突然蹦出了一个极其疯狂的念头："也许，我们可以沿着湖走，找到那个瀑布，然后，直接跳下去！"

人在极端的状况下，还真是什么都敢想，当时我把自己都吓了一跳，不过稍稍一考虑，就会发现这个思路虽然大胆，但似乎也不是完全不可能。

我们之前就到过瀑布下边，知道那儿有一个落水潭。如果真能跳下去，那么我们就可以避过最艰难的一段路程，直接从那条牧民们收金子的小山沟出去了。这是条捷径，而且无疑要轻松许多。

我情不自禁就把这个很有诱惑力的想法说了出来。而阿廖沙听后吃惊地张大了嘴，有点儿不可思议地看着我，但愣了一愣之后，他小心翼翼地问了一句："你说真的？直接跳，行不行啊？"

迷路了好几天，人都要被折磨疯了，当时阿廖沙不骂我异想天开，却问我是不是认真的，眼睛里流露出的，竟然是几分心动的意思。而他这种反应，反倒是让我冷静了下来。重新估计了一下那个瀑布的落差，再心算了自由落体的速度以及水的浮力，我很快意识到，这计划还是很不靠谱。

据说人从高处往水里跳的时候，如果姿势不对，很容易会被冲击的力量拍伤。其实受伤还没什么，但假如那水潭太浅或是不小心跳歪了，那简直等于自杀。这个风险太大了，不到万不得已，谁也不敢孤注一掷地去试。

刚刚燃起的一点儿希望，又这么被浇灭了。我有气无力地叹了一声："算了，先睡吧，明天再说。"说完蜷起身子，躺倒在旁边的苔藓上，闭上眼尽力什么都不想，强迫自己休息。

上半夜是阿廖沙守的，我睡得并不安稳，做了一个梦，梦见了武建超，心里一阵发堵。后半夜，我被叫起来换班，却突然脑袋发沉，睁不开眼了，最后费力坐直了，又感觉有些恶心，阵阵发冷。

身体不对劲，马上唤起了我的警觉，伸手摸了摸脖子和脑门，瞬间，一种绝望代替了另一种绝望：我发烧了！

该来的终究要来，我最最担心的事，到底还是发生了。

同预料的一样，阿廖沙在得知我生病后，一丝犹豫都没有，立即甩下我落荒而逃。他本来还想拿走我的那份给养，但可能想想又怕被传染，就放弃了。我靠着树干虚弱地坐着，看着他既慌乱又纠结的表情，已经懒得再有什么反应了，天要下雨娘要嫁人，随他去吧。

阿廖沙的脚步声越来越小，我坐在那里不想说也不想动，病也发展得极快，只觉得呼吸发烫，头和全身的关节都很疼，喉咙也疼，咽口唾沫都痛苦异常。而与此同时，还有一种莫大的讽刺涌上了心头：几天前我把武建超扔了，现在就轮到了我，报应来得真是快。这已经过去好几天了，他应该早就不行了！

至于我，应该还有一到两天的时间，可事到如今，已经没必要挣扎了，而且事实上我也走不动了，只能继续留在原地。要是想求痛快，应该现在就开枪自杀，不过我暂时还做不到，于是只能用自己的行为去诠释一个古老的成语，那就是：坐以待毙。

火堆因为没有添柴，已经要熄了，余烬像个将死的人的眼珠，半睁半闭地盯着我，散发着微弱的红光。而火彻底灭了之后，无边的森林像潮水一样压迫过来，又让病中的我一阵呼吸困难。

几个钟头之后，天色渐渐亮起，身边的树上响起鸟鸣，但在我眼中，却是死一样的寂静。中午的时候，林子里冒出了一只说不出名字的动物，老是在附近晃来荡去，不知道在打什么主意，被我开了一枪吓跑了。

我支撑着吃了一点儿东西。以前因为还有很远的路要走，我们吃东西都很有计划很节制。不过现在不同了，我心想反正也吃不了几天了，就先挑着最好吃的吃，只可惜因为生病了胃口不行，敞开了肚皮也没吃多少。

食物还有，但壶里的水已经喝完了。当时虽是夏天，周围的林木长得很茂盛，看起来很湿润，却没有直接能喝的水。我不可能走太远去找水，这时想起了大哥以前给我们喝的桦树汁，就奋起力气站起来，左右看了看，还真找到了一小片白桦树，走过去拿刀钻开了树皮，直接把嘴凑了上去。

如今季节已经过了，流出的树汁并不太多，味道也不如春天甜，不过也够我解渴了。而只是一个简单切树皮弯腰喝的动作，就把我累得气喘吁吁，坐在地上歇了好一会儿，才又颤巍巍地走回去。

剩下的大半天，我都像个尸体一样躺在软软的苔藓上，烧得头昏脑涨，浑身肌肉都像生了锈。快到晚上的时候，那动物又来了，而且从一只变成了两只。这次距离比较近，我看清楚了它们的样子，很像狗，不过毛是红色的，应该是之前武建超说的那种豺狗。

似乎很多捕食动物天生就会判断猎物是否健康，那两条豺狗怕是早就发现我生病了，大概想等我彻底不行了之后，再来捡现成的。我想到这一点，再次开枪把它们吓走。同时心中苦笑，等我连扳机都扣不动的时候，它们就能开饭了，不过我得的是鼠疫，这俩畜生吃了我，估计也活不成。

天黑了，我不得不把火生起来，而就在附近捡了点儿枯树枝，我都累得虚汗淋漓，两腿发抖，像爬了几座山。半梦半醒地坐在火边，只感觉自己的魂儿在一点点地往身体外边飘，眼前也出现了五彩斑斓的幻影。

头疼得像扣了个铁箍似的，而与此形成反差的是，我的脑子异常清醒，思维活跃，想了许多以前从来没想过的问题。很多人都不相信自己会死，因为他们没有濒临过死亡的边缘，也没有在别人的死中看到自己死亡的影子。

但我此前已经见识太多人死了，如今也确信自己要死了。突然觉得，生命也不过如此吧，脆弱易碎，转瞬即逝。活着才感到痛苦，死并没什么难过的，不是有个词儿叫视死如归吗？死了，就能回家去了。

现在对我来说死就等于睡觉。只要我昏过去，那两条豺狗就会欺上来，舔我的脸，咬断我的喉咙，把我撕成碎片。而我最后的归宿，就是变一堆白骨……

一串鬼哭似的声音，把我从虚无的臆想中拉回现实，那是豺狗在远处嗥，悠长而诡异。我开了一枪作为回应，把它们赶远了一些。将火拢旺了一些，忽然又觉得很不甘心：历经千难万险，最后死在路上，老子一辈子就这么完了？

俩豺狗时不时就来骚扰，我保持着警惕，时而清醒时而迷糊，浑浑噩噩度过了一夜，总算熬到了早上。

太阳照常升起，事情也出现了转机。和预想中的不一样，我的病情发展慢了下来，过去的一整天只是发烧，既没有吐，也没有流鼻血，更没有内出血。而相比之下，杨要武以及武建超在短得多的时间里，都表现出了强烈的鼠疫症状。

这是个让人惊喜的发现，有两种可能：第一种，也许我得了鼠疫，但不是败血性的，而是腺鼠疫或者肺鼠疫，记得书上说过，这三类可以互相感染转化。而另一种，也许我只不过是寻常的感冒发烧而已，至于鼠疫什么的，根本是惊弓之鸟的想法，什么还没发生就先把自己吓住了。

人都是更相信自己愿意相信的事情，我越想越觉得第二种可能性大。因为照经验看，杨要武发病仅仅一天多就不行了，而我坚持一天了，情况似乎还没怎么恶化。那么就是说，还有希望？我一下振奋起来。

人心境的变化是很快的。先前我认为自己死定了，万念俱灰之下，对一切都可以泰然处之，或者说是完全麻木了。但现在我突然发现不一定会死，于是许多正常的感官就又回到了身上，重新害怕起来，开始飞快地考虑自己的处境。

各种危险和威胁不需多说，不过既然不是必死无疑，我就有了再努力一把的勇气。我首先翻遍了背包，找出了最后几片感冒药，就着桦树汁吃了下去。就算不是鼠疫，在这种环境下生病也是很致命的，我必须赶紧好起来。

接着我就开始轻装，把不必要的东西全部舍弃，其实也没太多可扔的，大部分是吃的和弹药。背包终于稍微瘪了一点儿，我扶着树艰难地站了起来，找了根树棍儿做手杖，扎好包袱背上枪，拖着沉重的身体出发。

之前就迷路好几天，如今又独身一人，我已经没什么信心去找那座黑松木牧桥了。脚步根本无法控制，只能随着地势一路朝下走，希望先找个水源充足的地方，烧点儿开水喝。至于以后怎么办，我也没有明确的打算。实际上现在往哪儿去都毫无区别，当务之急是先离开这片林子，把那两条缠人的豺狗摆脱掉。

我浑身都如火烧，挂着木杖走得十分吃力，心脏带着太阳穴突突剧跳，前进一段就要停下歇歇。但已经走出挺远了，那两条豺狗为了吃我，竟还在鬼鬼祟祟地跟着。而且显得很有耐心，只要我一回头，俩红影子就"嗖"一下钻进树林，如果开枪吓唬，它们就再躲远些，可不用一会儿就又尾随上来。

其实我有枪也都是朝天放，不敢真的打死豺狗。大哥之前就说过，山里豺狗最难缠，成群结队的很团结，而且又十分记仇。现在只不过是两条，但如果惹恼了招来大群豺狗，我就肯定跑不了了。听人说豺狗喜欢从肛门活掏猎物的肠子，这可不是啥好死法。

那俩畜生一直也不发难，但老是阴魂不散地跟在后头，弄得我心理压力很大，想加快点儿脚步，可身体又吃不消。就这么走走停停地纠缠了快一天，人不知不觉地越来越慌，更是加剧了劳累。天渐渐暗下来，陡峭山间，我没看清路，脚下一软，顺手抓住一根荆棘条，顿时满手鲜血直流。可下落的势头没有止住，我打了几个滚滑下去，又剐破了脸，最后沉重的背包又压到了身上。

我一时趴在那里，只感觉浑身脱力发疼，头也是一阵晕，重得跟灌满铅水似的，几乎抬不起来。而豺狗可能等的就是这种机会，我不敢这么趴着，赶紧奋起力气翻过身，大喘着气坐起来，一抬眼，果然看见那两条豺狗已经跑到眼前了，正舔着嘴打算欺上来。

我一哆嗦马上抓枪，没想到却抓了个空，刚摔倒竟把枪给摔丢了，好在反应还算快，立刻拿起树棍往前戳了一下，把豺狗吓得一退。不过树棍只有一根，豺狗却有两条，它们开始龇牙咧嘴地声声低吼，马上前后分开，似乎是想夹击我。

其中一只还仰头"嗷嗷"长嗥了几声，狗非狗狼非狼的，听着毛骨悚然，不知道是不是在呼唤同伴。我心里叫着不妙，慌忙解开背包站起来，举着棍子护住正面，两眼乱扫，想找那支不知掉到哪儿的枪。强撑着身体周旋了几步，脚底下一硬，像踩到了什么东西，我朝下一瞥不禁大喜，是枪。

不知不觉起了风，吹透了我汗湿的衣裳。豺狗随时都可能扑上来，弯腰捡枪其实很冒险，不过这时也顾不得许多了，我猛地朝前做了个假动作，立即矮身就把枪拾到手里。对面豺狗果然趁着空当飞蹿上来。我抬枪就射，"砰"的一声，半空中豺狗应声落地。

而几乎是同时，头顶的天空突然"咔嚓"打了一个炸雷。突如其来的巨响，像是我枪声的夸张回音一样，预示着山里每天一次的雷雨又要开始了。接连又是"咔嚓、咔嚓"一串惊雷，都说打雷了不能站在树边，不过如果是成片的树林里，反而没什么大问题了。

只是现在不是注意天气的时候。中枪的豺狗落在地上还没死绝，在四肢乱弹，挣扎着想爬走，另一只我没打中，让它夹着尾巴跑了。我忌惮大群的豺狗，不敢在原地多耽搁，喘了两口气，马上抓起背包离开。

可该来的总是要来，天色渐渐暗下，闪电的青光一闪一闪，而我刚咬着牙跑出一段路，就看见前方的树丛簌簌而动，四五只大红豺狗，一阵红风似的从林子里蹿了出来。

我顿时停住，心一下冰凉到底。猛虎还架不住群狼呢，何况我现在就一病号儿。手上火力也不行，豺狗要是一拥而上肯定顶不住。所以连瞄准都来不及，我"砰砰"甩出两枪，把包一扔，转身就跑。

豺狗在后边追，我边逃边重新装子弹，差点儿因为没看路再次摔倒，再朝后瞧了瞧，豺狗就在身后几米了，距离越来越短。就算是平常身体好的时候，我两条腿的也不可能比过四条腿的，更何况当时还生着病，根本经不住这么跑，不一会儿就觉得两眼发黑，连气都喘不上来了。

我觉得自己已经跑不动了，心说与其这么累死，还不如留下力气轰轰烈烈干一仗，索性心一横，转身停了下来。可还没等开枪，怪事发生了：豺群"嗖嗖嗖"地直接从我身旁蹿了过去，没有撕咬，没有扑上来，甚至连看都没看一眼，就这样把我扔在了后边。

不是冲我来的？我一时愣在了那里，可还没等明白过来，林子里又传来"踢踢踏踏"的蹄声，几头体形巨大的驼鹿突然劈开树丛，正朝我这个方向猛冲了出来。

驼鹿群横冲直撞，像一列失控的火车。我狼狈地躲到一旁，差点儿被带倒。而就在这时，头顶"扑啦啦"一大片声音，原本已经入林的野鸟不知被什么惊动，全飞了起来。驼鹿紧擦着我身子跑远了，短暂的迷茫之后，紧随其后又有许多动物从前边的森林里冲出来，大的小的都有，吃肉的吃草的混在一块儿，也不互相攻击，全在狼奔豕突地仓皇乱跑。

此情此景，让人立马意识到了不对头，而很快飘到的焦烟儿，总算让我反应过来发生了什么：刚刚的闪电击中了树木，森林起火了，动物这是在逃命。

大湖周边的雷击如此频繁，那避雷铁塔又倒了，出现森林火灾的确只是时间问题。原始林区树木茂盛密集，落叶松一棵连着一棵。那天没有下雨，还刮着大风，火借风势，风助火威，烧起来一发不可收拾。

周围蒿草藤叶丛生的，天色又暗，原本十米开外就看不清物体了，但这时已经有红光隐隐透了过来。惊乱的兽群被火驱赶，还在不停地涌出，我也只能心慌气短地跟着一起跑。但体力已经到极限了，各种各样的动物一个个超过了我，转眼身边就没几个会动的东西了。恐惧也不由自主地在体内弥漫开来。

都说雷击一条线，起火点应该不止一个。山火蔓延得很快，夏天的树木青枝绿叶，水分大，被火一烤就鞭炮似的"啪啪"的炸响，老远就能听见。而火还没到，浓烟已经逼了过来。刺鼻的焦煳味让人喘不过气，我也被呛得直咳嗽，眼泪顺着脸颊往下淌。

我看见前方空中有许多鸟受不了烟熏，纷纷掉落到地上。又回头瞧了瞧，吃了一惊，只是转眼的工夫，身后不远就冒出了几丈高的腾腾火焰，如脱缰的野马四处乱窜，发展成了一条好几百米长的火线，天红地赤。

浓烟之后的山火像个怪物，张牙舞爪地顺着风呼啸推进，吞噬一切，实在是令人恐怖。一些从根部被烧断的树木成片成片地倒下，引燃了更多的树，火线越拉越长，灼灼热浪把人烤得后背发烫，热汗淋漓，难受异常。我丝毫不敢停顿，继续挣扎着向前。

但事后证明，我当时逃生的方法完全就是错的。因为在风的助力下，火蔓延的速度差不多是一分钟一公里，这已经超过中等油门的汽车了，人无论如何是跑不赢的。真正正确的做法，不是跑在火前头，而是躲在火的后边，应该在火还不大的时候，果断逆风突围。但我那时完全没这种概念，人又惊慌失措，于是很快就尝到了无知的恶果。

有句话叫"火烧屁股"，这正是我当时的写照，火真的已经烧上屁股了。下层的荆棘灌木延烧最快，已经追到了我的身边，甚至地下长年累月积存的枯枝落叶腐殖质也烧了起来。高大的针叶乔木富含油脂，被地表的火引燃，就变成了一支支熊熊冲天的巨型蜡烛。

树冠上的火虽然不如下边蔓延得快，但十分凶猛。而冷热空气交汇后，又形成了一种旋转的狂风气浪，火旋风卷起燃烧的枯叶和树梢上的鸟窝，把一团团火球直接抛出了几十米远，一下飞过正在逃命的我的头顶，把前方的大片林区也引燃了，让我顿时傻眼。

前路被断，进退不得，四面八方全是火，几乎把我团团围住。火星火球沙石尘土一起扑面而来，打得人睁不开眼睛。猩红的烈焰散发出暴虐的热力，身周的空气都在抖动，我脸被燎得生疼，亲眼见证了好几棵擎天大树黄、枯、焦、毁的急剧变化。那简直是炼狱一般的场景，滚滚热浪面前，缺氧的我一阵窒息，绝望得打起了寒战。

至于能从山火的围困中活下来，不得不说，很大程度上是凭借运气。因为在冒险穿过了一片火场之后，我眼前陡然出现了一片开阔地。那里没有任何植物生长，所以也未曾着火。空地当中横躺着一个巨大的黑色物体。赤红的火光映照之下，我一眼就认了出来——那是之前被哈熊推倒的避雷铁塔。

前几日我们迷路，一直在林子里晕头转向地乱转，这一天来又先后被豺狗和山火追赶，我也烧得稀里糊涂的，更是慌不择路，自己都不知道怎么就跑到了这个地方。

但这片空地，无疑给我带来了一线生机。因为铁塔周边的土壤掺了化学药品，方圆几十米寸草不生，周边的树木也相对稀疏，于是火烧不过来了，变成了一个绝佳的隔离带。我不敢再到处乱闯，打灭了衣角裤腿上的火苗，停下来歇了口气。随即检查了一下，除了手上脸上几个燎泡，还好没受太大的伤。

事实上不只是我，一些没来得及跑掉的动物，也都在这里避难。但马上就出现了新问题，空地上虽然不会着火，可是随着四周的山火越烧越旺，消耗掉了大量的氧气，浓烈的烟雾也飘过来，又热又烫，笼罩了整片区域。

也就说，我就算不会被烧死，也会被活活熏死或者憋死。

空气越来越热，呼吸也越来越急促，浓烟像双大手一样，紧紧地掐着我脖子。那些避难的野生动物也面临着同样的困境，一只掉了毛的老豺狗让烟呛得乱嚎，俩爪子在地面上扒起了坑，头直往坑里钻。这一下给了我灵感，急忙向左右看，也想找个合适的地方刨坑。

那铁塔被推倒后，埋在地里的部分从塔基的位置剜出了许多土，正好形成了一个坑。我一看喜出望外，心说这次老天爷总算帮忙了，跑过去弯腰钻过铁塔倒斜的钢梁，正想往里跳的时候，悚然看见里边正卧了一只花里胡哨的豹子。

紧要的关头，手的反应比脑子快，不等那豹子有任何动作，我就"砰砰"两枪把它给毙了，接着滚到坑里，奋力把那死豹子推了出去，心想怪不得那边的豺狗不敢过来，原来还有个更厉害的主儿。其实我很喜欢这种美丽的生物，但那时是生存空间的竞争，实在是别无选择。

坑是个侧向开敞的凹形，豹子的尸体正好挡住了一部分开口，我又在上边堆了些土，尽量不让烟火灌进来。然后就脱下了衣服，拼命挤出了点儿尿，打湿了捂在鼻子上，起过滤降温的作用。最后，我脸朝地面蜷缩在坑里，努力让自己的呼吸平缓下来，降低耗氧量。稍微好受了一些，终于能歇歇了，我一趴下去就再也不想动弹，不过浑身的肌肉还没从紧张激烈的状态中恢复，还在不自觉地痉挛。

已经到了这个地步，能做的都做了，接下来的，只有静静地等待，漫长的等待。

坑里的烟的确小一些。身边的泥土里最初还带着几分凉意，但随着大火的燃烧烘烤，慢慢有温度传来，后来就隐隐有些烫手了。我像个待烤的红薯似的，窝在那个坑里，简直是干蒸桑拿。

由于身体的原因，我意识渐渐迷糊起来，很快进入了一种恍惚状态，最后也不知是睡着了还是热晕了，总之是彻底昏了过去。而等再醒过来的时候，只感觉口干舌燥，眼睛怎么也睁不开，胳膊腿也动不了。试了几次终于可以动了，伸手摸了摸土，不那么热了，我就用手臂撑着往外爬，推开豹尸钻出来，发现已经到了第二天早晨。

天已经亮了，但周围灰蒙蒙的烟气弥漫，太阳变成了刚刚能看到的暗红色，跟纸剪的一样贴在东边。山火依旧没有止息，只不过风向转了之后，火线也随之移远了。朦胧的烟尘中，可以看到远处山岗上有一条粉红色的亮光带，颜色黯淡，微微颤抖，那就是还在燃烧的林火。

原先空地上的动物熏死的熏死，跑掉的跑掉，附近的山野已经静止了，静得很可怕。我像个从墓穴爬出来的僵尸一样，身体动作极其不协调，晃晃悠悠站起来，花了一分钟才最终站稳。大概分辨了一下方位，我艰难地迈开步子，开始朝山下走。当时什么具体的想法都没有，脑子里只有一句话：我要喝水。

火后的森林破败凋残，惨不忍睹。有的谷地和冈峦上，大火已经把树木像剃头似的给一抹而光了，露出了一片片光秃秃的土地，昨天还被枝繁叶茂的森林郁闭得不见天日的地方，这时的视野却异常开阔；而有的地方，大树的小枝条被掠光，只剩下粗大的枝干，成片的火烧林地像一排排倒插在地上的烧火棍，焦黑一片，林间还有一些被烧死的动物残骸，都收缩得很小很小，随着火苗的摇动散发出熏人的焦臭，已经认不出本来的形状了。

我仿佛行走在地狱中，天上是黑色的烟云，四周只剩下浓烟残火。脚下是厚厚的灰炭，尚有余温，一脚踩进去还热乎乎的，拔出脚带出火星和烟灰又随风而去。整个山谷就像农村的燎火盆，燎完后，剩下的全是灰烬。

身体的各种不舒服，早已掩盖了原本发烧的难受，我踉踉跄跄地走着，疲惫不堪，摔倒过多少次都不记得了。最难受的是渴，大火已经快把我烤干了，却再也没有桦树汁喝了，这时候就算在身上开条口子，血绝对都稠得流不出来。

正走着，突然听见一阵"吱吱嘎嘎"的声音，紧接着"轰隆"一声，一棵被烧毁的大树倒在我前边不远的地方，激起了老高的火星和烟灰。摔碎的枝丫随即从地上弹起，呼啸飞上天，又"噼里啪啦"掉下来，其中一根人大腿粗细两米多高的树干，"噗"的一声落在我跟前。

那一下如果被砸中了，肯定当场就没命了，但当时我连躲一下的动作都没有，各种反射神经都变得极度迟钝，只是木然地看完眼前发生的一切，转身绕开了一点儿，继续向前。

终于来到了一条小溪边，溪水中漂满了灰，几乎变成了黑色。不过我还是把头扎进去喝了个够。嘴巴里湿润了，直到出了几身汗，放了一泡尿之后，才感觉到浑身的血液又恢复了流动。

我躺在溪边休息了许久，开始思考下面该何去何从。一场森林火灾，把这一大片山岭都烧成了白地，这是十足的灾难。但反过来想，其实也给我带来了几分希望，因为视野一下子变开阔了之后，说不定反而就能找到那条通向外界的黑松木牧桥了。等山火全熄了，我可以试着再向外走走看。

但接下来的问题比较难办，那就是怎么吃饭。金子我一直带在身上，可这东西不当吃不当喝的，眼下一点儿用都没有。装食物的背包逃命时就扔了，估计早烧没了影儿。猎枪我倒是没丢，不过子弹已经没几粒了，还要留着关键的时候防身，而且我枪法很臭，没办法靠打猎维持。实际上不要说吃饭，就是连喝水都不好解决，因为水壶丢了，我又不可能随时随地找到水源，没法儿把水带在身上，的确很成问题。

仔细想了想，我决定冒险回老金场一趟。我们走之前曾扔了一些拿不动的粮食，还能利用，而且武建超虽然可能已经死了，他的背包和枪应该还在，我可以拿来补充一下粮食和子弹等必需品，再加上山上那头死豹子也能吃，这就足够支撑着走出山了。

当然，现在回去的话有可能感染上鼠疫，不过这已经不那么重要了，眼下我只知道，我很需要那里的东西。

打定了主意，我立即动身。因为刚刚休息过，身子轻快了不少，又走了大半天，回到了草甸上。山火同样烧到了草甸，大片大片被烧焦的草场十分刺眼，都是好几百米宽的灰烬线。

可能是风向还有湿度的关系，越往金场的方向走，山火造成的伤害就越轻。等来到入口处的水泥桥时，身边基本上又变成了郁郁葱葱的景色，感觉清凉了一些，烟尘也不是那么浓了。只不过我一看到铁丝网上"隔离区"的牌子，心情又不免紧张起来。

继续往里走，我在那座几天前藏身的金硐外边停了下来，好好做了一番心理准备后，这才转身进去。我本以为会看到武建超的尸体，但眼前出现的情景，却让人万分意外。

金硐里空空如也，只有老爷子那烧煳了的尸体还躺在原来的位置，地上残留着武建超吐出来的秽物，但武建超本人，以及他的背包和枪都不在了。

我怔了一下，从金硐里退了出来，又在附近找了找，也没有见人。我奇怪，心说难道让野兽拖走吃了？可就算人病死之后，能被吃得干净到一点儿渣都不留，但枪和子弹又不能吃，什么动物也不可能把那种东西拖走。

武建超性格远比我积极，虽说他当初不想拖累我，但并不代表他愿意在金硐里等死。最有可能的是，他在还能动的时候，就带着自己的东西离开了。可人得了那种病，还能跑到哪儿去呢？而且他人，或是说他的尸体，现在又在哪里？

如果不是自己走的，那就是有人把他移走了。我思索着，不自觉就想到了另一种可能：难道我大哥回来了？或者是阿廖沙？

就在这时候，远处突然传来了两声枪响。我一个激灵，立马分辨出，枪声似乎是来自铁皮房的方向。

说实话，这些天下来，我对枪声都有点儿过敏了，因为每次枪响之后，接下来准没好事儿。不过这一次不同，有枪声，就证明有开枪的人，不管是我大哥、阿廖沙甚至是武建超，对我来说都是好消息，有人总比没人好吧。

不过经历了这么多事，我变得谨慎了许多。当时虽然激动，却也知道不能贸然闯过去，于是端起枪，警惕地往铁板房那边靠近。只是没想到刚走了几步，那边就又传来一声枪响，隐约的还伴着野兽的吼声。

听到那声音，我心里多少有了点儿谱，不由得加快了速度。铁皮房子很多，纵深也大，我先伸脖子从远处望了眼，没见有动静，又靠近了一点儿，还是什么都看不到。我心里骂了一声，只能紧绷着神经，继续一间间找过去，鼻尖鬓角不自觉地就有点儿流汗。

很快，我来到了我们之前住的那间房子外边，往里瞧了瞧，空的没人，而转过去之后，我立刻就傻了。屋子后边的地面上，不知什么时候被刨出了几个大坑，而那几个前些天下葬的死人，这时全被扒了出来。

几具尸体带着土，变得支离破碎散落在外边，胳膊、大腿七零八落，已经认不出谁是谁，哪块儿是哪块儿了。我忍住恶心上去查看，发现有动物啃食过的痕迹，几乎是同时，又在地上看到了几只扁平的大脚印，我顿时明白了，是哈熊。

那头带崽儿的母熊早就死了，这脚印又如此大，看来这附近的成年熊并不止那一头。可能是大火烧掉了山头上的森林，哈熊找不来吃食儿，就跑到了金场这边挖死人。至于刚才那一声枪响，可能是哪个人和哈熊遭遇了。

一想到哈熊，我那之前被熊抓伤的腿就隐隐疼起来，头皮也阵阵发麥，更加握紧了枪，小心翼翼地往前搜索。刚才那枪响了三声之后就没下文了，人和熊至少得活下来一个，应该就在附近。

又走了不到一百米，果然就有了发现。前边一间铁板屋外，有一片被踢乱了的火堆余烬，我立即跑过去，一下就看见屋内有头红棕毛色的大哈熊，正头朝里边的趴在地上。

前些日子那母熊给我留的记忆太过恐怖，这时又见哈熊，一刹那我想也没想就本能地后退，立刻端枪瞄准击发，动作从来没这么利索过。一枪打出去之后才发现不对，对面哈熊中了枪不动也不叫，一丁点儿反应也没有，烂泥似的瘫在地上，好像是已经死了。

又小心确认了一下，的确是头死熊。我松了口气，可心里又忍不住嘀咕，熊在这儿，那刚开枪杀熊的人呢？左右望望没见人影儿，就踏进了屋子，摸了摸那熊，还是热的。而再一转脸，就发现旁边还有个背包，我一下认了出来，顿时心里一阵狂喜：那是武建超的包！难道说武建超真的没死，这哈熊是他打的？可这会儿他人又哪儿去了？

我赶紧跑到屋外，扯着嗓子一阵吆喝，依旧没有人应，心里只能更奇怪了。按说从最后一声枪响到我赶过来，时间并不长，人不可能走太远，而且如果武建超听到我的声音，也没道理躲着我啊。

情况不清不楚的，我不自觉焦躁起来。而这时无意间一回头，也不知是不是错觉，我竟然看见屋里那哈熊，似乎自己微微动了一下。

怎么又活过来了？我头皮"嗡"地绷紧，条件反射就去捞枪，枪拿到手里才想起已经没子弹了。同时那熊又动了一动，而接下来我就看到，一只人的脚，从那熊身子下边伸了出来。

我实在是没想到，熊身子下面竟然压着人。眼瞧这种架势，我二话不说赶紧上去救人，可一头哈熊差不多有半吨多重，我又是抬又是扛，最后费了九牛二虎之力，连吃奶的劲儿都使上了，才勉强把那死熊推起来一条小缝。赶紧伸脚把边上的背包勾过来，卡住空隙，抓住底下那人的脚试了试，松动了一些，就使劲拼命地往外拉。

把人拖出来之后，看到那熟悉的体形熟悉的脸，我就一阵激动——真的是武建超。不过当时他被压得呼吸都快停了，头上脖子上的血管全暴了起来，脸憋成了酱紫色。我叫了两声儿他没反应，连意识也很模糊，此外身上还有不少血，不知是哪里受了伤。

受挤压伤的人不敢随意乱动，我赶紧把他身体放平，这样好恢复呼吸，又从头到脚摸了一遍确认骨头没大损伤，也没检查到明显伤口，这才小小嘘了一口气，那些血应该是熊的，人只不过是压昏了。想起刚才我还照着熊开了一枪，更是一身冷汗的后怕，幸亏这哈熊身子够厚实，子弹留在了体内没打穿，不然下边的人也得跟着挨一下。

过了会儿，武建超总算缓过了劲儿，一声长咳之后，开始急促地喘气。他蒙蒙眬眬地半睁开眼，看见我后，张了张嘴没说出话，似乎还没完全清醒。见他终于活过来了，我喜极而泣，再也控制不住自己的感情，伏在他身上"老武、老武"地哭了起来，什么狗屁鼠疫也顾不得了。

那绝对是百分之百的真情流露。我平生做过最后悔的事情，就是在最危险的时候把武建超扔了，那几天一直无法放下。而这次回来，本以为只会看到他的尸体，可没想到武建超非但没有死，还勇猛异常地做掉了一头哈熊，这让我内心的负罪感大大减轻，更是打心眼里高兴。那感觉怎么形容都不为过，因为不论是感情方面，还是现实角度，武建超能活着，对我来说就是极好的消息。

"老子还没死呢，哭丧啊你！"武建超一下子把我推开，吃力地问道，"你咋回来了？"

我噙着泪讪讪地坐起来，一时也不知道怎么说。其实我更想问他一个问题，就是："你怎么没死？"

当然这并不是故意咒他，而是我觉得很奇怪，败血性鼠疫的死亡率是百分之百，得病的人很少能撑过三天，武建超已经挺了快五天了，依然活着。我不禁有些怀疑会不会是自己判断错了，就像前天把发烧当成了鼠疫那样。

我们说起了各自的经历，而听完武建超的叙述后，必须承认，那家伙绝对是我这辈子见过命最硬的人。

他说那天我走后，自己吐了个昏天黑地，后来也流起了鼻血。不过他不愿意继续待在那金硐里，一是不想守着老爷子那臭烘烘的焦尸，二是怕那种黑色的球雷再出现，觉得就算死，也得死在好点儿的地方。于是他拿上东西，挣扎着回到了铁板房这里，挑了一间住下，大吃了一顿，换了身新点儿的衣裳，然后躺在屋里等着咽气。（不过后来我们知道，即便是可以防雷的铁板房，对球雷也无能为力）

这一躺就三四天，该出现的症状也全都出现了，难受自然不用说，可他仍然是能喘也能动，并没像杨要武那样两天不到就死了。再后来发生了山火，金场这里倒是没怎么样，而和我猜的差不多，那哈熊的确是饿了来刨死人吃的。至于怎么又找上了武建超，拿他自己的话讲，是哈熊吃死人腻味了，闻见了活人的气味想尝口热乎的，所以就来了。

当时他跑也跑不动，躲在屋里两枪打过去，还是挡不住哈熊往上冲，没等换好子弹，熊就扑到了跟前。他也算临危不乱，把只填了一颗子弹的枪一推上膛，顶住哈熊的心窝就来了个真正的抵近射击。

这回熊倒是死了，可它重心已经压了上来，一下就把武建超盖在了身下，动弹不得。一千多斤的分量，枪杆都让挫折了，好在地面比较松软，他人又靠在墙角的位置，这才没有被实实在在一下子压死。要不是我来得还算及时，这一人一熊真可能同归于尽。

武建超说着说着，自己都骂了起来，说要算上骑熊那一次，他一个星期不到就被哈熊搂了两回，这种狗屎运气，当真是世间少有。我说你就知足吧，两次都没让熊吃了，这种好运气，确实不是人人都有的。

相较于哈熊，其实我更关心武建超身上的病。看了看他身上的出血点，也和当初杨要武的一样。武建超没死，我不太相信他身体能强壮到连鼠疫都不怕，只是觉得，可能还是自己的判断出了问题。

武建超猜测说："会不会是咱被那个球雷闪了一下之后，身上的病菌等于被消了一遍毒，杀伤力就没那么强了？"

我摇了摇头，说你倒是有想象力，不过谁也没听过这种事情。

当然，我自己也想不通为什么，只能在肚子里嘀咕，心说难道是我这兽医大夫误诊了，他们得的不是必死无疑的败血性鼠疫，而是别的什么病？可那链霉素和隔离区的牌子也不是假的啊，这又怎么解释？

他说罢，我又讲了自己的遭遇。而这整个过程中，武建超对于我们把他抛弃的事，一句都没提过，仿佛根本没发生过一样。可他越是不说，我越是觉得歉疚和惭愧，最后自己先忍不住了："老武，我对不起你！"

"嗨，说这些干嘛，是我让你走的，有啥对不起的。"武建超轻轻笑了笑，似乎并不在意，又一指旁边的死熊，"你这不又救了我一次吗？"

我更是感动得不行，激动地说道："都数不清你救过我多少次了，这人情永远还不完，我一辈子欠你的。"

武建超看我又有掉眼泪的趋势，立刻不耐烦起来："行了行了，怎么娘儿们似的，动不动就两眼挤尿。要真想还我人情，就快去打点儿水，老子渴死了。"

我"欸"了一声，马上拿起水壶跑出去。可没跑几步我就愣住了，直直定在那里，不敢相信自己的眼睛。因为我看到了大哥。他回来了，背着包手拿枪，正站在我们以前住的那间铁皮房前，看我几天前留下的那些字。

那一刻，我以为自己在做梦，或者，是看到了之前见过的那种蜃景。有些踟蹰地走了过去，随即发现不是，大哥听见了我的脚步声，转过了身，他脸色焦枯，嘴唇干裂，胡子拉碴，衣服鞋子烂得不成样子，显然是经过了极其艰苦的长途跋涉。他看见了我，就指着墙上那句话问："这怎么回事？"

"怎么回事？"我死死盯着他，心里各种各样的感情轮番涌上来，而最终愤恨占据了上风，怒不可遏地冲上去，一把揪住他的领子大骂，"王八蛋，你还有脸问我？这么多天了，你跑哪儿去了？你还知道回来啊！啊？你他妈还知道回来啊？"

大哥被我抓着，闭着眼不说话。我越看越气，把水壶扔掉，狠狠一拳挥了过去，力气之大，直接把他打翻在了地上。不等他站起来，我又追上去压住了他，继续一拳一拳往下捶，边捶边说："你回来干什么，你还回来干什么？直接死在外边算了！"

大哥依旧不作声，也不反抗，就那么躺在地上默默承受我雨点一样的拳脚，很快就鼻青脸肿了。而武建超听到动静，扶着门走出来一看，也是相当吃惊，又马上过来拉我："起风了，恐怕还要打雷！有话进屋再说。"

我当时近乎失控，根本就不听劝，人还在不停地捶着身下的大哥。直到把心里的委屈和愤怒发泄得差不多了，人也累了，才慢慢停了下来。大哥坐在地上，抹了抹嘴角的血，"咝咝"吸了口气，终于说出了见面后的第二句话："我知道，这样很不负责任，但我没有办法！"

他声音淡淡的，一点儿感情都不带，说完站了起来，开始收拾掉在地上的背包。到了这时我才注意到，那背包鼓鼓囊囊，里边的东西刚被摔了出来，竟全是一沓沓文件模样的纸片，被风吹散了一地，大哥正一张一张地往回捡。

不多一会儿，果然又开始打雷了。森林大火烧出的尘粒在天空中摩擦，产生了更多的静电，云层中蹿出一道道闪亮的雷光，利剑一样狠狠刺向地面，似乎比往常更加暴烈。

我们三个已经坐到了屋里，外边闪电的青光映进来，我望着大哥的脸，心情异常复杂。十几天了，发生了这么多事，我每天生活在煎熬中，一直盼着大哥回来，他却迟迟不出现。而就在我已经完全绝望，觉得他可能已经死在外头，永远不会回来的时候，他反倒突然冒出来了。

又见到他，我心里的高兴和激动当然有，但更多的是愤怒和委屈。主要是恨他连个招呼都不打，半道儿上说失踪就失踪；还恨他留了字五天回来，却把我们扔在这里，足足跑了十几天不见影；更恨他刚才那个态度，说什么知道不负责任，但自己没有办法什么的……

努力让心情平静了一些，我又问了那个我和武建超最想知道的问题："这么多天，你干什么去了？那艘船是怎么回事？"

大哥却疑惑地皱起眉，问什么船？似乎没理解我的话。

武建超脸色变了一变。我也有些急，说你少装蒜，就湖里那条船，我见过你在船上。

大哥似乎听明白了，却沉吟一下，叹了口气说："我明白，不给你们个交代，你们肯定不会放过我。不过我的事一言难尽，还是先说你们吧，怎么变成了这个样子？鼠疫又怎么回事？"

他在那儿东拉西扯，我更是没好气，咬牙说："你还有脸问！就是因为你才变成这个样子的。赵胜利死了，老爷子死了，阿廖沙的人也都死了，我和老武也快了，还能怎么样？"

其实我明白，很多事怪不到大哥头上，但假如他不半路跑掉的话，这里的情况肯定不会变得如此糟糕。而大哥一听死了这么多人，也十分动容，痛苦地叹了口气，习惯性地摸兜想掏烟，却摸了个空。武建超和我都没说话，一直在等着他说。可他沉默了许久，问出来的却还是那一句："我不在时，究竟出了什么事？"

我简直无语至极，心说这算是什么态度？明明是我在问他，怎么他老是反过来问我们。正要发脾气的时候，武建超却伸手按住了我，打了个眼色，意思是谁先说谁后说都一样，现在没必要争这个。又被他攥了一下肩膀，我很无奈，却只能妥协地点点头。大哥的脾气我也清楚，不管任何事，除非他自己愿意说，不然你就是拿枪逼着也什么都问不出来。他如今和我硬挺，我总不能再打他一顿吧？

我压住怒气深呼吸几下，开始边回忆边叙述，把大哥离开后发生的事情，一件件一桩桩讲出来，有遗漏的地方，武建超就会在一旁补充。大哥听得很认真，但对于我们遭遇的那一连串怪事，他既没有表示出太多的惊讶，也没有做太多评论，反倒是在一些我认为不太关键的地方，被他打断了几次，问了一些奇怪的问题。

第一次，是在说到我和武建超曾上山找他的时候。他当时蹙了一下眉头，又要求我讲得清楚点儿，比如我们听见了几声枪响，上山的路线，和哈熊遭遇的具体经过之类的。我都一一交代了，同时又很不解，就问他到底想知道什么？他却摇摇头，没说话，让我接着说后面的事。

第二次，是我说曾看到湖对岸的光信号，这回他倒是点了点头承认了，说那信号的确是他打来的，而且也看见了我升起的黑烟。武建超马上就问他怎么能头一天还在湖这边，第二天就跑到了那边，这么远的距离如何做到的？大哥却讳莫如深地摆摆手，又没回答。

而我越往下讲，大哥的脸色就越凝重，第三次打断，是在说到杨要武问题的时候。大哥破天荒地讨论了几句，主要是向我们确认除了阿廖沙，还有没有其他人可以证明杨要武的身份。我们说当然没有，他们那边的人都死光了，要不我们也不会只听阿廖沙的一面之词，到现在也什么状况都没搞清。

大哥再次沉默，陷入思索。我已经懒得再追问他了，知道问也问不出什么，于是就接着往下叙述。很快讲到了那野人的名字叫什么阿列克赛库图佐夫，而阿廖沙后来突然把他给杀了的事情。大哥听到这里，表情明显抽搐了一下，第四次打断了我："阿廖沙为什么杀他？没理由吗？"

我耸耸肩说："我们也不知道，那老毛子跟你一样，也是啥都不愿意讲，还说什么'说了你们也不懂'。"

大哥根本就没在意我话里带刺，而是脸色阴沉地问我："你看过高尔基的《童年》没有？"

当时一个响雷盖住了他的声音，我几乎没听清他说什么，张大了嘴，完全被这种不着调的问题搞晕了，忍不住问："这跟高尔基的小说有什么关系？"

大哥却揉了揉太阳穴，摇头嘟囔了一句："但愿没关系吧，你继续。"

他老这么神神秘秘的，我的耐心都快耗尽了，飞快地把后面的事情说了一遍，然后就冷声道："行了，我讲完了，这回总该你了吧？"

大哥终于点点头，转眼望了望门外，又回头看看我们："这个地方，我以前来过。"

这其实我们早就猜到了，不过直到听大哥亲口讲出来，才真正的确认。我十分不满地问："你既然来过，为什么不告诉我们？"

大哥却回答："因为也从来没人告诉过我。"

我几乎没听懂："你什么意思？"

大哥缓缓眨了一下眼，解释道："我来过，但我不知道我来过。我脑子出了问题，就是这个意思。"

"哦，这么说你失忆了？"我顺着他的话接了一句，心里并不怎么相信。这种情节电影里倒是很多，但我觉得大哥还是在卖关子。

大哥却苦笑了一声："比失忆可怕得多。"

武建超一直在听，这时问道："你出去这么多天，就是为了找那些东西？"他说着，用下巴指了指大哥的那个背包。

大哥回答："算是吧，找一些我本该知道，却不知道的东西。"

"那你找回来没有？"我语气不善地问。

大哥没管我的态度，认真点了点头："故事有些长，我一点点说。"他挺直了身子，稍稍酝酿了一会儿，开始叙述：

"1974 年，我们国家和苏联曾闹过一场外交风波。起因是当年三月份一架苏联的米 4 直升机不明原因越入了我国境内的西部地区纵深七十多公里，迫降在按台县，三个机组人员被我们当地的民兵关押扣留。当时两国关系极端对立，这个事件非常敏感，经过长达一年多的波折，咱们国家才最终查明原因，释放了苏方机组成员，并交还了飞机。事件得以解决。

"而很凑巧的是，也恰恰就在 1975 年，我们国家在人迹罕至的按台县深山腹地开始了一项地质勘察项目。这前后两件事有什么关系，没有确凿证据，谁也不敢乱说。不过有一点至少可以提一下，那架迫降在按台县的直升机编号是 24，而当年那个勘察项目的全名，则是'地 6 号湖及周边矿山单独选址和整治'。

"这里的'地 6 号湖'，只不过是个地名代号，而具体的地点，我想不用多说你们也该猜到了——"大哥指了指脚下，"地 6 号湖就是这里，姊妹海。"

大哥说得有板有眼，煞有介事，我也不得不跟着认真起来，问："你就是那时候来的？"

大哥点点头："项目是当年的地质总局，也就是现在的地质部牵头搞的，但里头搞地质的反倒不多，大多是部队上的单位，基建工程兵、气象雷达兵、红外遥感兵，甚至是防化兵都有。而至于当时的我，是作为西部地区当地的地矿人员被临时抽调进组的，主要负责提供原始资料，同时协助工程兵物探部队进行实地测量。

"当时上级给的指示，是准备在那个军阀遗留的老金场原址上，兴建新式的大型矿山，这需要事先进行工程选址。但所有人都清楚，那只是掩人耳目的说法，国家真正感兴趣的，其实并不是那连张图纸都没有的矿山，而是这姊妹海的整个周边地区。怎么说呢，这是片很不寻常的地方，绝不仅仅是出金矿那么简单。

"在几十年前，那个军阀在苏联的帮助下建成了金场，包括那些铁塔和铁笼之类的避雷设施，也是苏联专家规划设计的。但可能后来又发生了一些事，让他们意识到了什么问题，于是就把金场关停了，这里成了军事禁区。

"金场废弃之后，苏联人在军阀的默许下，在这里计划了许多事。苏联和军阀的关系到 1943 年就破裂了，但他们在这里的活动，一直持续到 1950 年西部地区解放之前。而我们找过来的时候，国家给我们的任务，就是首先搞清苏联人到底都做了些什么，搞清楚他们的目的，然后，再把他们没做完的事情继续做下去。

"往下太详细的我就不说了，只是告诉你们，大多数的秘密，其实都是在湖的对岸，那里的建筑和采矿一点儿关系都没有，那是苏联人搞的一个试验基地，规模很大，包括气象站、地震台、地磁台，甚至还有雷电试验场和生物实验室等等。

"地磁台和地震台留到后边再讲，我先说雷电试验场。1975年我们一来到，就在那边发现了许多未曾使用的小型火箭弹和发射架，以及抛伞、燃料、导线和小型法拉第笼之类的设备，都是当年遗留下来的。这些东西在我们看来八竿子打不着，谁也不明白是干什么用的。后来还是一个项目组的气象专家想到了，他说，苏联人可能是在做人工引雷试验。

"你们也见识过了，姊妹海这里一进入夏季，就会经常发生雷暴。但自然雷电有很大的随机性和瞬时性，这样就造成对雷电流及其近距离电磁场的直接测量十分困难。于是苏联人就在那里搞了一个人工引雷试验，简单地说就是向雷暴云发射一个尾部拖曳细长金属导线的小型火箭，用来触发闪电，这样雷电发生的时间和空间都变得可控，也就可以进行定量和定性的科学分析研究了。

"那位专家说，类似的人工引雷试验，欧美日本在二十世纪六七十年代才开始搞，没想到苏联在二十世纪四十年代就干起来了，而我们国家在这方面到现在还是空白。事实上，苏联在二战之前就有比较先进的火箭技术，比如很有名的喀秋莎火箭炮，如果不装弹头，那就是一个小型火箭。当时他们的引雷试验相比后来的说，应该还比较简陋和原始，但因为这地方雷暴形成环境很优越，应该也能做出一些成绩。

"可是就算弄懂了苏联人当年干了些什么，也只不过是个起点，1975年的我们真正需要搞清楚的，是老毛子为什么要这么做？

"当时我们考虑，就苏联那个年代的思维方式而言，纯粹的理论探索是很少的，他们当时的科研活动一般都抱有很强的应用目的。也就是说，他们不可能单纯是为了研究雷电而研究雷电，这里头肯定有某种更具体更实在的目标和用途。

"好了，我说了这么多，你们有没有想到什么？"

大哥接连抛出一大串听都没听过的东西，几乎要把我砸蒙了，这时他突然问了个问题，我根本就反应不过来，木然重复了一遍："想到什么了？"

武建超脑子倒还清晰，对大哥道："跟闪电有关系，你是不是想说'过阴兵'？"

关于这地方"过阴兵"的猜想，我们刚才就谈到过，只不过大哥当时并没有做任何评论。而现在想来想去，似乎也只有这个和雷电有点儿关系，难道苏联人是为了研究这个？

大哥算是默认了武建超的说法，进一步解释："自然界的确存在许多奇特的声影现象，比如你们说的'过阴兵'。现在比较主流的解释，好像是说硅和磁铁在闪电作用下，把过去的影像和声音记录下来，然后再在特定的条件投影和播放出来。

"你们这十几天的经历也证明了，这种现象在金场里经常出现，尤其在雷电前后，比如看见了那艘船，听到了一些奇怪的声音。但事实上，那种不明的声影现象的原理并不是录影和重新播放，如果非要打个比方的话，应该说它更接近现场直播，就像中央电视台直播的春节联欢晚会一样，一切都是即时的，而不是重播录像带。

"这才是当年苏联人真正发现的秘密，也是驱使他们进行那么大规模雷电试验的最初动力。这也是我们来到之后的发现。"

这个我倒是听明白了，立马把大哥叫停，说这怎么可能？"过阴兵"看到的都是过去的影像，这用"录播"可以解释。但如果是"直播"的话，那就不分先后了，也就是说既可以从"现在"看到或者听到"过去"，也能从现在看到或者听到"未来"了。看到未来？开玩笑，这绝对不可能！

"怎么不可能？"大哥反问，又接着说道，"别随便说不可能。其实你们已经经历过了，只不过自己不知道而已。你说你们几天前上山找我，是不是？"

我不知他想表达什么，只好点了点头。大哥脸上出现了一丝很古怪的神情:"那如果我告诉你,我根本就没去过那边的山上呢?"

我当时就说你放屁,我们听见你的枪声,才上山去找你的。

大哥像是早就料到我会这么说,不以为然地笑了一下:"那我问你,你听见了几声枪响?"

我说:"两声。"

大哥马上又问:"那你们见了哈熊之后,一共开了几枪?"

我回答说:"两枪。"

说完我一愣,似乎明白了大哥的潜台词,他的意思是说,当时山下的我们听到的,其实就是不久之后,自己在山上开枪的声音?他妈的,这怎么可能?我使劲甩了甩头,一下站了起来:"我不信!"

可话音未落,身后的武建超突然叫住了我:"你刚说什么?"

我回头看他:"我说我不信……"那个"信"字还没说出口,我顿时惊醒,猛地卡在了那里。

"我不信"——这三个字,好像在哪里听过?

大哥没有再往下说,他在留时间让我们好好消化。而我和武建超面面相觑,表情都极其的复杂。

细细想来,大哥的确不可能头天还在这边山上,第二天就跑到了湖对岸,关于那两声枪响的合理解释,似乎真的只剩下那一个了。"我不信"这三个字,我和武建超之前就在这片铁板房中间听到过,当时他就说那像是我说话的声音,而今天恰恰就是从我的嘴里说出来的。那么,唯一合理的解释,似乎也只有那一个。

——那些不明的声影,难道真的是在"直播",我们不光可以看到和听到过去,更可以感受到未来?

事实摆在面前,似乎已经无须再多做解释了。但这真的合理吗?也许它可以合理地解释一切,但这个事情本身,就是最大的不合理。

很长时间过去了,我依然说服不了我自己,只能抬头对大哥道:"我还是没法儿相信。"

大哥对我这句话似乎很失望:"你觉得我在骗你?"

我摇摇头说:"不是,我是觉得这个事儿太玄乎了,我没办法理解。它的原理是什么?"

"你是指'直播'?"大哥说,"这个牵扯的东西很复杂,当年苏联人似乎也没完全弄懂。不过这不重要,远古的人类也不懂火燃烧的内在原理是什么,但这并不耽误他们在那个时候使用火。"

"你这个说法很不唯物!"我有些无力地说道。

"唯物?"大哥的表情哭笑不得,"那好,我问你,一个人的大脑有多重?"

我不知道大哥干嘛问这个,回答说:"按平均重量,一千四百克吧,解剖课上学过。"

"没错,一千四百克,三斤都不到。这个世界有多大,可以说无限大。你指望一个还没三斤重的大脑,就能把这世上所有的事情解释清楚?"大哥换了个语气,又接着说,"唯物是什么,你首先要承认自己所见所感的客观事实,而不是仅仅因为不愿意相信,就武断地把一些暂时无法理解的事归为谬误,那就不是唯物了,那是唯心。"

我还在体会大哥的话,武建超在边上不耐烦地插了一句:"行了,哲学课待会儿再上,后来怎么样了?苏联人为什么要搞这么个试验?有什么发现没有?"

大哥拍了拍我,没再继续说,转而开始回答武建超:"当时据我们推测,苏联人的思路虽然不太明显,但研究和试验肯定只是第一步,接下来应该就是尝试人工复制和控制这种奇异的天象,而最终的目标,大概是推向实际应用。"

大哥在那里说,我听着听着,身上又泛起了阵阵寒意——推向实用?老毛子到底想干什么?

这种尝试假如真的成功了,让人可以从现在看到"过去"和"未来",会产生什么后果?别的我不敢说,但至少有两点可以肯定,人类可以预报的,肯定不会再止于天气,而这世界上所有的历史书,将会同时变成一堆废纸。这其中的意义,恐怕连远古人类对火的发现和利用过程,都无法相提并论。

这种东西太诱人了，但理智地思考一下就会意识到，那是一幅何其恐怖又邪恶的画面。我实在无法想象，如果真有人掌握了那种力量，世界会变成什么样子。

我不由得又惊出了一身冷汗，再看武建超，脸色也不怎么好看，可能是想到了差不多的事，问大哥："那他们做到什么地步了？"

大哥说："这也是当年我们最想知道的，不过各种证据表明，人工引雷只不过是整个试验基地庞大工程很小的一部分，而且也并没有持续太久。只是因为那些火箭太扎眼了，所以在最开始那段时间吸引住了我们的注意力。但随着调查一点点深入，我们就渐渐发现，那些奇异的声影现象只不过是皮毛罢了，苏联人真正的打算，要比这个惊人得多。"

"还要惊人，还能有什么更惊人的？"我渐渐回过了味儿来，忍不住问。

大哥说："惊人是两方面的，一个是指这个地方惊人，另一个是苏联人的计划惊人。你有没有想过，苏联自己的国土面积就有两千多万平方公里，为什么偏偏要跑到中国来搞这些试验场？答案是显然的，就是姊妹海这个地方和别的地方不一样，同样的事，这里能做成，在别处做不成。

"事实上姊妹海的周边，是个巨大的异常区，这里的异常包括气候、水文、地质、地理甚至动植物各方面。所以苏联在这里不但建了雷电试验场，还弄了地磁台、地震台、气象站、生物实验室等等很多乱七八糟的东西。

"于是相应的，我们勘察项目调集来的人员也是个大杂烩，物理化学、天文历史、地质水文、气象雷达、红外遥感，甚至防核防化都有。而最终目的，就像之前说的那样，先要搞清楚苏联人干了些什么，然后再把他们没干完的事情继续干下去。

"经过最初的混乱之后，项目组的调查主要集中在了两个方向，一个是历史考古，一个是地球物理，事实上苏联人当年也是这么走的。地球物理比较好理解，我先说历史考古。

"你们已经有所体会，这个地方有很多解释不清的怪现象，比如湖底的隆隆巨响，比如每天都有的大雷暴，比如那种奇异的光影现象，再比如那种黑色的球形闪电。这些奇情怪象都不是最近才出现的，但苏联人在这里只待了十来年，我们1975年的勘察当时也不过是刚刚开始，虽然对于那些现象做了许多观测工作，但有一个致命的缺陷却无法克服，那就是观测在时间跨度上太窄了，而在数学上样本容量太小，就让观测结果很容易变得不具有代表性，失之于片面。

"不过幸运的是，姊妹海周边保存有许多古代人类的文化遗存，古人对于那些现象的观察无疑要早于我们成百上千年，这就一定程度上弥补了上述的那个缺陷。于是历史和考古派上了用场，因为我们可以从古代人的那些遗迹中寻找线索，把观测的尺度拉长，从而找到一些规律。你们看这个——"

大哥从他的那个背包中抽出了一页发皱的纸，我们接过来，发现是张黑白相片。那相片褪色很严重，有一半已经全花了，不过在还能分辨的另一半上，我却看到了一个草原背景下的石人形象。奇怪的是，那石人的额头当中，只刻了一只大眼睛，看起来颇有些怪诞。

不过我吃惊的并不是这个，而是捧着照片有些口吃地说："这个石人，怎么看着好像就是……"

"就是我们在草甸上见过的那一尊。"大哥直接把我的话接了过去，"1975年我们来的时候，那个石人已经没有头了，但基地里留下的照片上还有，头可能是被苏联人凿掉运走的，但出于什么原因，就不得而知了。其实附近草甸上还有几尊差不多的，不过离这里比较远。"

武建超又问："那他们怎么只有一只眼？"

大哥道："当时项目组的专家给我们解释，说这种独眼石人在全世界很多地方都有，大多是出现在岩画和石刻上。而东西方的很多神话传说中也有很多关于'独眼人'的内容，比如中国的《山海经》还有希腊的《荷马史诗》，尤其在欧亚许多北方少数民族的原始神话里，要么把这种独目人描绘成凶残嗜杀的巨人形象，要么就是作为宝藏的守护者。《明英烈》的评书听过吧，里边就有一句，说'石人一只眼，挑动黄河天下反'，而当时元朝的统治民族，恰恰是漠北来的蒙古人。这种独目石人，按我们中国的理解，算是一种'恶神'，怎么说呢，反正是不太吉利的象征。"

"关于这种独目石人的学说和猜测很多，有人甚至认为这是远古人眼中戴着独目式头盔的外星人宇航员的形象。不过当时和我们同来的专家觉得，这种独目石人可能是一种带有宗教信仰性质的危险标志，作用是竖立在这里，警告后来者以此为界，前面危险。就好像现代人在变压器边上竖个牌子，写着'禁止攀登，高压带电'一样。这说明古人就已经认识到这片区域很不平常了，当然，那时的姊妹海还是一片更广阔的草甸草原，地震堰塞湖还没有形成。"

大哥这一番话，让我若有所悟，不禁想起了几个月前的那个地震之夜，当时我们被发疯的羊群堵在路上，而路旁就有许多草原石人，那些石人虽然不是一只眼睛的，不过好像也有那么点儿意思。不然那些羊为什么偏偏聚在那里发疯，而不选另外什么地方？

"不过话说回来，这种文科上的事情，大多只能是猜测，也没个定准。我真正想让你们看的，是这个——"大哥不再给我们留反应的时间，又掏出了新东西。还是一张照片，不过内容换了，照片拍摄的是那一组黑鸟伤人的岩画。

这组岩画之前就曾引起过我们的讨论，大哥指了指照片上那个站立在圆圈中的黑鸟说："这岩画是个关键，它一定程度上说明了，这里很多异常的现象是成周期性变化的。这个黑色的大鸟，象征的是太阳黑子，这个圈就是太阳。"

"不对吧。"我认为自己在这个问题上有一定的发言权，就说，"这应该代表的是那种黑色的球雷，我之前跟你说过的，太阳黑子什么的太牵强了。"

大哥并没有和我争论，而是道："其实我们两个说的都没错，这个黑鸟，既代表了太阳黑子，又代表了那种黑色的球雷。这两者有很独特的关系。"

我不服气说："能有什么关系，难道你想说，太阳黑子从天上飞下来之后，就变成了滚地雷？"

大哥啧了一声说："哪有那么肤浅！我只是说两者有关系，没说它们就是一个东西。这组岩画真正含义解读出来后很简单，那就是——每当太阳黑子消失的时候，黑色的球形闪电就会出现。

"球形闪电的成因，科学界到现在也无法解释，不过值得注意的是，它和一些自然现象有很密切的关联，比如说地震。而另一方面，地震和太阳黑子的十一年活动周期有很大的关系。当时根据我们勘察，这里很多的奇异现象都和这个周期有关，而尤其以这三者的联动最为密切。

"我两个两个的说，先说地震和球雷。地质上有一种'地震光球'的说法，指的是每当地震发生前后几个月，地球深处的岩石受到挤压，在压力作用下两端会出现电势差引起的放电现象，并产生一种圆球状的发光体蹿出地面到空中，似乎就是所谓的球形闪电。这已经被很多国家观测到了，比如我看过的一份资料上，记录了美国新墨西哥州在 1951 年至 1952 年间曾多次出现球雷，而在不足一年的时间里，相距一百余公里区域，就连续发生了数次四到五级的地震。

"再说太阳黑子和地震。记得我之前就跟你们说过，这个姊妹海是 1931 年富蕴大地震形成的堰塞湖，而 1931 年正是太阳活动周期中黑子数最少的谷值年。1975 年我们到这里勘察，也经历了小规模的地震。今年是 1986 年，同样也发生了地震。太阳黑子的活动十一年左右一循环，减法稍微一算就清楚了，看是不是符合这个周期。

"最后就是太阳黑子和球形闪电。太阳黑子处于谷年的时候，黑子数极小，在地面上用肉眼几乎观察不到。这幅岩画正好暗示了黑子和球雷的时间联动：每当太阳黑子稀少的年份，这个地方就会有球形闪电出现。只不过古人缺乏相应的天文和气象知识，再加上那球雷很凑巧是黑色的，于是他们就简单地把这两者等同了起来，认为恐怖的球形闪电，是太阳上的黑鸟飞到了人间作怪。"

"你的意思，是这地方不正常，每隔十一年就会跟着太阳发一次癔症。至于咱们几个，算是倒了血霉，今年正好赶上了？"武建超问道。

大哥点点头："当然没那么的精确，只不过每逢十一年的周期，各种异常现象的作用会比较明显。"

武建超咂了一下嘴："你们都是高才生，天文地理说得那么高深，我一个初中毕业的也插不上嘴。不过我有点儿想不通，如果真是那个什么太阳黑子出了问题，为什么偏偏就这里不正常？应该全世界都会受到影响吧，要知道，每个地方都能看见太阳啊。"

我也点头附和武建超，提出质疑："就是，你刚扯了那么一大圈，只不过是一些现象和时间的不完全归纳，感觉上像是生拉硬拽，强加上的联系。"

大哥说："太阳活动带来的影响确实是全球范围的，各方面的研究很多，用不着一一列举了。但这里要说明的是，太阳黑子的峰谷运动只不过是个外因，它需要通过内因起作用，而造成姊妹海地区与众不同的真正内在原因，其实是这里地磁的异常。这是苏联人当年得出的结论，也是后来我们得到的结论。"

"地磁？"我想起了我和阿廖沙迷路，指北针失灵的事，马上就问，"是不是这附近埋藏有磁铁矿的原因？你以前不是也说过吗，金矿经常会和铁矿共生。"

大哥摆了摆手："这两个不能混为一谈。地磁和磁铁完全不是一个概念，地球磁场的空间分布很复杂，产生机制也非常复杂，主要是地电流在起作用，并不是由于有磁性的铁矿，更不能把它简单地想象为一根南北向的大磁铁。

"地震、球形闪电和地磁场的关系，刚才我已经提过了。而地磁活动与太阳密切相关的明确证据，就是它和太阳黑子都有十一年周期变化，因为太阳的活动会强烈扰动大气电离层，从而影响了地球磁场的感应电流，使磁场强度的大小和方向都发生变化。这也是为什么地震、球雷、太阳黑子那三者之间会密切联动。简单一句话解释，那就是它们都在通过地磁场起作用。

"讨论到这个地步，历史考古的任务已经完成了，因为不管你有任何猜想，都需要确凿的事实证据做支撑，所以接下来就是地球物理的工作了。苏联人在基地里建设了一整套的地磁台、地震台和气象站。我们来的时候就发现了大量的仪器设备，比如有一个重二十吨的大号地震仪，重锤铁桶里装的都是昂贵的重晶石矿石；还有小型机械记录地震仪，垂直分向和水平分向各有一套；至于测磁器、雁荷氏摆、棱镜等高仪、物理探矿仪器之类的就更多了。这些东西，主要就是为了观测地球物理的各项参数，包括重力、地磁、地电、地震、地热、放射性等等很多方面，最主要就是重力加速率和地磁。"

大哥又扯出来一大串我听不懂的术语，我和武建超赶紧把他打住，问："那他们，或者是你们测出来什么没有？"

大哥回答："苏联人下了这么大本钱，肯定会弄出些成果。其实你刚才说得没错，这附近的确埋藏有大量磁铁矿，不过地磁勘测的对象，是磁性体产生的磁场叠加在地球磁场上最终引起的地磁场畸变，所以说磁铁矿并不是重点。而且地球除了最重要的南北两磁极外，在其他位置其实还散布着一系列相对较弱的磁极。当年苏联人就怀疑这里就是南北磁极之外的一个弱磁极，是个地磁异常区。

"说实话，地磁基本数据是每个国家的宝贵资源，需要严密保护，而当年那个军阀竟然让苏联人这么乱搞，对国家民族都是很不负责任的。不过也算老天爷长眼，因为那个年代技术手段的限制，姊妹海这片巨大的水域面积成了地磁测量的巨大障碍。不管你是台站磁测还是野外磁测，也不管你是传统的石英丝磁力仪还是当时最先进的磁通门磁力仪，在面对这么一大片水面的时候，统统不管用。所以苏联人虽然很下功夫，依旧是没得到完整的资料。

"而到了1975年就不一样了，因为二十世纪五十年代以后技术进步，出现了一种海洋磁测的手段。具体的做法，简单说就是用船拖拽着连接有磁力探头（新型的船载磁力仪）的电缆，直接在水面上行进测量。而为了把苏联人没干成的事情继续干下去，当时我们项目组就打算借鉴这种方法，弄条船过来，在姊妹海上试一试水面磁测。"

"船"和"电缆"，这俩关键词让我一个激灵。这才突然意识到，大哥之前东拉西扯了那么久，完全是介绍背景和铺垫罢了，这后边要说的内容，才是我们真正关心的主题。

和我不同，武建超听到"船"后，首先想到的是实际操作性的问题，他问大哥："咱们进山的那条路那么窄那么险，一艘船啊，你们怎么弄进

315

来的？总不会是舢板那么大点儿的木船吧？"

"苏联人还不是把这么多东西都运进来了。"大哥笑了笑，答道，"我们当时并没有走陆路，用的是空降坦克的技术，船是用直升机吊运进山的。当然太大的船也不行，所以选的是最小号的驳船。驳船本身没动力，需要由拖船牵引，但因为它们可以拆分成一节一节的，相对轻便，就可以空运了。"

我一下想起，那天阿廖沙从望远镜里看到那艘船时，第一句话就是："不是淘金船，好像是驳船。"看来他没认错。于是我又问大哥："当年你就在那艘船上，对不对？所以我们能看到你。湖底的电缆是不是那船上的？"

大哥承认了："前头我也说了，我被抽调进项目组，就是为了配合工程兵的物探部队进行实地测量。不过我当时只是个小技术员，干的都是具体的业务性工作，记录一下数据什么的。当时用的最先进的船舷核旋磁力仪，测量效果很好，磁场的强度、变化情况、倾角、偏角等等，成果很丰富，如果一直这么进行下去的话，说不定真能弄清楚……"

"但是……"我替大哥把这个词说了出来。事情是明摆着的，后边肯定不会那么顺利

"但是，没过几天，就出了事故。"大哥没有在意我的插嘴，接着说道，"那天下午，天气突然变化，打雷了。"

我很不解，说这里入夏之后不是天天打雷吗，你们就没点儿准备？而且船是铁皮的吧，那就等于是个法拉第笼，即便遭雷击了也没什么啊？

而我得到的回答却是："那天下午，我们正在水面上作业，天气突然就变了。本来我们也没在意，就像你说的那样，全金属船很少有被雷电击坏的，因为金属与水能形成良好导通，雷电流可迅速地泄放，所以只要人和仪器赶紧躲进船舱避险就行了。你前几天看到船上的'我'，应该就是当时往船舱里搬仪器的场景。"

"那为什么还会出事故？"我心里的一个疑问终于解开了，但还想知道下边发生的事。

大哥抬头看着我，语气却很平静："因为我们忽略了一个致命的问

题——这里的湖底蕴含大量的沼气，而恰恰就是那天，沼气爆发了。雷电击中船顶后，产生了许多火花，电火花引燃了喷发的沼气，于是，爆炸了。"

"甲烷，爆炸了？"我问。

大哥点点头："这个过程其实只是我的猜测，因为我当时在舱里，看不到外边的情况，只听见了爆炸的声音。不过想想情况应该也差不多，船后拖的电缆差不多有船体的四五倍长，可能是在哪个水浅的地方蹭到了湖底，就把沼气激发了出来。"

我都替大哥倒吸了一口凉气，禁不住问："那后来呢，船沉了？所以电缆留在了湖底？你们在船上又怎么样了？"

"几乎是爆炸的同时，在船上只感觉一阵天旋地转，估计是船被整个掀了过来，那段时间我已经记不清是什么感觉了，头脑里一片空白，而等到睁开眼睛时，大口地呼吸了几口空气，我才意识到自己还活着。

"舱里的灯闪几下就灭了。周围一片漆黑，死一般寂静。身边本来有几个同事，但我喊了几声，没有人答应。我打了个寒战，这才一下子想起发生了什么事，又连喊了几声，仍然没有任何回应。

"当时船舱已经大量进水，正往水下沉。我在水里划了几下，摸到了冰凉的铁壁，又朝边上划，一边划一边摸，周围一圈都是铁壁，我吃惊不小，又伸手朝头顶上摸了摸，还是冰冷冰冷的铁壁！我这才意识到，船在倒扣着下沉，我被封在船舱里了。

"很快，我就察觉到一系列震动，似乎是船已经沉到湖底了。而一想到自己身边除了铁壁就是湖水，我才慢慢有了害怕的感觉。那是一种从来没有过的恐惧，当时浑身都抖了起来，难以自持。

"同在舱里的人应该已经死了或是震晕了，而我抖了一会儿后，就觉得这样不行，再待下去必死无疑，我必须自救。于是开始寻找出路，想从这个封闭的空间找到出口，可等我摸到了舱门后，却由于四周湖水的压力太大，舱门打不开。

"我一次又一次潜水撞门都没成功，累得筋疲力尽，只好站在漫到脖子的水中，靠着舱壁歇息。经过起初的紧张和忙乱，我开始冷静下来。回忆起自己所处的空间，是驳船里一间不到十平方米的生活舱，估计是在船反沉到湖底的过程中，舱门被关死了。就好比一只瓶子迅速扣进水中，顶部还能留一部分空气一样，这一部分的空气，正好就在生活舱里。

"湖底伸手不见五指，我跟瞎子一样，看不到任何东西，也失去了对时间的判断。不知道过了多久，开始感到冷。当时的水温虽然并不算太冷，但在里边泡久了，身体一直在流失热量，时间长了之后肯定会得低温症，那我就完了。

"四肢越来越麻木，身体发僵，头脑也混沌一片，不过我当时还有求生的信念，觉得外边的人应该会来救我们的，我得撑下去。这才猛然记起来，生活舱里有一块四米长的跳板，不知现在冲到了什么位置？我挣扎着在水中四处摸索，终于把水底的跳板捞了出来，然后在舱壁四周找到了几个角铁支架的位置。

"那时我已经筋疲力尽，胳膊都抬不起来了，只好用肩膀扛着跳板，好不容易把跳板横搭在角铁支架上，爬了上去。那跳板只有半人宽，我蜷曲着身子坐在上边，头顶着倒扣的舱底，姿势很难受，但也只能坚持了，不然继续浸在水里，身上的热量很快就会耗光，没了体温，命也就没了。

"湖底静悄悄的，我只能听到自己的心跳声，胸非常闷，头也像要炸开一样疼。舱里狭小的空间里氧气肯定已经非常稀薄，我明白想靠自己的力量，已经出不了这个舱门了，只有等外边的人营救。不能再无谓地消耗体力，浪费氧气。

"但当时湖面上肯定起了风浪，因为我感到船在随波晃动，一下子又从跳板上掉回到了水里。我立马浮出来死死地抱住跳板，大脑也陡然清醒许多。我担心船晃动后会引起再次进水，要是失去空气，我也只有死路一条了。

"这让我神经马上绷紧，高度警觉起来。果不其然，很快就听到舱里有两处冒水的声音，我急忙游过去，在水面下摸到了舱壁上裂开的两个小洞，水正往里边涌。

"我脑子里只剩下一个念头了，就是要把这两个小洞堵上！突然想起了刚才捞跳板的时候，摸到过几个厚塑料袋。于是赶紧把塑料袋找回来，将洞眼死死塞住了，然后咬紧牙，又拼尽全力爬上了跳板。"

大哥叙述的语气很平淡，但我依然可以体会到这当中的惊心动魄，而且十分理解他的感受，因为，我不久前也有一次困在封闭的狭小空间里的经历，条件还远不如他的极端。

我又问："那然后呢？"

大哥却沉重地揉了一把脸："然后，就没有然后了。"

我和武建超同时露出询问的目光，大哥无奈地摇了摇头："我因为缺氧和低温，最终昏了过去。而等我再醒过来时，已经躺在城市的医院里了，住院的原因，是脑震荡和吸入式肺炎。

"我不知道自己最后是怎么获救的，不对，确切点儿说，是当时的我完全不知道自己为什么要住院。那种感觉，就像你睡了一觉再睁开眼时，吃惊地发现自己躺在医院的床上，手上打着吊针，自己却完全不知道发生了什么。

"这么说，你失忆了？"同样的话，我已经说过一遍了，不过这一次的语气没了之前的戏谑。据说有的人在脑部受创，或者精神受到极大刺激后，记忆会产生问题，难道大哥在发生事故之后，就遇到了这种事？可转念一想，我又忍不住问道，"你刚才说'比失忆可怕得多'，是什么意思？"

武建超却问："我看你一大段经历说得挺清楚明白的啊，既然失忆了，那又是从什么时候记起来的？"

"从来到这儿开始的吧。"大哥没有明确地回答我的问题，而是接上了武建超的话说道，"一个月前，当我们走出森林，站在草甸上看到这个湖的时候，我就产生了一种朦朦胧胧似曾相识的感觉。我记得当时自言自语了一句话：'怎么是这个地方。'而后来随着时间推移，那种感觉越来越强烈，一些片段被慢慢唤醒了，而直到那一天，你们告诉我湖底有一条电缆，我就差不多全想起来了。"

"所以，你就撇下我们，去找自己的记忆了？"我接着问。

大哥点点头："我知道这很不负责任，但也没有办法。如果把你摆在相同的位置，我想你也会这么做。"

我已经有几分理解他了，武建超却提出了异议："你不觉得太巧了吗？哦，十一年前，你在这儿出了个事故，失忆了。十一年后，你正巧又因为淘金回来了，给了你个机会去把记忆找回来？怎么听着跟安排好了似的？"

　　"可能这是命吧。"大哥的口气突然很宿命。武建超却一声冷笑："别遇见个巧合就当是命。"

　　大哥抬头看了看武建超，没说什么。而我又把那个问题问了一遍："你刚说'比失忆可怕得多'，到底指的是什么？"

　　大哥又想去掏烟，但再一次摸空了，叹了口气说道："我走了五天，到了湖对岸，但在那里我什么都没找到。"

　　"没找到？"我奇怪，指指那两张照片和他的背包，"这些东西不都是你找回来的吗？"

　　"这些都是当年苏联人留的东西，"大哥把背包里的纸片都掏了出来，上边全是看不懂的俄文，他又接着说，"苏联人的东西都在，但1975年那次的勘察项目，那么多的人员，那么多的物资，如今一点儿痕迹都没有了。你懂我的意思吗？一点儿痕迹都不在了，就像根本没人来过一样。我的记忆倒是恢复了，但我突然发现，自己记忆中的事情，好像从来就没在现实里发生过，就跟一场梦一样。"

　　我说："要说痕迹，不是还有那个电缆吗？是不是因为你们那批人撤离得十分干净，所以什么都没留下。"

　　"也只有那根电缆而已。"大哥十分沮丧地说，"事实上，从那个事故到现在的十几年，也就是'失忆'的这段时间，我根本就没有听任何人提过哪怕一丝一毫关于'地6号湖项目'的事情。这么大一个项目，当年参与的人那么多，却像根本没存在过一样。而且你们想一想，假如我记忆里那些事是真的，这一片地方早就该被划成军事禁区不许通行了，怎么还可能让老百姓随便进来淘金？"

　　大哥的话也有道理，我却觉得很难接受。因为他之前说了那么多，都很合理，我都开始一点点相信了，但现在他又突然把自己讲述的一切给推翻了，说那只不过是他做的一个异常逼真的梦。

　　"其实，这还不是最可怕的。"大哥根本不顾我的震惊，继续道，"那一年，我还没有出院的时候，就发生了一件无法理解的事情——我突然多了一个自己都不认识的女朋友。有个女孩儿来医院看我，她告诉我说，我们俩已经处对象半年多了，身边的人也证实了他的说法，但事实上，我根本就不认识她，甚至见都没见过。

"而出院之后，我又遇到了更多的怪事。我发现自己的记忆出了问题，不光是不记得自己曾有个女朋友，而且还发现，身边的同事和朋友，我竟然有一小半都不认识，而有些我自认为认识的人，却表现出他们不认识我。

"接着有一次翻看以前的日记，我又发现，日记里所记的很多事情和我记忆中的有很大的出入，有的甚至是南辕北辙的区别。直到这时，我才真正意识到，自己脑子出了大毛病。"

大哥说到了日记，也唤起了我的记忆，想到来西部时火车上的那件事，就问："所以，你才在日记本上写写画画。那些做标记的部分，都是和记忆不同的地方？你没去医院看看吗，查出来什么没有？"

大哥摇头："什么都查不出来，如果只是失忆也就罢了，问题是，我明明有记忆，但记忆中的事和现实格格不入，似乎一切都很熟悉，但一切又有很陌生。"

我若有所悟，又问："那你走之前那晚上，你跟我聊小时候的事，也是因为这个？有多少不一样的？"

大哥说："两三成吧。"

"这种事，你怎么从来没跟我们说过？"我问道。

大哥苦笑："跟你们说有用吗？"

我皱眉道："没用就不能说了，我是你亲弟弟啊？"

但我万万没想到的是，大哥在这时却喃喃地嘟囔了一句："谁知道你是不是我弟弟。"

我整个人一愣，立马问："你什么意思？"

大哥好像意识到自己失言了，又开始顾左右而言他，我上去一把抓住他的领子："你把话说清楚，你刚才说的什么意思？"

大哥抬眼看着我："你真想知道？"

我点头：“废话，我当然想知道。”

大哥说：“你还是不知道的好。”

我把他的脸拉得更近：“你倒是说啊！”

"那好，其实在我的记忆里，我弟弟在初中时就因为游泳溺水，淹死了。"

外边的雷声已经停了，大哥的声音很轻，轻得就像一阵从远处吹来的风一样。但那句话听在我的耳朵里，却无疑是五雷轰顶一样的效果，顿时震惊得什么话都说不出来，怔怔地松开了手，放开了大哥的领子。

他之前说的那些，我很大程度上是当故事来听的，可是如今突然牵涉到了我，是如此诡异的情节，我除了惊骇，还是惊骇，也只能是惊骇。大哥说他记得我早就死了？可我现在明明还活着，那我算什么，我在大哥的心里又算什么？

我穷尽了自己的想象，也无法理解这其中的道理。我没有说话，大哥也没有说话，武建超同样没说，铁板屋里，是杀人般的寂静。而就在我怅然失魂的时候，大哥的脸色突然变了。我注意到他的目光投向了另一个方向，武建超也是。

我立马顺着他们的眼神看了过去，结果却惊悚地看到，一个黑色的球雷，幽灵一样飘过了我们的门口，接着，它又飘了回来。

黑色的球雷就停在我们的门口，将进未进的样子。而就在那一刻，我开始觉得它是个有智慧的生命，当时只不过是在我们门外散步，它本已经走了过去，可好像又看到了屋里的我们，于是就转了回来。

球雷在门口迟疑了一下，飘了进来。而我们三个人同时向后退，避开了它。噩梦再一次降临了，这和几天前的那一次是何其相像的情景，只不过老爷子已经不在了，阿廖沙换成了大哥。

和上一次一样，球雷一点点逼近，似乎在故意戏弄和观察着我们。而我屏气凝神地向后，一动都不敢动，只想着离它越远越好。武建超和我的表现一样，大哥却突然动了，他向一旁伸手，拿起了枪。

我心里暗叫不妙，心说大哥可能还不知道这东西会随风乱跑，竟然想拿枪去打它。而那球雷似乎也感受到了大哥的动作，向他那个方向飘了过去。

　　我眼睁睁看着，想开口提醒他，却又怕自己呼出的气引来球雷。武建超同样也是面部紧绷，为他捏着汗。而大哥飞快地给枪提上火，"砰"的一声，他并没有瞄准球雷，而是照着屋外的方向，开了一枪。

　　子弹夹着风呼啸而出，而接下来神奇的场面出现了，那球雷就像一只看见了毛线团的猫一样，似乎被子弹吸引，陡然改变了方向，直接追着飞了出去，速度之快，甚至不输子弹。

　　看着那球雷急速地飞远，消失。我们三人长舒了一口气，同时佩服大哥的机智。大哥摇头说，这并不是他想出来的办法，说着指着那张岩画的照片："我也是从这里找到的灵感，你们看这些人的弓箭，没有一支射中大鸟。他们不是想射杀它，而是在把它引开。"

　　我和武建超一拍大腿，顿时恍然大悟。同时暗暗惭愧，心说古代人都能想到的方法，我却想不到，但转念一想又不对，其实阿廖沙已经想到了，只不过，他并不是用枪或者弓箭把球雷引开的，他用的是一个人——老爷子。

　　球雷的危机之后，那一晚，我没有再和大哥讨论任何问题。原因是我不敢，我已经听到了太多超出认知范围的事情，不可遏止地胡思乱想已经足以让我崩溃了。我不敢再说下去了，发自内心的恐惧让人选择了逃避。

　　两天之后，终于下了一场大雨，山火完全熄灭了。我们也趁这段时间休整了一下，再次踏上了回程的路。为了带武建超走，我们用树枝编了一个土爬犁，让他躺在上边，既当床又当担架，让我们拖着走。

　　当时在他的强烈要求之下，我们把那头死哈熊的皮剥了，正好垫在爬犁上。剥皮的时候发现那是头大公熊，而很久之后我看过一个美国拍的关于熊的纪录片，里边介绍说，雄性的成年棕熊有时为了延续自己的基因，会借机用偷袭的方法杀死哺乳期母熊所带的幼仔，逼母熊再次发情，和自己交配。可能那天我和武建超在山上发现的小熊尸体，就是某只成年公熊干的好事，却让我们不明不白背了黑锅。不过这就是大自然，有时候很美，但在更多的时候，却很残酷。

既然说到了哈熊，这里再顺便提一下，我们遇到哈熊前所见的那种蓝色的鬼火。当时不明白那是怎么回事，但记得在1997年的夏天，一次我看报纸的时候，发现一篇新闻，说是湖南益阳发生雷暴，当地一个小孩儿站在台阶上撒尿，身上突然像着了火一样发亮，大人以为出事了，可火光消失后，小孩儿依旧安然无恙。这个报道形容的和我们当年遇见的情形很相似，而报纸上给的解释，说那种火光并不是什么鬼火，而是一种在雷电前后产生的无声尖端放电现象，叫作大气"电晕"。另外很有趣的是，湖南益阳和按台县一样，也是自古著名的产金区，也不知道这金矿和雷电之间有什么特殊的联系？

同我之前想象的一样，大火之后，森林被烧光，我们很顺畅地就找到了那座久寻不到的黑松木牧桥。而经过火烧林地的时候，我甚至看到一棵被烧黑的树干上，已经长出了青绿的嫩芽。我当时十分感慨，因为树烧了还可以再发芽，可惜人不是树，那些死去的人，再也不能复生了。

大哥却告诉我，有的时候，森林大火其实并不一定是灾难。山火其实是自然界一种新陈代谢、优胜劣汰的手段。枯枝落叶被烧后，形成的灰烬便是上佳的肥料。树木和杂草吸收了因燃烧产生的大量二氧化碳，生长变得更迅速了。而且一些疾病和细菌在燃烧中基本被消灭，也是彻底的消毒。

姊妹海周边雷暴频繁，肯定山火也很频繁，只不过因为特殊的地形和气候，往往又能把火灾控制在一定范围之内，很快熄灭。但二十世纪四十年代后，苏联人和那个军阀在这里建设金场，加装了许多防雷设施，雷击得到了控制，却打破了自然的平衡。以至于长久没有发生过森林火灾，造成各种疾病滋生，杨要武和武建超的病，可能都是被这害的。

出山路途上的辛苦，无须赘言。武建超的身体一直很虚弱，我们回到按台县就把他送去了医院。而经过检查，大夫告诉我们他得的果然不是鼠疫，而是一种叫出血热的病。这种病症状上和败血性鼠疫很相似，在我这种半瓶子醋的水平下，的确很容易误诊。不过还是有很大的不同，比如败血性鼠疫不会造成淋巴肿大，也不会像出血热那样腰疼，而最重要的一点，出血热虽然也是烈性的传染病，但它的自然致死率要稍低一些，只有百分之二十五。这也是武建超能够幸存下来的原因。

至于我在金场里发现的那些链霉素，似乎可以理解为当年苏联人在准备不足的情况下，也犯了同我一样的错误，把出血热误当成了败血性鼠疫。

事情本可以到此为止了，但我在后来又翻阅了一些资料，却发现了许多疑点。事实上这种出血热是二十世纪四十年代末，苏联人最早在克里米亚地区发现的疾病，国际上称为克里米亚—刚果出血热，而在中国出现，已经是二十世纪六十年代的事情了，而且也只有在中国，它才叫出血热。

但这样一来，时间上存在矛盾，因为二十世纪四十年代的老金场里，是不应该出现这种出血热的。不过大哥却说，当年苏联人遗留的基地里，也有一部分的生物和化学实验室，而他们的仓促撤离，似乎也和疫病的流行有关。这样一来就有了一种可能，大哥猜测说，也许这种出血热的真正源发地，说不定就是在姊妹海那里。而在二十世纪四十年代，这还是一种完全未知的新型传染病，苏联人首先是把它误当作了败血性鼠疫来防治，后来认识了其威力，采集了一些菌苗回国研究，不小心扩散了也好，或是生化武器试验也好，造成了传染病在克里米亚地区的首次流行，他们不愿声张，就将错就错的把这种病称作了克里米亚出血热了。

至于手指甲发青，血便血尿的毛病，我们也顺便在医院看了看。大夫给的结论是，可能在这段时间内铁钴镍之类的元素摄取太多了，引起了血液轻微病变，应该没什么大问题，饮食正常了就能恢复，和那个什么出血热不是一个毛病。

我一听之下，这才放了心，同时看了大哥一眼，他对我点了点头。他之前也说了，姊妹海那里蕴含有大量的磁铁矿，而且地磁又不正常，说不定湖水里铁系元素富集，我们吃了一个月水，就有了这种毛病。

武建超在医院里住着，需要用钱，我和大哥就打算先找地方把金子卖掉。当时金子只要出了按台县，走得越远，卖得就越贵，但沿途的各种检查也越来越严，我们打算冒一次险，就想办法把砂金揉到面里，蒸了好几斤馍，用网兜装着，借此避开了长途汽车上的检查，去了旁边的一个城市。

旁边那个城市的价钱能比按台县高一两成，我们找到了一个小饭馆，其实就是卖金子的地方。饭馆的老板是个女的，阿庆嫂似的人物。而收金子看成色的是个老先生。他一见我们拿出的货色，立即会心一笑，看着我们说："按金呢。"然后取出一块试金石，用黄金在上面画了一条纹，又说了一句："好成色。"

看见试金石，我心里又不免感慨，据说试金石可以把黄金分成二十四种。而黄金可以把人分成穷人和富人、好人和坏人，还有就是：活人与死人。

我们三人带出来的金子一共有一斤多，卖了三四万块，拿到钱直接去了储蓄所。那营业员估计也看多了这种扛着麻袋存钱的，见怪不怪，很快给我们办了几个存折。至于那些金子，不管它们将来是做成首饰戴在某个贵妇的身上，还是铸成金砖存在某国的银行里，或者是制成精密元件安在卫星上，都与我们无关了。

我们在按台县陪了武建超一个月，他才完全康复出院。这里天冷得很早，那时只不过刚刚秋天，但已经能感受到浓浓的冬意了。本来，入了冬就没人淘金了，我们却看到了许多买工具进山的人，一打听才知道，当时从东北传来了一种叫"二加棚"的方法，似乎能在冻土底下作业，这样就可以在冬季继续淘金了。

看着入山的人群，武建超半开玩笑地问我，说怎么样，咱们再干一票吧？我立马摇头如拨浪鼓，说他妈的老子再也不来了。

离开按台县，回到了省会，上火车前我去了一趟书店，重新买了一本杰克·伦敦的《热爱生命》，又鬼使神差地买了一本高尔基的《童年》。

武建超拿过那本《热爱生命》，翻了几页，问我："怎么是美国人写的，咱们中国人淘金的故事，有没有人写过？"

我想了想，说好像没有。他就一拍我肩膀："你喝得墨水多，就写一本出来吧。把咱们的事情写进去。"我笑笑，说尽量吧。

站台上，我们三人告别，我给武建超一个拥抱，引用了一句《送战友》的歌词，说"待到春风传佳讯，你我再相逢"吧。他却不怀好意地笑了一笑，说你他妈的少咒我，这歌儿我知道，是《戴手铐的旅客》里的，不吉利，老子蹲过一次班房了，不想来第二次。

三人含泪大笑，我和大哥上了火车，向车下的武建超挥手告别，列车缓缓启动，开出了站台，驶向无人的旷野。我打开了《热爱生命》，重新看了起来，小说的开篇诗写得很好：

> 一切，总算剩下了这一点——
> 经历了生活的困苦颠连；
> 能做到这种地步也就是胜利，
> 尽管输掉了赌博的本钱。

我觉得这简直就是在说我们。一场亡命淘金，回忆着山里发生的那些事，直感觉恍若隔世。同时心中也暗道侥幸，毕竟死了那么多人，能活下来已经算是最大的幸运了。

而事情的发展总是会超出人的预想。当时我觉得既然已经坐上了火车，至少能平平安安地回家了，却没料到就在这乏味的旅途中，又发生了一些意想不到的波折。

车快开到兰州的时候，我吃坏了肚子。而且那天的运气相当不好，连走了好几个车厢，才找到了一个没人用的厕所。解决完之后往回走，我又晕了头走反了车厢，还坐到了别人的位置上，跟人吵了一架后才发现不对，灰溜溜地跑掉了。

大哥问我怎么去了那么久，我说走错车厢了。他脸色突然一变，转过头意味深长地看了我一眼。我被他盯得莫名其妙，就问怎么了？他想了想，有些很严肃地问我："你平时，有没有思考过那些比较终极的问题？"

我说什么终极问题？大哥解释说："比如宇宙是怎么起源的，又会如何结束？时空是不是无限？世界存在的理由是什么？我是谁，我为什么是我？人为什么活着，从哪里来，又会到哪里去之类的？"

大哥一口气举了许多例子，我听明白后点点头说："上学时倒是经常想，不过现在不怎么想了。"

"那你得出什么结论没有？"大哥又问。

这种问题通常是没有答案的，我只能摇摇头，又半开玩笑地问："怎么说起这个了？难道你有了什么发现？"大哥却没回答我，反而叹了口气，拿起了桌上那本《童年》问道："你买它干什么？"

我说："那你之前提它干什么？它跟阿廖沙有什么关系？"

大哥说道："我怀疑阿廖沙身上，发生了和我一样的变化。"

"什么变化，你是说记忆……"我不禁问，有关大哥记忆的问题，就如同一块巨石一样，始终沉重地压在我的心里，但我一直都在努力避免谈及这方面，没想到他自己先提了起来。

大哥点头说："你们说的那个杨要武，也许真的是他的工人。只不过，他不记得了，或者说记忆里没有这个人，这才造成了误会。可能并不是有意骗你们。"

我不禁惊讶，一时不能接受，问他这个结论从何得来的？大哥回答："说不定是雷击的原因。我仔细想过，我和阿廖沙都经历过雷击。也许是雷电造成的巨大惊吓，或者一些物理化学反应对身体产生刺激，让脑子出了问题，引起了精神类疾病。"

"那这和高尔基有什么关系？"我还是不明白。大哥拿起那本《童年》，翻出第一页开头的"作者简介"，对我说道："'高尔基原名叫阿列克赛·马克西莫维奇·彼什科夫'。而《童年》是他的半自传体小说，里边的主人公叫'阿廖沙'。而俄国人名字有大名、小名和爱称的分别，俄语里'阿廖沙'，其实就是'阿列克赛'的小名。"

他又说起了这个，话题转换得太快，我有些跟不上思路，就问道："你究竟想说什么？"

大哥却看了看我说："你不知道吗？阿廖沙的俄文名字，就叫：阿列克赛·伊万诺维奇·库图佐夫。"

"同名同姓？"我脑中犹如电光划过，突然记起那个被我们抓到的野人，似乎也叫什么阿列克赛库图佐夫，当时我还和阿廖沙就这个贵族的姓氏讨论了一番。

又稍稍回想了一下，我马上明白过来，事情肯定不是同名同姓那么简单。阿廖沙当时的表情就显得很不对劲，再后来，他就把那野人给杀了，这当中有什么关系？

事情越想越是吊诡，大哥肯定猜到了什么。我张了张口，却一时不知道该怎么问他。而这时身下忽然一震，我这才发觉，火车竟已经不知不觉地到了兰州，停了下来。

大哥没管我的反应，把手上的书放了回去，说他下车买包烟活动一下。我正有话要问他，也下意识地站起来，说我跟你一起。大哥却把我推了回去，说你看着行李别乱跑。

兰州是个大站，停车的时间稍长，很多人从我眼前走过，都下去散步买东西了，车厢一时空旷了不少。而我坐在座位上，怔怔地失神发愣，回味着大哥先前那一番话，百思不得其解。

事实上自从那一年之后，我也再没见过阿廖沙，那时我们都以为他死在山里了，不过二十世纪九十年代初的时候，有一次我回西部看武建超，他却告诉我说，苏联解体之后，有人在中哈边境上见过一个走私边贸的白俄“倒爷”，似乎长得很像阿廖沙，但不能确定到底是不是他。

而在当时，我把一件件事情，像洗扑克一样翻过来掉过去地苦苦思索，却始终搞不清大哥提起阿廖沙的用意是什么。不久后，开车的铃声再次响起，一下打断了我的思路。而我回神转头一看，立即大叫不对，我身边的座位竟然是空的，大哥还没回来。

这时座位旁的窗户被人"砰砰"敲了两下，我转头一看，车已经缓缓开动了，大哥竟还站在车窗下。我心说糟糕，立马冲乘务员大喊，说停车停车，还有人没上来。可乘务员没好气地说没上来怪谁，火车又不是给你一个人开的。我心说这怎么办，再看窗外，大哥正在随着火车慢慢往前走，脸上却丝毫没有赶不上火车的焦急，竟然还面无表情地冲我摆了摆手，做了个再见的动作。

这时我才明白过来，大哥这是故意的，他撇下了我一个人，甚至连行李都没带，就这么走了。火车渐渐加速，把大哥甩到了后边，而我只能怒不可遏地趴在车窗上大骂："王八蛋，你到底想干什么？"

我并没有直接回家，而是先在郑州下了火车，坐着汽车去了河南一个全国闻名的贫困县，目的是把赵胜利的那份钱送回他家去，将近一万块。

那个家很穷，孩子也多，我不知道他们会不会拿这份用命换来的钱买台拖拉机，我只是对已经泣不成声的赵胜利父母说，他儿子是为了救我们大伙儿死的，我受他临终所托，把挖金子的钱送回家。

回到自己的家，已经是三天之后的事情了。街上正在放当年崔健的成名曲《一无所有》。歌词似乎是描写爱情的，但我觉得那个歌名很适合我，如今我除了手里的几万块钱，父母不在了，连大哥也重新玩起了失踪，孤身一人，不就是一无所有吗？

来到了自己家的胡同，几个月没有回来，门前地上长出了不少草。我在门边的花坛里摸索了一阵，找到了离开时藏在那里的钥匙。接着开门又费了一番周折，因为家里门锁有个毛病，需要先正转三圈，倒转一圈，然后再正转，而我每次总是忘记倒转那一圈。

进屋后，发现屋里的摆设还是那样，我们走前为了筹本钱，卖掉了不少东西，屋里显得有些空旷，落了一层灰。关门的时候，才发现我脚下踩了一个信封，捡起来一看邮戳，是昨天发来的，寄信人竟然是大哥，却没有写发信地址。

迫不及待地拆开，抽出信，上边却只写了简短的几句话，字迹很潦草，我读得也十分吃力：

> 不辞而别，情非得已。不要找我，你也找不到我。
> 我们的世界，就像一列疾驰的火车。每一节车厢都十分相似，可每一节车厢又各有不同。当年苏联人所做的，不过是想修改列车时刻表，而后来的我，却是一个不幸走错车厢的旅客。
> 错乱的记忆，并不是脑子出了问题，而是因为我根本就不属于这里。我坐在别人的位置上，而座下放的，也根本不是自己的行李。

永别，勿念，好自为之。

那张纸不是正规的信纸，像是从什么本子上撕下来的。背面还沾了两块油迹和饭粒，由此推断出大哥写信的环境。但这莫名其妙的几句话，我完全不知所云，翻过来看看，背面也没有字。而就在要把信再读一遍的时候，房门上，突然传来了熟悉的钥匙开门声——正转了四圈，忘了倒转一圈。

（全书完）